EDITION **MODERNE**
KOREANISCHE
AUTOREN

Edition moderne koreanische Autoren
Herausgegeben von Günther Butkus

SONG Kiwon

Meditation über Frauen

Erotischer Roman

Übersetzt von Minki Jeong
und Harald Gärber

Mit einem Nachwort
von Harald Gärber

PENDRAGON

Prolog

Ich war fünf, als ich das Geschlechtsteil einer Frau zum ersten Mal sah. Es war noch vor meiner Einschulung. Das Teil gehörte einem Mädchen in meinem Alter namens Yongsun.

Doch nicht nur ich hatte ihr Geschlechtsteil gesehen. Vier oder fünf Jungen vom Marktplatz, und zwar Gwangyol, Gitae, Yongman und Chunbong, die ebenfalls noch nicht in der Grundschule waren, sahen es auch.

Ich hatte es aber nicht nur bloß angeschaut, nein, ich befummelte es auch, hielt das Mädchen fest in meinen Armen umklammert und wälzte mich splitternackt mit ihr herum. Das alles spielte sich in einer Kammer ab, die an den Friseurladen von Saejae angrenzte, dessen Besitzer Yongsuns Vater war. Und nicht nur ich fummelte an ihr herum, auch die anderen Jungs waren mit von der Partie.

Yongsuns Genital, das ich damals gesehen hatte, haftet noch heute in meinen Erinnerungen. Mochte die Kammer zu dunkel gewesen sein, jedenfalls schimmerte es für mich violett wie eine Wickenblüte, und wenn ich es anfasste, fühlte es sich zwar zart an wie ein Blatt, aber auch so trocken, dass mir angst und bange wurde, es könnte gleich knisternd in meiner Hand zerbröseln.

Was wir da in jener Kammer mit Yongsun anstellten, war für uns eine Art Doktorspiel. Noch heute erinnere ich mich, wie ich wegen seltsamer Laute aufwache und sehe, wie sich Vater und Mutter in der nächtlichen Dunkelheit, ganz nackt ineinander verschlungen, hin und her werfen, sich geradezu eine Schlacht liefern. Mit dem Doktorspiel war uns allen bewusst geworden, dass es unter uns keinen Einzigen gab, der das obszöne Spiel seiner Eltern nicht schon einmal beobachtet hatte. Gitae zum Beispiel war beim ersten Mal so erschrocken gewesen, dass er unwillkürlich ein mächtiges Geschrei veranstaltet hatte, woraufhin ihm sein Vater, ein Mann mit Händen so breit wie Baumstämmen, eine fürchterliche Backpfeife verpasst hatte.

Auch ich war kaum weniger erschrocken gewesen, als ich das erste

Mal sah, wie es mein Vater und meine Mutter trieben. Anders als Gitae erlaubten mir die Umstände jedoch nicht, einfach zu schreien, und wenn auch mein schockiertes Herz wie ein junges Vögelchen flatterte, musste ich den Hilfeschrei, den ich ausstoßen wollte, unterdrücken. Anders als Gitae war ich nämlich nur ein Stiefsohn. Ich war vor Angst wie gelähmt, und der Gedanke, Mutter könnte dabei sterben, ließ mich lange nicht mehr los.

Viele Male wurde ich Zeuge dieses skurrilen Treibens, doch jedes Mal kam meine Mutter entgegen meinen Befürchtungen unversehrt daraus hervor, was mich natürlich sehr verwirrte. Aus der Verwirrung erwuchs Unschlüssigkeit, und ich fragte mich schließlich: ob Mutter dieses merkwürdige Tun womöglich genießt? Ich befreite mich aus diesem Durcheinander erst, nachdem ich die Sache als ein geheimes Spiel der Erwachsenen abgetan und aus meiner Aufmerksamkeit verdrängt hatte. Immer wenn Vater und Mutter es miteinander trieben, empfand ich ihnen gegenüber eher Mitleid. Oje, dachte ich, wieso gefällt es den Erwachsenen bloß, so etwas Kräftezehrendes zu veranstalten? Als ich mich endlich von der Verwirrung frei gemacht hatte, verlor ich in der Tat das Interesse. Wenn ich dann gelegentlich mitten in der Nacht aufwachte und das Geschehen beargwöhnte, verspürte ich keinerlei Emotionen mehr.

Keiner von uns wollte das Treiben der Erwachsenen vorsätzlich beobachten. Schließlich war es für uns zu beängstigend, zu erstickend, um es, mitten in der Nacht aufgewacht, mit klopfendem Herzen zu verfolgen. Dass es trotzdem keiner von uns versäumt hatte, es in Augenschein zu nehmen, lag vor allem an dem Milieu, in dem wir lebten.

Die Behausungen der Händler waren dicht an die viereckigen Verkaufsverschläge in der Mitte postiert. Alle fünf Tage war dort Markt. Und wir, die Abkömmlinge der armen Händler, mussten in dieser einfachen Bleibe mit niedrigem Dach samt Vater, Mutter, Brüdern und Schwestern, also mit der ganzen Familie, leben.

Da wir nun mal richtige Marktbengel waren, wussten wir auf unsere Art und Weise genau, was das nächtliche Ringen der Eltern zu bedeuten hatte. Seitdem wir uns vom Rücken unserer Mutter losgemacht und im Watschelgang alleine über den Marktplatz gestolpert waren, war es das Geifern über das obszöne Tun, das wir zwangsläufig von allen Seiten zu hören bekamen und worüber wir selbst ständig plapperten. Unser Erwachsenenspiel bedeutete nichts anderes, als dieses Treiben zu imitieren. Und so vertrödelten wir in jener Abstellkammer beinah tagtäglich damit den Vormittag und liefen erst nach Hause, wenn aus der Polizeiwache die Mittagssirene heulte. Ich kann mich nicht genau erinnern, wer von uns sich dieses Spiel ausgedacht hatte. Womöglich war es Gwangyol, der zwei Jahre älter war als die anderen. Es war auch Gwangyol, der von den Erwachsenen am schlimmsten eins auf den Deckel gekriegt hatte, als es entdeckt worden war. Wie auch immer: Was zählt, ist, dass es für uns ein wahnsinnig spannender Zeitvertreib war.

Wir zelebrierten unser Erwachsenenspiel in der Kammer des Friseurladens nach ganz bestimmten Regeln. Zunächst breiteten wir immer eine Decke aus, dann legte sich Yongsun dort splitternackt hin. Anschließend zogen wir uns einer nach dem anderen aus und der Erste schlang die Arme um sie. Der Rest der Jungen wickelte die beiden mitsamt der Decke zu einer Rolle. Zusammengerollt zählten sie laut eins, zwei, drei, bis zehn. Bei zehn wurde die Decke ausgewickelt. Dann nahm ein anderer Junge Yongsun in die Arme und wurde mit ihr in der Decke zusammengerollt. Der Rest saß an der Wand aufgereiht und wartete, bis er an die Reihe kam. Dieser Ablauf, der sich spontan unter uns ergeben hatte, versagte nie.

Wenn ich dran war und Yongsun und ich pudelnackt in die Decke eingewickelt waren und einander umklammerten, stieß hin und wieder mein Genital an ihres. Doch wie es für mein Alter halt so war, maß ich dem keine weitere Bedeutung bei. Yongsun und ich waren noch zu klein und verspürten in unseren noch nicht voll entwickelten Geschlechtsteilen keinerlei Erregung. Doch wenn ihr Genital sanft über meins strich, empfand ich die übertragene Wärme ihres Körpers als wohltuend angenehm; eine Wärme, die nach rohen Bohnen duftete und der ich willenlos verfiel.

Nicht nur ich empfand bei diesem Spiel an meinem Ding absolut nichts, auch den anderen erging es so. Wir mochten die Schlauberger des Marktplatzes sein, aber von dem richtigen Gebrauch unserer Dinger hatten wir nicht die leiseste Ahnung. Keinen blassen Dunst, dass die Erwachsenen sie in ihrem verschrobenen nächtlichen Tun als Hauptwerkzeug benutzten und dass gerade dort ein unbeschreiblicher Genuss verborgen war. Wenn wir Erwachsene spielten, rieben wir lediglich unsere Geschlechtsteile aneinander, wobei wir deren unterschiedliche Anatomie merkwürdig fanden, das war's dann auch. Letzten Endes kam unser Spiel nicht über diesen Punkt hinaus.

So vergnügten wir uns viele Tage in dem Kämmerchen, ohne von den Erwachsenen ertappt zu werden. Jedes Mal war Yongsuns Geschlechtsteil wie eine fest verschlossene Muschel, die uns nie ihr Inneres offenbart hatte. Wir stellten jedoch zumindest vage fest, dass wir durch ihr Geschlechtsteil einen Geheimbund eingegangen waren. Durch unser Spiel erwarben wir eine Sprache für uns allein, von der die Erwachsenen nichts wussten. Ja, dieser Akt, bei dem sich Yongsuns und unsere Geschlechtsteile aneinander rieben, war eine Art Körpersprache, die nur wir verstanden. Die Erwachsenen ahnten hiervon nichts; wir dagegen vollzogen mit unserer Körpersprache ein geheimes Ritual, das uns wahren Nervenkitzel garantierte. Mit dem unerschütterlichen Gefühl für Zusammengehörigkeit, das nur Fünfjährige haben können, teilten wir unsere Erlebnisse miteinander.

Nach zwei Wochen kam uns Yongsuns Vater dann doch auf die Schliche, und es endete damit, dass wir verdroschen wurden, bis uns die Waden bluteten. Doch er konnte auch damit seine Wut nicht zähmen, und so ließ er uns alle außer Yongsun splitterfasernackt den ganzen Tag lang vor seinem Friseurladen stehen. Die Erwachsenen vom Marktplatz zeigten auf uns und jeder gab seinen Senf dazu:

„Schau einer an. Die Ferkel hier sollen gefickt haben."

„Mannomann, diese Schniepel scheinen auch schon ihre Funktion zu erfüllen."

„Sieht so aus. Die sind ja alle Lochschwager!"

„Wow, Herr Jang, wie fühlt man sich denn, wenn man so viele Schwiegersöhne hat?"

Die Erwachsenen machten sich über uns lustig, sie lachten sich schief. Wir lachten mit und erwiderten:

„Hehe, ihr macht es ja auch jeden Tag."

Bis heute ist mir das damalige Erwachsenenspiel wie eine Szene aus einem Märchen in rosiger Erinnerung geblieben. Yongsuns mungobohnengroße Brustwarzen, ihre wickenblütenviolett schimmernde Vagina, die angenehme Körperwärme, der Duft roher Bohnen, der ihrem Intimsten entströmte.

Ich war in der vierten Klasse der Grundschule, als ich zum zweiten Mal das Geschlechtsteil einer Frau sah.

Es war während der Sommerferien und ich war auf dem Weg nach Hause, nachdem ich mit einigen Jungen im Saulchoner Flüsschen unter der Brücke gebadet hatte. Die Sonne sengte dermaßen vom Himmel, dass auf dem Weg und den Reisfeldern nirgends eine Menschenseele anzutreffen war. Hin und wieder donnerte ein Auto vorbei und wirbelte Staub auf, danach versank die Umgebung sofort wieder in völlige Stille, in der nichts geschah. In dieser Stille, auf dieser Straße, so endlos lang unter der brennenden Hitze, bekamen wir plötzlich eine unergründliche Angst. Das Knirschen der Kieselsteine unter unseren Füßen drang ungewöhnlich laut an unsere Ohren und versetzte uns in noch größere Furcht. Auf diesem Weg, im Schatten der Pappeln, die den Weg säumten, trafen wir plötzlich auf eine Frau. Die Frau hielt ein Mittagsschläfchen. Ihre Beine waren so weit gespreizt, als wollte sie sie vom Rumpf abtrennen, und unter ihrem halb hochgeschlagenen Rock wurde ihr Unterleib sichtbar.

„Die Verrückte!", schrie einer von uns.

Ihr Gesicht war mir vertraut, ich hatte die Frau einige Male auf dem Marktplatz gesehen. Bei jeder Gelegenheit rollte sie in der Ecke einer der leer stehenden Verschläge ihre Strohmatte aus, legte sich dort nieder und summte etwas vor sich hin.

„Seht da! Die Fotze der Verrückten. Ich sehe ihre Fotze!"
Einer zeigte mit dem Finger auf das weit geöffnete Geschlechtsteil zwischen den Beinen der Frau und wir entdeckten da, wo der Finger hindeutete, eine Menge krauser Haare.

„Wow, eine echte Fotze", bestätigte ein anderer. Durch unsere Stimmen schien sie aufgewacht zu sein, sie öffnete die Augen und lächelte uns an. Irgendeiner, der ihr Lächeln wohl als beleidigend empfand, bespuckte sie. Immer noch mit lächelnder Miene machte sie es ihm nach und spuckte zu uns zurück. Schon hatte jemand einen Kieselstein aufgehoben.

„Diese Irre wagt es ..."
Er warf uns einen scharfen Blick zu. Seine Augen verrieten, was sich hier gleich abspielen würde. Die Sonne verbrannte uns die Haut, die Nachmittagsstille war unerträglich – und wir stießen hier auf diese Frau, die uns ihr lockiges Haarbüschel zwischen den Beinen präsentierte. Doch für uns war sie nicht bloß eine verrückte Frau, sie war das bemitleidenswerte Wesen, das unsere kindlichen Ängste weckte und uns aggressiv machte. Wie auf Kommando griffen wir alle zu Kieselsteinen. Hätten wir in diesem Augenblick nicht die Steine in die Hand genommen, wären wir wohl vor Angst in Tränen ausgebrochen.

„He du Fotze, zieh deinen Rock aus. Sonst hagelt's Steine auf dich!"
Der Frau gefror sofort ihr Lächeln und sie riss vor Angst die Augen auf. Sitzend, ihre Beine immer noch gespreizt, krempelte sie den Rock langsam herunter. Ihre blassen Oberschenkel und ihr Genital traten zutage.

Mir stockte der Atem, als ich ihre Scheide inmitten des Haarbüschels betrachtete, die sich in der Senke zwischen den Schenkeln versteckt hielt. Bis dahin war in meiner Vorstellung das weibliche Genital wie das von Yongsun als violett schimmernde Wickenblüte verblieben. Doch wo war diese hier? Ich empfand der Frau gegenüber Wut und Furcht, als hätte sie meiner Erinnerung die Wickenblüte entrissen. Ihr völlig behaartes Genital, dem ich gegenüberstand, wirkte auf mich wie der riesige Schlund eines nächtlichen Ungeheuers. Sein riesiges Maul schien gleich über mich herzufallen. In diesem Moment heulte sie los, was mich an den schauerlichen Klang wilder Tiere erinnerte.

„Uuah, uuah, uuah!"

Mir war, als käme das Geheul nicht aus ihrem Mund, sondern aus dem haarigen Genital. Ohne nachzudenken warf ich einen Kieselstein. Daraufhin warfen auch die anderen Jungs mit Steinen, als hätten sie nur darauf gewartet. Auf ihrer Stirn sah man etwas Rotes.

„Blut!", schrie irgendeiner.

Wir rannten wie der Blitz fort von der verrückten Frau. Ich flitzte davon, weg von der ungewissen Angst, weg von dem behaarten Maul des Raubtiers, weg von dem Blut auf ihrer Stirn. Ich sauste, raste über Stock und Stein, über ganze Reisfelder hinweg, und taumelte atemlos nach Hause. Dort, erst kurz vor dem Eintreffen, stellte ich fest, dass ich barfuß war und meine Füße massenhaft Schrammen abbekommen hatten.

Danach fiel ich vor Angst immer wieder in Ohnmacht, was sich fast eine Woche lang hinzog. Jedes Mal, wenn ich bettlägerig die Besinnung verlor, sah ich die aufgerissene, riesige Schnauze eines Tieres, das sich auf mich stürzte. Darin erkannte ich das dicht behaarte Geschlechtsteil jener Frau. Meine Mutter jedoch glaubte, ich hätte einen Sonnenstich.

Diese beiden Bilder vom weiblichen Geschlechtsteil aus meiner Kindheit haben für mich symbolischen Charakter: Die rötlich-violett schimmernde Wickenblüte und das haarige Riesenmaul einer nächtlichen Bestie. Diese beiden Bilder waren womöglich schuld an meiner späteren Gespaltenheit den Frauen gegenüber. Als ich das erste Mal Sex hatte, kam das deutlich zum Vorschein.

Ich war siebzehn, als ich es zum ersten Mal mit einer Frau tat.

Es war die Zeit, als ich die Oberschule nach zweijährigem Besuch aus eigenem Entschluss abgebrochen hatte, aus der Provinzhauptstadt zurückgekommen war und für die Marktbande den Schläger spielte. Ich befand mich mitten in der Pubertät, in einem Alter, in dem ich auf alles empfindlich reagierte. Nicht nur die Schule hatte ich aufgegeben, sondern auch mein anständiges Leben, so überspannt war ich in meiner Verzweiflung.

Es war eine kalte Winternacht kurz vor Neujahr, das Ausgehverbot stand kurz bevor. Die Lichter aus dem fernen Dorf blinkten im eisigen Wind und pusteten sich langsam eins nach dem anderen aus. Auf dem Strohhaufen eines Reisfeldes war ich gerade dabei, eine junge Frau zu zerquetschen, das heißt: sie zu vergewaltigen.

Selbstverständlich war ich wieder einmal nicht allein. Chunbong peitschte mich dazu auf; er, der ohne Grundschulabschluss nach Seoul gezogen und sich dort von klein auf als Abschaum der Gesellschaft, wie es Lumpensammler oder Langfinger waren, durchgeschlagen hatte. Wegen irgendeines Missgeschicks war er zum Marktplatz zurückgekehrt und hatte mit mir den Schläger für die Bande gespielt. Mehrmals hatte er mit der Faust auf die Frau eingeschlagen, ihr mit dem Taschenmesser gedroht, und nachdem er sie so in Heidenangst versetzt hatte, übergab er sie mir, damit ich den nächsten Schritt tun konnte.

„Hier, die Schlampe gehört dir. Wenns dir nich gefällt, ich zwing dich nicht, es zu machen. Nur, wenn du dich dann nochmal vor mir aufspielst, von wegen großer Macker und so, dann schlitz ich dir den Bauch auf. Da haste dich aber geschnitten, wenn du denkst, ich bin ein Depp! Tu bloß auf hochnäsig und lehn mein Angebot ab, dann sind wir ab jetz Feinde. Wenn du wirklich Schläger fürn Markt sein willst, dann lass das lieber mit deiner großen Fresse, du Klugscheißer mit Schule. Na und? Du bist trotzdem nur ein Handlanger für Dresche. Also hör bloß auf mit deinem Geseier von wegen Moral."

Chunbongs Worte machten mir keine Angst. Sowieso war es höchste Zeit geworden, einen radikalen, erbarmungslosen Schnitt zu machen. Der Zeitpunkt des Ausmistens war gekommen: Dinge, die seit der Pubertät in den Vordergrund meines unerfahrenen Lebens gerückt waren und Gewohnheiten, die ich bis dahin immer noch nicht abgelegt hatte, mussten weg; ungeachtet der Tatsache, dass ich mir mehrmals weis gemacht hatte, mein Leben sei aussichtslos. Der Akt der Vergewaltigung war sozusagen eine Maßnahme, einen abschließenden Strich unter mein Dasein als Träumer zu ziehen. Ich musste mich in den finsteren Abgrund werfen, aus dem es kein Zurück mehr gab.

So wie ein warmer Luftzug inmitten des kalten frostigen Schneetreibens den Frühling ankündigt, hatten sich in mein pubertäres Leben unterschwellig Vorstellungen wie Zukunft, Hoffnung, Glück, Jugend, Liebe und Freundschaft hineingeschlichen. Vielleicht mochte *Frau* für mich auch ein Begriff aus der von Licht durchfluteten Welt gewesen sein. Womöglich waren Frauen so was wie der Tau am Sommermorgen, Tau, der die Rosen funkeln lässt, das frische Grün, die Pfade zwischen den Reisfeldern, in denen die Frösche springen, oder der Wald, in dem sich Pfefferminzduft ausbreitet.

Begriffe aus der erhellten Welt wie *Frau* fügten einem wie mir, der in seinen jungen Jahren keinen Ausweg im Leben sah, grenzenloses Leiden zu, und so wünschte ich mir mein Leben lieber mit unheilbarer Finsternis überzogen. Ich suchte Trost zu schöpfen in dieser schwarzen Welt, ohne hin und her gerissen zu werden; dies war ein Wunsch, der die Lichter der erhellten Welt im Nu zum Auslöschen zu bringen vermochte. So wie sich Sprossen hie und da durch die Erde winden und schließlich die mächtige Teerschicht umschlingen.

Unwillkürlich sah ich auf die Frau hinab, die Frau, die für den Tod meiner eigenen Vorstellung von *Frau* geopfert und unter meinem Körper zerdrückt wurde. Die Frau, die gerade mit dem Nachtzug aus Seoul zum bald anstehenden Neujahrsfest angekommen war. Die Frau, die durch die Nachtschichten in einer Fabrik das Geld für die Fahrtkosten zusammengekratzt hatte, damit sie Neujahr in ihrer Heimat verbringen konnte. Die Frau, die ebenso für die Neujahrskleider von allen aufgekommen und selbst in ansprechend feinen Hanbok gehüllt hierher zurückgekehrt war. Die unglückliche Frau, die ihren Heimatort schon vor der Nase hatte, doch dann zum Opfer wurde.

Sie schien zwei, drei Jahre älter als ich zu sein. Abgesehen von ihren großen Augen zeigte ihr Gesicht keine besonderen Merkmale. Sie schien jegliche Hoffnung begraben zu haben, die Augen geschlossen, die Lippen zusammengepresst, mit einem verweinten Gesicht. *Du musst sie nehmen*, redete ich mir mutwillig ein. Doch sobald ich ihr Gesicht sah, wurde ich unschlüssig. Erneut redete ich mir ein, die Frau sei ein unvermeidliches Opfer, damit ich mich gefestigt in den Abgrund der Unterwelt abseilen könnte.

Als wäre es die übliche Vorgehensweise, befingerte ich zuerst ihre gesamte Unterwäsche, ihr Busen bot sich mir dar. Meine Hände zitterten, mein ganzer Körper zitterte wie Espenlaub. Ich bemerkte, wie die Frau erschauerte, als meine bebenden Finger ihre zarte Haut berührten. Mit einem Mal brannte ich darauf, ihr Gesicht zu sehen. Was wollte ich nur in ihrem Gesicht bestätigt sehen?

Ihre Lider zuckten. Ich ahnte, dass ich nicht der Einzige war, der einen Schlussstrich ziehen wollte. Diese Frau wollte ebenso wie ich etwas loswerden.

Es war in diesem Moment, dass ich sah, wie sich die Wickenblüte von damals zart schimmernd über ihrem Gesicht ausbreitete. Vor mir schimmerte plötzlich über ihrem zuckenden Gesicht diese Blüte, die wunderschöne violette Wickenblüte von Yongsuns Geschlechtsteil. Zuerst glaubte ich an eine Sinnestäuschung. Allerdings schien das, was ich da sah, zu real zu sein, um als Halluzination durchzugehen, denn ich glaubte, den Duft roher Bohnen gerochen zu haben.

Doch seit wann bedeutete diese Blüte für mich Schönheit? Nichts war mir rätselhafter als die Schönheit. Sie zu betrachten, die sich in einer unvorhergesehenen Stunde, in unvorstellbarer Ausprägung vor mir auftat, das empfand ich als Kränkung. Damals wie heute war sie ein Spiegel, der mich reflektierte. Je schöner die Dinge waren, desto ekelhafter spiegelten sie mich wider. Und so hatte sich die Blüte auf ihrem Gesicht längst zu einem Spiegel verwandelt, der meine Abscheulichkeit reflektierte.

Für einen, der aus einer armen Markthändlerfamilie stammte, waren die zwei Jahre Oberschule Tag für Tag, Stunde für Stunde Demütigung und Erbitterung gewesen. In dieser Stadt gab es nichts, worüber ich nicht erbittert gewesen wäre. Damals spürte ich mit Leib und Seele, dass ich uneheliches Markthändlerkind als sozial niedrig, ja minderwertig abgestempelt war. Zugleich lernte ich auch, dass viele schöne Dinge, die man als vornehm ansah und der eleganten Kultur zurechnete, auf mich warten würden, wenn ich aus der untersten Schicht den Aufstieg schaffte.

Um mich meinen Verhältnissen zu entreißen, wäre ich skrupellos in die Hölle hinabgestiegen und hätte dem Teufel meine Seele verkauft. Auf der anderen Seite fehlte mir der Mut, mir selbst einzugestehen, dass ich erpicht darauf war, mich aus meinen Zwängen zu befreien. In dieser Zeit war mir alles, was mich erbitterte, ein Spiegelbild meiner selbst. Um diesem Alter Ego schließlich zu entfliehen, war ich zum niedrigsten Ort von allen zurückgekehrt: zum Marktplatz.

Als ich nun auf dem Gesicht der jungen Frau die Wickenblüte und darin mich selbst gespiegelt sah, packte mich eine Erbitterung, die ich bisher nicht gekannt hatte, und ich stürzte mich rücksichtslos auf die Frau. Ich entblößte sie, riss ihr die Unterwäsche vom Leib, als ob ich ihr Teile meines eigenen Körpers entreißen würde. Dann drückte ich mein Geschlechtsteil in sie hinein.

In dem Moment, als ich gerade dabei war, in sie einzudringen, sah ich es. Jäh tauchte vor mir das Maul der nächtlichen Bestie auf, und die riesige haarige Schnauze, die ich als kleiner Junge bei der verrückten Frau gesehen hatte, fiel über mich her. Ich war kurz vor einer Ohnmacht. Halb benommen, halb ohnmächtig kam ich plötzlich. Jedoch nicht in der jungen Frau, stattdessen ejakulierte ich wohl auf das riesenhafte haarige Maul, das sich auf mich stürzte. Das war mein erster Geschlechtsverkehr. Bevor mein Geschlechtsteil ihres berühren konnte, hatte dieses Maul nicht nur meinen Penis, sondern auch meinen ganzen Körper verschlungen. Dann verschwand es mit einem ächzenden Lachen, das aus meinem eigenen Mund zu kommen schien. Ich zuckte mit den Achseln, da ich mir einbildete, dass ich dafür schon noch bestraft werden würde. Und ich verspürte den Drang, mich selbst auszulachen – und ich begann, hemmungslos zu heulen. Meine Tränen fielen auf das Gesicht der Frau.

Ich sah mich selbst in einem riesigen Sumpf stecken, der sich vor mir und über meinem Körper ausbreitete. Ich bildete mir ein, endlich auf dem Abgrund des Lebens angelangt zu sein und zitterte wie ein kleines Kind, das sich bis zur Erschöpfung ausgeheult hat. Bis an mein Lebensende sah ich mich von nun an in diesem Sumpf zappeln. Angst hatte ich dagegen jetzt keine mehr, endlich akzeptierte ich mich.

Noch immer lag ich auf der jungen Frau, als mir plötzlich war, als ob ihre Hände behutsam meinen Rücken streichelten.

1. Die erste Liebe

Ich kehrte zur Schule zurück. Die blaue Schuluniform kam mir anfänglich vor wie eine Verklärung meiner selbst, wie Heuchelei. Wenn ich sie morgens anzog, war mir jedes Mal zumute, als würde ich mich tarnen, um jemanden hinters Licht zu führen, oder als wäre ich ein altertümlicher Krieger, der seine Rüstung anlegt, bevor er in die Schlacht zieht. Mit diesem Gefühl begann für mich die scheinheilige Selbstverklärung. Ich lernte diese Scheinheiligkeit, welche vielleicht die durchtriebenste und am meisten gekünstelte aller menschlichen Eigenschaften ist, also durch die Schuluniform kennen.

Meine Oberschule gehörte zu einer Privatuniversität der Provinzhauptstadt. Das sechsstöckige riesige Hauptgebäude, das gottverlassen oben auf dem Hügel stand, war bereits die ganze Universität. Das spitze Dach in Form eines Sägeblattes war in der Mitte am höchsten, fiel links und rechts symmetrisch ab und sah damit aus wie eine Schlossmauer oder Kathedrale aus dem mittelalterlichen Europa.

Von der Mitte des Gebäudes ausgehend erstreckte sich eine Treppe gradlinig bis zum fernen Sportplatz hinunter. Links und rechts von der Treppe standen die dazugehörigen Schulen aneinandergereiht und bildeten somit den Campus: Oberschule, Mittelschule, Frauenschule und Berufsschule sahen aus, als wollten sie das Hauptgebäude abstützen. Der große Sportplatz lag am Ende dieser Treppe. Bei den Feierlichkeiten versammelten sich dort Studenten und Schüler, bis der Platz gerammelt voll war, und warteten auf den Gründer der Universität, der gemächlich die endlose Treppe herabschritt. Er, der sich zugleich auch als Förderer der Nachhilfeschulen einen Namen gemacht hatte, war berüchtigt für sein stockkonservatives, autoritäres Gebaren. Ihm wurde nachgesagt, er behandele seine Professoren nicht anders als durch Tritte vor die Schienbeine. Es war also nur konsequent, dass die Architektur des Campus genau auf seinen Charakter zugeschnitten war. Kurz, die militärische Anordnung der Gebäude erlaubte keinerlei Eindringen hochschulmäßiger Freiheit oder Vorstellungskraft; dazu kam, dass die

Umgebung landschaftsgärtnerisch verwahrlost war und praktisch brach lag.

Nach der Rückkehr an die Schule wirkte seltsamerweise gerade dieses eintönige Ambiente beruhigend auf mich. Meine Schulzeit verlief ganz gut. Bald entwickelte ich mich zum Streber, tat mich immer als Klassenbester oder -zweiter hervor und spielte zumindest nach außen hin den Musterknaben. Nichts außer dem Lernen weckte mein Interesse, sodass ich lediglich von meiner Mietunterkunft zur Schule und zurück pendelte. Möglicherweise empfand ich das Lernen als Schuluniform, als Rüstung, die mich schützte. Obgleich ich perfekt in der Kunst der Verstellung bewandert war, hörte ich immer wieder ein höhnisches Lachen, verbunden mit den unvermeidlichen dröhnenden Worten:

„Ist jetzt auch egal, aber eins sag ich dir: Lass dich bloß nie wieder auf dem Marktplatz blicken! Und wenn du einen Besen frisst: Aus dir wird nie ein richtiger Schläger. Es muss was anderes geben, womit du dich durchbringen kannst!"

Als ich noch den Schläger für die Bande auf dem Marktplatz spielte, zog ich des Öfteren im Gefolge von Chunbong umher. Er war der Sohn einer Schamanin und hatte nicht mal die Grundschule abgeschlossen. Ich heftete mich vor allem deshalb an seine Fersen, weil ich ihn um seinen simplen Charakter beneidete. Zu dieser Zeit glaubte ich wie gesagt fest, ich hätte mich unwiderruflich in den Abgrund des Lebens gestoßen, und ich lebte uneins mit mir, gefangen in Selbstverachtung. Chunbong dagegen reagierte auf alles in seinem Leben unbehelligt.

Dennoch hatte er einmal Tränen gezeigt, als er sich in die kleine Nutte Okhi verknallt hatte, die in der zwielichtigen Absteige vor dem Bahnhof arbeitete.

„Dieses verdammte Luder geht mir aus dem Weg, weil ich ein Herumtreiber bin und keinen Pfennig in der Tasche habe, und trotzdem kann ich sie nicht hassen. Bevor ich sie kannte, dachte ich, die Löcher der Weiber sind eh alle gleich. Aber so war's nicht. Sie war anders. Wenn ich mit ihr in der Nacht rummachte, war es nicht nur das ewige Reinraus, es war viel mehr, mir war zumute, als wäre mein Körper mit ihrem verschmolzen. Wie soll ich das bloß sagen? Also mir ist das Ganze ein Rätsel."

Chunbong schien zum ersten Mal in seinem Leben Liebe empfunden zu haben. Doch als die Kleine das Weite suchte, lachte er nur dumpf.

„Dieses Drecksstück, sie hat sich verpisst. Na wenn schon. Ein Dummkopf wie ich kann sich über ihre Machenschaften so viel das Hirn zermartern wie er will, er kriegt ja doch nur einen Brummschädel davon. Als hätt ich's geahnt, Löcher sind doch nur Löcher. Die war auch nicht anders, ach was. Na ja, ich hab eigentlich nichts zu meckern, schließlich habe ich sie ja gratis und umsonst gepimpert."

Ich beneidete ihn, nein vielmehr war ich eifersüchtig darauf, wie lässig er das alles wegsteckte.

Eines Tages waren vier, fünf Schläger, darunter Chunbong und ich, von der Bande beauftragt worden, in das benachbarte Dorf zu gehen, um Spielschulden einzutreiben. Der Schuldner war ein Bauerntölpel, der beim Zocken von Profis gelinkt und bis auf die Unterhose ausgezogen worden war; auch ein paar von der Marktbande hatten dabei ihre Finger im Spiel gehabt. Die Aufgabe der Schläger bestand darin, dem Tölpel Furcht einzuflößen, damit er schleunigst die Schulden zurückzahlte. Dabei unterlief mir allerdings eine Panne.

„Wollen wir nicht sein Haus in Rauch und Flammen aufgehen lassen?", knurrten wir, als wir sein Haus belauerten. Der Mann, Anfang vierzig, der bis dahin ruhig auf der Holzdiele gesessen und an einer Zigarette gezogen hatte, bäumte sich jetzt gereizt auf.

„Na los, brennt es nieder, wenn ihr wollt. Na los! Darauf kommt's jetzt auch nicht mehr an, ihr Hurensöhne!"

Mit zitternder Faust ging er auf uns los, und ausgerechnet ich, der direkt vor ihm stand, war sein erstes Ziel. Ruckzuck packte ich einen der Krüge, die auf der Terrasse standen, und schleuderte ihn auf den Mann. Der Krug traf ihn genau am Kopf und zerbrach, und aus seiner Stirn schoss ein roter Strahl hervor. Als seine Frau sah, wie ihr Mann blutend zu Boden fiel, flennte sie hysterisch los, und auch die Kinder heulten wie die Sirenen. Das ganze Haus verwandelte sich im Nu in einen Hexenkessel. Die Dorfbewohner, die bis dahin nur vorsichtig über die Mauer geguckt hatten, traten jetzt einer nach dem anderen mit drohenden Mienen durch das Tor.

„Dreckige Bande, jetzt treibt ihr's aber zu weit!"

„Hauen wir ab!", rief Chunbong, und zückte hastig sein großes Taschenmesser.

Gerade wollten wir uns aus dem Staub machen, da kamen die jungen Männer des Dorfes hinzu. Einer von ihnen streckte die Arme weit aus und schnitt damit Chunbong den Weg ab. Chunbong rammte ihm das Messer in die Seite, worauf der Getroffene heftig aufstöhnte und zusammenbrach.

Ich hatte mich schnell davongemacht und bei meinen Verwandten in der Stadt Zuflucht gesucht, bis sich die Aufregung über den Vorfall gelegt hatte. Chunbong dagegen hatte nirgendwo ein Schlupfloch finden können. Nachdem er sich ein paar Monate unweit des Marktplatzes herumgetrieben hatte, nahm er auf Drängen der Bande hin und durch einen Kompromiss mit der Polizei schließlich die ganze Schuld auf sich und wurde verhaftet. Da es Chunbong war, der die ganze Suppe auslöffeln musste, blieb ich von dem Vorfall unbeschadet. Klar, meine Mutter, die ihren Kindern gegenüber einen unermüdlichen Eifer zeigte, blieb auch nicht faul und schmierte die Polizei kräftig. Chunbong aber war nun vorbestraft; dazu kam noch, dass ihm die Polizei wegen eines anderen Delikts auf die Spur kam, das er in Seoul begangen hatte, und so landete er erneut hinter Gittern. Vor seiner Überführung in den Knast besuchte ich ihn in seiner Zelle auf der Polizeiwache. Gleich als er mich sah, grinste er mich an.

„Durch dich habe ich eine Lektion erteilt bekommen. Beinah hätte ich mir, naiv wie ich bin, vorgemacht, ich stehe auf derselben Ebene mit Schlaumeiern wie dir. Einer wie ich, der kaum die Grundschule von innen gesehn hat, sollte eigentlich wissen, wo seine Grenzen liegen. Ich weiß nicht genau was, aber ich glaube, ich habe durch Okhi und dich alles gelernt, worauf ich für den Rest meines Lebens zu achten habe."

Sein Grinsen schien zwar versöhnlich, doch seine Blicke, die mich durchbohrten, waren es nicht.

„Tut mir wirklich Leid, Chunbong."

„Nur keine Missverständnisse. Das war nicht für dich gedacht, ich habe mit mir selbst gesprochen. Ist jetzt auch egal, aber eins sag ich dir: Lass dich bloß nie wieder auf dem Marktplatz blicken! Und wenn du einen Besen frisst: Aus dir wird nie ein richtiger Schläger. Es muss was anderes geben, womit du dich durchbringen kannst!"

Hyongjin feixte, als ich ihm von der Geschichte mit Chunbong und von meiner Selbstbezichtigung der Heuchelei erzählte. Ich hatte es nur zaghaft zur Sprache gebracht, doch er machte ein großes Trara daraus. Er bog sich vor Lachen, bis ihm seine Kappe herunterfiel. Es war ein Samstagnachmittag im Mai, es hatte ein Jahr gedauert, bis ich seine höhnische Art zu lachen wiedersah. Kurz nach meiner Rückkehr an die Schule war auch er wieder dort aufgetaucht, als hätte er auf diesen Moment gelauert.

„Also gut, du meinst, Schuluniformen seien eine Form der Heuchelei? Und ein Verrat an diesem Chunbong?", fragte er, nachdem er endlich aufgehört hatte zu lachen.

„Nicht nur an Chunbong", nuschelte ich betreten.

„Wie du meinst."

Hyongjin nickte. Er wischte sich das Lachen aus dem Gesicht und wurde wieder ganz ernst.

„Und was ist dann mit deiner Selbstverteufelung?"

„Selbstverteufelung?", echote ich etwas zu laut. Ich sah ihn an wie einen Fremden und empfand ein mir unbekanntes Gefühl – eine Art Furcht.

„Soll das etwa heißen, ich betreibe Selbsterniedrigung?"

„Aber nein, so meinte ich das nicht. Ich kann die beiden Wörter eh nicht auseinanderhalten."

Ein feiner Sonnenstrahl drang durch die handflächengroßen Platanenblätter über uns und verzierte Hyongjins Gesicht. Die Blatternarben seines Gesichts traten unter dem sonnigen Muster unbarmherzig zum Vorschein.

„Letztendlich hat beides die gleiche Bedeutung, oder?"

Verstohlen musterte ich seine auffälligen Narben und schüttelte stumm den Kopf. Seine Narben verdeutlichten mir den Unterschied zwischen Verklärung und Verteufelung der eigenen Person. Wenn für mich die Schuluniform das Erstere war, dann waren für ihn eben die Pockennarben das Zweitere. Ich betrachtete sie, durch die er sich selbst erniedrigte, und erblasste vor Neid; Neid, der mich zu zerfressen drohte.

„Was glotzt du mich so an?", fragte er mich schneidend, als hätte er meinen neidisch-skeptischen Blick bemerkt.

„Diese Erniedrigung deiner selbst, von der du vorhin gesprochen hast …"

„Meine Narben meinst du?", präzisierte er.

„Ja", antwortete ich, und ergänzte:

„Ich beneide dich."

„Oh, bist du ein Schleimer", lachte er höhnisch. Ein Luftzug ließ den Sonnenfleck auf seinem zerfurchten Gesicht wabern. Wenn meine Heuchelei das Negativ war, dann war seine Selbsterniedrigung das positive Gegenstück dazu.

Seit meiner damaligen Aufnahme in die Oberschule war ich immer ein Einzelgänger gewesen und hatte niemandem meinen Makel offenbart, bis ich Hyongjin das erste Mal begegnet war. Nun erst verstand ich, warum ich mich ihm damals so ohne weiteres angenähert und ihm mein Herz ausgeschüttet hatte: Wir beide hatten ähnliche Makel, doch nur er, der seinen jederzeit nach außen hin zeigen musste, hatte etwas Unschuldiges an sich. Im Gegensatz zu ihm hatte ich meine Schande tief in meiner Seele verborgen gehalten, weshalb meine Sicht auf die Welt leider trüb und düster war. So gesehen war es wohl nur selbstverständlich, dass ich ihn sofort als meinen Gegenpart auserkoren hatte.

„In Wahrheit willst du ja nur protzen, nicht?", fragte ich, und er feixte erneut.

„Ich will protzen?"

„Ja, mit deiner Selbsterniedrigung."

„Hör doch auf mit dem Scheiß", erwiderte er gereizt. Doch ich schien einen Nerv getroffen zu haben, denn auf einmal sprudelte es nur so aus ihm hervor:

„Ich hab ein ganzes Jahr lang Mönch gespielt. In dem buddhistischen Tempel da am Ueolchul-Berg, im Dogab-Tempel. Ich habe mich weit weg von den Menschen dorthin verkrochen, noch unsichtbarer konnte ich mich nicht machen. Wie war mir da zumute! Du hast den Schlusspunkt erreicht, du hast keinen anderen Ausweg, wenn du dich hier nicht vergraben kannst, ist es dein Ende. Aber das ist alles Unsinn, wenn schon, denn schon, dann sollte ich ehrlich sein. Nicht mich, sondern mein Gesicht, mein Pockengesicht, habe ich mir eingebildet, verstecken zu können. In den ersten Monaten, in denen ich als Küster lebte, glaubte ich, ich könnte es vielleicht wirklich verstecken. Dann wurde ich zum Mönch ordiniert und bekam den Ordensnamen Sokdo, *Buddhas Weg*. Ich habe Buddhas Lehren eifrig studiert, unter anderem das Dharani-Sutra des Bodhisattva, dann das Sutra der höchsten Weisheit und das umfangreiche Avatamsaka-Sutra. Das Ganze zu verstehen, bedeutete für einen Grünschnabel wie mich eine maßlose Anstrengung, und ich habe schließlich festgestellt, dass ich mein Gesicht nirgends vergraben konnte. Moment, das ist nicht ganz der springende Punkt. Nicht nirgends vergraben, sondern ich wusste es nicht zu verbergen. In Buddhas universumsgleichem Ärmel fand ich kein Plätzchen dafür. Naja, wie hätte ich es finden sollen, wo ich doch bis dahin blind für meine Narben war. Nicht den äußerlichen, sondern eher den inneren Begleitumständen gegenüber war ich blind geworden. So baute ich panisch einen Schutzwall um mich herum, weil ich glaubte, ich bräuchte nur mein Gesicht vor den Blicken der anderen abzuschotten. Jedes Mal, wenn mich ein Blick traf, türmte ich einen weiteren Backstein darauf, Stein für Stein. So verkroch ich mich immer mehr, damit mein Äußeres noch hermetischer abgeschottet würde. Einfach den Kopf in den Sand gesteckt, was? Hätte Buddha mich gesehen, hätte er mich bestimmt so bejammernswert gefunden, dass seine steinernen Augen selbst zum Steinerweichen geweint hätten. Wo in aller Welt hätte ich es verstecken können, wenn ich mein eigenes Gesicht derart verabscheute. Mein Stolz, selbst nachdem mir der Kopf kahl geschoren worden war, wollte die Narben nicht akzeptieren."

Auf einem Teil des Sportplatzes spielten die Studenten Fußball. Hyongjin sah flüchtig zu ihnen hinüber, dann wandte er sich wieder mir zu.

„Die großen buddhistischen Meister nennen die Erleuchtung nach langer Meditation Illumination. Die Illumination wird jedoch durch völlig zufällige Dinge herbeigeführt. Ich wurde auch rein zufällig erleuchtet, als ich deine Postkarte bekam. Wenn die großen Meister von meinen Äußerungen erführen, würden sie mir wegen Lästerung Buddhas mit Bambusruten den Rücken zerfetzen. Egal, durch deine Karte erfuhr ich, dass du zurück zur Schule gekommen warst, und wie aus heiterem Himmel leuchtete es mir ein, dass das Problem nicht in meinen Narben, sondern ganz woanders lag. Bis zu dem Zeitpunkt war ich ihretwegen befangen. Ich hatte mich keinen Augenblick gegen das Pockengesicht aufgelehnt. Als ich allerdings von deiner Rückkehr las, interpretierte ich das Wort Rückkehr als Befreiung. „Möchtest du dich von den Narben befreien, dann befreie zuerst die Narben", sagte mir deine Karte. Da wurde mir klar, dass ich mein Gesicht nicht mehr verstecken kann. Und wenn das so ist, dann bleibt mir nur ein Ausweg."

Hier hielt er inne und sah mich an. Ich fragte:

„Der Ausweg war also die Erniedrigung deiner selbst?"

Er verdrehte die Augen und sah mich abschätzig an.

„So kann man's auch sagen. Jedenfalls muss ich der Welt die Stirn bieten, anders als du, der ständig nur von Selbstverklärung faselt. Aber was auch passiert, ab jetzt werde ich nie wieder klein beigeben, selbst wenn ich daran zerbrechen sollte. Hast du vorhin nicht gesagt, ich wolle protzen? So weit bin ich noch nicht, aber wenigstens weiß ich jetzt, wie mein Gesicht einzusetzen ist. Ich bin nicht mehr der Sklave meiner Pocken. Ich werde sie mir von jetzt an zunutze machen."

Ich hatte mir Sorgen gemacht, als ich ihm zuhörte, doch was seine

Strategie betraf, hakte ich lieber nicht weiter nach. Ich hatte das Gefühl, dass er auf einer Klippe stand und bei einem falschen Schritt in den Abgrund stürzen würde. Voller Sorge erinnerte ich mich auf einmal an jene qualvollen Stunden, die ich vor einem Jahr an seiner Seite miterlebt hatte. Vor einem Jahr hatte er tatsächlich einmal, wie er sagte, ‚seinem Schandfleck die Stirn geboten'.

„Willst du es noch einmal mit einer Frau versuchen?", fragte ich ganz vorsichtig.

„Mit einer Frau?"

Er runzelte die Stirn, als wäre er auf meine Frage nicht vorbereitet gewesen, dann dämmerte es ihm und er verzog den Mund.

„Mal sehen. Vielleicht, aber nicht so wie früher."

Damit meinte er wohl die Art und Weise, wie er sich der Welt ohne den jetzigen Kniff der Selbsterniedrigung ausgesetzt hatte; als er sich ungeschützt bloßgestellt und sich dabei Wunden über Wunden zugezogen hatte. In dieser Leidenszeit litt ich mit ihm. Nie werde ich diese Zeit vergessen, in der er sein bloßes Äußeres der Welt ausgesetzt und sich wie an Krämpfen leidend durchs Leben gewunden hatte.

Der Busbahnhof befand sich wie in den anderen Provinzstädten nahe dem gewöhnlichen Bahnhof, und wenn ein Bus einfuhr, rumorte es dort für ein Weilchen. Wenn die Reisenden aus dem Bus kletterten, wenn die Kundenfänger aus den umliegenden Lokalen und die Zuhälter aus den billigen Hintergassenbordellen sie anschrien, dann war das ein Lärmen wie auf einem Marktplatz.

In einer Gasse vor dem Busbahnhof saßen Hyongjin und ich auf unseren Schultaschen und warteten auf einen Bus, der aus einer fernen Hafenstadt hier in der Provinzhauptstadt eintreffen sollte. Etliche Busse fuhren ein, und immer wieder sah man Reisende in den Gassen der Stadt verschwinden, von der befremdlichen städtischen Umgebung verwirrt, eine Tasche oder ein Bündel in der einen Hand, an der anderen von einem Kundenfänger gezerrt. Es wurde immer später, die Sonne ging bereits unter, der Abend hatte begonnen. Hyongjin und ich saßen also am Eingang dieser Gasse auf dem Hosenboden und es war uns zumute, als lasteten die Strahlen der Abendsonne zentnerschwer auf unseren Gemütern.

„Kann es sein, dass du dich irrst?", deutete ich meine Ungeduld an, da mir sterbenslangweilig war. Hyongjin dagegen richtete seine Augen unbeirrt auf die Stelle, an der die Busse einfuhren.

„Zu anstrengend? Dann geh du schon mal."

„Wer spricht von anstrengend? Ich meine, weil er doch schon vor einer Ewigkeit hätte kommen sollen."

Er gab mir keine Antwort, sondern starrte immer noch reglos auf den Ankunftsort. Wahrscheinlich empfand ich seine Anspannung viel unerträglicher als diesen längst fälligen Bus, der sich immer noch nicht zeigen wollte. Als ein weiterer Bus ankam und die Reisenden ausstiegen, stand er endlich auf.

„Ist sie da?", fragte ich ihn hastig und erhob mich ebenfalls. Er nickte. Ich folgte seinem Blick und entdeckte eine Schaffnerin in dunkelblauer Uniform, die aus dem Bus stieg und ins Bahnhofsbüro ging. Ich kannte sie, sie hieß Sukja, hatte ein rundliches Gesicht mit spitzer Nase und vermittelte einen frostigen Eindruck, dennoch war sie für eine Schaffnerin ungewöhnlich attraktiv. Hyongjin hatte Sukja kennen gelernt, als er seine jüngere Cousine, die ebenfalls Schaffnerin war, besucht hatte. Ich wusste nicht genau, wie es dazu kam, dass er sich in sie verliebt hatte. Nach kurzer Zeit kam Sukja aus dem Büro, ohne Uniform, aber in der adretten Aufmachung einer städtischen Frau, mit rotem Sweater und Schlaghose. Sie verließ das Terminal. Ich tippte Hyongjin auf den Rücken.

„Sprich sie heute doch endlich mal an."

Er drehte den Kopf und sah mich an. Zuvor noch mit unnachgiebigem Blick, war sein Gesicht jetzt kreidebleich geworden, und seine Narben bildeten dazu einen deutlichen Kontrast. Er hatte es sich zur Gewohnheit gemacht, stundenlang im Busbahnhof auf sie zu warten, und wenn sie dann auftauchte, verkroch er sich in eine Gasse, ohne ihr ein Wort zuzurufen, aus Furcht, von ihr ertappt zu werden.

„Weiß nicht. Ich kann nichts dagegen tun, aber ich krieg Schiss."
„Sei ehrlich und sag ihr, dass du sie liebst."
„Wie, soll ich etwa mit ihr sprechen?", zitterte seine Stimme. Nicht nur seine Stimme, sein ganzer Körper wand sich vor Qual. Ganz anders als die flüchtigen Liebesgefühle, die junge Männer in unserem Alter üblicherweise so spazieren führten, hatten sich seine Gefühle für Sukja zu einer verzweifelten Liebesqual entwickelt. Ich sah ihn an und fragte mich, ob er diesen stillen Kampf vielleicht nicht wegen ihr ertrug. War dieser Kampf stattdessen gegen seine eigenen Narben gerichtet?

Vom Busbahnhof weg drängte sie sich durch die Menschenmenge der Stadt zu und ging in Richtung Park. Wir hefteten uns in einiger Entfernung an ihre Fersen, sodass sie uns nicht bemerkte. Immer weiter ging sie, raus aus der Innenstadt, sie überquerte eine Brücke, machte einen Bogen um den Park und lief gerade durch eine Gasse, als Hyongjin mit immer noch zusammengekniffenen Lippen zu ihr hinrannte.

„Äh, Sukja." Er versperrte ihr den Weg, sie tat überrascht.

„Ups, was machst du hier?"

„Ich möchte dir was geben …"

„Was denn?"

Er kramte in seiner Schultasche, holte etwas heraus und streckte es ihr hin.

„Einen B… Brief."

Sie betrachtete den Brief, machte ein ernstes Gesicht und schüttelte den Kopf.

„Das kann ich nicht annehmen."

Ehe er sich versah, fügte sie in schneidendem Ton hinzu:

„Mach das nie wieder, dass du im Bahnhof auf mich lauerst oder mich heimlich verfolgst. Wofür hältst du mich? Wenn du mich weiter belästigst, kannst du was erleben!"

Sie wandte sich um und verschwand eilig in der Gasse. Aus der Dunkelheit erklang ihre Stimme:

„Bah, die Pockenvisage glaubt, als Oberschüler wäre er was Besonderes."

Ich lief auf Hyongjin zu. Er zeriss auf der Stelle den Brief und lachte bissig.

„Umso besser. Vielleicht habe ich mir so einen Ausgang gewünscht."

Merkwürdigerweise zitterte nun nicht mehr er, sondern ich. Daraufhin machte ich einige qualvolle Stunden durch. Was ihm Sukja aus der Dunkelheit der Gasse zugeworfen hatte, galt nämlich nicht nur ihm. Nur trug ich meine Narben nicht im Gesicht, sondern tief in mir. Diese waren vielleicht verhüllt vor den Blicken der anderen, doch deshalb weit schrecklicher als die von Hyongjin.

Zu dieser Zeit stellten Frauen für mich keine konkreten Personen dar wie bei Hyongjin, sondern Wesen, die mich verkrampfen ließen. Kam mir auf dem Weg eine Schülerin entgegen und trafen sich unsere Blicke, dann erstarrte ich.

Sie weiß von meinem Schandfleck!, redete ich mir ein. Diese Verkrampfungen bekam ich nicht nur, weil ich glaubte, mein Makel sei für sie offensichtlich. Ich ahnte nun, welche Macht Hyongjin verbissen an Sukja festklammern ließ: Genau wie er durch sie seine Identität als Pockengesicht bestätigt bekommen wollte, versuchte ich, mich durch die Blicke der Schülerinnen meines inneren Makels zu vergewissern.

Zu jener Zeit träumte ich jedes Mal, wenn mir die Schülerinnen tagsüber Aufmerksamkeit geschenkt hatten, eine bestimmte Art von Traum. Hatte mich der Blick einer Schülerin zuvor noch unerträglich geblendet, verwandelte er sich im Traum in eine blütenweiße Hand, die die Narben tief in meiner Seele streichelte und sie wie durch Zauber wegwischte. Einerseits bestürzte es mich jedes Mal, wenn die Blicke mich trafen, anderseits ließ ich dann argwöhnisch meinen Eispanzer fallen. Irgendwann, so stellte ich mir vor, würde die Schülerin aus dem Traum vielleicht in der Wirklichkeit auftauchen und das Eis schmelzen lassen. Doch durch Sukjas Schmähung, die eigentlich gegen Hyongjin gerichtet war, wurde diese geheime Hoffnung zerstört.

Wenn meine Hoffnung schon auf diese Art zunichte gemacht werden sollte, dann war es sicher klüger, von vornherein auf jede Hoffnung zu verzichten. Denn ein Leben, von dem man weiß, dass auch die innigste Hoffnung enttäuscht werden würde, war nichts anderes als die Hölle.

Nicht lange danach hatte Hyongjin die Schule geschmissen, war aufs Land gezogen, hatte sich den Kopf kahlgeschoren und war buddhistischer Mönch geworden. Durch seinen Abgang von der Schule wurde ich sehr einsam, ich spürte erst jetzt, welch großen Platz er in meinem Leben eingenommen hatte. Sein Stigma war von gleicher Art wie das meine, doch seine reine, lautere Welt hatte für mich als Nabelschnur zur Außenwelt fungiert, ohne dass ich es bemerkt hatte. Auf einmal war diese Schnur weg gewesen. Ich ertrug es nicht, dass sich meine Verbindung zur Außenwelt aufgelöst hatte, schmiss ebenfalls die Schule und ging damals zurück zum Marktplatz.

Wir erhoben uns vom Rasen. Ich strich die Gräser ab, die am Hosenbein meiner Schuluniform klebten, und erschauerte. Meine Selbstverklärung verlor plötzlich wie ein glimmendes Feuer ihre Kraft und erlosch: Wahrscheinlich erlosch sie genau in dem Moment, in dem Hyongjin von Selbsterniedrigung gesprochen hatte.

Es stimmt, dass ich ihn darum beneidete und dass mich meine Selbstverleugnung auch beschämte, doch andererseits hatte ich nicht den Mut, sie aus mir herauszureißen. Denn auf die Ruhe und den Frieden, die mir die Schuluniform gab, konnte ich nicht verzichten. Der Gedanke, ich müsste in naher Zukunft meine Selbstverleugnung abwerfen, ließ mich der fixen Idee verfallen, ich müsste mich der Welt dann nicht mit Rüstung, sondern nackt entgegenstellen. Diese Vorstellung versetzte mich regelrecht in Panik.

Ginge es mir bezüglich meiner besonderen Eigenheit wie Hyongjin, dann hätte es anders ausgesehen. Für mich bedeutete die Erniedrigung meiner selbst, der Welt meine Schande genau so entgegenzuhalten, wie er es mit seinen Narben tat. Ohne etwas zu beschönigen, sollte der Welt ein zum Himmel schreiender Makel entgegengehalten werden. Zum Himmel schreiend, ein Makel? Gab es denn überhaupt noch andere Makel außer den Narben? Ich schüttelte den Kopf.

„Was? Stimmt das nicht, was ich sage?", fragte er, als er mit mir aufstand.

„Deine Selbsterniedrigung macht mir Angst."

Er rückte ganz nah an mich heran, als wollte er mich mit Blicken durchbohren.

„Mir geht es ganz genauso."

Wir drehten eine Runde um den Sportplatz. An der Gabelung blieben wir schließlich stehen, um jeder seinen eigenen Weg zu gehen.

„Gäbe es nicht noch eine andere Lösung als Selbsterniedrigung?", brachte ich hervor. Als hätte er den Einwand vermutet, grinste er mich spöttisch an.

„Was denn zum Beispiel?"

„Literatur zum Beispiel."

Diese Antwort hatte er wohl nicht erwartet und er verbarg seine Verlegenheit nicht.

„Literatur sagst du?"

Er wiegte den Kopf, murmelte ein paar Mal *Literatur, Literatur* vor sich hin und fragte dann: „Du meinst die Literatur, unter der die Leute Romane und Gedichtchen verstehen?"

„Ja."

„Herrje, wie kommst du denn auf die Idee?"

Er schaute mich befremdet an, als würde er ein besonders seltenes Exemplar von einem Lebewesen vor sich haben. Ich konnte ihm nicht sofort antworten, denn dazu war ich, was Literatur betraf, selbst zu unbedarft. Nicht dass es mir an innerer Eingebung gefehlt hätte, um mit ihm aus heiterem Himmel über Literatur zu schwadronieren. Denn als ich in der Gefängniszelle der Polizeiwache Chunbong traf und von ihm *Es muss was anderes geben, womit du dich durchbringen kannst!* gehört hatte, hatte ich nebulös angenommen, dass es vielleicht Literatur sein könnte. Doch konkret vermochte ich nicht zu sagen, was für Literatur den Ausschlag gegeben hatte. Behauptete ich einfach, es sei Schicksal, dann entwürdigte ich womöglich die Literatur. Kein Schicksal kommt einem über Nacht in die Arme gelaufen.

Der Besitzer des Hauses, in dem ich zur Miete mit Verpflegung wohnte, war ein entfernter Onkel von mir, weit über vierzig, der eine Stelle als einfacher provinzieller Beamter innehatte. Vor meiner Rückkehr an die Schule hatte meine Mutter ihn gebeten, mich bei ihm unterzubringen. Meiner Mutter fiel die hohe Miete zur Last, dennoch hatte sie mich bedrängt, dort zu wohnen. Unerklärlicherweise hatte sie sich die Tatsache, dass ich vorher in einer Bleibe ohne Verpflegung gewohnt hatte, als Grund meines Weggehens von der Schule selbst angekreidet.

Anders als es seine Haushaltsumstände vermuten ließen, hatte mein Onkel eine Stube mit Bücherregalen eingerichtet, und die waren sein Ein und Alles. Die Regale waren zu seinem Stolz ordentlich gefüllt, hauptsächlich mit gesammelten Werken, koreanischer Literatur und Weltliteratur. Von meiner Flucht vom Marktplatz bis zur Rückkehr an die Schule blieben mir ein paar Monate, und in dieser Zeit war ich Stammkunde in seiner Bibliothek. Immer wenn er angesäuselt nach Hause kam, nahm er mich in Beschlag und schwadronierte enthusiastisch über seine literarische Feierabendleidenschaft.

In dieser Zeit las ich das erste Mal in meinem Leben jene Romane, die man als Klassiker und Meisterwerke verehrt. Die Ergriffenheit beim Lesen dieser Werke packte mich wider Erwarten zunächst aber aus einem völlig anderen Grund. Bis zu diesem Zeitpunkt hatte ich fest geglaubt, die Romane der hohen Literatur handelten von den Geschichten hochedler Menschen und ihrer Hochgeistigkeit, an die ich nie und nimmer herankäme. Doch schon die ersten zwei Bücher versetzten mich in einen Schockzustand, als hätte mich der Blitz getroffen.

Meiner Meinung nach schwadronierten die Protagonisten ständig über einen Schandfleck, und zwar durchweg ohne Anstand. Die meisten von ihnen palaverten ohne Ende über ihren miesen, ekligen, verabscheuungswürdigen Makel, als brächte es ihnen Stolz ein; und das, obwohl es doch literarische Meisterwerke waren.

Bis zu diesem Zeitpunkt hatte ich die Schriftsteller und die Hauptfiguren der Romane alle in einen Topf geworfen und angenommen, sie seien ein und dasselbe. So bekam ich einen gewaltigen Schreck, dass sich die Protagonisten als ein Haufen Diebe, Mörder, Räuber, Betrüger und Wüstlinge bis hin zu Blutschändern entpuppten, quasi als menschlicher Müllhaufen. Gemessen an diesem Abschaum war mein Makel, aufgrund dessen ich mich so sehr geschämt hatte, nur eine Belanglosigkeit, über die man locker hinwegsehen konnte.

Je verruchter das Leben der Romanfiguren, je gnadenloser ihre kleinen schmutzigen Geheimnisse ans Tageslicht gezerrt wurden, desto stärker wurde ich trotz meiner Verachtung von unerklärlicher Ergriffenheit gepackt. Anfangs legte ich diese Ergriffenheit dem Mut der Protagonisten zur Last, mit dem sie so selbstbewusst über ihre Schande sprachen. Auch wenn ich gerade die Pubertät hinter mir gelassen hatte und auf der Schwelle stand, ein Mann zu werden, war ich noch sehr jung, sodass mich schon der Mut an sich, den eigenen wunden Punkt meines Lebens offenzulegen, rührselig stimmte. Indessen wurde ich den Verdacht nicht los, das läge nicht nur am Mut, sondern auch an etwas anderem, worüber ich mir im Detail aber nicht ganz klar wurde.

Zwar blieb mir die Ursache dieser Ahnung schleierhaft, doch in Romanen gab es anscheinend irgendetwas, dessen Identität sich mir nicht offenbarte, das mir zwar unklar blieb, mir aber dennoch ein tiefes Empfinden bescherte. Viel später stellte ich im Rückblick fest, dass es die Schönheit an sich war. Zu dieser Zeit gelangte ich allerdings nicht zu der Einsicht, wie sich das Leben der Protagonisten in Schönheit auflösen könnte. Selbstverständlich hatte ich auch nicht die Eingebung, solcher Schönheit auf die Spur kommen zu wollen.

Eines Tages fand ich in den Bücherregalen zufällig eine Lyrik-Anthologie, und ich begann, eine enge Bindung zur Poesie zu knüpfen, wobei ich Gefühlsanwandlungen ganz anderer Intensität erlebte als bei Romanen. In Gedichten wurden keinerlei Makel offenbart, und dennoch entfaltete Poesie Wirkung. In den meisten Gedichten hätten sie sich um ein Haar offenkundig gemacht, doch dann verschwanden sie an den entscheidenden Stellen urplötzlich von der Bildfläche.

Ich war wie gebannt vom Zauber der Poesie, lernte allerdings erst später, dass Symbole und Metaphern gerade deren künstlerische Finessen waren. Da ich ja meinen eigenen Schandfleck in undurchdringlicher Seelentiefe verborgen hielt, fiel mir der Gebrauch von Symbolen oder Metaphern als ein vom Schicksal bestimmtes Ausdrucksmittel zu. Und siehe da, beim Lesen der Gedichte erkannte ich ziemlich schnell mein Schicksal.

Ich empfand Symbole und Metaphern allerdings weniger als unerlässliches Mittel zur Erläuterung tiefsinniger Anschauungen, Sichtweisen oder reicher Vorstellungskraft, sondern eher als Lüge und Täuschung, die eine Schande nun mal implizierte.

„Hast du dich deshalb für die Literatur entschieden?"

Hyongjin sah mich immer noch komisch an. Ich war verunsichert.

„Nicht unbedingt. Wie kann ich schon jetzt mit Sicherheit sagen, was ich tun werde und was nicht. Ich weiß doch nicht das Geringste über Literatur."

Hyongjin durchbohrte mich mit seinem Blick.

„Keine Ahnung von Literatur? Was du nicht sagst. Du weißt besser darüber Bescheid als jeder andere. Auch dass Literatur Selbsterniedrigung ist."

„Was bitte soll Literatur sein?", rief ich verdattert, und er sah mich spöttisch an.

„Spiel nicht den Unschuldigen."

Seine Worte taten weh. Ich verstand nicht, warum er Literatur mit dieser Sache gleichsetzte. Durch eine unverhoffte Begebenheit sollte ich das später verstehen. Diese Begebenheit führte mich zu einem Mädchen, durch das ich ganz anschaulich etwas über meine Selbsterniedrigung lernte.

Die Kletterrosen bedeckten die ganze Seite der Backsteinmauer meiner Herberge. Sie trugen den ganzen Mai hindurch Blüten über Blüten und stellten sich kokett zur Schau wie eine nach einem Techtelmechtel trachtende Frau. Ende Mai, als diese entzückende Koketterie langsam abflaute, rief mich der Lehrer der Literaturklasse zu sich. Ich sah ihn zum ersten Mal; er war jung, war nach seinem Hochschulabschluss vor

kurzem an unsere Schule gekommen und hatte schon während seines Studiums als Dichter debütiert, wie ich später erfuhr. Er streckte mir, dem Ahnungslosen, ein Telegramm hin.
„Gratulation."
Das Telegramm kam von einer Universität aus Seoul.
Ihr Gedicht gewann einen Preis. Verleihung ist um … Uhr am …sten im Audimax. Bitte um Ihre Anwesenheit.
Da erst verstand ich die Tragweite dessen, was ich soeben gehört hatte. Als ich in den Symbolen und Metaphern der Gedichte das Bindeglied zum eigenen Makel mit all den Lügen und Täuschungen entdeckt und dieses als mein Schicksal wahrgenommen hatte, war mir ein Licht aufgegangen: *Wenn das Literatur sein soll, dann kann ich das auch.*

Tief in der Nacht hatte ich die Tür meiner Bleibe von innen verriegelt und zum ersten Mal in meinem Leben Gedichte geschrieben, wobei mir angst gewesen war, ein vorbeihuschender Windstoß oder das zarte Schimmern eines Sternes könnten mich beim Schreiben ertappen. Einerseits öffnete mir Poesie die Augen und bewirkte, dass ich mich ihr aufgrund meines Schicksals anvertraute, andererseits stimmte sie mich angsterfüllt, da sie mir so glatt aus der Feder floss, als hätte ich etwas Heiliges geschmäht, eine Blasphemie begangen. Das Gedicht, voller Furcht und bei Nacht und Nebel geschrieben, war weniger Poesie als eine Nachahmung dessen, was ich in den Anthologien gelesen hatte.

Während meines Schaffens konnte ich mich nicht von dem Zweifel befreien, dass man das, was ich schriebe, vielleicht gar nicht als Gedicht bezeichnen könnte. Auf der anderen Seite hetzte mich vielleicht etwas auf, etwas, dessen ich mir nicht bewusst war und das gewichtiger war als das Schreiben selbst, nämlich dass ich es den anderen beweisen müsste. So wie bei den Blicken der Schülerinnen: Wenn sie meine trafen und es mich vollauf verunsicherte, dass sie vielleicht meinen Makel erhascht haben könnten, wünschte ich zugleich, ihn ihnen einzugestehen und gebilligt zu wissen.

Später in meiner Studentenzeit las ich einmal in einem Schriftstück *Literatur ist Prostitution des Bewusstseins*. Ich dachte an jene Zeit zurück und schmunzelte bitter vor mich hin. Stimmt. Mein Bewusstsein zitterte davor, von einem Windhauch oder einem stillen Lichtlein überrascht zu werden, doch zugleich biederte ich mich der Welt an und bot ihr mein Lächeln zum Verkauf.

Am schwarzen Brett beim Eingangsportal des Schulgebäudes hatte ich eine Ausschreibung zum Landeswettdichten der Oberschüler gefunden und keine Sekunde gezögert. Ohne der Schule Bescheid zu geben, hatte ich der Universität meinen Beitrag geschickt. Selbstverständlich machte ich mir nicht die leiseste Hoffnung auf einen Preis. Ich wollte dadurch nur meinen Zweifel, ob man das, was ich schrieb, überhaupt als Gedicht bezeichnen konnte, bestätigt wissen oder eben ausräumen, und meinem unterschwelligen Trieb, es den anderen zu zeigen, genüge tun.

„Ein Schüler wie du an unserer Schule, Donnerwetter!"

Der Lehrer musterte mich mit unverhohlenem Blick von Kopf bis Fuß, als sähe er ein exotisches Geschöpf vor sich.

Bei der Verleihung benutzte der bereits ergraute Professor in seinen Gutachterworten den Ausdruck Symbolismus. Anglist und selbst Dichter, führte er europäische Dichter aus der Schule des Symbolismus ins Feld und stimmte ein Loblied auf mein Gedicht an. Dort hörte ich also zum ersten Mal das Wort Symbolismus, und dass mein Gedicht darunter einzuordnen war.

Sein Titel lautete *Blumenbeet: Auf dem Blumenbeet wächst die himmlische Musik / gen morgen, im Düstern / sich lethargisch entfaltende Blüten / die Musik der Knospen*, so begann die erste Strophe. Die Bedeutung war, dass eines Tages, wenn die Knospen aufblühen, Musik daraus strömen wird, und die düstere Zeit des Knospendaseins zum Himmel emporschwebt. Viel später, rückblickend, kam mir das Gedicht buchstäblich symbolisch vor. Und *Blumenbeet* war ein Symbol der Aufklärung, das meine Selbsterniedrigung später ungemein nähren sollte.

Bei der Verleihung sollte ich schließlich mein Gedicht vortragen.

Ich ging aufs Podium, eine Flut von Applaus übergoss mich, und peinlich berührt davon hätte ich gleich zu Beginn fast einen Schrei ausgestoßen:

Gott bewahre. Das ist nicht das, was ich herbeigesehnt hab. Ich wollte mich doch bloß unter die Menschen mischen!

Da ich nie zuvor willentlich die Aufmerksamkeit anderer Leute auf mich gelenkt hatte und mich so gut wie möglich vor ihnen verkrochen hatte, war dieser Beifallssturm ein Ereignis ohnegleichen in meinem bisherigen Leben. Es verschlug mir den Atem, ich drohte zu ersticken; so erlebte ich den Applaus, der mir in dieser Minute nichts anderes als Selbsterniedrigung bedeutete. Ich verachtete meinen abscheulichen Makel so sehr, dass ich zwar die Pockennarben meines Freundes als Selbsterniedrigung akzeptierte und ihn darum beneidete, doch so eine erschlagende Wirkung hatte ich mir nicht gewünscht. Die Diskrepanz zwischen der von mir erträumten und der nun in Wirklichkeit aufgetretenen Selbsterniedrigung brachte mich dazu, dass ich mir einbildete, ein unsichtbarer Jemand verspottete mich. Ich verspürte Brechreiz angesichts des Beifalls.

Ich war kurz davor, einen Schrei dagegen auszustoßen, doch dann ging der Moment vorüber, und anstelle eines Schreis stieß ich nur ein missratenes Hohnlachen aus, das gegen mich selbst gerichtet war.

Du willst dich unter die Menschen mischen? Träum weiter! Auch wenn dich jetzt Beifall überschwemmt, heißt das noch lange nicht, dass sich was ändert bei dir. Der Beifall ist nur für deine Literatur, keinesfalls für dich. Na los, zeig den Leuten offen deinen Makel! Würden sie dir dann trotzdem noch einen solchen Applaus bescheren?

Rings um mich herum klatschten die Hände in einem fort; also riss ich mich zusammen. Meine Selbsterniedrigung hatte nun ihren Auftritt in der Wirklichkeit, und hilflos wie ich war, konnte ich mich nicht dagegen wehren. In diesem Moment tat sich vor meinen Augen ein Bild auf: eine Landschaft, die in gleißendes Licht getaucht war.

> Ein Sommermorgen, Tau, reichhaltig wie ein Segen
> Bienen und Schmetterlinge noch im Schlaf, Totenstille
> Aus dem Nichts drang ein Laut durch die Stille, es war das Blumenbeet
> Zu Beginn kaum vernehmbar, nur im Flüsterton
> Wurde der Laut bestimmter, und mit dem ersten Sonnenstrahl
> Explodierte er mit gewaltigem Donnerschlag,
> Präsentierte er zum ersten Mal sein Dasein
> Aufblühen
> Kaleidoskophaftes Auffächern von Farben
> Wehe, wenn auch die Blumen des Bösen darunter sein sollten!

Ob die Leute meine Poesie verstanden? Eigentlich hätten sie sie verstehen müssen. Applaus für mich, den ehemaligen Schlägertyp, Vergewaltiger und im Sumpf Ertrinkenden. Ich, der ich geglaubt hatte, nur ein zerpflücktes Leben wartete auf mich, konnte nur durch die Poesie antworten.

Meine Selbsterniedrigung blühte in brausendem Beifall auf. Gewiss, darin mochte der Grund gelegen haben, dass während meiner späteren Zeit als angehender Literat meine Selbsterniedrigung übermäßig prächtig ausfiel, ganz im Vergleich zu meiner armseligen Realität. Nach der Verleihung, während des Empfangs, sprach mich ein Mädchen an. Mit ihrem ovalen Gesicht, dem schmalen Nasenrücken und den großen Augen wirkte sie eher fremdländisch.

„Freut mich, dich kennen zu lernen. Ich heiße Jang Gyonghi. Ich habe einen Preis für Prosa bekommen."

Halbherzig vernahm ich ihren Gruß. Schließlich war ich immer noch nicht aus der blendenden Vision erwacht: ich schwebte mit erhobenem Gefühl wie eine Seerose auf der Wasseroberfläche. Sie war auf der Mädchenoberschule, im dritten Jahr, eine Klasse höher als ich, und zufällig befand sich ihre Schule auch in der Provinzhauptstadt. Gegen Ende des Empfangs wandte sie sich wieder an mich.

„Wollen wir nicht in Kontakt bleiben?"

Ich durchschaute sie nicht sofort. Dann dämmerte es mir, mir war zumute, als würde ein Wonneschauer über meinen ganzen Körper laufen.

Endlich. Meine Selbsterniedrigung beginnt was herzumachen.

Ich war stolz darauf, denn ohne es zu wollen, blickte ich ihr direkt ins Gesicht. Zum ersten Mal seit meiner Geburt sah ich jemanden ohne jegliche Hemmung oder Furcht an. Doch dann brachte mich etwas aus dem Konzept. Ihre Augen, die eigentlich von meiner Selbstverteufelung betäubt sein sollten, wirkten zu gleichgültig und tief, als würden sie durch mein Inneres blicken. In dem Moment packte mich die Angst, ihr meinen Schandfleck offenbart zu haben, und ein Schauer lief mir über den Rücken. Noch immer sah sie mich stoisch an. Dann lächelte sie.

„Soll ich zuerst Kontakt aufnehmen? Oder wirst du's tun?"

„Ich, ich mach's", antwortete ich zaghaft.

Eine Ewigkeit sollte danach verstreichen, bis ich Gyonghi wiedersah. Ich hatte sie nicht vergessen, im Gegenteil. Ich gebe zu, dass es von Zeit zu Zeit deutlich in meiner Erinnerung aufleuchtete: mein Abbild in ihren gleichgültigen schwarzblauen Augen, unsagbar schön aufgrund rätselhafter Schattierungen. Ihre Augen, für die ich insgeheim schwärmte, waren zu mystisch und zu schön, als dass ich es wagte, sie tatsächlich anzuschauen. Deshalb nahm ich keinen Kontakt zu ihr auf.

Den Grund für das längere Nichtzusammenkommen mit Gyonghi lieferte zum anderen auch Hyongjin. Nach den Sommerferien, zu Beginn des neuen Schuljahres, bekam ich einen dicken Brief von ihm. Der Brief war eine Art Abschluss mit seinem Leben, beigefügt waren die Testamente für seinen Vater und seine älteren Brüder.

Seine überraschende Selbstmordeskapade kam aufgrund einer Frau zustande. Nach der Rückkehr an die Schule hatte er zwar noch am ersten Tag unseres Wiedersehens groß die Klappe aufgerissen, doch mit den Frauen schien ihm nichts zu gelingen. Er, der vorher noch große Reden geschwungen hatte, er würde nie wieder so selbstzerstörerisch der Welt die Stirn bieten wie früher, kehrte nun mit seinem Selbstmordversuch das Unterste zuoberst. Ach, vielleicht erkläre ich es nicht richtig. Nicht eine Frau, sondern sein Pockengesicht ließ ihn vermutlich zerbrechen. Sein Versprechen, er werde sich von den Narben befreien, indem er sie sich zunutzen machen würde, war ihm offensichtlich ein zu großer Klotz am Bein geworden.

Sein Versprechen blieb jedoch nicht ohne Folgen. Eines Tages überfiel er mich in meiner Behausung und erklärte feierlich, er wolle Maler werden, und tatsächlich lernte er danach Malerei in einer Nachhilfeschule für Bildende Künste. Bei meinen gelegentlichen Besuchen in seinem Zimmer sah ich die Skizzen herumliegen, auf die mit linkischer Hand Gipsbüsten von Agrippa und der Venus gekritzelt waren. Bei ihrem Anblick machte ich mir Sorgen.

„Warum die Eile?", fragte ich ihn vorsichtig.

„Was denn?", fragte er mich unbeschwert zurück.

„Deine Bilder meine ich. Die machen mir Angst."

„Vor was?"

„Keine Ahnung vor was, aber ich hab das Gefühl, du steckst den Kopf in den Sand."

Damals stellte mir die Malerei die Antithese zu Literatur dar, weil sie anders als die Literatur mit der Schönheit auf Kriegsfuß stand. Ausgerechnet er, mit den Pocken im Gesicht, begehrte durch die Malerei gegen die Schönheit auf. Ich betrachtete Hyongjins Skizzen und stellte mir vor, er habe mit dem Kohlestift nicht die Agrippa gezeichnet, sondern mit dem eigenen Blut seine Narben zu Brei zerstampft. Seine Bilder erweckten in mir den Eindruck des Masochismus. Wie oft müsste er sich noch damit herumschlagen, wie dreckig müsste es ihm gehen, damit er in seinen Narben schließlich doch noch die Schönheit entdeckte?

„Red nicht um den heißen Brei herum. Kurzum, du willst sagen, ich halte zu viel von mir selbst?"

„Das nicht. Aber du plagst dich so ab."

„Ja natürlich", pflichtete er mir bei und ergänzte:

„Für mich gibt es sowieso keinen Mittelweg, sondern nur Extreme. Das ist der Vorbehalt meines Lebens." Er zeigte auf sein Gesicht und lächelte.

Nicht lange nach dem Beginn des zweiten Schulhalbjahres suchte er mich mit ernster Miene auf. Kaum betrat er mein Zimmer, da holte er auch schon eine Flasche Soju heraus. Nachdem er sich den Schnaps hinter die Binde gekippt hatte, packte er aus: Er hatte Ärger mit einer Frau gehabt.

„In der Nachhilfeschule habe ich ein Mädchen kennen gelernt. Eigentlich hat sie sich an mich herangemacht. Sie wolle mich als Modell haben, so in der Art. Bestimmt war sie eher scharf auf mein krankes Ich. Egal, ich habe ohne zu zögern Ja gesagt. Hatte sowieso nicht vor, meine Visage zu verstecken. Eines Tages machte sie mir einen seltsamen Vorschlag: Da ich ihr Modell gestanden habe, wolle sie nun diesmal mir Modell stehen. Aber als Aktmodell. In einer Nacht hat sie sich dann bei mir im Zimmer splitternackt ausgezogen. Nie im Leben hätte ich geträumt, dass der nackte Körper einer Frau so blendend schön sein kann. Ich war erblindet von ihrem strahlenden Körper. Da grinst sie mich an und sagt, in der dritten Klasse der Mittelschule hätten sich vier Männer auf einmal an ihr vergangen. Und wenn ich es mit ihr treiben wolle, könne ich mich ruhig bedienen."

Das Zuhören raubte mir den Atem. Er unterbrach sich kurz, ich holte tief Luft. Er warf mir einen flüchtigen Blick zu und fuhr fort.

„Du ahnst nicht, wie mir zumute war. Mein Kopf lehnt sie ab, aber meine bibbernden Hände fummeln längst an ihrem Körper. Du weißt doch, dass ich mir den Frauen gegenüber einen Riegel vorgeschoben habe. Zumindest, bis ich über meine Pocken Herr geworden bin, wollte ich den Frauen auf keinen Fall mein Herz öffnen. Doch beim Betasten ihres Körpers löste sich mein Vorsatz in Luft auf. Und seitdem ist mein Leben die Hölle auf Erden. Ich war Zeuge der Schönheit ihres Körpers und der Hölle zugleich, wenn man so will."

„Was war denn genau los?"

„Kurz gesagt, sie hat mich vereiert. Im Grunde nicht mich, sondern mein Gesicht. Vielleicht war sie einfach so gespannt, wie das aussehen würde, wenn sie ihren Körper neben mein Gesicht platzieren würde. An und für sich gäbe es kein besseres Objekt für ihren bösartigen Spaß als mein Pizzagesicht. Die Nummer mit ihr in der Nacht war für mich die erste und letzte. Später fand ich heraus, dass sie mit fast jedem Jungen in der Nachhilfeschule rumgemacht hat. Verrückt! Und trotzdem kann ich sie nicht aus dem Kopf kriegen, obwohl ich jetzt alles über sie weiß."

In seinem Testament an mich stand nichts über das Mädchen. Dort stand nur: „Ich hab mein Bestes gegeben durchzuhalten, aber nun kann ich nicht mehr." In der kargen Notiz fühlte ich sein innigstes Verlangen nach ihr mit, und mir wurde das Herz schwer.

Ich schwänzte die Schule und begab mich auf die Suche nach ihm. In meiner Hosentasche steckte die noch nicht beglichene Monatsmiete und das Geld für weitere Bücher für das neue Halbjahr. Ich machte mir selbst gehörig Feuer unter dem Hintern, suchte zuerst im Dogab-Tempel am Ueolchul-Berg, wo er sich gut ein Jahr lang als kahlgeschorener Mönch verschanzt hatte, dann in der südlichen Hafenstadt Mokpo und auf der Insel Jeju. Ich erinnerte mich, dass er mal gesagt hatte, wenn er irgendwann sterbe, dann wolle er es auf Jeju.

Im Dogab-Tempel schlief ich mutterseelenallein in der weiträumigen Eremitage, und irgendwelche Nachtvögel krächzten so unruhig, dass dabei die Klammen erbebten. Ich nahm an, er wäre tot. In Mokpo übernachtete ich in einer lumpigen Absteige am Hafen, und aus dem Zimmer nebenan, das nur durch eine Furnierplatte von meinem getrennt war, hustete eine an Schwindsucht leidende alte Hure die ganze Nacht hindurch. Danach dachte ich wieder, er sei bestimmt tot. Ich hoffte ihn auf Jeju zu finden, doch entgegen meiner Vorstellung stellte sich das als die Suche der Nadel im Heuhaufen heraus, als ich an dem riesigen Kai gelandet war. Wennschon, ich war jetzt fest davon überzeugt, dass er noch lebte. In Windeseile nahm ich ein Schiff zurück aufs Festland.

Während ich auf der Suche nach Hyongjin umherzog, dachte ich zeitweise an Gyonghi. Je mehr ich mit seinem Tod rechnete, desto kräftiger schillerte in meiner Fantasie Gyonghis Schönheit in mystischen Farben. Somit entfremdete ich mich umso mehr von der Gyonghi der Realität. Die Höllenqual, die einem ein weiblicher Körper antun konnte und die ich von Hyongjin mitbekommen hatte, mochte zum Teil zu meiner Distanzierung zu ihr beigetragen haben. Er hatte mich mit seiner Selbstmordeskapade dazu bekehrt, dass es unter allen Umständen eine illusorische Idee war, einer Frau seine Schande offenzulegen.

Sein suizidales Unterfangen kam über den Versuch nicht hinaus. Als er sich an der Küste von Seogwipo herumschleppte, entdeckten ihn Soldaten von ihrem Wachtposten aus und unterzogen ihn jäh einer Kontrolle, wobei sie in seiner Hosentasche das zweite Testament an mich fanden. Seine älteren Brüder, die von den Soldaten die Nachricht erhielten, eilten herbei und schleppten ihn in die Provinzhauptstadt zurück.

Im folgenden Jahr, fast ein Jahr nach unserem ersten Treffen, sah ich Gyonghi wieder.

Es gab einen Literaturverein, der sich dadurch gegründet hatte, dass ein, zwei Schüler einer jeden Literaturklasse der örtlichen Oberschulen zusammentrafen, und sie nahmen mich als Mitglied auf. Sie kamen einmal in der Woche zusammen und machten Leserunden mit Rezensionen. Bis heute kann ich nicht vergessen, wie ich als neues Mitglied vor ihnen den Aufnahmegruß gesprochen hatte.

Ich trug in mir die Hoffnug, Gyonghi dort zu sehen. Leider waren ihre schwarz-blauen Augen nirgendwo wiederzufinden. Das Publikum starrte mich neugierig an. Gut, ich war gewappnet, aber ja noch so jung! Die Spannung unter der Zuhörern ließ mich heftig erröten. *Vielleicht sehen sie meinen Schandfleck!*

Ich zitterte unaufhörlich, ich musste mich sehr zusammennehmen. Für mich waren das alles junge Leute aus normalen Familien, die normal aufgewachsen waren, die im Gegensatz zu mir aufrichtige Literatur machten – ich gaukelte der Welt nur etwas vor.

„Dein Nimbus ist uns bekannt, also werd locker!", beruhigte mich ein süßes Mädchen. Alle lachten. In diesem Augenblick fühlte ich, wie die Energie aus meinem Körper schwand. Ich verfiel in Melancholie, und eine unergründliche Wut sprudelte in mir hoch. Seltsamerweise fand ich, dass nicht ich, sondern sie es waren, die der Welt etwas vorspielten. Kurz spielte ich sogar mit dem Gedanken, ihnen meine Schande zu gestehen. Die noch lachten, nahm ich ins Visier, und schon war es mir zumute, als lägen sie mir zu Füßen.

Der Literaturverein veranstaltete also wieder diese *Literaturnacht*, und dort traf ich Gyonghi wieder. Die Plätze waren proppenvoll, hauptsächlich mit Mittel- und Oberschülern, und diejenigen, die keine Sitze ergattern konnten, besetzten den Raum hinter der letzten Reihe und die Gänge. Männliche und weibliche Vereinsmitglieder bestiegen der Reihe nach die Bühne und trugen ihre Gedichte und Essays vor, und das ein oder andere Mal schloss sich ein Beifallssturm an. Schließlich kam ich an die Reihe, es herrschte eine angespannte Stille. Das Mädchen, das moderierte, stellte mich vor.

„Es kränkt sogar mich als Ansagerin, doch die heutige Veranstaltung könnte allein dieser einen Person gewidmet sein. Liebe Anwesende, wir wollen ihn nochmals herzlich zu seinem Literaturpreis beglückwünschen, natürlich wisst ihr alle, wen ich meine! Hier ist er, Kim Yunho! Ich präsentiere: Kim Yunho!"

Nachdem sich mein Literaturverständnis erweitert hatte, wurde ich immer besser. Ich räumte groß ab beim Wettdichten an einigen Universitäten und gewann schließlich einen Literaturpreis, der von einer Tageszeitung vergeben wurde. Zwar war ich noch ein Oberschüler, doch führte ich mich trotz allem schon auf wie ein richtiger Dichter.

Ich kletterte auf die Bühne, das Scheinwerferlicht erfasste mich und ein Beifallssturm brach los. Geheimnisvoll verzog ich die Lippen und grinste. Fraglich, ob das beim Publikum ankam, denn ein paar Schülerinnen buhten, als wollten sie mir sagen: du Angeber!

Ich blickte auf sie herab, als könnte ich sie mit Blicken plattmachen. Zwar wusste ich nicht genau, seit wann, aber jetzt wusste ich, wo ich stand. Keineswegs konnte ich mich mit denen da, die aus einer normalen Familie stammten und normal aufgewachsen waren, auf die gleiche Stufe stellen. Mir blieb eine von zwei Möglichkeiten: Entweder ich stehe und herrsche über sie oder krieche ihnen zu Füßen. Die Mitte dazwischen gab es jedenfalls nicht. Sonst würde es mir wie Hyongjin ergehen.

Das gleißende Licht erlosch und ein weiches ging an. Das Publikum hatte den Applaus beendet und taxierte mich in aller Stille. Ich las ein Gedicht vor.

Schalte das grüne Licht in deinem Ohr ein
Dann hörst du
Das Schaufelgeräusch
Dich aus der behaglichen Mitte der Dunkelheit ausbuddeln

Noch was anderes hörst du
Das Geräusch der Dinge, die sich nur des Nachts
Ins Schönste verwandeln
Wie etwa das der Geister, die sich in entlaubten Bäumen
Versteckt halten und herausputzen

All die toten Dinge hängen am Zipfel des Windes
Und bekommen zur Wandlung des Waldes neue Kraft
Eine blassrot welkende Blüte öffnet ihr unschuldiges Herz
Und meine Blumen säende Kindheit erwacht zu neuem Leben
Verfangen in abgrundtiefer Zeit
Tu ich mich gütlich mit hellwacher Schlaflosigkeit, Schlaflosigkeit

Noch durchdringender ertönt es
Das Geräusch, dich auszubuddeln
Es verwandelt sich in Tau
Und lässt sich im Wald nieder
Die Geister essen die Geräusche leer

Und nett anzusehn wie sie zu Lebzeiten waren
Blühen munter sie auf den Bäumen und Gräsern
Den nahe gelegenen Felsen und überall
Meine Kindheit sprießt aus den Herzen der Blumen
Und blüht mit ihnen

Die meisten meiner Gedichte waren von Licht und Schönheit erfüllt. Im Nachhinein stellte ich fest, dass diese Gedichte meine Schwerter waren. Geblendet durch meine von Licht und Schönheit beschmierte Fassade sahen die Menschen den tief in mir verborgenen Schandfleck und die daraus hervorgegangene Selbstverteufelung nicht. Nein, ich sollte es anders formulieren: Möglicherweise öffneten sich meine Augen angesichts der Schönheit, die mein Schandfleck und meine Selbstverteufelung heraufbeschworen hatten.

Menschen auf den Straßen
Die zu jeder Nacht in ihren Herzen Fenster bauen
Menschen, die lange die feuchten Augen
Ihrer verlassenen Geliebten im Herzen bewahren
Und die zeit ihres Lebens die roten Zahlen
In ihrem Haushaltsbuch ungeschrieben lassen
Meine Kindheit, die zwischen den Bäumen huscht
Hetzt hinaus auf die Straße
Und wenn die Schlafenden ihre Seelen öffnen
Verwandelt sie sich in einen roten Traum
In dem sich ihre traurige Liebe wälzt
Um schließlich doch einzuschlafen

Ich bewachte meine Schönheit gegen die Welt. So wie eine Frau, die zum ersten Mal auf den Geschmack der Untreue kommt, die Welt mit feindlichen Augen sieht. In der Tat, ich hatte meinen Grund, die Welt als Feind zu verstehen. Deshalb war es selbstverständlich, dass ich mir Waffen gegen diese Welt schuf. So gesehen waren Schandfleck und

Selbstverteufelung, die den Boden meiner Literatur bildeten, nur andere Namen für die Schönheit.

Nicht nur ich
Auch der Wind und die rötlich kränkelnden Blumen
Wenn niemand zum Schlafen kommt
Wenn die vor Freude strahlenden Herzen der Menschen
Sich ins Schönste verwandeln
Meine helle Schlaflosigkeit
Ja, meine aufnahmebereiten Ohren
Belauschen die heraussickernden Metamorphosen
Horchen nach ihren gemarterten Stimmen
Der im Traum einschlafenden traurigen Liebe

Nach meinem Vortrag stieg ich von der Bühne. Irgendjemand stieß mir mit dem Finger in die Seite, als ich mich durch das Publikum manövrierte und mich zum Ausgang hin begab. Ich wandte mich um und ein Mädchen von undefinierbarer Frisur und Garderobe, unklar ob sie eine Schülerin war oder nicht, lächelte mich lausbübisch an.

„Erkennst du mich nicht wieder?"

Ich betrachtete ein ovales, fremd wirkendes Gesicht mit einem schmalen Nasenrücken und großen Augen.

„Jang, Jang Gyonghi."

Meine Stimme zitterte verräterisch.

„Hoi, was für eine Ehre. Meinen Namen hast du ja nicht vergessen", sagte sie leicht blasiert. Bei meinem Versuch, etwas zu entgegnen, bekam ich den Mund nicht auf. Als wäre er zugeklebt. Und in meinem Herzen brodelte etwas mir Unbekanntes, etwas Glühendes.

„Gehen wir doch auf einen Sprung nach draußen", fuhr sie fort, weil ich immer noch nicht imstande war, etwas Vernünftiges zu sagen.

Ich nickte. Wir kämpften uns durch das Publikum, und als wir aus dem Portal traten, drehte sie sich zu mir um.

„Wie ist es?"

Meine Lippen klebten noch, mein Blick fragte: *Was meinst du damit?*, und sie fügte hinzu:
„Ein Star zu sein."
Endlich war meine Maulsperre beendet, und ohne zu wollen spuckte ich aus:
„Oft ist mir zum Kotzen zumute."
„He, warum das denn?", sagte sie theatralisch.
„Ich hab Brechreiz, mir gegenüber", präzisierte ich. Wie überrascht blieb sie im Licht der Straßenlaterne stehen, wiegte den Kopf und starrte mich an. Auch ich fixierte den Blick auf ihre schwarz-bläulichen Augen. Und plötzlich flammte ein Zweifel in mir auf.
Bin ich immer noch da drin, in ihren Augen?
Als würde sie durch meinen Kopf hindurchsehen, als wollte sie mir antworten, wandte sie sich um und begann zu laufen. Weg vom Laternenlicht bog sie in eine Gasse ein, wohin ich ihr nach kurzem Zaudern folgte. Ich war mir nicht sicher, ob ihr Gebaren als Ablehnung gegen mich zu verstehen war oder nicht.
„Auch deinen Gedichten gegenüber?", fragte sie, als sie wieder ging, ohne sich nach mir umzudrehen.
„Was meinst du damit?", erwiderte ich.
„Ich meine den Brechreiz."
„Und ob."
Gyonghi drehte sich abrupt zu mir um und starrte mich giftig an.
„Warum schreibst du dann überhaupt Gedichte?"
Sie spukte so zauberhaft und wunderschön in meiner Fantasie herum, dass es mir keinesfalls in den Sinn gekommen wäre, sie in der Realität kennen zu lernen.
„Ich bin unehlich geboren", sagte ich, und in dem Augenblick betäubten sich meine Ohren, als hätte eine Explosion stattgefunden. Ich spürte, wie ich zitterte, und erschauderte.
Endlich habe ich ihr meine Schande entlarvt.
Mich packte Reue, dass ich's getan hatte. Nun musste ich Spott und Missbilligung, womit man mich überschütten würde, ertragen. Doch

das machte mir wenig Angst. Eher fühlte ich mich so, als hätte ich meinen ganzen Körper einem frischen Wind anvertraut. Ich malte mir aus, wie aus meiner alten Wunde Eiter herausquoll.

„Und deshalb schreibe ich Gedichte", fügte ich forsch hinzu, um mich nicht erweichen zu lassen. Ihre Augen flößten mir keine Angst mehr ein. Wie beurteilte sie wohl meine Verknüpfung zwischen dem unehelichen Kind und dem Gedichteschreiben? Sie riss die Augen auf und vermied doch meinen Blick.

„Bin ich abscheulich?", fragte ich.

Ohne auf meine Frage einzugehen ging sie in Gedanken versunken weiter. Nach einem Weilchen sah sie sich zu mir um, als hätte sie ihre Gedanken nun geordnet.

„Kim Yunho, du bist eine ganz schön harte Nuss!"

„Das glaube ich auch."

Sie drehte mir den Rücken zu, ging weiter, und ich folgte ihr ergeben. Die kühle Nachtluft kitzelte angenehm meine Haut. Ich lief ihr eine Weile nach, den Blick von hinten auf sie gerichtet, und sah ihre Veränderung vor Augen; wir hatten uns ja nach einem Jahr wiedergesehen. Ihr glattes Haar fiel üppig über die Schulter, und sie wirkte geruhsam und ruhevoll, insgesamt zur Reife gekommen. Wir kamen aus der Gasse und der Platz vor dem Regierungsgebäude der Provinz tauchte auf. Erst als sie am Zebrastreifen halt machte, wandte sie sich mir zu.

„Ich möchte dich was fragen."

„Nur zu."

„Erinnerst du dich noch an unser Versprechen?"

„Dass wir in Kontakt bleiben?"

„Na gut, wenigstens hast du es ja nicht vergessen."

Die Ampel wechselte auf Grün, und sie lief rasch hinüber. Wir gingen am Touristenhotel vorbei, und als wir in die Hauptgeschäftsstraße eingebogen waren, wandte sie sich erneut an mich.

„Mal eine dumme Frage: Warum hast du dich nie gemeldet?", fragte sie schelmisch lächelnd. Ich ignorierte es und fragte stattdessen zurück:

„Äh, hat das Versprechen noch seine Gültigkeit?"
„Soll das die Antwort auf meine Frage sein?"
„Sozusagen."
Spitzbübisch musterte sie mich von Kopf bis Fuß.
„Weißt du überhaupt, wie wir nun zueinander stehen?"
Ich verstand nicht, machte ein verdutztes Gesicht, und Gyonghi zeigte mit dem Finger abwechselnd auf meinen Stoppelkopf und auf ihr glattes Haar.
„Du bist Oberschüler, ich bin Studentin."
Nun kicherte sie los, laut und hemmungslos. Ihr Gekicher gefiel mir, ich fühlte mich erfrischt. Nie wäre mir in den Sinn gekommen, dass sie eine Klasse über mir war.
„Wenn du diese Distanz zwischen uns berücksichtigst, gilt es immer noch." Dann ergänzte sie:
„Ich grenze uns nur ab, weil du mir zu gefährlich bist."
Die Abgrenzung, die sie zwischen uns zog, reduzierte entgegen ihrer Absicht unsere Distanz zueinander. Denn sie wirkte dadurch beruhigender auf mich. Davor hatte ich sie womöglich für gefährlicher gehalten als sie mich. Denn bis dahin war sie ja diejenige, die mich ihr in meiner drolligen Fantasie unterordnete. Jetzt, nachdem sie meiner Fantasie entschwunden war, konnte ich mich in Ruhe und ohne jede Hemmung an die richtige Gyonghi heranmachen.
Ihr Hinweis, dass sie Studentin und ich Oberschüler war, brachte mich paradoxerweise näher an sie heran. Wenn ich an ihrer Seite, Schulter an Schulter, durch die Straßen der Provinzhauptstadt bummelte, schwoll mein Brustkorb maßlos an vor Stolz und Aufregung. Für mich war vor allem ausschlaggebend, dass sie eine Studentin war. Die Tatsache, dass ich, Spross einer Markthändlerfamilie und unehelich Geborener, an der Seite einer Studentin die Nase in den Wind hielt, entschädigte meinen verwundeten Stolz unbeschreiblich.
Mein ganzer Körper war aufgeblasen wie ein Ballon, und an ihrer Seite schwebte ich feierlich über die Hauptstraßen. Skeptisch betrachtete ich mich selbst.

Bin ich das wirklich?

Ich sah und berührte die Dinge schließlich ohne eine Spur von Distanzierung oder Scham, machte mich sogar mit allem vertraut und bekannt. *Willkommen Frühstück bei Tiffany's, willkommen Herbstmode, willkommen Klavierkonzert der zurückgekehrten Herrschaften Soundso, willkommen Malereiwettbewerb bei Soundso …* Zugegeben, ich hatte bis dahin all die Dinge der Stadt nie so richtig betrachtet. Sie waren für mich zu blendend, zu unerreichbar gewesen. Doch nun empfand ich eine gewisse Verbundenheit mit diesen Dingen und näherte mich ihnen unbeschwert. Zum ersten Mal seit meiner Geburt hatte ich eine Perspektive.

Du kannst dich unter diese Dinge mischen.

Gyonghi war der sicherste Weg, mich auf die Sonnenseite des Lebens zu begeben. Und diese Option war der Wert einer Frau, was mir während meiner Erfahrungen mit Frauen nun zum ersten Mal bewusst wurde.

Hatte Gyonghi uns abgegrenzt, weil sie mich für gefährlich hielt, dann war ihre Rechnung aufgegangen. Die Möglichkeit, durch sie auf der Sonnenseite zu wandeln, stellte mich höchst zufrieden, und ich war wunschlos glücklich: Die geistige Zufriedenheit übertünchte jegliche körperliche Begierde. Möglicherweise war diese Zeit der friedlichste Abschnitt meines Lebens.

Die Schüler des dritten Jahrgangs zermarterten sich den Kopf wegen der Hochschulaufnahme, ich jedoch blieb gelassen, denn ich hatte meine unter Dach und Fach. Eine der Universitäten, an denen ich bei Gedichtwettbewerben Preise gewonnen hatte, bot mir ein Stipendium. Hyongjin, der schon einen Selbstmordversuch hinter sich hatte, ging sowohl der Malerei als auch der Literatur aus dem Weg und setzte seine ganze Hoffnung auf die Hochschulaufnahmeprüfung. Und so konnten wir nichts mehr miteinander anfangen und entwickelten uns schließlich auseinander.

Gyonghi und ich kosteten unsere Beziehung immer mehr aus; wir schrieben uns gegenseitig Briefe und trafen uns ein oder zwei Mal im Monat. Wir trieben uns hier und dort herum, und dabei berührte sich wie zufällig unsere Haut, oder sie hielt verschmitzt meine Hand, und jedes Mal zuckte ich dabei auf und verkrampfte. Sie befriedigte mich geistig, und ich fand mich verwerflich, wenn ich gelegentlich mit ihrem Körper in Berührung kam. Jedes Mal, wenn meine Haut ihre streifte, vergegenwärtigte ich die Erfahrung mit der jungen Fabrikarbeiterin im endlosen Sumpf. Ich fühlte mich wie das gebrannte Kind, das das Feuer scheut.

Unser genießerisches Verhältnis hielt stand, doch dann kam sie auf eine befremdliche Idee. Eines Tages machte sie ein ernstes Gesicht und verblüffte mich mit der Frage, ob sie für mich als Frau unattraktiv sei. Ich verneinte es, dennoch beharrte sie darauf, sie sei eine unattraktive Frau. Ich verneinte es erneut, sie insistierte, sie sei eine Frau zum Verzweifeln, und brach zuletzt in Tränen aus. Ihr Stolz war zu groß, um über meine Gleichgültigkeit dem Körperlichen gegenüber hinwegzublicken. Und so annulierte sie persönlich die Abgrenzung zwischen uns und rückte mir immer mehr zuleibe. In ihrem Brief verwendete sie das erste Mal das Wort Liebe.

Die Abgrenzung zwischen Gyonghi und mir brach zusammen, und somit auch mein Frieden. Nun war ihr Körper in einer Reichweite, in der ihn meine Hände jederzeit betatschen konnten, ich aber rannte panisch vor ihm davon. Es war für mich als jungem Mann die Hölle, vor einem weiblichen Körper davonzurennen, der sich mir in unmittelbarer Nähe anbot. Doch im Vergleich zu der Vorstellung, ich würde durch ihren Körper wahrscheinlich in diesem Sumpf steckenbleiben, war das Davonlaufen nur eine unwesentliche Marter.

... hiermit schicke ich dir meine kurzen Haare. Wohl mein letzter Haarschnitt als Oberschüler. In ein paar Monaten wird mein Stoppelhaar wachsen und die Stirn bedecken, und ich bin dann ein Erwachsener. Dann werde ich dich sehen.

So wie mein Haar bei jeder verstreichenden Nacht wächst, so nähere ich mich dir Schritt für Schritt. Dabei wasche ich mir in jeder Nacht die Hände, immer wieder, immer wieder. Hände, die irgendwann mal im Sumpf zappelten und vollkommen von Schlamm besudelt waren. Hände, die ich an dem Tag, an dem ich dich wiedersehe, nach dir ausstrecken und mit denen ich dich festhalten werde. Doch bis dahin sagen wir Nein. Wir müssen warten, du und ich. Bis dahin werde ich warten, und du, so bitte ich dich, halte die Sehnsucht und den Durst aus, so wie ich.

So lautete ein Absatz aus dem Brief, den ich Gyonghi damals geschrieben hatte. Ohne es zu wollen, gab dieser Brief unserer Beziehung eine Wende: Sie schien durch meine unbedachten Worte verwirrt zu sein.

Nach der Schule fand ich Gyonghi in meinem Zimmer vor, wo sie auf mich wartete. Ich trat ein, sie erhob das Haupt und öffnete den Vorhang aus Haaren vor ihrem Gesicht. Ich hörte einen gewaltigen Klotz tief in meinem Inneren hinabfallen. Beinah hätte ich es erbrochen; jetzt ist es ..., ich biss mir auf die Lippen und blockte die nächsten Worte ab, die mir aus dem Mund hinauszudrängen drohten, ... doch noch passiert. Sofort versteckte ich meine Hände hinter dem Rücken, als ob Gyonghi gleich nach ihnen greifen würde.

„Was hast du?", fragte sie in aller Ruhe, so wie eine Frau, die zu etwas entschlossen war, anders als ich, der ich befangen war.

„Meine Vorlesung ist früher als erwartet zu Ende gegangen", erklärte sie, während ich unschlüssig dastand und nach Worten suchte.

Eine Ausrede, bei der sie mich sogar anlächelte, als ob ihr jäher Besuch nur eine banale Sache wie das Gesichtswaschen nach dem Aufstehen, das Zähneputzen oder Frühstücken wäre. Doch mehr als die Ausrede flößte mir ihre Beherrschung, mit der sie mich anlächelte, Angst ein.

„Ach nein, in Wirklichkeit konnte ich es nicht länger aushalten", verkündete sie.

Diesmal lächelte sie unverhohlen. Und ich bekam noch mehr Angst. Ich sah sie an und dachte unweigerlich an meine Hände, die ich in einigen Monaten, wenn mein Haar genug gewachsen und ich selbst erwachsen wäre, nach ihr ausstrecken und mit denen ich etwas an ihr festhalten wollte. Ich war mir nicht klar darüber, was ich konkret an ihr festhalten wollte, aber glaubte, dieses Etwas würde mein bisheriges Ich in ein völlig neues Ich verwandeln. Unter Umständen ließ es sich nicht vermeiden, heute diese Hände nach ihr auszustrecken. Hände, die keineswegs darauf vorbereitet waren.

„Komm mit zu meinem Elternhaus auf dem Land. Derzeit ist keiner da", sagte sie und richtete sich auf, wobei mich ihre Augen schon ins Schlepptau zu nehmen schienen. Dann stand auch ich auf, und erneut hörte ich, wie ein riesiger Klotz tief in mein Herz plumpste. Da wurde mir plötzlich bewusst, was dieser Klotz bedeutete: Er war ich, wie ich von ihr davonlief und in meinem Herzen mit aller Kraft etwas auftürmte – und wie ich in die Hölle hinabstürzte.

Eh wir uns versahen war es tiefe Nacht, wir waren weit weg von ihrem Elternhaus, auf der Wiese unterhalb des Deiches, hinter dem sich ein großer Fluss ins Meer schlängelte. Wir hatten den Zug zu ihrem Elternhaus genommen, stiegen dann an einer Haltestelle aus, von wo aus wir die Schienen entlangliefen und auf eine Eisenbahnbrücke stießen, die den Fluss überquerte.

Unten am Deich entlang standen die Pappeln Spalier, am Horizont flirrten die Lichter der Stadt wie ein Teppich aus Licht, und wir erahnten von dort kaum vernehmlich die Sirene für das Ausgehverbot. Wie auf Kommando fielen wir übereinander her und suchten die Lippen des anderen. Wieder stürzte etwas in mir herab. Aus dem Wald spornten uns die Vögel an, und nicht im Entferntesten dachten wir daran, unsere Lippen zu lösen, ließen uns stattdessen auf die Wiese des Unterdeichs fallen. Immer noch aneinander festgesaugt umklammerten wir uns. Ein langer Kuss, ihr warmer Körper, und meine Begierde erwachte.

Ich begann zu zittern. Wahrscheinlich schloss ich deshalb die Augen, um vor den höllischen Szenen das Weite zu suchen, die Gyonghis Körper, das Objekt meiner Begierde, gleich überlagern würden. Doch war mir eigentlich klar, dass ich mit keinem Mittel vor diesen höllischen Szenen davonlaufen könnte.

… zunächst würden sich die Wickenblüten samt dem Duft roher Bohnen, den ich in meiner Kindheit bei Yongsun gerochen hatte, mit ihrem Antlitz vermischen. Die Blüten würden unsagbar schön in Violett aufgehen und sich dann in einen Spiegel verwandeln. Der Spiegel würde mir meine Abscheulichkeit vor Augen führen, und ich würde aus Schmach und Feindseligkeit auf ihn einschlagen. Anschließend würde ich auf ihrem warmen Körper dem fürchterlich behaarten Riesenmaul der verrückten Frau von damals entgegenblicken. Daraufhin würde ich nicht in ihrem Körper, sondern in das riesige Maul ejakulieren. Danach würde das Riesenmaul mich als Ganzes verschlingen. Schließlich, wenn sich das behaarte Ungetüm fortmacht, würde sich dort ein ewiger Sumpf ausbreiten. Es schien, als wäre dies mein Leben, ohne Ausweg …

Mit geschlossenen Augen wartete ich wie immer auf diese furchtbaren Szenen. Doch kein Anzeichen davon tat sich auf. Wie viel Zeit mochte wohl verstrichen sein? Ich hielt das stumpfsinnige Warten nicht aus und öffnete die Augen. Gyonghi lag mit halb geschlossen Augen, träumend da. Die schrecklichen Szenen waren weg, es war kaum zu fassen.

Aus einer gewissen Verwunderung heraus musterte ich immer wieder ihr Gesicht. Darauf zeichnete sich nichts von diesen Szenen ab. Stattdessen spürte ich ein Wonnegefühl aus der Tiefe meines Herzens aufsteigen. In dieser Aufwallung zog ich meine Oberkleidung aus, polsterte damit ihre Hüfte und zog ihr langsam die Kleider aus. Nackt umarmten wir uns. Die frische Luft der Herbstnacht kühlte angenehm unsere erhitzten Körper.

Ich drang in sie ein, und sie empfing mich warm und feucht. Mit einem Mal stöhnte sie qualvoll, ich dagegen spürte, wie ich ihr Ende erreichte. Ich hielt inne und genoss die Wonnen meines besten Stücks. Mir war, als stände die Welt im Gleichklang mit ihm still und taxiere mich dabei. In dem Augenblick sah ich dort, wo unsere Lustwerkzeuge am äußersten Ende zusammentrafen, eine gänzlich neue Vision. …

Wie war ich nur auf die Idee einer Heirat gekommen?

Diese Heirat war wohl nichts anderes als ein spontaner, theatralischer Einfall eines angehenden jungen Literaten. Wir besiegelten die Hochzeit durch eine für uns beide unmissverständliche Zeremonie: In einem fremden Dorf suchten wir die Quelle auf und boten uns gegenseitig das Wasser zum Trinken an. Das war an und für sich alles an der Hochzeit.

Gyonghi und ich standen an der Quelle, Stirn an Stirn. Der kalte Tau, der sich noch nicht zu Reif entwickelt hatte, lag auf Kosmeen und wuchernden Gräsern, hielt sein eigenes Gewicht nicht aus und fiel in der Windlosigkeit auf unsere Füße, und neben der Quelle standen ein alter Kirschbaum und ein Wacholder Seite an Seite und hielten Wache. Ein Pfad zwischen den Reisfeldern schlängelte sich in der Dunkelheit zu einigen Bauernhäusern etwas abseits, und am Ende des Pfades, hinter den Umzäunungen der Bauernhäuser, schauten einige lang gewachsene Götterbäume zu uns herüber, und in weiterer Ferne sauste der Frühzug über die Schienen, dessen Fenster uns Licht spendeten.

Mit beiden Händen machte ich einen Trinkbehelf, schöpfte damit Wasser und reichte ihn ihr. Sie senkte den Kopf, um aus meinen Händen zu trinken, doch dann schluchzte sie plötzlich und ließ eine Träne auf meine Hände fallen. Ich glaubte, den Klang der Träne beim Fall auf die Wasseroberfläche gehört zu haben.

Mit taubedeckten Kosmeen, der alten Kirsche und den dürren Götterbäumen als Zeugen trank sie aus meinen Händen und ich aus ihren, und damit ging die Hochzeit zu Ende. Unwillkürlich warf ich den Kopf zurück und schaute gen Himmel auf. Der Morgen dämmerte, und die dichte Wolkenschicht, die sich scheinbar aus dem Nichts herausgebildet hatte, ließ die Himmelsränder zartrosa anlaufen. In dem Augenblick krächzte ein Vogel und flatterte in die Wolken auf. Woher er kam, wusste ich nicht, doch sein schrilles Krächzen schien die rosa Wolkenschicht wie Seide zu zerreißen. Ich hatte das Gefühl, als zerreiße es meinen Körper, von Kopf bis Fuß, in einem Schlag. So nahm ich einen Schmerz wahr, der von Kopf bis Fuß meinen Körper durchfuhr. Und ich sah eine neue Welt vor mir, als wäre ich aus einem tiefen Schlaf erwacht.

Mir wurde klar, dass die Dinge vor meinen Augen in diesem Augenblick nicht mehr die Dinge von gestern waren. Alles wurde vor meinen Augen neu geboren. So wie die Dinge, war auch ich nicht mehr derjenige, der ich gestern war. Im Zentrum der neu geborenen Dinge stand jetzt ich. Von Ergriffenheit durchströmt zitterte ich und nahm die neue Welt an. Keine Ahnung weshalb, aber ich fühlte mich so frei, frei von all dem, was mich bis dahin bestimmt hatte. Ich war kein Bastard, kein Marktkind mehr; ich war befreit von meiner Selbstverklärung und meiner Selbsterniedrigung zugleich, welche ich gehegt und gepflegt hatte, um meine Herkunft zu überwinden; von all diesen Bedingungen war ich nun erlöst. Ich spürte sogar, wie die Offenbarung meiner Selbstverteufelung, die mich vorhin in Gyonghis Körper heimgesucht hatte, in dieser neuen Welt ihre Macht verlor. Ich war der Vogel, der hochflatterte und die Wolkenschicht des Morgengrauens zerriss. So war es. Zudem bedeutete mir die neue Welt nicht nur Vergebung mir selbst gegenüber, wie sie mir vorher noch nie zuteil geworden war, sondern auch Verbundenheit und Mut, mich ohne Bedenken jedem Menschen nähern zu können.

Die Veränderung war tatsächlich Realität. Mit unermesslicher Ehrfurcht spürte ich, wie ich mir die Dinge vor meinen Augen einverleibte. Trotzdem fand ich bis zum Schluss nicht heraus, warum sich mir plötzlich eine neue Welt eröffnete, und warum ich mich im Zentrum dieser Welt dermaßen veränderte. Ich hatte nur die vage Vermutung, dass es wegen der Hochzeit geschehen war.

Die neue Welt hatte jedoch nicht lange Bestand. Seit einer Weile sah Gyonghi mich mit einem wehmütigen Blick an.
„Ich habe dir etwas zu gestehen."
„…?"
Sie drehte den Kopf weg, als ich ihr in die Augen schauen wollte.
„Ich glaube, ich war keine Jungfrau mehr. Ich habe … kein Blut gesehen."
Und ich sah meine neue Welt verrauchen. Ich wurde einfach in die

Realität katapultiert. Alles verwandelte sich in den gestrigen Zustand zurück. Die Kosmeen an der Quelle waren nur hundsgewöhnliche Kosmeen, die alte Kirsche und der Wacholder, der Pfad zu den Bauernhäusern, die dürren Götterbäume hinter den Umzäunungen, das alles war nun nur noch eine verschmierte alltägliche Landschaft. Die neue Welt, die mir Vergebung gewährte, die mir erlaubte, mich jedem ohne Furcht zu nähern, sie verschwand über der Dämmerung im Osten.

Nicht über Gyonghis Bekenntnis, sondern über das Verschwinden der neuen Welt, die sich auf ihre Worte hin wie eine Lügengeschichte in Luft aufgelöst hatte, war ich so sauer, dass ich beinah geschrien und losgeheult hätte. Sie stand noch immer mit wehmütigem Blick da. Ich wandte das Gesicht von ihr ab. Sie, eine Hülse, aus der die neue Welt abgezogen war, betrachtete mich mit zerfurchtem Gesicht wie mit dem einer Greisin, die das meiste von ihrem Leben hinter sich hatte. In dem Gesicht voller Falten fand ich keine Spur mehr von den Erlebnissen der gestrigen Nacht.

Im Nachhinein sah ich, dass diese neue Welt, die sich mir eröffnet hatte, dann aber gleich wieder verschwunden war, vielleicht nichts anderes war, als meine erste Liebe. Oder vielleicht war der Vogel, der im Morgengrauen in die Wolken emporflog, meine erste Liebe, wer weiß.

2. Ästhetizismus

Die Hochschule für Kunst, an der ich mich einschrieb, befand sich etwas abseits von der Innenstadt auf einem Hügel, der zu erreichen war, wenn man sich nach der Steigung von Miari gleich rechts hielt. Der Hügel bestand aus Felsen, man hatte dessen Halde zurechtgefeilt und dort einfach die Unigebäude draufgeklotzt, so richtig draufgeklotzt. Die Universität hatte dadurch alles andere als ein prächtiges, Ehrfurcht einflößendes Ambiente, welches man normalerweise dort erwartet, wo die Kunst zu Hause ist.

Damals gehörte Miari zum Stadtrand von Seoul. Illegale Elendsbaracken bestimmten dicht an dicht aneinandergedrängt das Erscheinungsbild dieser Gegend, und mitten in diesem Slumviertel nahm meine Hochschule ihren Platz ein. Das Hauptgebäude und die dazugehörenden Nebengebäude standen ohne erkennbare Ordnung da, es gab nicht mal einen einzigen hohen Baum; ein unsagbar trostloser Anblick. Wenn man von dem Namen der Uni und der Größe der Gebäude absah, verschmolz die Kunsthochschule tadellos harmonisch mit den Elendsvierteln der Umgebung, es war keine Spur von Fremdheit festzustellen.

Gerade wegen der perfekten Harmonie mit der Umgebung hegte ich zuweilen den Verdacht, ein Architekt mit brillanter Kunsteingebung habe dort absichtlich aus tiefsinnigen Gründen derartige Hochschulgebäude erschaffen. Wie dem auch sei, frisch in Seoul gelandet, ließen mich Landei, den armen Erstsemestler, all die Dinge und Gegebenheiten um mich herum zunächst verzagen. Doch sobald ich die Steigung von Miari überquert hatte und die Gebäude der Kunsthochschule das erste Mal vor mir sah, entspannte ich mich.

Im Jahr meiner Hochschulaufnahme fuhr in der Seouler Innenstadt noch die Straßenbahn. Um die Uni zu erreichen, nahm ich vor dem Bahnhof Yeongdeungpo die Straßenbahn, fuhr von Süden nach Norden quer durch die Seouler Innenstadt, von einer Endstation bis zur anderen, bis in die Nähe von Donam-dong. Die über zweistündige Fahrt blieb gar nicht mal als langweilig in meiner Erinnerung, sondern vielmehr als klassische Sehnsucht mit dem Nachhall – *kling, klong!* – ihrer Glocken. Vielleicht war das so, weil ich Landei mich in allem, was Seoul betraf, unbeholfen verhielt, weil ich durch die Fensterscheibe der im Schneckentempo dahinzockelnden Bimmelbahn verstohlen in den Genuss der Besichtigung der Stadt kam. Oder weil man kurze Zeit später die Straßenbahn schon wieder aus der Welt geschafft hatte, kaum war ich dem aus-dem-Fenster-Gucken überdrüssig geworden.

Im Stadtteil Yeongdeungpo betrieb meine einzige Seouler Blutsverwandte, meine Schwester, mit ihrem Mann eine Wäscherei vor der amerikanischen Kaserne. Ihre Kunden waren hauptsächlich Soldaten und Yankee-Huren. Die Dachkammer dieser Wäscherei war meine Bleibe. Mein Onkel, ein Flüchtling aus der Provinz Hwanghae, hatte in Yeongdeungpo mit der Wäscherei angefangen, und nachdem mein Schwager unter ihm die Wäschereiarbeit gelernt hatte, machte er seinen eigenen Laden auf. Ich war sozusagen ihr Schmarotzer. In dem Vertrauen, meine Schwester würde ihren kleinen Bruder schon unter ihre Fittiche nehmen, hatte meine Mutter also beschlossen, mich auf eine Seouler Hochschule zu schicken.

In der Wäscherei lebten außer mir noch ein paar andere Nassauer. Die Wäscherei war nur ein gemieteter, schäbiger Laden am Stadtrand, aber mein Schwager, der von einer Insel an der Südküste stammte, war von seiner Familie der Einzige, der in Seoul Fuß gefasst hatte. Und die Wäscherei diente wie selbstverständlich als eine Art Brücke zwischen seiner Heimat und Seoul. Tagein tagaus herrschte dort ein reges Treiben der männlichen und weiblichen Mitesser aus seinem Familienkreis, die mit der Hoffnung nach Seoul kamen, als Fabrikarbeiter, Schreiner oder Dreher ihre Lebensgrundlage zu finden.

Als ich, der angehende Student, von der Provinz nach Seoul aufbrach, machte meine Mutter kein großes Geheimnis um ihre Aufregung. Mehrmals bläute sie mir ein: „Du musst um jeden Preis Karriere machen. Dann kehrst du feierlich in die Heimat zurück, denn nur so wird das Leid deiner Mutter ausgelöscht werden können. Für deinen Erfolg gibt es nichts, was ich von hier aus nicht machen würde. Ich werde dich dabei unterstützen, bis mir die Hände abfallen, bis ich mir den Buckel krumm geschunden habe. Mach dir keine Gedanken über mich, denk nur an deine Karriere."

Zu jener Zeit stellte sich meine Mutter die Karriere ihres Sohnes ähnlich vor wie diejenige in der Geschichte vom steilen Aufstieg des jungen Mannes in Lee Mongnyongs *Der königliche Inquisitor* aus seiner *Chunhyang-Rhapsodie*. Und dass ihr Sohn in eine Hochschule aufgenommen wurde, besagte ihrer Meinung nach, dass er schon mit einem Fuß auf der Karriereleiter stünde. Mutters Einbildung beruhte zum Teil auf der naiven Fehleinschätzung der Marktleute, was meine literarische Begabung betraf.

„Wow, das ist dann so, als ob man früher als Bester bei der Beamtenprüfung abgeschnitten hätte, oder?", spekulierten sie, wenn ich das eine oder andere Mal beim Gedichtwettbewerb einer Seouler Universität den ersten Preis gewonnen hatte oder wenn in einem regionalen Blättchen mein Name zu lesen war. Jeder gab sich als Sachkundiger aus und stachelte meine Mutter auf, wodurch sie wohl letztlich die Illusion vom *Königlichen Inquisitor* in sich gebildet hatte.

Jedes Mal, wenn meine Mutter wieder von der Karriere ihres Sohnes halluzinierte, wagte ich es nicht, ihr direkt ins Gesicht zu sehen. Ihre Augen funkelten wahnwitzig, was mich ungemein bedrückte; sie schien mir besessen. Auf der anderen Seite erfasste mich die noch größere Angst, ich könnte eine Missstimmung zwischen uns heraufbeschwören und ihre hehren Träume zerstören.

„Du weißt, was das für Geld ist? Das ist das Geld, das mit den Schwielen an den Händen deiner Mutter verdient ist. Schlag es dir von vornherein aus dem Kopf, es für sonstwas anderes auszugeben als für deine Karriere!", raunzte sie, als sie den Geldbeutel an meiner langen Unterhose festmachte. In dem Beutel sollte das Geld für die Studiengebühren und meine Lebenshaltungskosten verstaut werden, das ich ins Einmal-kurz-eingepennt-schon-Nase-abgeschnitten-Seoul mitzuschleppen hatte.

Ich sah zu, wie die raue, knöcherne Hand meiner Mutter den Beutel

Stich für Stich zunähte, und senkte verschämt den Blick, wobei ich ihr gegenüber nur mit Mühe den Hass unterdrücken konnte, der tief aus meinem Inneren emporstieg und dort zu explodieren drohte. Mein Rücken wurde stocksteif. Möglicherweise hasste ich sie nie so stark wie in diesem Moment.

Sofort nachdem ich im heimatlichen Bahnhof in den Zug gestiegen war, rannte ich zur Toilette und riss den Geldbeutel ab. Ich nahm das Geld heraus, steckte es in mein Portemonnaie und schmiss den Beutel ins Klo. Nun würde der Geldbeutel irgendwo auf den Gleisen vermodern. Daraufhin wurde mir bewusst, wie sich der Hass auf meine Mutter auflöste. Der Geldbeutel war das Symbol für Mutters überzogene Erwartungen an ihren Sohn und für meinen Hass ihr gegenüber gewesen. Der Hass richtete sich nicht nur gegen meine Mutter, sondern auch gegen mich, womöglich viel mehr gegen mich selbst. Dessen war ich mir zwar bewusst, doch wollte ich es nicht zugeben, und deshalb hatte ich es wohl ihr in die Schuhe geschoben.

Der Sohn wusste nur zu gut, wie heikel die Sache mit der Karriere war, die ihm die Mutter aufzubürden versuchte. Egal, wie oft sie ihm ihr sauer verdientes Geld für seine Hochschulausbildung gäbe, er würde ihr später keinen Funken zurückgeben können von jener Hoffnung, die sie ihr Leid vergessen lassen könnte. Anstatt Karriere zu machen, würde er höchstens eine Jammergestalt von Dichter werden und ein Dasein als verarmter, verlumpter Literat führen. Der frühreife Sohn, der schon in der Oberschule den Dichter gespielt hatte, hatte im Gegensatz zu seiner Mutter längst alle Illusionen über Bord geworfen.

Wie hätte er ihr auch die Literatur, die er zum ersten Mal als Waffe gegen die Welt bei sich trug, begreiflich machen können. Und wie sollte er ihr bloß seine Anschauung der Finsternis und Selbstverteufelung erklären, die er mittels Literatur in sich kultivierte. Überdies war kaum daran zu denken, ihr zu gestehen, dass die Literatur ebenso ein Mittel war, der Mutter selbst zu entrinnen. Von seiner Perspektive aus blieb also nur die Möglichkeit, sie und sich selbst zu hassen, anstatt ihr die Literatur verständlich zu machen.

Aus der Straßenbahn oder dem Bus gestiegen, musste ich durch eine recht lange Gasse, um an die Kunsthochschule zu gelangen. Zu beiden Seiten dieser Gasse, die so schmal war, dass sich zwei entgegenkommende Menschen zwangsläufig anrempeln mussten, reihten sich unscheinbare Geschäfte eines an das andere, etwa ein Kiosk, ein Schreibwarenladen, eine Schneiderei, ein Damenfriseur, ein Herrenfriseur, ein Restaurant, ein Lokal für Mehlspeisen, eines für Fertignudeln, ein billiger Ausschank, alles das mit der typischen hektischen Stimmung der Slums.

Nach der Gasse führte eine Brücke über den kleinen Fluss, der sich vom Jeongneung-Tal herabschlängelte. Die Studenten nannten die Brücke häufig Pont Mirabeau. Selbstverständlich wurde der Fluss unter der Brücke zur Seine, und in dieser Seine-Kloake schwammen stets einige vom Wasser gewaltig aufgequollene tote Ratten.

An einem Ufer der Seine standen reihenweise Kneipen. Schon vor der Abenddämmerung postierten sich die Schankmädchen vor ihren Läden und gingen auf Kundenfang, und hie und da hörte man bereits das allgegenwärtige rythmische Klopfen mit den Stäbchen, während die Zecher sangen. Die Gassen mit den Kneipen nannte man merkwürdigerweise das Miari-Texas-Viertel.

Während es mich beruhigte, wenn ich die trostlose Landschaft meiner Hochschule über Miari erblickte, überkam mich dagegen hier eine mir selbst unbekannte Vitalität und ich reckte den Hals nach allen Seiten, als ich nach dem Durchqueren der Gasse über die Mirabeau-Brücke ging. Wie vertraut mir doch die Szenen hier sind, dachte ich. Szenen, von denen ich seit meiner Geburt bis zum etwa zwanzigsten Lebensjahr dauernd gehört hatte, die ich gesehen, gespürt und gerochen hatte, sodass sie wie ein zweites Ich für mich geworden waren. Die sich gegenüberliegenden niedrigen Dachtraufen der Elendsquartiere, das davon ausgehende rätselhaft beschwingte Ambiente, die toten Kanalratten, der freudige Stäbchenrythmus der Schankmädchen: Mit dieser Szenerie verquirlten sich in meiner Fantasie die Szenen eines ländlichen Marktplatzes.

Überall wimmelte es dort von Menschen, die sich wie rivalisierende Frösche aufbliesen und durcheinander lärmten; es gab Reisgeschäfte, Fischgeschäfte, Tuchgeschäfte, Messingwarengeschäfte, Topfläden, Gemischtwarenläden und Gaststätten, in denen Brei aus Mungobohnen brodelte und Schweineköpfe und Sundae-Würste in Hülle und Fülle aufgestapelt waren. Der Verkaufsstand meiner Mutter an einer Ecke der Fischgeschäfte, auf dem Sachen wie Seegras, Sardellen und Seetang ausgebreitet waren, die Klänge der Ziehharmonika der fliegenden Medizinhändler, die rührenden Schlagergesänge der Schankmädchen bei Einbruch der Nacht. Inmitten dieser beschwingten Szene stand ich. Ich wuchs von klein an in diesem prallen Leben auf und hatte es mit Haut und Haaren aufgesogen.

Vielleicht war es nur selbstverständlich, dass ich durch die Lebhaftigkeit der Gassen vor meiner Hochschule den Marktplatz meiner Heimat vergegenwärtigte und diese Vitalität durch meinen Körper strömen spürte. Vielleicht lag es aber auch nicht an den Gassen und an den dadurch hervorgerufenen Marktplatzszenen, sondern an anderen Dingen. Aufgrund meiner zwanghaft misstrauischen Art war es mir sicher nicht leichtgefallen, aus dieser vertrauten Szenerie Kraft zu schöpfen, denn bis zu diesem Zeitpunkt wollte ich nichts mehr von der vertrauten Umgebung, in der ich aufgewachsen war, wissen. Mein einziger Gedanke war gewesen, weit weg zu gehen und nach Möglichkeit alles aus der Erinnerung zu löschen.

Dass ich hier Vitalität verspürte und keine Spur von Abscheu, musste einen anderen Grund haben. Vielleicht lag es an den verquerten Namen, die man den Orten gab: Mirabeau, Seine, Texas …

Diese seltsamen Beschönigungen überzeugten mich aufs Neue von der Funktion der Literatur, die ich mir als Waffe gegen die Welt ausgesucht hatte. Dass diese Euphemismen ungeniert von Mund zu Mund gingen, untermauerte für mich vor allem die Kraft der Literatur. Sowieso hielt ich sie von Anfang an für ein Werkzeug, um meinen Schandfleck reinzuwaschen.

Gleich nach dem Haupttor der Kunsthochschule begann ein steiler, betonierter Weg nach oben. Auf der rechten Seite standen die dazugehörenden Mittel- und Oberschulgebäude und links ein kleiner Sportplatz, der von allen diesen Schulen gemeinsam benutzt wurde. Von diesem Platz auf dem Abhang ging ständig ein Staubwind aus, der über den ganzen Weg fegte. Wenn man sich durch diesen Wind hindurchgekämpft hatte und oben angelangt war, stieß man auf das dreigeschossige Hauptgebäude. Danach kamen die Nebengebäude, eins ebenerdig, das andere auch mit erstem und zweitem Stock. Das ebenerdige benutzte der Fachbereich Musik, der Fachbereich Kreatives Schreiben, zu dem ich gehörte, meistens das andere.

Als ich diesen Weg einschlug, strotzte mein Gesicht vor Lebenskraft, nein, vielmehr funkelte es im Wahn. Sobald mir die Universität über der Anhöhe von Miari ins Auge sprang, befreite ich mich von allem Kleinmut, der mich bedrückte, und gewann meine Ruhe zurück. Beim Durchstreifen der Gassen vor der Hochschule war mein Ich mit Energie aufgeladen worden, und an meinem Fachbereich angelangt, hatte sich die Energie unversehens in Wahn verwandelt. Der Wahn, den ich selbst kaum unter Kontrolle zu halten vermochte, war nur zu verständlich, denn in dem Nebengebäude war schließlich die Literatur zu finden sowie die aus dem ganzen Land versammelten Studenten des Kreativen Schreibens. Sie waren es, auf die mein Wahn zunächst zielte.

In Anbetracht der gut vierzig frisch immatrikulierten Erstsemester, die einerseits unbeholfen wirkten, andererseits ihre Verunsicherung mehr schlecht als recht tarnten, jubelte ich innerlich auf. Auf ihren unschuldigen Gesichtern entdeckte ich die Möglichkeit, meinem Wahn freien Lauf zu lassen.

Keineswegs wollte ich von Anfang an aus unlauteren Gründen meine Waffe gegen meine Kommilitonen schwingen. Das erste Mal passierte es mehr oder weniger zufällig, es war in der Stunde *Romane schreiben*. Eine Schriftstellerin, die trotz ihres fortgeschrittenen Alters äußerst attraktiv war, da man über ihr Alter leicht hinwegsah, hielt die Vorlesung. In der ersten Stunde ersetzte sie den Unterricht durch Briefeschreiben.

„Sie schreiben nach Möglichkeit Liebesbriefe", bestimmte sie.

Auf die Anweisung der Professorin hin entsann ich mich plötzlich einer Passage des Briefes, den ich einst an Jang Gyonghi geschrieben hatte:

... Meine mir untergebenen Sinne, geht und holt mir Gyonghi. Geht und bringt mir mein Ein und Alles, meine Angebetete Gyonghi herbei. Ich bin nur ein trübseliger Fürst, jede Nacht das stete Warten, und nur mein Bart wuchert fürstlich, vergebens. Irgendwo in dieser Nacht brechen Blumenknospen mannigfaltig auf, und irgendwo blättern die Blüten nicht minder ab. Wer ist es, der bei jedem Aufblühen und Abblättern dem tiefen Kummer frönt?

Sieh den gespaltenen Spiegel, auf dem mein Gesicht auf der einen Seite lacht, auf der anderen weint, ein Antlitz des Widerspruchs. Wohin ich auch den Blick schweifen lasse, sehe ich nichts, mit dem ich mein Unschätzbares teilen kann, und so verdonnere ich es in die elende Tiefe in mir, denn ich bin nur ein trübseliger Fürst.

Untergebene Sinne meiner unzähligen Nächte, geht und holt mir Gyonghi. Die Stunde des Sterbebetts ist lang. Die Morgensterne im Osten sind noch nicht erwacht, und die die Nacht verjagenden Rufe der Hähne sind noch nicht auf die Dörfer in der Ferne gefallen. Fernab im Reich der Sonne herzen sich die Pelikane und reiben ihre Schnäbel aneinander ...

Nachdem die Studenten mit ihren Briefen fertig waren, stellte sich die Professorin an das Pult, ließ uns jeden einzeln seinen Brief vorlesen und ihn dann vom Rest der Klasse beurteilen. Ich kam an die Reihe und las meinen Brief. Sie fragte eine Studentin nach ihrer Meinung. Nachdem sie mir einen flüchtigen Blick zugeworfen hatte, sagte sie: „Dazu möchte ich nur applaudieren."

Kaum hatte sie den Satz zu Ende gesprochen, klatschte ich los. Mein Beifall erdröhnte in dem mucksmäuschenstillen Klassenraum. Und ich wurde der Blicke meiner Kommilitonen gewahr, die alle wie auf Kommando auf mich geworfen hatten. Es breiteten sich Schmerzen in mir aus, als wäre ich von Pfeilen getroffen, trotzdem klatschte ich noch einmal. Ich sah, dass die auf mich gerichteten Augen mit einer gewissen Furcht erfüllt waren. Nicht nur sie, sondern auch die Professorin mochte es mit der Angst zu tun bekommen haben, jedenfalls sagte sie: „Na, zumindest *ein* Unikum haben wir hier ja."

Mein Gesicht loderte bestimmt im Wahn. Es mag abgedreht gewirkt haben, andererseits, hätte ich mir keinen Selbstbeifall gegönnt, hätte ich sicherlich blind losgeheult. Es war durchaus eine Art Selbstquälerei, mir diese verlorene Zeit, den Inhalt des Briefes von damals detailliert ins Gedächtnis zu rufen und ihn für die Aufgabe zu benutzen. Und was die anerkennenden Worte der Studentin betraf: da wusste ich mir nicht anders zu helfen.

Damals, im Frühling jenes Jahres, überzog des Öfteren der gelbe Staub aus China den Seouler Himmel. Ständig stiegen mir Tränen in die Augen. Hörte ich beim Gehen eine alte Schnulze aus einem schäbigen Elektroramschladen herauswehen, dann weinte ich. Schon der Anblick einer Forsythien- oder Magnolienblüte über der Hausmauer oder ein Filmposter auf der Straße, auf dem sich Mann und Frau umarmten, drückte mir auf die Tränendrüse. In der Melodie eines alten Schlagers, in einer Magnolienblüte oder einem Kinoposter fand ich Gyonghi leibhaftig wieder. Ich war ja so melodramatisch!

Erst in Seoul, nach meiner räumlichen Trennung von Gyonghi, wurde mir bewusst, dass meine Sinne sich in keiner Weise von ihr getrennt hatten. Alles, was ich mit ihr gesehen und gehört und empfunden hatte, lebte weiter in ihnen fort. Ich hatte mich nur in meiner Vorstellung von ihr getrennt, während all die Empfindungen ihr gegenüber noch in mir wohnten. Ich wusste bis dahin nicht, wie schmerzhaft eine Trennung sein konnte. Überall begegnete ich Gyonghi, die in meinen Sinnen weiter existierte, und dessen ungeachtet wusste ich nur allzu gut, dass ich auf keinen Fall zu ihr zurückkehren würde. Es lag wohl auch an meinem krankhaften Stolz, aber nicht nur daran.

Kehrte ich zu ihr zurück, würde auf mich anstelle meiner Vorstellung von Gyonghi eher ein Sumpfloch der Realität warten, aus dem ich mich nie wieder befreien könnte. Das wäre der schlimmste Fall, der sich zwischen ihr und mir abspielen könnte. In der Realität existierte sie für mich nirgendwo. Nur in meinen Sinnen.

Ab einem gewissen Punkt verflüchtigte sie sich zu einem Gedankengebilde. Mein erstes Treffen mit ihr war nur eine Art Traum. Die kitschige Einbildung, sie würde meinen Schandfleck in etwas Schönes verwandeln, endete als Luftschloss. Diese Einbildung wurzelte als eine mich erlösende Vorstellung tief in mir, sie war jedoch beim Kennenlernen ihres eigentlichen Wesens zusammengebrochen. Wahrscheinlich hatte ich mich letztendlich von eben dieser Einbildung getrennt.

Es ist möglich, dass ich die Trennung in dem Moment vollzog, in dem wir nackt beieinander lagen und ich in sie eindrang. Nach ihrem Geständnis, wohl keine Jungfrau gewesen zu sein, war sie keine Erlöserin mehr, nur noch eine hundsgewöhnliche Frau. Während ich darin versunken war, mich mit der Welt meiner Imagination zu versöhnen, verhakte sie sich mit diesem ach so lächerlichen Problem aus der Realität, ich könnte sie eventuell nicht für eine Jungfrau halten.

Ich hatte mich damals von der realen Gyonghi, nicht von der aus meiner Vorstellung, abgewandt. Als sie in der Folge trotz der Einwände ihrer Eltern die Uni schmiss und sich aufopferderweise für einen Kurs zum Schreibmaschine schreiben anmeldete, um einen Job zu finden, damit wir heiraten könnten, war ich kurz davor, mich aufs Schlimmste zu übergeben; meine Eingeweide rumorten und quälten mich in meinem Inneren. Schließlich hatte ich ihr ohne einen Funken des Bedauerns den Rücken gekehrt. Dass ich mir selbst auf die Würdigung der Studentin nach meinem Vortrag des Briefes an Gyonghi einen Applaus schenkte und dabei meinem Wahn Gewissheit verschaffte, mochte eine zwangsläufige Begebenheit gewesen sein. Kurz darauf schenkte dieser Wahn aber einer neuen Vorstellung das Leben, einer Vorstellung, die ich zunächst nur schemenhaft wahrnahm. Trotz ihrer nebelhaften Erscheinung blendete sie mich. Noch ehe ich ihr wahres Wesen erkannte, war ich von ihrem Licht betäubt. Später, als ich jenem Wesen auf die Spur kam, musste ich die Blendung wohl oder übel akzeptieren.

Die neue Vorstellung, die aus meinem Wahn geboren war, war nichts anderes als Selbstzerstörung. Auf diese Weise begann meine Studienzeit.

„Hey, Kim Yunho!", rief mich einer der Studenten, die sich vor dem Nebengebäude Zigaretten angesteckt hatten und sonnten, als ich gerade in der Nähe vorbeiging. Ich sah zu ihnen rüber, und einer von ihnen winkte und lächelte mir leutselig zu.
„Hier!"
Das war Lee Hamin, auch ein Erstsemester. Ich hatte ihn bei der Aufnahmeprüfung kennen gelernt, und vom Namen her kannten wir uns schon aus der Oberschule. Wie ich war auch er durch Teilnahme an den Gedichtwettbewerben an verschiedensten Universitäten in aller Munde und hatte vorzeitig den frühreifen Jugendliteraten gespielt. Er war ein Einheimischer vom Fuße des Jiri-Berges. Vor allem seine großen Augen, sein riesiger Mund und alles in allem sein herzensguter Gesichtsausdruck ließen mich bei unserer ersten Begegnung verdattert zurück. Ich fand es unheilvoll, mit so einem Gesicht zu dichten.
„Hyongjin sucht dich", sagte Hamin, als ich mich ihm näherte und er mir eine Schwan-Zigarette reichte.
„Hyongjin? Weshalb?"
„Er meint, er würde gern nach der Vorlesung mit dir einen bechern gehen. So wie's aussieht, hat er was zu erzählen."
Hamins gutmütiges Gesicht verspannte sich etwas und er schaute zu mir rüber.
„Mit mir?", fragte ich, woraufhin er den Kopf schüttelte.
„Nicht ganz. Wir, zu dritt."
„Wo ist er jetzt?"
„Keine Ahnung. Er ist schon los. Wir sollen später ins *Millionen* kommen."
Skeptisch wiegte ich den Kopf und dachte an Hyongjin, der in letzter Zeit häufig von den Vorlesungen fernblieb und immer wieder ein trauriges Gesicht machte. Vielleicht bereute er seine Entscheidung, sich

mit mir im Kreativen Schreiben eingeschrieben zu haben. Genau genommen hatte ich mir Sorgen gemacht, ob er sich überhaupt an die Atmosphäre einer Kunsthochschule gewöhnen würde. Eigentlich war ich es, der ihn insgeheim angestachelt hatte, sich hier einzuschreiben; ihn, der sich nach seinem Selbstmordversuch am Malen oder an der Literatur eigentlich nicht die Finger verbrennen wollte.

„Wohin willst du noch flüchten? Glaubst du tatsächlich, dass du von deinem Pockengesicht loskommst, wenn du die Malerei aufgibst und Jura oder Ingenieurwissenschaft studierst? Und was wird mit dem, was du mir beigebracht hast?", drängte ich ihn, als er sich bezüglich seiner Entscheidung, welche Hochschule er besuchen sollte, schwertat. Zaghaft hakte er nach:

„Was habe ich dir denn beigebracht?"

„Selbsterniedrigung. Hast du mir nicht nahegebracht, dass Literatur genau das ist? Und was das betrifft, bist du ja der bessere Fachmann als ich, oder etwa nicht?"

„Ich hab keinen blassen Dunst von Literatur."

„Du bist ein Einfaltspinsel. Du hast doch schon Erfahrung im Malen, was viel schwieriger ist als Literatur."

Ich erzählte ihm, wie bange mir zumute gewesen war, jedes Mal, wenn er vor der Staffelei stand, und auch darüber, wie dornenreich es mir damals erschien, es mit der Schönheit aufzunehmen.

„Was hält dich zurück? Du bist so weit vorangekommen. Es gibt nur einen Weg. Du machst mit mir das Literatur-Studium", sagte ich, und an dieser Stelle funkelten seine Augen.

„Na gut, was soll's. Stürzen wir uns auf die Literatur."

Ich sah Hyongjins Augen aufblitzen wie schon lange nicht mehr. Anders als seine souveräne Haltung, die er an den Tag zu legen pflegte, als er das Mönchsleben hinter sich gelassen hatte, war er nach seinem Selbstmordversuch schlapp wie gedünstetes Gemüse gewesen. Und so war er mit mir an die Kunsthochschule gekommen, um Literatur zu studieren.

Nach der Vorlesung ging ich mit Hamin ins *Millionen*, wo Hyongjin mit geschlossenen Augen in einer Ecke saß. Sein Gesicht war rötlich angelaufen, er schien schon am hellichten Tage gebechert zu haben.

„Dass du schon tagsüber trinkst, echt putzig von dir", neckte ich ihn, worauf er die Augen aufriss und mich mit Blicken durchbohrte.

„Was willst du? Ich hab nur einen gebechert, weil ich dich nicht ausstehen kann."

„Wie auch immer. Glaub aber nicht, ich könnte mich selbst ausstehen", pflichtete ich ihm bei. Ich setzte mich ihm gegenüber und er rümpfte die Nase.

„Bah, ein linker Hund bist du. Du hast wohl Schiss, dich mit mir anzulegen?"

„Was, du möchtest es darauf ankommen lassen?"

„Warum nicht."

„Lassen wir das. Nur weil du dich kindisch benimmst, muss ich es nicht auch tun."

Hamin versuchte indessen, den bedrohlichen Unfrieden zwischen Hyongjin und mir zu schlichten.

„Mann, ihr macht vielleicht ein großes Trara um eure Busenfreundschaft. Nun macht mal halblang", sagte er, und Hyongjin bäumte sich jäh auf.

„Schon gut. Gehen wir raus. Ich brauch mehr Sprit."

Wir stiegen die knarrenden Holztreppen vom *Millionen* hinab und überquerten die Hauptstraße. Am Eingang des Gireumer Marktes angelangt, wandte sich Hyongjin zu mir um.

„Zum Bukchong-Haus."

„Bukchong-Haus?", fragte Hamin überrascht und warf mir einen Blick zu. Ich ignorierte ihn und fixierte stattdessen Hyongjin.

„Wie in aller Welt kommst du auf die Idee? Du wirst ja immer putziger."

„Hör mit dem Putzig-Scheiß auf", schrie er mich an.

„Okay okay. Ich hab es zwar ehrlich gemeint, aber wenn du's nicht magst, lass ich es sein. Warum sollte ich dich kränken?"

Das Bukchong-Haus war ein sogenanntes Singsang-Haus, ein Etablissement, in dem man sich durch Singen vergnügen und Frauen auflesen konnte. Vor ein paar Tagen hatte mich ein Student aus dem vierten Jahrgang, der mich unter den Erstsemestern wohl am interessantesten gefunden hatte, mit zu dem Laden geschleppt. In so einem Singsang-Haus mit nicht mehr ganz jungen Frauen Schlager zu singen und sie ein bisschen begrapschen zu können, das war neu für mich gewesen. Anschließend hatte ich mit stolzgeschwellter Brust vor den beiden damit geprahlt. Hyongjin hatte es nicht vergessen. Auf dem Markt gingen wir an Gemischtwarenladen, Bekleidungsgeschäft, Geschirrladen und Meeresfrüchteladen vorbei und fanden in der Kneipengasse das Bukchong-Haus. Ich ging vor, öffnete die Tür und die Chefin am Schanktisch erkannte mich.

„Hey, der Herr Student von neulich. Nur herein mit euch."

Die Zimmertür im hintersten Winkel des Ladens flog auf, eine Frau entdeckte mich und erwies mir ebenfalls mit großer Freude die Ehre.

„Holla, mein süßer junger Dachs, diesmal sind es sogar drei. Huschhusch, herein ins Körbchen mit euch."

Während wir am Schanktisch zögerten, zerrten die Frauen an uns, und wir ließen uns in das Zimmer hineinsaugen, als ob es gegen unseren Willen geschähe. Zu der frühen Stunde gab es in dem Laden außer uns keinen anderen Kunden. Wir nahmen am Tisch Platz. Die Frauen schmunzelten vor sich hin, als ob etwas sie kitzelte, und setzten sich jeweils eine zwischen uns.

„Was wollt ihr trinken?", fragte die Frau neben mir.

„Maggolli ist schon okay", antwortete ich bescheiden, Hyongjin winkte jedoch mit beiden Händen ab.

„Ach was, Maggolli, bringen Sie uns Bier!"

„Hoi, du bist ein Schatz."

Die Frau neben Hyongjin schlang lächelnd die Arme um seine Taille.

„Schüchtern? Du bist wie mein kleiner Bruder", rief sie, als er sich krümmte, um sich aus ihren Armen zu befreien. Dann küsste sie ihn schonungslos aufs Gesicht, als machte sie sich über ihn lustig. Hyongjin, dessen Gesicht vom frühen Trinken am Tag ohnehin rot war und nun wie ein Hahnenkamm schwarz-rot anlief, bekam kein Wort heraus und wusste weder ein noch aus. Er erweckte den Anschein, als ertrage er eine widerwärtige Pein unter Zwang. Ich konnte es nicht länger mit ansehen und spöttelte:

„Na Hyongjin, das gefällt dir wohl, he?"

Zunächst schien er mich nicht verstanden zu haben, denn er stierte mich an.

„Spiel nicht den Unschuldigen. Sie ist doch nicht deine allererste Frau", erklärte ich. Sofort schwand die Farbe aus seinem Gesicht und er übergoss mich mit Hass.

„Ich hab's geahnt, dass ich aus deinem Maul irgendwann so was zu hören bekommen würde."

„Was ist? Habe ich gerade Salz in deine Wunde gestreut?"

Ich war in Fahrt, wollte nicht nachgeben und gestand:

„Zu einem früheren Zeitpunkt habe ich dich ganz schön beneidet."

„Arschloch. Gesteh es, nicht mich, sondern mein Pockengesicht, stimmt's?", knurrte er mich an.

„Ja, bestimmt bist du ein auserwählter Mensch!"

„Schluss mit dem Gequatsche", bestimmte er. Er kramte ein Papier aus der Hosentasche heraus und warf es vor mich hin.

„Schau es dir genau an. Es ist mein Einberufungsbefehl. Schon um mich vor deiner fiesen Visage zu retten, leiste ich gerne den Militärdienst."

Nachdem wir mit dem Bukchong-Haus fertig waren, schlenderten wir kurz vor Ausgehverbot noch zum Bordellviertel in Yangdong vor dem Seouler Hauptbahnhof. Ab dem Zeitpunkt, wo Hyongjin mir den Einberufungsbefehl hingeschmissen hatte, entwickelte sich unser Trinkgelage unvermeidbar zu einer ruppigen Angelegenheit, und anstatt uns lüstern mit den Damen zu amüsieren, zogen wir einen Saufwettbewerb ab. Allerdings dauerte es nicht lange, bis Hyongjin, der schon tagsüber getrunken hatte, als Erster so richtig Schlagseite hatte. Obwohl er sich schwertat, das Gleichgewicht zu halten, nagelte er mich weiterhin mit seinen Blicken fest.

„Willst du wissen, warum ich den Dienst nicht verschiebe? Ich habe Schiss vor dem Studium. Wenn Literatur so was ist wie du, dann habe ich die Hosen voll. Einer wie ich hat keine Chance, darin zu überleben. Ich meine, so was wie deine bekloppten Spinnereien: Ich hab kein Bedürfnis, wie du überzuschnappen, und noch weniger, mich umzubringen. Ich sterbe nicht, ich werd überleben. Gut, ich gebe zu, jetzt trau ich mich auch nicht, den Tod zu suchen. So wie du's sagst, hau ich wieder mal vor meinem Pockengesicht ab. Für mich gibt es eben keinen anderen Ausweg", lamentierte er.

Nachdem er in der nächstbesten Gasse seinen Magen durch den Weg nach oben wieder vollkommen ausgeleert hatte, wirkte er stocknüchtern und bestand darauf, weiterzutrinken. Ganz unerwartet meldete sich Hamin zu Wort und zerrte an uns beiden.

„Von jetzt an will ich auch ein Spinner sein. Ich will ausflippen! Jungs, nach Yangdong. Beehren wir dort die Bordsteinschwalben!" Im Gegensatz zu seiner sonstigen treuherzigen Natur glänzten Hamins große Augen nun geradezu, und er drängte uns eine sonderbare Begründung auf, nach Yangdong zu gehen.

„Am Jiri-Berg lebt noch mein über siebzigjähriger greiser Vater. Und ich bin der einzige Sohn, wie seit drei Generationen bei uns. Trotz allem, ich will Literatur machen. Auch wenn ich dabei den Verstand verliere. Ich denke nicht daran, einen Rückzug zu machen. Na los, auf nach Yangdong."

Hamin fuchtelte mit seinen Fäusten vor Passanten herum und brüllte „Auf geht's!", als wäre es seine persönliche Parole. Ich verfolgte seine gleißenden Augen, und mir war zumute, als sähe ich in ihnen meine eigene Zerstörung.

Obwohl schon Ausgehverbot herrschte, wimmelte es in dem von Lärm erfüllten Bordellviertel nur so von Freiern und Schlepperweibern, die die Freier an sich zogen und mit ihnen feilschten. Ehe wir ebenfalls die Gelegenheit zum Feilschen bekamen, wurden wir schon am Eingang des Viertels von einem Weib vereinnahmt. Sie bugsierte uns in eine labyrinthartige Gasse und drückte uns in ein Gebäude, dessen Gänge eng und dunkel waren, als hätte man beim Bauen von vornherein der späteren Funktion des Gebäudes Rechnung getragen. Im Flur erwartete uns ein Gestank nach Urin, Alkohol, Billigkosmetika und vergammeltem Fisch. Außer den widrigen Gerüchen wartete auf uns, die wir sichtlich angespannt kaum noch imstande waren einzuatmen, noch was anderes. Wir hörten eine auf uns gemünzte quengelnde Stimme.

„Schau einer an, Milchbärte!"

Die Türen zu beiden Seiten des Flurs sprangen auf, und mit „Wo, wo?"-Rufen wuchsen Frauenköpfe wie die Pilze aus den Türen heraus. Jede von ihnen gab einen Kommentar ab.

„Wow, Studis."

„Schaut mal, sie haben sogar Bücher und Hefte dabei. Das hier ist doch keine Uni."

„Mädels, los, wir werden sie mit Haut und Haaren vernaschen!"

Den Frauenstimmen folgte eine raue Männerstimme aus irgendeinem Zimmer.

„Ihr Säue, ihr habt wohl Flausen im Kopf, was. Nur weil ihr Fotzen habt, müsst ihr noch nicht damit studieren. Was soll das affige Getue von wegen Milchbart und Studi? Hier, das hier unten bei euch ist'n Milchbart, und das andere da ist'n Studi. Das sind ja Kleinkinder, die noch nach Muttermilch riechen. Was wollt ihr mit ihren Pimmeln? Du, mach schnell die Tür zu, wenn du noch einen Schuss haben willst. Sonst wird sich der Ständer von deinem Herrn noch 'ne Erkältung holen."

„Mein Süßer, bist du eifersüchtig?"

Wir passierten den Flur, gingen an den Köpfen der Huren und des Mannes vorbei und stiegen die Treppe zum dritten Stock hinauf. Auch wenn es für uns das erste Mal sein würde: mit jeder einzelnen Stufe, die wir hinter uns ließen, löste sich mehr und mehr von unser Unsicherheit auf und wir gewannen an innerer Ruhe. Die unmittelbare Neugierde der Frauen und ihr aus den Zimmern wehendes aufgegeiltes Gekicher ließ uns in die Situation eintauchen, als hätten wir Opium genommen. Die moralische Reue oder Schuldgefühle, die in uns zur Gegenwehr anschickten, verwandelten sich in eine Handvoll Staub und verwehten; zurück blieb eine heitere Stimmung, die uns angstlos machte.

Sie waren Prostituierte, dessen ungeachtet waschechte Frauen, und wir würden sie gleich ganz nackt vor uns serviert bekommen, wir drei zur gleichen Zeit und zu gleichen Portionen. Wir waren eine Gruppe, und schon dadurch fühlten wir uns den Frauenkörpern gegenüber zulänglich gerüstet.

Das Treiben, das uns bevorstand, könnte man für uns als eine Herabwürdigung von Frauen bezeichnen. Noch hatten ihre Körper für uns etwas Heiliges an sich, sodass sie uns noch verängstigten und wir nicht imstande waren, uns in Geilheit über sie herzumachen. Jedoch würden wir ihre Heiligkeit mit ein paar Lappen erkaufen, sie flachlegen, sie wie Objekte behandeln, mit ihnen machen, was wir wollten. Und wäre uns nicht danach, dann hätten wir immer noch die Macht, es seinzulassen.

Jeder von uns bekam eine Frau zugeteilt, und wir verschwanden jeder mit einer in einem Zimmer, wobei sich Hamin mehrmals verängstigt zu mir umdrehte. Vielleicht ist er noch Jungfrau, dachte ich. Zur Ermutigung hielt ich ihm meine geballte Hand vors Gesicht, woraufhin der Hauch eines Lächelns seinen Mund umspielte.

Mir wurde eine junge Stupsnase zuteil. Sobald sie das Zimmer betreten hatte, ließ sie alle Hüllen fallen wie eine sich häutende Schlange, und bot sich mir im Evakostüm an. Ihre Figur schien mir irgendwie piepsig, wie unterentwickelt.

Das so schon kleine Zimmer wirkte durch ihre Anwesenheit rappelvoll. Sie legte sich auf den Boden und lächelte mich an. Mir war, als sähe ich eine lächelnde Leiche, mir war das nicht geheuer. Vielleicht lag es an dem Zimmer, es machte mich klaustrophobisch wie in einem Sarg.

Sie wandte sich um und schaltete das Radio an, das am Kopfende samt einigen Kosmetika auf einem Blechkoffer lag. Während sie sich räkelte, wabbelte ihr Busen. Ich fand es verrückt, dass ihr alles in allem schmächtiger Körper solch üppige Brüste hervorbrachte. Sie verstellte die Frequenz des Radios und es leierte eine Schnulze von Kim Chuja heraus. *Feeeldwebel Kiiim aus Vietnam ist zurüüück, schwaaarz gebraannt, eendlich bist du heimgekeeehrt ... mit Orden auf der Bruuust ... Vernaaarrt bin ich in diiich ...*

Die Stupsnase summte das Lied mit. Mir war jede Lust vergangen und ich blickte unverwandt, doch teilnahmslos auf ihren Körper herab. Sie fühlte meinen Blick und schaute zu mir empor. Ihre ausdruckslosen Augen schimmerten im Neonlicht.

„Was ist? Komm schon, machen wir's jetzt gleich."

Einen Augenblick lang überlappten sich plötzlich die Stimme der Stupsnase, das Poltern von Kim Chuja und die Stimme von Hamin:

Am Jiri-Berg lebt noch mein über siebzigjähriger greiser Vater. Und ich bin der einzige Sohn, wie seit drei Generationen bei uns. Trotz allem, ich will Literatur machen. Auch wenn ich dabei den Verstand verliere. Ich denke nicht daran, einen Rückzug zu machen. Na los, auf nach Yangdong.

Und ich begriff, warum er hierher gewollt hatte. Er war mit Sicherheit noch Jungfrau und hatte sich in den Kopf gesetzt, dass mit dem Jungfraudasein um nichts in der Welt Literatur zu machen war. Oje, seit wann hatte sich die Literatur bei ihm in dieser Weise manifestiert?

Er tat mir Leid, es quälte mein Herz. In absehbarer Zeit würde auch er die Hölle durchmachen, die ich einst beim Vergewaltigen der armen Frau auf dem Land erlitten hatte.

„Bin ich dir nicht gut genug?", fragte die Stupsnase.

Sie starrte mich an, ich schüttelte den Kopf.

„Na dann, zieh dich aus und rein mit dir, aber dalli."

Sie tat neugierig, als ich mich nackt neben sie legte.

„Bist du das erste Mal an so'nem Ort?"

Statt ihr zu antworten, nickte ich, worauf sie sich zu mir hindrehte und mich fest umarmte.

„Auch zum ersten Mal mit einer Frau?", fragte sie behutsam.

Ich schüttelte den Kopf und sie zeigte sich ein wenig enttäuscht.

„Wie viele Male hast du's denn schon getrieben?", fragte sie nach einem Weilchen.

„Zwei Mal."
Sie setzte sich auf und bewegte ihr Gesicht dicht an meines.
„Tatsächlich nur zwei Mal?"
„Ja."
„Obwohl du Student bist?"
Was für eine sonderbare Frage, fast hätte ich einen Lachanfall bekommen! Wegen ihrer todernsten Miene direkt vor meiner Nase konnte ich das Lachen, das sich kitzelnd wie ein Jucken durch den ganzen Körper ausdehnte, nur mit Mühe und Not zurückhalten. Ich hielt den inneren Lachkrampf nicht aus und sagte zu ihr:
„Es tut mir Leid, dass ich es nicht zum ersten Mal tue."
„Macht nichts. Für mich machst du es zum ersten Mal", sagte sie wie selbstverständlich und zufrieden. Sie umarmte mich noch einmal innig.
„Weißt du, gestern Nacht hatte ich einen wahnsinnig schönen Traum. Deshalb habe ich wohl heute so einen Kunden wie dich."
Dann schwieg sie. Aus dem Radio tönte eine vibrierende, schrille Stimme. *Wer keeennt den Sinn meiner Weeehklaage, nur der Reeegen ... meine juungen Jahre laufen Stuuurm und löösen sich in Trääänen auf ... O du wilder Heengst meiner Juuugend ...* Durch den Gesang hindurch drang von unten die langgezogene emotionslose Stimme des Reisrollen-Verkäufers: Kiiiimbap, Zuuuckerwasser!
„Überlass die Sache mir. Ich werde dich richtig glücklich machen."
Ehe ich mich versah, war sie auf mir. Ich sah mich in ihren Pupillen versinken. Ich sah mich auf dem nackten Körper der arglosen Frau liegen und im endlosen Schlammsumpf zappeln. Erneut war ich in den Abgrund des Lebens gestürzt, der mich wie bestellt heimsuchte und aus dem Sattel werfen würde. Vor Schreck erstarrt wartete ich auf das, was passieren würde.
Ich wartete und wartete, doch nichts geschah. Vielmehr spürte ich, wie mich ein wohliger Frieden durchflutete, ebenso wie die Körperwärme der Stupsnase, die ihre Arme um mich schlang.
Der Abgrund des Lebens schien ein Platz meiner Sehnsucht zu sein, nach dem ich schon lange auf der Suche gewesen war. Früher wäre ich

nie auf die Idee gekommen zu glauben, dass es dort am Abgrund dermaßen warm und friedlich zuging. Ich staunte und blinzelte überrascht.

Im Morgengrauen, nach Aufhebung des Ausgehverbots, verzogen wir uns ganz schnell aus Yangdong. Hyongjin musste am Seouler Bahnhof den ersten Zug in die Heimat nehmen, um sich beim Militär zu melden. Als wir aus dem Bordell ins Freie gelangten, hielt Hamin kurz inne und schaute nachdenklich auf das Haus zurück. In seinen Augen lag noch der Schimmer der gestrigen Nacht. Wie mochte es ihm wohl ergangen sein?

„Heh du, Yunho, wollen wir wetten?", fragte er mich.

„Um was?"

„Wer von uns beiden als erster Liebe macht. Natürlich nicht mit solchen Frauen wie diesen hier, sondern mit richtigen Studentinnen."

„Kein Problem. Aber was gibt's, wenn ich gewinne?"

„Wir kommen dann nochmal hierher, und der Verlierer zahlt den ganzen Liebeslohn der Damen für eine Nacht."

Hamin grinste mich diabolisch an. Seine Stirn glänzte im Schein der Laterne.

„Von mir aus. So was liegt mir", sagte ich und nickte ihm zu, worauf Hyongjin mit der Zunge schnalzte.

„Doch gescheit gewesen, mich fürs Militär zu entscheiden. Hamin, wenn ich sehe, wie auch du noch den Verstand verlierst, kriege ich ja nur noch größeren Schiss vor dem Studium", sagte Hyongjin.

Als wir im Begriff waren, aus der Bordellgasse zu verschwinden, warf jemand, der in einem Winkel der dunklen Gasse irgendeine Arbeit verrichtete, etwas vor uns auf den Boden. Es platschte zwei, drei Schritte vor uns, und zugleich hörten wir ein tiefes Grunzen.

„Pfui Teufel, diese Dreckshuren. Was denken sich diese Schlampen dabei, es einfach so in die Mülltonne zu werfen, sobald man es ihnen rausgekratzt hat, nur weil es sein Vatertier nie kennen lernen wird. Immer schön aufpassen, bevor man trächtig wird. Wie beknackt die doch sind … pfst, pfst", spuckte er aus, immer noch mit dem Rücken zu uns. Hyongjin, der beinah auf das Ding getreten wäre, brach zusammen und begann zu würgen.

„Was ist los mit dir?", fragte Hamin, worauf sich Hyongjin mit einer Hand den Mund zuhielt und mit der anderen auf das Ding deutete.

„Fötus, es ist ein ... toter Fötus."

„Was?"

Wie in Panik rangen wir nach Luft und die Gestalt drehte sich um. Es war ein Mann mit Backenbart, die Barthaare verdeckten nahezu sein Gesicht.

„Oh, hier ist ja jemand", sprach er uns an. Wir besahen den riesigen zylindrischen Bambuskorb neben ihm. Da wurde uns klar, dass er ein Lumpensammler war und in den Mülltonnen das Altpapier durchwühlte.

„Ihr kommt wohl nicht aus dieser Ecke. Nur keinen Schreck kriegen. So was passiert hier ab und zu. Diese Dreckshuren, wenig Geld haben sie, und dann holen sie sich natürlich irgend so einen Kurpfuscher, lassen abtreiben und schmeißen das Stück Fleisch einfach weg. Bald werden die streunenden Hunde das Blut riechen, in Rudeln hierher stürzen und es säuberlich aus der Welt schaffen. Tut so, als hättet ihr nichts gesehen, und geht weiter euern Weg", sagte er, als wir unschlüssig dastanden, dann scheuchte er uns weg. Kaum hatte er zu Ende gesprochen, machten wir uns im Schweinsgalopp davon. Wir waren entsetzt, dass mitten in der Hauptstadt Südkoreas so etwas vonstatten ging. Das Viertel, in dem wir furchtlos eine Nacht verbracht hatten, kam uns wie ein Monstrum unvorstellbaren Ausmaßes vor, und wir begannen Blut und Wasser zu schwitzen. Erst in einer größeren Straße blieben wir stehen und holten tief Luft.

„Hölle, ich habe die Hölle gesehen", stieß Hamin keuchend hervor.

Ich schaute in die Gasse zurück, aus der wir geflüchtet waren und bildete mir ein, dass mir die Stupsnase aus ihrer Dunkelheit lauthals ins Gesicht feixte. Plötzlich schämte ich mich vor ihr. Der Morgen brach an, auf der Straße rasten schon die Busse und Taxis. Wir überquerten den Zebrastreifen und machten uns auf den Weg zum Bahnhof. Dort kauften wir Hyongjin die Fahrkarte, aßen Udongnudeln. Hyongjin schwieg wie ein Grab, wie ein Fremder. Er vermied es, Hamin und mir ins Gesicht zu sehen. Als der Zug zur Abfahrt tutete und langsam losrollte, rief uns Hyongjin von der Plattform aus urplötzlich seine letzten Worte zu, als hätte er sie vergessen, sich dann aber wieder an sie erinnert:

„Bleibt am Leben, bis ich wieder da bin!"

Warum war ich nach Yangdong zurückgekommen?

Nach dem Abschied von Hyongjin am Seouler Bahnhof verabschiedete ich mich ebenfalls von Hamin, und als ich alleine war, lotsten mich meine Beine blindlings Richtung Yangdong. Das Bordellviertel erweckte anders als letzte Nacht den Anschein einer Kriegsruine, schlichtweg grausig. Die Stupsnase, die mich vorhin anzufeixen schien, war nirgends zu sehen. Weder der Backenbart noch die sterblichen Überreste des Fötus, den der Mann mit seiner Eisenzange weggeschleudert hatte, waren zu finden. Nur das Erbrochene der Volltrunkenen, die Brikettasche und die Abfälle verschandelten die leere Gasse, und ausgehungerte Hunde streunten auf der Suche nach Futter umher.

Dieses unvorteilhafte Bild kam mir dennoch keineswegs abseitig vor, so als ob ich schon oft damit zu tun gehabt hätte. Die Fata Morgana, die die menschlichen Gelüste der letzten Nacht hervorgezaubert hatten, war verschwunden, und ihre Trümmer blieben als Ruine zurück. Eine Ruine, aus der die Vorstellung von Jang Gyonghi verschwand und nur Ruinen der Realität übrig blieben.

Es war nicht schwer, den Backenbart wiederzufinden. Wie ein Krieger, der auf dem vom Gewehrfeuer verrauchten Schlachtfeld überlebt hatte, kramte er überall in den Mülltonnen herum. Mit einem gewissen Abstand blieb ich ihm auf den Fersen und sah zu, wie er seine Tätigkeit verrichtete. Weder sprach ich ihn an noch hatte ich eine konkrete Idee, was ich eigentlich von ihm wollte.

Schemenhaft war mir klar, dass ich die Überraschung der letzten Nacht, die ich bei dem körperlichen Akt mit der Stupsnase durchlebt hatte, noch einmal erleben wollte. Als ich mich auf dem armseligen Körper der Prostituierten schon wieder in den grenzenlosen Morast hinabstürzen und dort zappeln sah, war es plötzlich nicht die Hölle gewesen, die mich umzingelte, sondern die kuschelige Wärme eines Frauenkörpers und ein wohliger Friede. Es war für mich selbstverständlich, dass ich, ohne mir viel dabei zu denken, nach Yangdong zurückkam und nach dem Backenbart suchte. Das Dasein des Lumpensammlers, der schon in der Morgendämmerung nach Abfällen sucht, war der tiefste und aussichtsloseste Abgrund des Lebens.

An der Einmündung einer Gasse verlor ich ihn aus den Augen. Als ich ihm Hals über Kopf nachsprang, tauchte er plötzlich vor mir auf, er hatte sich wohl in einem Winkel der Gasse versteckt.

„Willst du was von mir?", fragte er mich, trotz stechender Augen mit einer tiefen, lethargischen Stimme. Er schien bemerkt zu haben, dass ich ihm gefolgt war.

„Eigentlich nicht."

„Was fällt dir dann ein, mir die ganze Zeit nachzurennen?"

„…"

Ich bekam keinen Mucks heraus, worauf er mir mit seiner Eisenzange drohte:

„Wenn du nichts von mir willst, dann zieh Leine."

Als er sich umdrehte, fragte ich aus heiterem Himmel:

„Kann ich vielleicht mit Ihnen kommen?"

Er glotzte mich verdattert an.

„Ich hör wohl nicht richtig."

„Ich möchte auch Lumpen sammeln", beeilte ich mich zu sagen.

„Was, du willst Lumpen sammeln?"

„Ja, sag ich doch."

„Wie ich sehe, bist du ein Student."

„Stimmt."

Er sah mich durchdringend an. Ich wich seinem Blick aus.

„Du siehst nicht aus wie einer, der sich über andere lustig macht … Hast du früher schon mal Lumpen gesammelt?"

„Nein."

Er wiegte den Kopf und sagte wie im Selbstgespräch:

„Warum zum Teufel will er es ausgerechnet einem Lumpensammler gleichtun?"

Ich zögerte mit der Antwort, und er nickte, als hätte er etwas eingesehen.

„Schon gut. Willst du das wirklich tun?", fragte er.

„Wenn Sie gestatten, ich tue mein Bestes, solange ich es tue."

„Es ist knochenharte Arbeit, härter als du denkst. Willst du immer noch?"

„Ich bin auf alles gefasst." Ich biss mir auf die Lippe, und er lächelte.

„Na dann, mir nach."

Meine Präsenz schien ihn nicht im Geringsten zu stören, er durchwühlte die Müllhaufen jedes Winkels von Yangdong, füllte damit seinen Bambuskorb, stiefelte dann am Seouler Hauptbahnhof vorbei, über die Yeomcheon-Brücke in Richtung des Lagerhauses für Meeresfrüchte. Nachdem er die Marktgassen in Jungnimdong durchquert hatte, blieb er an einem mit Blech gesäumten unbebauten Grundstück stehen. In einer Ecke türmte sich Zeugs wie Altpapier und Altkleider, Plastikfolien und Schrott. Dort lud er den Korb ab und wandte sich zu mir um.

„Da wären wir."

Ich stand da, ohne den Mund aufzumachen, und wartete auf seine Anweisungen. Er streckte mir seine Hand entgegen.

„Ich bin Jangdo, der Lumpensammler. Seit dem elften Lebensjahr habe ich hier im Kiez die Knochen hingehalten, das sind schon mehr als zwanzig Jahre als Lumpensammler."

„Mein Name ist Kim Yunho", sagte ich, als ich ihm die Hand drückte.

Er schleppte mich dann in ein provisorisches Gebäude aus Sperrholz neben einem Altpapierberg. Ich sah verstohlen auf das Schild am Eingang: *Koreas Wiederaufbaueinheit. Erstes Bataillon, dritte Kompanie von Seodaemun.*

Er öffnete die Tür, trat ein und sagte: „Komm schon. Das hier ist meine Unterkunft."

Zu beiden Seiten des Erdbodens waren mithilfe von Linoleum und Furnierholz nach Soldatenart Betten gebaut, was allerdings durch die überall hingeworfenen Militärdecken unordentlich wirkte. Keine Menschenseele war zu sehen; sie schienen alle noch nicht von ihrer Früharbeit zurück zu sein. Ich setzte mich ans Fußende der Bettstatt, die Schuhe noch verschnürt. Kurz darauf kamen die Leute auch schon einer nach dem anderen und warfen mir schiefe Blicke zu. Als alle zum Frühstück versammelt waren, nickte er in meine Richtung und erklärte: „Er ist ein entfernter Vetter von mir. Bestimmte Umstände zwingen ihn, einige Zeit hierzubleiben, also seid gut zu ihm."

Später erfuhr ich, dass er der Boss der Lumpensammlerbande und überdies ein hohes Tier dieser Zunft war. Er beherrschte die Gegend von Yangdong und man zollte ihm als dem Großen Bruder Respekt. Auch erfuhr ich erst später, welcher Obhut er mich mit seinen knappen Worten anvertraut hatte.

Seine Worte befreiten mich vom Aufnahmeritus und anderen Kinkerlitzchen, die ein Lumpensammler-Neuling durchzustehen hatte. Durch seine Rücksicht hatte ich nichts von diesen Dingen auf mich nehmen müssen.

Eine kleine Aufnahmefeier gab es dann doch. In der ersten Nacht organisierte er für mich ein Fass Maggolli und Schweinefleisch. Die knapp zwanzig Kerle saßen am jeweiligen Fußende ihrer Bettstatt, schenkten sich gegenseitig Maggolli ein und sorgten für eine feierliche Atmosphäre. Der Backenbart erhob sich und blickte seine Leute der Reihe nach an.

„Wie ich mitbekommen habe, wollen manche in unserer Einheit offensichtlich nur Raubkasse machen. Leute, lasst es lieber sein, denn ihr wisst nur zu gut, damit kommt ihr nicht lange durch. Ich sag's euch nochmal, wenn schon, dann lasst euch bloß nicht erwischen, denn schließlich helfen euch dann auch meine Zaubertricks nicht mehr. Wie schade wäre es, wenn man euch wegen der paar Mäuse, die ihr gemacht habt, ins Loch steckt. Wenn schon, dann versucht mit einem richtigen Coup euer Schicksal in ein besseres zu verwandeln, ansonsten macht lieber mucksmäuschenstill die Kavalierkasse weiter, damit euch weiterhin was Fressbares in den Hals fällt und ihr nicht verhungert. Und ich betone noch einmal: keinen Unfug mit unserem neuen Gast!"

Er setzte sich wieder, und ein anderer bäumte sich auf und sprach: „Boss, um Himmels Willen. So was wie Raubkasse machen wir nicht. Schon die Angst vor dir treibt uns dazu, den Blick zu Boden zu senken und bei der Kavalierkasse zu bleiben, sodass wir nicht mal wissen, wo sich der Himmel befindet. Da wir schon davon sprechen, sag ich mal: Unter den Wiederaufbaueinheiten in Seoul gibt es keine sauberere Kompanie als unsere."

Die Einkünfte der Lumpensammler unterteilten sich grob in zwei Kategorien. Die eine hieß Kavalierkasse, bei der sie die Abfalltonnen durchstöberten und Verwertbares wie Papier und Altkleider bargen, dies war die übliche Methode des Brotverdienens. Die andere hieß Raubkasse, eine Gaunerei, bei der sie in groß angelegten Aktionen Materialien wie Eisenstreben und Kupferrohre von Baustellen klauten, ansonsten bei kleinen Diebereien Sachen wie Kleidungsstücke von Wäscheleinen, also alles, was man sich unter den Nagel reißen konnte.

Unter den Lumpensammlern gab es damals keinen, der sich nicht schon mal mit Raubkasse die Hände schmutzig gemacht hatte, und so auch keinen, der nicht vorbestraft war; jedem konnte man schon das Stigma des Gefängnisses von der Stirn ablesen. Falls eine Raubkasse missglückte, nahm der Niedrigste der Hierarchie die ganze Verantwortung und somit die Gefängnisstrafe auf sich. Der Backenbart erlöste mich quasi von dieser Raubkasse.

Nachdem die Maggolli-Schüssel einige Runden gedreht hatte, sprachen mich ein paar Burschen meines Alters an, als sie die Schüssel vor mich hinhielten. In dem Augenblick rappelte sich einer auf und kreischte: „Meine lieben Brüder, ich möchte euch ein Ständchen singen!"

Sein Spitzname war *Glückspilz*, als wir uns einander vorgestellt hatten, hatte er lächelnd berichtet, das Waisenheim des Busaner Stadtteils Gupo sei gewissermaßen seine Heimat. Hier und dort erhob sich Protest:

„Mannomann, der schon wieder."
„Ach du heiliger Strohsack. Was für eine Plage. Ich werd mir lieber was in die Ohren stopfen."
„Kann nicht jemand besser sein Maul stopfen?"
Unbeirrt lächelte der Glückspilz die Mannschaft an und begann zu singen.

Ich ziehe los, ziehe los, wann immer es mir beliebt
In die Heimat meiner Kindheit, wo der Kuckuck sang im Wald
Wo mag sie nur sein, die junge Frau, die mich beim Fortgehn verabschiedete
Denkt sie an mich, blutet ihr Herz in Sehnsucht nach mir

Der Glückspilz setzte sein Lied mit schriller, doch gedämpfter Stimme fort, was ihn derart erbeben ließ, dass den Zuhörern zumute war, als würde ihnen jemand mit einer Nagelfeile das Herz aufspießen. Als er ein paar weitere Lieder sang, stimmte es die Leute noch sentimentaler, und aus allen Ecken hörte man ihr Schluchzen. Kaum zu fassen, dass unter der rauen Schale dieser Kerle solch ein weicher Kern steckte.

Das Revier der dritten Kompanie reichte von Jungnimdong quer durch Seosomun und Bongnaedong bis nach Yangdong. An meinem ersten Tag schulterte ich den Bambuskorb, folgte dem Boss und grub die Mülltonnen um. Ab dem zweiten Tag suchte ich eigenständig die Gegend von Bongnaedong und Yangdong ab. Ich schaffte bestenfalls zwei, drei Körbe, wohingegen die anderen Sammler an einem Tag bis zu fünf, sechs Körbe füllten.

Die Aufregung des ersten Tages als Lumpensammler ist mir heute noch gut in Erinnerung. Ich dachte nämlich während dieser Tätigkeit an Hyongjins Pockengesicht. Irgendwann im Mai hatte ich es im Sonnenschein gesehen, was mich beinahe vor Neid platzen ließ. Doch nun konnte ich mich auf einmal mit Hyongjin messen. Mein Schandfleck konnte mit seinem konkurrieren. Immer, wenn ich mich mit dem riesigen Bambuskorb auf der Schulter als ungeschickter Lumpensammler auf die Straßen traute, bedeutete mir der Korb nichts anderes als dieses Unaussprechliche, das ich zwanzig Jahre lang in der Tiefe meines Herzens vergraben hatte: Du bist nur ein unehelich Geborener, der Sohn einer verarmten Markthändlerin. Bei jeder Tour stellte ich mir vor, wie es wie eine gehisste Flagge im Wind flatterte. Jedes Mal, wenn mich ein Fußgänger flüchtig anschaute, fühlte ich einen gewissen Stolz. Sobald ich mich mit dem geschulterten Korb ins Freie wagte, war ich wie neu geboren. Mein Lumpensammlerdasein verkörperte eine Art Frontalkampf gegen die Welt; so wie Hyongjins Pockengesicht es tat, bot auch ich der Welt mit meiner Schande die Stirn.

Ich war so stolz, dass ich mir fast einbildete, die Literatur sei für mich künftig überflüssig. Das Entscheidende war, dass ich nun, am Abgrund des Lebens, eine bestimmte Kraft spürte, die ich in der Literatur nie gefunden hatte. Nun meinte ich zu wissen, warum ich in den Armen einer Prostituierten, ganz unten auf der Skala des Lebens, ein Plätzchen für meine Sehnsucht gefunden zu haben glaubte. Eine Ewigkeit war ich danach auf der Suche gewesen. Damit verstand ich auch, wieso die neue Vorstellung namens Selbstzerstörung von Anfang an derartig verblendend gewesen war. Zugegeben, es gab keine Zeit, in der ich zwangloser die Schönheit guthieß, als in jener Zeit. Wenn ich mit dem Korb auf der Schulter den Fuß auf die Straßen setzte, blendete mich die Schönheit meiner Selbstverteufelung selbst.

Noch habe ich lebhaft die Blendung jenes Tages in Erinnerung, als ich wegen meines literarischen Geschicks zum ersten Mal Applaus bekommen hatte. Ohne Frage musste ich mich zusammenreißen und die Phase der Selbstverteufelung durchmachen. Noch vor einigen Monaten war ich Vergewaltiger und Schläger, ein Bösewicht gewesen. Den unsagbar blendenden Moment in meinem Leben, in dem ich die Selbstverteufelung in Kauf genommen und dafür Beifall erhalten hatte, möchte ich in keiner Weise missen.

Ab dem zehnten Tag meines Lumpensammlerdaseins legte sich die anfängliche Aufregung. Ich nahm meine Umgebung ausgeglichener wahr. Und mich überfiel eine zuvor nie erlebte Einsamkeit. Ich stellte fest, dass ich aufgebracht mit der Welt stritt, ihr jedoch völlig gleichgültig war. Egal wo ich herumstrich, niemand würdigte mich eines Blickes. In den Augen der Menschen war ich nichts weiter als einer der schmuddeligen, in Massen herumlaufenden Lumpensammler.

Meiner Einbildung zufolge hätten die Leute angesichts der Tatsache, dass ich der Welt furchtlos die Stirn bot, geblendet sein müssen, so wie sie mir, von meiner Literatur geblendet, offenherzig Beifall geschenkt hatten – obwohl sich in meine Literatur unweigerlich Verlogenheit eingeschlichen hatte. Doch die Leute übersahen mich einfach. Deshalb musste ich es ihnen auf eine andere Weise zeigen.

Was ich hätte tun müssen, war vielleicht etwas ähnliches wie bei der Literatur, deren Nützlichkeit ich ja erkannt hatte. Weil mich die Welt aber ignorierte, fing ich an, sie zu hassen. So wie ich mich einsam in ihr fühlte, wuchs auch meine Feindseligkeit. Aus dieser Feindseligkeit, in Verbindung mit meiner Vorstellung von Schönheit, entstand schließlich mein ganz eigener Ästhetizismus.

Den allerersten Anlass zu meiner Feindseligkeit lieferten mir ein paar unschuldige Platanen. Bei einem meiner Streifzüge mit dem Bambuskorb fand ich mich in einer Allee wieder, und als ich blindlings emporschaute, standen da diese Bäume. Ihre zungengroßen Blätter schäkerten miteinander im Sonnenlicht und setzten ein lautloses Wogen in Szene. Mittlerweile war der Frühling einen großen Schritt vorangekommen und ich sammelte immer noch Lumpen.

„Frühling ...", grummelte ich gedankenverloren vor mich hin. Ich sah geistesabwesend auf die Blätter. Was mochte dazu geführt haben, dass ich ihr unschuldiges Gerachel plötzlich als grausam empfand?

„Was wisst ihr schon von mir?", grummelte ich ein wenig lauter. Ich schüttelte den Kopf. Die Intensität des Grüns war so stark, dass es mich blendete. Ich verspürte Übelkeit in mir aufwallen, sackte zusammen, griff mir mit der Hand an den Bauch und würgte. Und ich stellte fest, dass die Übelkeit nichts anderes war als meine Feindseligkeit. Nach dieser Erkenntnis graute mir auch vor anderen sogenannten unschuldigen

Dingen wie funkelndem Tau, Rosen im Blumengarten, der Tracht der Nonnen, der ersten Menstruation eines fünfzehnjährigen Mädchens, dem Gelächter eines frisch vermählten Ehepaares, Gott und dessen Segen, Schülerinnen auf dem Weg nach Hause, Veilchen am Straßenrand; alle diese schuldlosen Dinge beschwörten ausnahmslos Feindseligkeit in mir herauf. Für mich waren sie Feinde der absoluten Schönheit.

„Wartet's nur ab. Irgendwann werd ich euch allesamt zertrampeln. Und dann werdet ihr mich anflehen, mir Anerkennung zollen zu dürfen", sagte ich mir.

Meine Logik der Zerstörung bewaffnete sich mit der Ideologie des Ästhetizismus und schmetterte Fanfaren zur Attacke gegen ihre Feinde.

3. Surrealismus

Nach fast einem Monat machte ich mit dem Leben als Lumpensammler Schluss und kehrte an die Uni zurück. Bei meinem Anblick leuchteten die Augen der Kommilitonen unumwunden vor Neugier auf. Nicht nur die Studenten, sondern auch die Studentinnen, die sich sonst vor mir fürchteten und sich kaum an mich herangewagt hatten, quasselten mich jetzt an. Ein Student fantasierte über mich:

„Stimmt doch, du hast dich mit einer verheirateten Frau in die Büsche geschlagen, aber man hat euch in flagranti erwischt und eingebuchtet, oder?"

Die goldige Fantasie eines literarischen Anfängers eben.

„Oje, wie zum Teufel hast du das bloß herausgefunden?", erwiderte ich mit gespielter Ernsthaftigkeit, was ihn triumphieren ließ:

„Ich hab eben einen guten Riecher."

Er fragte mich aus: wohin ich mich abgeseilt hätte, ob ich ins Gebirge oder ans Meer gegangen war, und auf seine leidigen Fragen hin gab ich ihm zur Antwort, dass es eine einsame Insel an der Westküste gewesen sei. Sein Großvater lebe nah der Stadt Myongju in der Gwangwon-Provinz, und freundlicherweise bot er mir an, dort unterschlüpfen, wenn ich mich das nächste Mal aus dem Staub mache. Ich bedankte mich mit Nachdruck. Ab diesem Tag gelangte ich zu einiger Prominenz: als erster Student, der mit einer verheirateten Frau ein Verhältnis hatte.

Hamin übergab mir Hyongjins Brief aus dem Militär, den er für mich aufbewahrt hatte. Hatte ich auf seinen Brief gewartet? Ich wurde ganz rührselig. Über einen Monat lang hatte ich nichts von ihm gehört, und ich vermisste sogar seinen Hass mir gegenüber. Hyongjin schrieb, er sei am Ende seiner Ausbildung im Rekrutenlager in Nonsan und wisse noch nicht, wohin er zugeteilt werde. Er wünsche aber, an die Demarkationslinie geschickt zu werden, denn er glaube, dass es für ihn der einzige Weg sei, die Literatur und mich abzuschütteln.

Ich hatte das Gefühl, in seinem Brief den bittersüßen Duft gewittert zu haben, den er nach einem langen Kasernenlauf am Ziel ausdünstete. Eilends kaufte ich im Universitätsladen eine Postkarte und schrieb zurück. Darin fragte ich ihn: „Wie sieht's aus? Ich kann mir gut vorstellen, dass schon das Training dort eine Art Selbstmord sein kann."

Zu dieser Zeit begegnete ich einem Mädchen. Seit einiger Zeit nahm ich wieder an einer Vorlesung teil, und dort im Saal bemerkte ich ein mir unbekanntes Gesicht; für eine Studentin war sie von außergewöhnlicher Schönheit. Sie schien kein besonderes Make-up zu tragen, nur ihr rundlich gelocktes Haar ließ sie unüblicherweise über die Schultern hängen, was wie ein schwarzer Heiligenschein wirkte und ihr kleines milchigzartes Gesicht akzentuierte. Doch ihr besonderes Antlitz atmete zugleich auch einen Hauch Kälte aus. Sie hieß Om Myonghwa.

An Myonghwa bemerkte ich immer einen dezenten Parfümduft. Zuerst wusste ich jedoch nicht, wonach sie roch. Ging ich an ihr vorbei, oder saß ich gelegentlich in der Nähe von ihr, kitzelte ein angenehmer Geruch ähnlich einem frühlingshaften Blumenduft meine Nase. Ich hörte zufällig mit an, wie sich die anderen Studentinnen das Maul über sie zerrissen:

„Die besprizt sich mit Nuttendiesel. Unglaublich, und das als Studentin!"

Es war der erste Parfümduft, den ich in meinem Leben gerochen hatte. Vielleicht war Myonghwa auch die erste unter den Studentinnen des Fachbereichs, die Duftwasser benutzte. Später erfuhr ich, dass sie eine Spätimmatrikulierte und Gasthörerin war. Myonghwa zog mich an, weil sie sich anders als die übrigen mir gegenüber gleichgültig zeigte, wodurch ich so unter Spannung geriet, dass alle Härchen an meinem Körper sich aufstellten. Sie war das erste Opfer, das mir nach meiner Beschäftigung mit dem Ästhetizismus ins Netz ging. Niemand auf dieser Welt hatte das Recht, meiner Schönheit gegenüber ungerührt zu bleiben.

Ich sah, dass ich nicht der Einzige war, der die Entbehrung ihrer Aufmerksamkeit zu ertragen hatte. Auf dem Campus war sie eine Einzelgängerin, freundete sich mit niemandem an. Sie kam und ging heimlich, still und leise zur Vorlesung. Zu niemandem sagte sie Hallo. Nur wenn jemand sie zuvorkommend grüßte, blickte sie ihn mit ihren großen schwarzen Augen misstrauisch an, nickte ihm oder ihr widerwillig zu, und ging dann schnurstracks weiter.

Es war in der Stunde, in der man lernte, wie man einen Roman beginnt. Aus der Reihe hinter mir roch ich ein blumiges Parfüm. Ich drehte mich um, und dort saß Myonghwa. Sie schien sich im Laufe der Vorlesung hinzugesellt zu haben.

Wie aus Versehen ließ sie ihren Kugelschreiber fallen, welcher vor meine Füße rollte. Da die Sitzfläche am Pult befestigt war, konnte sie ihn nicht zurückbekommen, solange sie nicht aufstand und eine Runde um die Tischreihe machte, oder ich ihn für sie aufhob. Ich ließ den Kugelschreiber liegen und wartete auf ihren nächsten Schritt. Eine Weile verstrich, sie aber blieb tatenlos. Schließlich wandte ich mich zu ihr um.

„Soll ich ihn für dich aufheben, oder soll ich's lassen?"

Sie kicherte. Ich sah sie das erste Mal lachen.

„Na so was, du kannst ja lachen", sagte ich etwas zu laut. Daraufhin brachen die Studenten und Studentinnen um sie herum in gedämpftes Gelächter aus. Myonghwa hörte auf zu kichern, setzte eine kokette Miene auf und sagte:

„Bitte, heb ihn für mich auf."

„Dann wäre ein Kaffee fällig", sagte ich. Unverhofft nickte sie.

Nach der Vorlesung saßen wir im Café *Millionen*, und ich stellte erstaunt fest, dass sie mir gegenüber keineswegs gleichgültig gewesen war. Ehe ich mich ihr vorstellte, ergriff sie das Wort.

„Kim Yunho, über dich bin ich seit langem im Bilde. Ich weiß, dass du Gedichte schreibst und dass du ein seltsamer Vogel bist. Ich kenne eine Studentin höheren Jahrgangs, die im Fachbereich Film- und Theaterwissenschaft ist. Sie interessiert sich auch sehr für Literatur, sie schaut gerne hier rein, und hat wohl dabei von dir gehört. Als sie mir gesteckt hat, dass man sich vor dir in Acht nehmen müsse, bin ich erst richtig neugierig geworden."

Entgegen meiner Erwartung war Myonghwa von fröhlicher Natur, ganz anders, als ich es mir vorgestellt hatte. Nachdem sie ohne Luft zu holen geredet hatte, sah sie mich erwartungsvoll an. Ich verpasste die Gelegenheit zu antworten, weil ich nur vor mich hin murmelte, während sie schon weiterquasselte:

„Dass ich, wenn auch ein wenig verspätet, im Kreativen Schreiben als Gasthörerin eingeschrieben bin, habe ich ihr zu verdanken. Eigentlich habe ich nicht die geringste Ahnung von Literatur. So unbefleckt bin ich, dass ich nicht mal wusste, dass in diesem Land so was wie unser Fachbereich existiert, bevor ich zu dieser Hochschule kam. Sie hat mir geholfen, mich an dieser Hochschule zu immatrikulieren. Ohne sie wäre ich nie auf die Idee gekommen, an dieser Uni zu studieren."

„So war das also", sagte ich und betrachtete ihr fantastisches Gesicht.

„Warum hast du dann nie Hallo zu mir gesagt?", fragte ich.

„So groß war mein Interesse an dir auch nicht."

Sie kräuselte die Lippen und lächelte mich an. Wahrhaftig, so wie ihr wundervolles Gesicht hatte auch ihr Lächeln gewisse blendende Züge.

„Du scheinst auch keinen Umgang mit anderen Studentinnen zu pflegen …"

„Ach, das. Die mag ich nicht. Yunho, glaubst du nicht, dass die irgendwie lächerlich sind?"

„Die Studentinnen sind lächerlich?", echote ich verdattert.

Sie verzog die Lippen und lächelte erneut.

„Die machen Gesichter, als wären sie schon verwitwet, findest du nicht auch?"

„Verwitwet?"

„Schau, ist es denn wirklich notwendig, sich derart aufzuführen, nur um Literatur zu machen? Alle Studenten und Studentinnen gebärden sich immer auf die gleiche Weise. Die Studentinnen geben stets ein tristes Bild ab, als wären ihre Männer gerade eben ins Grab gesunken, und die Studenten tragen solch todernste Gesichter zur Schau, als ob der Weltuntergang bevorstünde."

Ich war platt wie ein Pfannkuchen, sie aber setzte noch eins drauf:

„Kaum zu fassen, dass ihnen die Welt als so ein trister, todernster Ort erscheint. Mir kommt die Welt dermaßen wie eine Posse vor, dass sie mich in Rage bringt. Nehmen wir mal Literatur. Literatur ist nur Literatur. Welchen Einfluss kann die Literatur in der Wirklichkeit ausüben? Kann sie uns von den klitzekleinen Problemen unserer Realität befreien? Nur in unserer Vorstellung ist sie was Großartiges. Ich kapier einfach nicht, warum sich alle auf Leben und Tod schinden – nur weil sie glauben, sie seien ohne Literatur zur Ausweglosigkeit verdammt."

Myonghwas Tonfall war beschwingt, wogegen in meinem Kopf ein Schmerz tobte, als würde ein Presslufthammer darin arbeiten; trotzdem verspürte ich keinerlei Abneigung gegen sie. Na ja, ein bisschen schon. Dass sie die Literatur nach Herzenslust grün und blau schlug und sie verunglimpfte, wollte ich nicht hinnehmen, doch, womöglich wegen ihres schwungvollen Tonfalls, schien es mir beim Zuhören so, als verwandele ihre Springlebendigkeit meine Abneigung in heiße Luft und ließe sie verwehen. Ich bemerkte mit Erstaunen, dass es ebenso möglich war, die Literatur auf eine andere Art zu betrachten.

„Und was hältst du von mir?", fragte ich.

„Du bist schwer gestört", antwortete sie skrupellos. In dem Augenblick explodierte meine Abneigung, die ich bis jetzt unterdrückt hatte. Ich hätte sie beinahe angeschrien: Naive Kuh, was weißt du schon von Literatur!

Doch eigentlich war ich hier der Idiot, der sie im Geiste beschimpfte, und ich schämte mich dafür.

„Ich bin schw… schwer gestört?", stammelte ich.

„Ach was, wusstest du das du das nicht?" Sie riss ihre sowieso schon großen Augen auf und starrte mich entgeistert an.

„Ach du dickes Ei. Die ganze Uni weiß es, nur du selbst bist ahnungslos …"

Ihr Blick sah aus, als betrachte sie ein kurioses Tierchen, und mein Kopf glühte heiß, sehr heiß. Sie verhehlte ihre Freude nicht.

„Yunho, du kannst dich ja schämen. Du bist ja ganz rot im Gesicht", brachte sie verwundert hervor. Ich verkraftete ihre Sticheleien nicht mehr.

„Woran siehst du, dass ich schwer gestört bin? Bin ich es oder meine Literatur?", fauchte ich sie an.

„Kennst du das japanische Wort Kamikaze?"
„Du meinst dieses Selbstmordkommando?"
„Genau."
„Und das soll ich sein?", fragte ich. Sie nickte.
„Bist du etwa nicht einer von denen, die sich als Allererste in den Freitod stürzten, wenn der Literatur etwas zustöße?"
Ich machte ein gequältes Gesicht, und aus ihren Augen verschwand das Lächeln.
„Entschuldige. Ich bin wohl zu weit gegangen."
Ich winkte ab, schließlich wollte ich gar nicht, dass sie alles zurücknahm.
„Kein Grund für eine Entschuldigung. Selbstmordkommando … Wenn ich so darüber nachdenke, ist das gar keine schlechte Bezeichnung für mich, glaube ich …" Herausfordernd starrte ich sie an.
„Vorhin hast du davon gesprochen, welchen Einfluss die Literatur auf die Wirklichkeit ausübt, nicht wahr?"
„Und?"
„Um die Wahrheit zu sagen, sie bietet mir einen enormen Halt. Vielleicht den einzigen Halt, den es für mich gibt. Wie ich mich auch umsehe, ich habe nichts in der Welt, womit ich mich abgeben kann, außer der Literatur. Wenn nicht die Literatur, dann die Tatsache, dass ich unehelich geboren bin, na ja, aber so was ist ja gang und gäbe … Ich hab nur die Literatur, die mir Kraft verleiht. Ein Selbstmordkommando? Einverstanden! Weißt du, da gab es mal einen Schlägertypen, der den arglosen Bauerntölpeln auf dem Lande Angst einjagte und sich mit Vergewaltigungen abgab. Dieser Typ bekam dann von heute auf morgen dank der Literatur einen Beifallssturm von einem Publikum und wurde sogar an der Hochschule aufgenommen. Wie kein anderer hat unser Freund aufgrund der Literatur Karriere gemacht, würde ich sagen", dozierte ich.
Sie wich meinem Blick aus und sagte geheimnisvoll, wie im Selbstgespräch:
„Darin liegt wohl der Reiz an dir."

„Was meinst du damit schon wieder?"
„Die Ehrlichkeit meine ich. All die anderen Studenten versuchen, sich mit ihren traurig-ernsten Gesichtern gegenseitig zu belügen, aber du, Yunho, versuchst, trotz deiner abenteuerlichen Dummheiten ehrlich zu dir zu bleiben."
Ich schmunzelte bitter.
„Du sagst, ich bin ehrlich?"
„Und ob."
Ich schüttelte den Kopf.
„Ich kann mich nicht entsinnen, jemals in meinem bisherigen Leben ehrlich gewesen zu sein. Bestenfalls ein oder zwei Mal. Myonghwa, du hast keinen Dunst, was Ehrlichkeit heißt. Ich sag's dir: Ehrlichkeit ist für mich so was wie ein Gesicht, das von Narben gezeichnet ist. Man kann es nicht vor den anderen verheimlichen, und so bleibt einem nichts anderes übrig, als ehrlich zu sein. Zu allem Unglück wurde ich nicht mit solchen Narben beglückt. Um es dir besser verständlich zu machen: Ich halte sie in meinem Herzen verborgen, deshalb ist mir jede Lüge möglich. Wenn du von Ehrlichkeit sprichst, nur um mich zu trösten, dann hast du dich getäuscht. Leider empfinde ich dabei kein bisschen Trost."
„Nie und nimmer versuche ich, irgendjemanden zu trösten."
Sie sah mich scharf an, und ich entdeckte ein tiefes Verlangen in ihren Augen.
„Hey, das ist ja ein drolliges Bild."
Ich hörte eine vertraute Stimme hinter meinem Rücken. Bevor ich mich umdrehen konnte, stand Hamin vor uns.
„Yunho, ich zolle deiner Kühnheit Bewunderung. Ich gebe zu, du bist grandios. Du hast dich an was herangetraut, an das sich sonst niemand gewagt hat. Aber wie seht ihr bloß aus? Ihr passt nicht zusammen. Nicht einmal das Beisammensein von Kakerlake und Kohlraupe könnte drolliger sein."
Hamin harrte vor uns aus, und die Verwunderung stand ihm ins Gesicht geschrieben.

„Bist du etwa neidisch?", erwiderte ich, und er fuchtelte mit seiner freien Hand in der Luft herum.

„Ach was, nicht im Geringsten. Ich weiß, dass Myonghwa eine Schönheit ist, aber das geht mich nichts an."

„Was du da sagst, soll wohl bedeuten, dass sie auch mich nichts angeht, oder?"

„Nicht doch. Jeder hat seine eigenen Angelegenheiten. Abgesehen davon finde ich allerdings, sie passt nicht zu dir. Zuallererst sieht sie für dich zu hinreißend aus, sie ist unerreichbar für dich. Wie soll ich es ausdrücken ... wie Schneewittchen für einen Zwerg vielleicht."

Nachdem er mit mir fertig war, schenkte er Myonghwa seine Aufmerksamkeit.

„Lass dich nicht von dem, was ich eben gesagt habe, stören. Dafür, dass ihr beide nicht zusammenpasst, mache ich einzig und allein ihn verantwortlich."

„Mach dir keine Gedanken. Es ist spannend zuzuhören, wie ihr miteinander umgeht", entgegnete sie auf ihre typische Art. Ich deutete mit dem Kinn auf Hamin, der immer noch dastand.

„Komm schon, setz dich zu uns. Es wird Zeit, dass ich dir mal wieder einen Kaffee spendiere."

Hamin winkte ab.

„Nicht nötig, denn ich bin auch mit jemandem da", sagte er und schaute zur anderen Seite des Cafés. Ich folgte seinem Blick und sah dort So Mira sitzen, eine Studentin, die im selben Fachbereich studierte. Sie stammte aus der Kleinstadt Mukho in der Gangwon-Provinz und war eine typische Literaturbegeisterte. Irgendwann hatte ich sie sagen hören: „Wenn ich nur Brot runterschlucke, kommen mir schon die Tränen", was auf mich herzerweichend gewirkt hatte. Ich hob eine Hand und sie gab sich mir zu erkennen, indem sie flüchtig nickte.

„Oha, da also sitzt deine Beschäftigung. Und du bist überzeugt, dass ihr beiden gut zusammenpasst?", fragte ich.

„Jedenfalls besser als Schneewittchen und der Zwerg", konterte er und drehte sich zu uns um.

„Toi, toi, toi."

Ich reichte ihm die Hand.

„Dir auch."

Er drückte sie mir und ging. Nach ein paar Schritten drehte er sich abrupt um. „Ähem, jetzt bin ich aber gespannt. Hoffentlich hast du noch nicht unsere Vereinbarung vergessen."

„Welche Vereinbarung?", fragte ich.

„Spiel nicht den Ahnungslosen. Die Vereinbarung, die wir gemacht hatten, als wir neulich in Yangdong Hyongjin verabschiedet haben: Wer es als Erster tut."

Während Hamin seiner Beschäftigung nachging, erzählte ich Myonghwa von der Schäferstündchenwette zwischen ihm und mir, was sie sehr aufregend fand. Natürlich ließ ich den Teil mit den Prostituierten aus. Plötzlich sah sie auf ihre Armbanduhr, zuckte zusammen und wurde hektisch.

„Ach du Schreck, es ist ja schon fünf Uhr. Ich muss los. Um sechs bin ich mit jemandem verabredet." Sie machte ein verlegenes Gesicht, etwas beunruhigte sie, und sie richtete sich schnell auf. Ehe ich etwas sagen konnte, winkte sie ab.

„Du brauchst mich nicht hinauszubegleiten. Bleib ruhig sitzen, ich schaff's schon alleine. Die zwei Kaffee übernehme ich."

Ich konnte sie nicht davon abhalten, denn schon war sie zur Theke getrippelt, zahlte, und kam nach kurzem Zögern wieder zu mir herübergewetzt.

„Du, hast du am kommenden Samstag was vor?"

„Nicht dass ich wüsste."

„Hast du Lust, den Tag mit mir verbringen? Ich zeige dir Seoul. Warst du schon mal im Zoo des Changgyongwon-Palastes? Seit dem Klassenausflug in der Grundschule war ich nie wieder dort. Wir treffen uns am Vormittag und ziehen zu zweit herum, nur wir beide. Was hältst du davon? Eine prima Idee, oder?"

Sie setzte den Treffpunkt fest, ohne dass ich widersprach, am Eingangstor des Changgyongwon-Zoos am Samstag. Dann wandte sie sich von mir ab, stiefelte los, stieß die Tür des Cafés auf, stieg die Treppe runter und verschwand. Nach ihrem wieselflinken Weggang blickte ich wie gebannt die Eingangstür an. Was dort wie bei einer Silhouette hängen blieb, war ihr sonderbar verlegener Gesichtsausdruck. Heute war Montag, also noch fünf Tage bis Samstag, warum die Eile, dachte ich.

Am darauffolgenden Tag erschien sie nicht an der Uni. Da verstand ich, dass sie die Verabredung für Samstag nicht aus Verlegenheit so frühzeitig festgelegt hatte, sondern weil etwas sie hinderte, zur Uni zu kommen.

Am Mittwoch spielte sich etwas Eigenartiges ab: So Mira bat mich aus heiterem Himmel um ein Rendezvous. Als ich nach der Kunstphilosophie-Vorlesung in der Bibliothek vorbeischaute, kam Mira an meinen Platz, als hätte sie nur darauf gewartet. Sie warf einen Zettel auf meinen Tisch und ging zurück zu ihrem Platz. *Hast du viel zu tun? Wenn nicht, mach für den Nachmittag ein Date mit mir*, las ich dort. Ich sah zu ihr hinüber, worauf sie mir mit einem Auge zuzwinkerte. Als ich später die Bibliothek verließ, breitete sich auf ihrem Gesicht ein Lächeln aus, und sie sprach mich an.

„Du scheinst in letzter Zeit ausgebucht zu sein, nicht?"

„Nicht im Geringsten. Ich mache mir Sorgen, weil ich so viel Zeit habe."

„Na, erst eine verheiratete Frau, dann diese Schönheit, das nenne ich doch voll ausgelastet sein!"

„Na na, bist du eifersüchtig?", fragte ich mit gespieltem Erstaunen.

„Hör zu, ich wäre glücklich, wenn ich wirklich wegen so was eifersüchtig wäre", blaffte sie mich an.

An den wenigen Bäume hingen üppig Blätter und tauchten den Campus in Grün. Es war Mitte Mai, der Sommer begann. Wir gelangten ins Freie, Mira spannte ihren Sonnenschirm auf und wandte sich mir zu.

„Was hältst du davon, heute mit mir nach Incheon zu fahren?", fragte sie.

„So Knall auf Fall nach Incheon?", sagte ich ehrlich erstaunt.

„Ich möchte das Meer sehen."

Sie schlenkerte den Schirm mit der Linken und schaute mich an. Unter dem Schatten des Schirms war ihr Gesicht zartrosa gefärbt.

„Wenn das der einzige Grund sein soll, dann sieht es nicht gut aus bei mir …"

Ich machte ein deutlich unwilliges Gesicht.

„Na so was, Yunho, es gibt etwas, wobei es deiner Ansicht nach nicht gut aussieht?"

„Und ob. Wenn eine Frau urplötzlich Sehnsucht nach dem Meer bekommt oder ähnlichen Unfug quasselt, kann es nur heißen, dass sie entweder an Selbstmord denkt oder entschlossen ist, sich den Rock hochzuschieben. Weder das eine noch das andere kann ich verantworten", tat ich altklug, was sie zu belustigen schien.

„Alle Achtung, Yunho. Du kannst Gedanken lesen."

„Man lernt aus Erfahrungen."

„Schönes Stichwort. Darum will ich unbedingt mit dir dort hinfahren."

„Und um so schlechter sieht es bei mir aus, wenn sie obendrein die Freundin meines Freundes ist", brachte ich Hamin zur Sprache, und sie wurde ernst.

„Darüber wollte ich eigentlich mit dir sprechen."

„Jetzt kommt die Wahrheit raus. Was hat es mit Incheon auf sich?", fragte ich.

„Du kennst doch Jong Hisuk aus unserem Kurs, die von Incheon zur Uni pendelt? Sie hat mich heute nach Incheon eingeladen."

„Ich soll mit der Freundin meines Freundes nach Incheon fahren? Was soll nur aus mir werden, ich bin doch sowieso schon als Affärenstrizzi gebrandmarkt. Soll ich diesmal als einer, der seine besten Freunde hintergeht, entlarvt werden?"

„Hör auf mit Freundin des Freundes. Ich bin noch niemandes Freundin, bin nur So Mira. Und wenn du schon eine Unsittlichkeit verübst, mit einer Jungfrau wie mir sollte das doch eine Ehre für dich sein, oder nicht?"

„Oha, so kann man's auch sehen", antwortete ich ehrlich verblüfft.

„Spiel mich nicht herunter. Ich bin eine Frau mit grenzenlosem Potential in dieser Hinsicht", behauptete sie ganz ohne Hemmungen.

„Im Einschätzen von Menschen bin ich wohl eine Flasche. Kaum zu fassen, dass so nah bei mir ein Juwel verborgen war."

„Nun weißt du es, zu deinem Glück."

Da sie immer direkter, immer ungenierter wurde, entschied ich mich für Klartext.

„Was auch immer. Wenn ich die Unsittlichkeit in Kauf nehme und mit dir nach Incheon fahre, was springt für mich dabei raus?"

„Erstens bekommst du die Chance, mit dem Juwel zusammen Selbstmord zu begehen, und dann gibt es Alkohol und leckere Beilagen."

„Einverstanden. Dafür lasse ich es drauf ankommen, dafür riskiere ich auch eine Unsittlichkeit."

Da wir noch reichlich Zeit hatten, schlug Mira vor, irgendwo herumzubummeln. Wir gingen zum Nationalfriedhof der 19.-April-Revolution in Suyuri, was nur einen Katzensprung von uns entfernt war. Inmitten der Grabsteine schwenkte Mira den Sonnenschirm und sagte plötzlich:

„Je mehr ich über Hamin nachdenke, umso lächerlicher finde ich ihn. Wir haben uns doch erst vor kurzem kennen gelernt, und schon spricht er von Liebe, na prima. Er hat mir einen Brief geschickt, in dem er mir erklärt, er liebe mich. Ich habe mich mit ihm ganz privat genau drei Mal getroffen. Zwischen uns ist nichts Besonderes passiert. Wir saßen in den Ecken der Cafés, tranken was und haben uns mit Geschwätz gelangweilt, das war's dann auch. Und auf einmal kommt er mir mit diesem Liebesgedöns daher, kaum zu fassen. Denkst du nicht auch, dass er es überstürzt?", sagte sie. Es stand ihr jedoch ins Gesicht geschrieben, wie stolz sie war, einem jungen Mann ein Liebesgeständnis entlockt zu haben.

„Na ja, Liebe ist wirklich subjektiv. Wenn es um die Liebe der anderen geht, kann man nicht mit einfachem Maßstab messen, was Liebe ist oder nicht ist, sie ist nun mal nicht greifbar. Und ob man es überstürzt oder nicht, darauf kommt es gar nicht an. Nehmen wir mal

Kinofilme. In Filmen wie *Ein Herz und eine Krone*, *Ihr erster Mann* oder *Spätherbst* spielt die Zeit keine Rolle, nicht? Schon ein kurzer Blickwechsel reicht dafür aus, dass sich die beiden lieben. Ich denke, das Problem liegt nicht im zeitlichen Fortgang oder wie oft ihr euch getroffen habt."

Ich entsann mich Hamins Augen, wie sie an jenem Morgen in der Gasse von Yangdong geglänzt hatten.

„Worin liegt dann das Problem?", fragte Mira ernsthaft.

„Hamin ist noch unschuldig. Was Frauen betrifft, ist er ein unbeschriebenes Blatt", gab ich ihr zur Antwort. Sie war skeptisch, doch andererseits war sie offensichtlich auch etwas erleichtert.

„Du sagst es, er ist echt unschuldig."

Der Zug von Seoul nach Incheon war überfüllt. Sowohl für Mira als auch für mich war der Ausflug nach Incheon der erste in unserem Leben, und es war gar nicht so leicht. Es war gegen Feierabend und die Gänge waren so rappelvoll, dass wir kaum unsere Füße auf den Boden brachten. Wir wurden hin und her geschubst, und bevor der Zug Yeongdeungpo hinter sich gelassen hatte, waren wir schon fix und fertig. Etwas später, als die ländliche Idylle mit Pfirsichbäumen und Weinreben vorbeizog, war wieder einigermaßen Platz im Wagen.

Nach Sonnenuntergang stiegen wir in Ost-Incheon aus, auf den Straßen flirrten knallbunte Neonlichter. Und sieh einer an: unten an der Bahnhofstreppe warteten Hisuk und Hamin auf uns! Hamins Augen funkelten gefährlich.

„Was geht hier eigentlich vor?" fragte ich ihn, doch er redete zunächst um den heißen Brei herum:

„Ich zitiere eine Strophe aus einem Gedicht: Meine Gedanken jagen Tag für Tag unzählige Male dem unverschämten Weib nach, das zum Ostmeer hin verschwunden ist … Ich denke täglich tausend Mal an sie, die nach Incheon geflohen ist, und warte hier auf sie."

Ich wandte mich von Hamin ab und glotzte Mira an. Sie schien meinen Blick als Anschuldigung zu deuten. Sie reckte den Hals gen Himmel und sagte im Flüsterton:

„Ich war es nicht."
Da meldete sich Hisuk.
„Ich habe es Hamin wissen lassen. Ich habe ihm gesagt, dass Mira nach Incheon kommt, und ihn gefragt, ob er nicht mitkommen möchte. Aber ich habe nicht erwartet, dass sie mit Yunho kommt."
Beim Anblick Hamins funkelnder Augen war mir zumute, als hätte ich mich tatsächlich mit Mira aus dem Staub gemacht, ein unangenehmes Gefühl. Hisuk lotste uns zum Kai von Wolmido, unterdessen redete Hamin mit blitzenden Augen und ohne Luft zu holen immer noch von der treulosen Frau. Er brachte sich wohl in Fahrt, um mich gleich ohne Erbarmen herunterzuputzen. Und ich? Als wir in einem Rohfisch-Laden einen hoben, liefen mir Tränen aus den Augen, noch bevor ich mich betrinken konnte.
„Fadenscheinige Ausreden liegen mir nicht. So was passiert mir zum ersten Mal. Ich ärgere mich über mich selbst", erklärte ich. Mit tränenverschmiertem Gesicht erhob ich mich, um zu gehen, doch Hamin wollte mich zurückhalten.
„Lass mich, oder ich prügele dir die Seele aus dem Leib", zischte ich ihn an.
„Gut, dann geh", sagte er und machte mir den Weg frei. Seine Augen gewannen wieder an Milde.
Zwei Tage später lief ich ihm an der Uni in die Arme, und er zwang mich geradezu, mit ihm mitzukommen. Wir nahmen in einer Schenke am Gireumer Markt Platz, er kippte seinen Maggolli in einem Zug herunter und keuchte:
„Ich hab's getan."
Ruhig sah ich zu, wie Maggolli aus seinem Mund tropfte.
„In dieser Nacht habe ich mich alleine mit ihr in Incheon getroffen, und wir landeten zu guter Letzt in einer Absteige. Sie hat ein paar Mal aufgemuckt, ich hab sie aber doch noch genagelt. Es war dermaßen nichtssagend, dass ich richtig heulen musste nach der Nummer. Dass das Bumsen mit einer Jungfrau so eine kalte Dusche sein kann, unglaublich. Genauer gesagt, ich war niedergeschmettert, richtig verzwei-

felt. Es kam mir so vor, als hätte nicht sie was verloren, sondern ich. Außer der Tatsache, dass ihr Blut das Laken besudelte, sah ich nicht den geringsten Unterschied dazu, es mit einer Nutte zu treiben. Ich werd nicht schlau daraus, warum Männer so extrem auf Jungfrauen abfahren."

Ich hörte ihm zu, während ich ein gekochtes Ei schälte, es in einem Stück in den Mund steckte und mampfte. Eine Hassliebe gegen Hamin durchzog mich. Litt er auch schon unter Höllenszenarien? Ich fühlte wieder Mitleid mit ihm, wie schon in Yangdong.

Am Samstagmorgen nahm ich vor dem Yeongdeungpo-Bahnhof die Straßenbahn und fuhr zum Changgyongwon. Ich fand mich dort zehn Minuten vor der verabredeten Zeit ein, besorgte mir am Schalter die Karten, und als ich danach gut zwanzig Minuten lang im Menschengewühl herumgelungert hatte, trudelte Myonghwa ein. Sie kam in Freizeitaufmachung, mit Turnschuhen und einer Schirmmütze, als mache sie einen Ausflug.

„Bist du schon lange hier?", fragte sie.

„Zwanzig Minuten."

„Ich habe mich richtig abgehetzt, aber doch noch verspätet. Ach, du ahnst nicht, wie ich mich für den heutigen Tag abgeplagt habe. Also, um sieben Uhr aufgestanden, dann ins Badehaus, dann im Friseursalon die Haare neu machen lassen – leider musste ich für die Frisur lange warten, bis ich an die Reihe kam, deswegen hat es so gedauert. Ach, du liebe Güte, ich hab dabei vergessen zu frühstücken", sprudelte es aus ihr heraus, wobei sie sich, handtäschchenschwenkend, mit der freien Hand Luft zufächelte.

„Ein bisschen heiß, findest du nicht? Der Sommer scheint den verbleibenden Frühling zu überrollen. Ein Rohling, der Sommer."

Auf ihrer Nasenspitze sammelte sich ein Schweißtropfen. Für einen Vormittag brannte die frühsommerliche Sonne wirklich ungewöhnlich heiß.

„Weißt du, dass Changgyongwon einer der königlichen Paläste war?", fragte sie mich, als wir durch das Tor traten. Vor uns lagen der weitläufige Palasthof und das Myongjong-Hauptgebäude, in dem der König allmorgendlich seine Minister zur Audienz empfangen hatte. In der Ferne sah man den für den König angelegten Wasserlauf unter der Okchon-Brücke. Ich nickte Myonghwa zu und sie redete weiter:

„Ich war hier das erste Mal während meiner Kindergartenzeit, um mit meiner Familie die Kirschblüte zu sehen. Mein Vater hat mir mit versteinerter Miene erklärt, hier hätten früher Könige residiert, doch die Japaner hätten diesen heiligen Ort zu einem Vergnügungspark umfunktioniert, indem sie hier frecherweise Tiere reinsteckten, Kirschbäume pflanzten und Fahrgeschäfte einrichteten. Er war richtig aufgebracht. Ich war ja damals zu klein, um das alles zu begreifen. Aber meinst du nicht, dass mein Vater sich selbst widersprach? Wenn es ihn so sehr kränkt, warum macht er dann überhaupt eine Tour hierher? Und wäre es nicht klüger gewesen, die Tour schweigend zu machen, als seiner kleinen Tochter Feindseligkeiten gegen die Japaner einzutrichtern? Hehe, ich stelle die waschechten Seouler als Konservative hin, typisch. Mein Vater zum Beispiel rühmt sich damit, dass er nie in seinem Leben außerhalb der alten Stadtmauer gelebt hat. Bis heute schwingt er große Reden, dass wir aus einer alteingesessenen Familie innerhalb der Stadtmauer stammen, als wäre das ein Orden", plapperte Myonghwa vor sich hin, und ich war trotzdem aufmerksam, weil ich das alles zum ersten Mal hörte. Mit blendender Laune verriet sie mir dieses und jenes, was ihr gerade durch den Kopf ging, und fürs Erste sahen wir uns den Zoo an. Der Zoo begann links von der Okchon-Brücke, die zum Myongjong-Hauptgebäude führte. Nun handelte Myonghwa ihre Erinnerungen an die damalige Klassenfahrt ab.

„Im Frühling, in der dritten Klasse der Grundschule, haben wir einen Ausflug hierher gemacht. Damals hat mir im Zoo der Strauß am meisten Angst eingejagt. Die Federn an der Schwanzgegend waren ihm alle abgefallen, man konnte seine nackte Haut sehen, und ich dachte, er würde bald sterben. Ich habe nicht gewusst, dass die Straße von Haus aus wenig Gefieder haben. Er hüpfte so wild, dass ich mir zusammenreimte, man habe ihm die Federn ausgerupft, um ihn zu schlachten, und er renne um sein Leben. Die Schlangen dagegen fand ich süß. Bei dem Anblick einer riesigen Seidenschlange haben die anderen Kinder ein Geschrei veranstaltet und wollten wegrennen, ich jedoch flehte den Lehrer an, die Schlange einmal anfassen zu dürfen. Die Form ihres Körpers und die farbigen Muster der Haut waren so unheimlich verführerisch."

Nach der Zoobesichtigung schleppte sie mich zum Kristall-Palais, einem dreistöckigen, pagodenähnlichen Bauwerk, das inmitten eines Teichs errichtet war und als Kiosk und Restaurant genutzt wurde. Der Teich, in dem einige Ruderboote schwammen, lag in schmutzig gelbbrauner Farbe da, und etwas weiter schoss ein Wasserstrahl in die Höhe.

Im Palais tranken wir Kaffee, und danach kletterten wir in eines der Boote. Im Anschluss daran nahmen wir die Seilbahn rüber zum Rummelplatz und fuhren Karussell. Myonghwa war immer noch bei bester Laune. Gegen Mittag verließen wir Changgyongwon. Vor dem Honghwa-Tor sah sie mich an:

„Sag mal, hast du jemals westliches Essen probiert?"

Ich schüttelte den Kopf, und prompt fällte sie eine Entscheidung:

„Prima. Heute essen wir was Westliches zu Mittag."

An der Haltestelle stieg sie in ein Taxi und winkte mich herbei.

„Zum Walkerhill-Hotel bitte", instruierte sie den Fahrer, sobald ich zugestiegen war. Ich erinnere mich nur noch daran, wie das Taxi an Dongdaemun vorbeifuhr, dann durch die Gegend von Wangsimni sauste, und glaubte dann die Tuksom-Pferderennbahn gesehen zu haben. Danach hatte ich keinen Schimmer mehr, wo wir waren.

„Mach dir keine Gedanken ums Geld", flüsterte sie mir ins Ohr, da ich ganz verunsichert dasaß.

Der verängstigte Provinzler in mir wand sich unter Qualen, etwas hatte meinen Argwohn geweckt: *Weshalb so viel Fürsorge?* Ich war zwar gedrillt durch Literatur, doch nie hatte mir zuvor jemand grundlos so viel Güte erwiesen, und das Vorstellungsvermögen eines Landeis hatte seine Grenzen. Als ich Myonghwa *Walkerhill* rufen hörte, überfiel mich eine Verunsicherung, die mich restlos überforderte. Mein begrenztes Vorstellungsvermögen vermochte ihre Absicht nicht zu durchschauen.

Das Taxi ließ die vielbefahrenen Straßen hinter sich und mühte sich einen bewaldeten Hügelweg hinauf. Wenig später trat das Eldorado in Erscheinung: In der Ferne umfloss der bläulich schimmernde Han breit wie ein See das Areal, das mit märchenschlössergleichen Gebäuden prachtvoll-harmonisch übersät war. Das Bild vor meinen Augen überwältigte meine Vorstellungskraft, meine Gedanken gerieten in Verwirrung.

Ich wollte die Szenerie vor mir nicht wahrhaben. Abermals erklärte ich mir selbst, Mensch, das ist doch nichts weiter als ein Hotelname zum Andenken an jenen amerikanischen General, der am Koreakrieg teilgenommen hat, und dennoch wollte ich meinen Augen nicht trauen. Es mag ein schlechter Vergleich sein, doch ich hatte geglaubt, Utopia selbst, ein surrealistisches Schlaraffenland, nach dem Tao Yuanming vergebens auf der Suche gewesen sein soll, habe sich vor mir manifestiert. Wären meine Gedanken geordneter gewesen, hätte ich Myonghwas Vorhaben sicher frühzeitig erkannt, womöglich schon während der Fahrt. Sie hatte danach gebrannt, mir zu beweisen, dass im Leben auch andere Welten existierten als nur die Literatur, und sie wollte mir den Weg zurück in die Realität zeigen. Leider verstand ich ihre Absicht erst viel später, als sie sie mir verraten sollte.

Jahre später, im Rückblick, kommt mir jener Tag wie ein Mysterium vor, denn ich erinnere mich nur an die Fahrt und an die Hotelgebäude, von da an sackt mein Gedächtnis ab, als fiele es in eine Grube, als hätte es jemand mit der Schere abgeschnitten und ein unbeschriebenes Blatt in mir zurückgelassen.

Wir werden mit Sicherheit im Hotelrestaurant ein westliches Mittagessen eingenommen haben, ich, das Landei, gemäß ihrer Anleitung Messer und Gabel in den Händen haltend; bestimmt stellte ich mich beim Essen an wie ein Elefant im Porzellanladen. An diesem Tag musste ich mich restlos in ihre Obhut begeben haben und all das, was ich von ihr gehört und wegen ihr gefühlt hatte, wundersam gefunden haben. Nichtsdestotrotz bleibt mir keine Spur der Erinnerung, wie das Innere des Hotels aussah, welche Speisen wir bestellten, oder wie sie schmeckten. Ich vermute, dass meine Merkfähigkeit ab dem Augenblick, an dem meine Gedanken durcheinandergerieten, lahmgelegt war; vielleicht war es auch so, dass meine Erinnerung das alles verdrängte, weil ich die Realität nicht wahrhaben wollte. Andererseits möchte ich auch nicht bestreiten, dass mich Myonghwas Wirkung als Frau mit solcher Wucht traf, dass mich alles andere außer ihr nicht interessierte.

In einem anderen Fitzelchen meiner amputieren Erinnerung sehe ich mich mit Myonghwa auf einer Bank im Jangchung-Park sitzen, wie ich ihr von meiner Herkunft beichte, dass meine Mutter eine arme Hausiererin vom Lande sei, ich unehelich geboren, meine Kindheit unter der Fuchtel des Stiefvaters. Sie hängt an meinen Lippen, ihre Wimpern zittern. In diesem Bild bäumt sich Myonghwa abrupt auf, und in meinem Gedächtnis ist sie plötzlich wieder auferstanden.

„Du lieber Himmel, ich habe ganz vergessen, dass ich etwas Dringendes zu erledigen habe. Wartest du hier kurz auf mich? Ich gehe mal schnell nach Hause, komme gleich wieder. Siehst du dort die Ulme an der roten Backsteinmauer? In der Gasse wohne ich. Grad um die Ecke, bin gleich wieder da."

Dort, wo ihre Hand hinzeigte, standen eindrucksvolle Villen wie Festungen. Sie ließ ihre Handtasche auf der Bank liegen, trippelte los, überquerte die Straße und verschwand schließlich in der Gasse zwischen den prächtigen Häusern. Ich schaute ihr hinterher und verstand nicht ganz, warum sie sich für Kreatives Schreiben entschieden hatte. Ich hatte das Gefühl, dass Literatur nicht zu ihr passte.

Stundenlang saß ich auf der Bank und behielt die Gasse im Auge. Die Nachmittagssonne blinzelte durch die Äste, wurde schwächer, und langsam setzte die Dämmerung ein. Meine Füße tauchten in Dunkelheit. Rund um mich herum versank alles im Dunkeln, und ich nahm Myonghwas Handtasche und machte mich auf nach Yeongdeungpo, wo ich bei meinem Schwager wohnte. Ich zog mich zurück in meine Dachkammer, machte mit bebender Hand ihr Täschchen auf, fand darin jedoch bis auf Kosmetika wie Lippenstift und Grundierungscreme sowie ein paar Münzen nichts von Belang.

Am Tag darauf begab ich mich samt Tasche zur Uni. Einer meiner Kommilitonen fragte mich deswegen aus, und ich machte ihm weis, dass ich sie künftig anstelle der Schultasche gebrauchen würde. Er schien es mir tatsächlich abzukaufen, denn sein Gesichtsausdruck sagte, ein Exzentriker muss wohl exotisch daherkommen, was mich diesmal doch konsternierte. Bis zum Vorlesungsschluss tauchte Myonghwa nicht auf. Am Spätnachmittag suchte ich die Verwaltung auf, zeigte dem Mitarbeiter ihre Tasche und fragte ihn nach ihrer Adresse, mit der Begründung, ihr könnte etwas zugestoßen sein. Er fragte mich amüsiert, „haben Sie vielleicht nicht doch etwas anderes vor?", und kritzelte mir ihre Adresse auf einen Zettel. Ich begutachtete die Adresse und dachte nach.

„Diese Anschrift kann nicht stimmen."

„Aber doch", sagte er, ohne sich umzudrehen.

„Sind Sie sicher, dass sie von Frau Om Myonghwa ist?", insistierte ich, und er händigte mir ihre Karte mit den Personalien aus.

„Überzeugen Sie sich selbst."

Ich las: Hausnummer 154 Daedae-ri Ibang-myon, Kreis Changnyong, Süd-Gyongsang-Provinz. In der Zeile der amtlich registrierten Adresse war ihr Vater als Om Jachun aufgeführt.

„Haben Sie nicht vielleicht ihre Seouler Adresse? Oder Telefonnummer, irgendwelche Kontaktangaben ...", flehte ich.

„Wenn dort nichts steht, dann nicht. Die Studenten aus den Provinzen wechseln ständig den Wohnsitz, deshalb sind dort die aktuellen Adressen kaum vorzufinden", belehrte er mich mitleidig.

Genau fünf Tage, nachdem sie einfach so verschwunden war, tauchte sie wieder auf. Als ich sie an der Uni sah, entzog sie sich nicht meinem Blick.

„Du schuldest mir eine Erklärung, meinst du nicht?", begann ich.

„Du hast ja Recht." Sie nickte, wobei sie mich immer noch anstierte.

„Lass uns irgendwo hingehen", sagte sie.

Wir ließen die Poetikvorlesung sausen und verzogen uns ins Café *Millionen*. Da es überwiegend von Studenten besucht wurde, war so früh kein einziger Gast zu sehen. Die Madam empfing uns herzlich mit den Worten, wir seien heute die Ersten. Wir nahmen Platz, und Myonghwa sprudelte los:

„Um die Wahrheit zu sagen, ich hatte Angst vor dir."

Ohne etwas zu sagen, klebte ich an ihren Lippen.

„Ist aber auch möglich, dass ich mich mehr vor mir selbst gefürchtet habe als vor dir."

Wortlos nickte ich.

„Damit hat es sich."

Sie durchbohrte mich mit ihrem Blick, als föchte sie gegen mich.

„Verstehe", sagte ich.

„Du verstehst?", schrie sie mich fast an. „Was verstehst du überhaupt?"

Ich ignorierte das und fragte:

„Hast du jemals was von Surrealismus gehört?"

Sie schüttelte den Kopf, und ich fuhr fort.

„In letzter Zeit mache ich mich mit dem Surrealismus vertraut. Quasi der erste einträgliche Lernstoff seit meiner Aufnahme an der Uni. Im Surrealismus bedeutet die Realität nur ein Material, mit unwesentlichen Zutaten. Der Surrealismus verleiht der sinnlosen Wirklichkeit neuen Sinn und gestaltet diese um, das heißt, er transzendiert sie und errichtet eine Welt, in der kein Platz für Schmerz und Intrigen übrigbleibt", dozierte ich, schlug mein Heft auf und schob es ihr zu.

„Ein Gedicht von Lee Seunghun. Es heißt *Wortschatz*. Lies mal."

Myonghwa sah mich zweifelnd an, dann senkte sie den Blick auf das Heft.

Es ist der Wind,
der in die dunkelste Kammer
des Bewusstseins weht.
Auf dem Roggenfeld,

von dem der Esel heimkehrt,
schmort sattsam der Mond.

Die morsche Kammer
verblasst unter ihm.
Die unsichtbare Zeit wird beharkt,
und sie fällt, aber ich sehe
nur einen Vogelkopf fallen.
Und ich verwandele mich
in eine Schlange und schleiche mich
aus der Kammer der Götter fort.

Wehe, davongestohlen habe ich mich,
und mit gestaltloser Hand
liebkose ich mich, und der unsichtbaren Zeit
kommen die Tränen.

„Ehrlich gesagt, keinen Schimmer, wovon die Rede ist", sagte Myonghwa stirnrunzelnd.
„Dazu benötigt man zunächst ein bisschen Lesetechnik. Fürs Erste versuche nicht, beim Lesen der Gedichte deren Sinn auszumachen. Versuche nicht, sie zu deuten, stell dir hingegen vor, du würdest die Träume in Augenschein nehmen, die die anderen im Schlaf träumen. Keiner nimmt einen Traum als Realität wahr. Ein Traum ist nur ein Traum. In ihm verliert die Realität komplett an Farbe und an Sinn. Genauso verhält es sich mit der Poesie. In ihr tritt kein Quäntchen Realität auf, nur Bilder, die aus der Tiefe des Bewusstseins aufblühen. Du sollst nur diese Bilder einfangen. Man geht bei Stellen wie *Kammer des Bewusstseins, Kammer der Götter* oder *unsichtbare Zeit* in die Falle und trachtet nach ihren Bedeutungen, aber vergiss sie, sie sind nur Teile eines Traums. Dann wird man sich, wie in Trance, der ratlosen Schönheit bewusst. Diese Art der Dichtung nennt man in sozialistischen Staaten wie China Trance-Poesie, ein recht treffender Begriff."

Myonghwa nickte einige Male, als habe sie verstanden.

„Jetzt, wo du es sagst, neige ich fast dazu, dir zu glauben, ich kann mir gewissermaßen einen Reim darauf machen."

„Na, also. Der Surrealismus ist nicht mehr und nicht weniger als das."

Sie heftete den Blick auf mich, als sei ihr etwas eingefallen.

„Aber was hat der Surrealismus mit mir zu tun?", fragte sie.

„Seit einiger Zeit befasse ich mich damit, den Surrealismus nicht nur in der Dichtung zu sehen, sondern ihn auch in mein Leben zu tragen, um mich über die Realität hinwegzusetzen und sie umzugestalten. Falls ich das schaffe, befreit mich das von der Realität. Leider gibt es schon jemanden, der es vor mir gemacht hat", sagte ich und sah ihr direkt ins Gesicht.

„Ich soll dieser Jemand sein?" Sie riss die Augen auf. Sie sah aus, als bestünde ihr Gesicht nur aus diesen zwei Augen. Ich nickte.

„Ich habe im Studentenregister der Verwaltung nachgeschaut. Dort war deine Adresse und der Name deines Vater notiert."

„So so. Na gut. Ich hatte ja sowieso vor, dir heute reinen Wein einzuschenken."

Sie lächelte immer noch beseelt und sah mich ruhig an.

„Erzähl mir doch mehr von diesem Surrealismus. Ich kapiere nicht, wie ich dir was vorgemacht haben soll."

„Es lässt sich nicht kurzfassen. Und ich habe auch Angst, ich könnte ihn dir mit einer ungeschickten Darstellung lächerlich erscheinen lassen. Vielleicht könntest du eine Lüge für Surrealismus halten. Eines aber möchte ich anmerken: Dein Surrealismus ist perfekt. Auch wenn ich mich lebenslang anstrengen würde, würde ich nie an deine Perfektion heranreichen. Im Übrigen, weißt du, was mir als Erstes durch den Kopf ging, als ich im Register deine Adresse las?"

„Was denn bitte?"

„Dass ich diese Frau tief in mein Herz schließen werde."

Ihr Lächeln verschwand.

„Und aus welchem Grund?"

„Weil ich in dir das erste Mal den Surrealismus gefunden habe", antwortete ich mehrdeutig, doch sie zog die Stirn in Falten, als wäre sie dabei, eine kniffelige Rechenaufgabe zu lösen, und dann sah sie mich wieder an.

„Wollen wir nicht ein Gläschen trinken?", schlug sie vor.

„Gut. Aber diesmal zahle ich, und wenn es nur Maggolli vom Markt ist."

„In Ordnung."

Wir spazierten in eine verlotterte Kneipe und bestellten gekochte Eier und Sundae-Wurst als Beilagen. Sobald Myonghwa begann, Maggolli zu trinken, wurde sie mit einem Schlag quirlig, und ein unbegreiflicher Elan nahm von ihr Besitz. Sie kippte die Schüssel in einem Zug hinunter und war nun quietschlebendig.

„So ein Gefühl ist mir neu. Mir ist, als hätte ich mir alle Klamotten vom Leib gerissen und säße hier splitternackt. Es gibt doch Leute, die auf der Straße Striptease machen, nicht? Ich kann mich in sie hineinversetzen. Es kribbelt in der Brust und ich werd schon ganz feucht! Du liebe Güte, wenn's so weitergeht, komme ich vor lauter Erregung. Yunho, als ich dich das erste Mal sah, wusste ich, dass dieser Tag kommen würde. Eigentlich habe ich diesen Tag herbeigesehnt. Andererseits hatte ich auch insgeheim Angst davor."

Sie ergötzte sich an sich selbst. Sie brodelte vor Vitalität, sie war bereit, ihr Innerstes nach außen zu kehren.

„Du darfst mich ausquetschen, alles was du schon immer von mir wissen wolltest", erkühnte sie sich.

„Da gibt es leider nichts."

„Du Angeber. Na schön, dann verrate ich's dir selbst."

Erneut goss sie eine Schüssel Maggolli in einem Zug hinunter und musterte mich.

„In Samchongdong gibt es ein Gisaeng-Haus, die Samchong-Residenz, wo nur hohe Tiere zu den Kunden zählen. Und ich bin ein Amüsiermädchen dort. Die haben mich zur Uni geschickt, denn ein studentisches Amüsiermädchen ist umso besser angesehen. Aber auch ohne das bin ich sowieso die Beliebteste von all denen. Dort ist so eine wie ich, so jung und hübsch, mit einer super Figur, eine Rarität." Sie erhob sich und stolzierte einmal um den Tisch herum.

„Na, wie sehe ich aus?"

„Fantastisch."

Sie setzte sich wieder und gab mir einen Klaps auf die Schulter.

„Gaukele mir doch wenigstens etwas Erschrockenheit vor, du Kerl. Bist du gar nicht überrascht, dass ich eine Gisaeng bin?"

„Überhaupt nicht."

Ich nahm ihr Bekenntnis mit Fassung auf, als hätte es seit langem im Raum gestanden, und dieses Gefühl hielt an, als ich am nächsten Tag in einer nahegelegenen Absteige aufwachte. Myonghwa und ich schliefen nackt in einem Bett, einander umklammernd. Ich erinnerte mich nicht, was in der letzten Nacht geschehen war, wie wir die Schenke verlassen hatten, wie wir dorthin gekommen waren, nicht einmal, wie ich mich mit ihr vereinigt hatte. Stattdessen fühlte ich mich, als läge ich seit einer Ewigkeit mit ihr verschlungen da.

„Ich komme nicht mehr zur Uni", sagte sie, noch in meinen Armen, sich fester an mich drückend.

„Wegen mir?"

Sie schüttelte den Kopf an meiner Brust.

„Ich gehe nach Japan."

„Japan?"

„Dort heirate ich. Einen Japaner. Er arbeitet für eine japanische Firma in Korea und geht bald zurück zur Zentrale. Er hat mir einen Heiratsantrag gemacht."

Mir blieb die Sprache weg, und sie hob den Kopf von meinem Brustkorb.

„Mein Körper ist nicht billig zu haben, er hat einen hohen Wert. Er hat sogar für das Unternehmenskapital meines Vaters gesorgt."

„..."

„Gehört so was auch zum Surrealismus?", fragte sie mit tränenerstickter Stimme.

Der Herbst jenes Jahres besteht in mir in Form eines Prosatextes und eines Gedichtes fort, keine erwähnenswerten Schriftstücke, jedoch tröstete ich mich damit, dass ich in ihnen meine ersten Erfahrungen mit dem Surrealismus schriftlich festgehalten hatte.

In jenem Herbst passierte nichts Besonderes. Myonghwa siedelte nach Japan über, und ich schlief einmal mit einem Mädchen, das ich zufällig im Musikcafé *Renaissance* in Jongno kennenlernte. Sie war Studentin an einer Frauenuniversität, saß in einer Ecke des düsteren Inneren, mit übergestülpter Mütze, eine ganz Aufgedonnerte, und die Unterhaltung mit ihr bestätigte mir, dass sie ein unheilbarer Snob war. Wenn sie etwa mit anderen trinken ging, checkte sie vorher ab, wer die Rechnung begleichen würde. Meine Abneigung gegen ihren Snobismus verleitete mich dazu, mit ihr ins Bett steigen zu wollen.

Die Nummer ging so spielend vonstatten, dass ich den Eindruck hatte, es sei keine Liebelei, sondern nur eine Sexübung. Im Café wurden wir uns einig, tranken dann in einer Gasse in Chongjindong, und schnurstracks landeten wir in einer Herberge. Im Zimmer leistete sie mir heftigen Widerstand, sodass ich beinahe das Handtuch geworfen hätte; als wir uns dann doch noch nackt auszogen und aneinander verlustierten, machte sie sich ungestüm über mich her, als trüge sie einen Wettkampf mit mir aus. Durch sie machte ich die Erfahrung, dass eine Frau in Ekstase beinahe in Ohnmacht fällt, wie wild schreit und dem Mann gehörig den Rücken zerkratzt.

Am folgenden Morgen verkrümelte ich mich aus der Absteige und ging zur Uni, und einer meiner Kommilitonen machte sich über mich lustig, indem er sagte:

„Yunho, deine Geliebte scheint so gnadenlos zu sein wie die Regierung gegen den Studentenaufstand im April!"

Ich hatte keine Ahnung, wovon er sprach, und er wies mit dem Finger auf das Hauptgebäude.

„Schau in den Spiegel dort am Portal."

Dort angekommen sah ich, wie mein Hals von Knutschflecken schwarzblau verfärbt war. Auch das war eine neue Erfahrung, dass man vom Küssen blaue Flecken bekommen konnte. So verging jener Herbst, ohne schwerwiegende Ereignisse.

Im Folgenden die kurze Prosa mit dem Titel *Der Herbstkerl* und das Gedicht *Die Unruhe*.

Der Herbstkerl
Ich kenne einen Kerl, bei dem im Herbst Sex zum festen Bestand gehört. Ich bin vertraut mit ihm, dessen verdorrter Geist und Körper, so leicht wie die Flügel eines Schmetterlings, die Flatter machen, und nur der strahlende Sex bleibt zurück. Er sagt, Sex sei der einzige Weg, die Welt zu retten. Oh, er kennt das grenzenlose Potential, das Sex herbergt, und er glaubt fest daran, der Herbstkerl. Die verwelkten Rosen und ihre vertrockneten Blätter bezeichnet er als Sex. Er sagt, die roten Wolkenschwaden der Abenddämmerung seien Sex. Oh, er ist im Bilde über die Zerstörung, die Sex mit sich führt. Und dass die Zerstörung blendend sein kann, sagt er. An einem klaren Herbsttag wird er mit einer verdorbenen Frau intim werden. Dann werden sie beide vom Leben befreit. Für ihn ist der Sex Befreiung von der Existenz und ein neues Kreuz.

Die Unruhe
Alle Lichter haben sich schlafen gelegt,
und mein Kontinent ist abhandengekommen.
Es blitzt in meinem dürren Schädel,
und die Finsternis sprießt.
Lautlos ruft jemand in ihr.
Eine unberührbare Hand ergreift die meine.
Auf dem wogenden Meer der toten Dinge
keimt der letzte Horizont,
darüber branden die Wellen durch die Nacht.
Es lebt nicht, es lebt nicht.
Jemand hebt an zu dementieren.
Die Vögel trotzen dem stürmischen Wind und der Dunkelheit,

und krächzen nach dem verschollenen Kontinent.
Ein verwegenes Sternchen durchkreuzt den Nachthimmel und fällt.

Der Herbst ging, der Winter kam. Kurz nach Neujahr erhielt ich Militärpost von Hyongjin. Einen Brief aus Vietnam, bauchig wie ein Paket. Er gehöre als Infanterist der untersten Kampfeinheit zur Division namens *Weißer Hengst*; im Einsatz habe er eine Schusswunde am Bauch erlitten und liege jetzt im Lazarett von Nhatrang. Beigelegt war ein Text von ihm, den er im Krankenhaus zum Zeitvertreib geschrieben hatte.

Diesen Text werde ich hier zitieren. Nicht dass ich gerührt davon war, nicht dass er literarisch meisterhaft wäre. Ich erwähne ihn vor allem, weil er in derselben Zeitspanne spielt und von derselben Thematik des Lebens handelt wie mein Text, was eine auffällige Entsprechung darstellt. Beim Lesen hing ich dem Gedanken nach, er und ich seien zweieiige Zwilinge. Hyongjin und ich gierten übermäßig nach Schönheit, infolgedessen unterwarfen wir uns nur zu leicht der Idee der Selbstzerstörung. Des Weiteren setzten wir diese Zerstörung gewissermaßen mit Selbstmord gleich. Im Gegenteil zu mir sah er jedoch seinen Leichnam als Vollendung davon an und vertiefte sich in diese Vorstellung, doch unsere Fixpunkte waren dieselben. Wie es sich für Zwillinge gehört, hatten wir auch gegensätzliche Züge, nämlich die Art, die Realität zu überwinden. Während er sich in sich selbst vergrub, um der Realität zu entgehen, preschte ich umgekehrt aus ihr heraus. Ich verschrieb mich dem Surrealismus, um die Realität zu überwinden, indem ich mich den Frauen widmete; er dagegen wählte Vietnam aus, den Leichenacker, um auf Leben und Tod ein und dasselbe zu erreichen.

Hyongjins Text bedient sich der Romanform, jedoch für einen Roman mangelt es ihm an Objektivität, und seine Idee der Selbstzerstörung fällt kitschig aus. Wie dem auch sei, es zählte, dass er und ich übereinstimmend den Ausgangspunkt der Selbstzerstörung in der Schönheit jenseits unseres Selbst suchten. Er wollte durch seine Zerstörung die

Rechtfertigung seiner selbst unter Beweis stellen. Nicht mehr und nicht weniger als das. Nebenbei erwähnt, vielleicht mochte Hyongjin mir diesen Text mit dem arglistigen Hintergedanken geschickt haben, durch mich in Literaturkreisen zu debütieren, in der Hoffnung, ich würde ihn bei Literaturzeitschriften einreichen. Dafür schien er mir aber nicht gut genug zu sein, weswegen ich diesen Gedanken einfach ignorierte. Für andere war dieser Text sicher nur eine Wiedergabe entbehrlichen Gejammers. Ich dachte nicht daran, andere Menschen samt Jury damit zu belästigen, ihn lesen zu müssen.

Um ganz ehrlich zu sein, befürchtete ich auch, dass, falls Hyongjin durch dieses Schriftstück den Aufstieg zum Schriftsteller geschafft hätte, ich es aus Schamgefühl nicht hätte lebend überstehen wollen. Es war vielleicht klug, diese Angst im Keim zu ersticken.

1

Im Frühling jenes Jahres leistete ich als Obergefreiter den Militärdienst auf einem Plateau nahe des Sorak-Gebirges. Als ich nach meiner Grundausbildung vom Süden in nördlichere Gefilde versetzt wurde, begann in den Bergen und auf den Feldern der Frühling, doch unabhängig von der Jahreszeit lag massenweise Schnee auf den Bergen und in den Tälern.

Die diensthöheren Gefreiten erklärten mir, dass der Schnee hier im Winter Tag und Nacht tonnenweise falle, als sacke der Himmel zusammen, und sie machten dabei entsetzte Gesichter. Wenn es so stark schneite, dass die Sicht gegen Null ginge, würden gelegentlich Wildtiere, die den Orientierungssinn und ihre Angst vor den Menschen verlören, in die Kaserne hineinstürmen. Für die Soldaten an der Grenze mit ihrem immer gleichen Tagesablauf, denen nicht die geringste Ablenkung vergönnt war, war dieses Spektakel bestimmt ein willkommener Nervenkitzel.

In jenem Frühling sah ich einen toten menschlichen Körper. Ich war zweiundzwanzig, und ich konnte nicht behaupten, dass ich in meinem

Leben bis dahin noch nie eine Leiche gesehen hätte. Wie auch immer, ich müsste einige Male Leichen über den Weg gelaufen sein. Ja, nur über den Weg gelaufen, sonst nichts.

Aber die Leiche in jenem Frühling war anders. Ihr Anblick traf mich voll, sie hinterließ in mir einen tiefen Eindruck. Was schließlich davon zurückblieb, war das Konzept der Vollendung, was mich ästhetisch berührte. Im Folgenden ein Auszug aus meinem Tagebuch:

... Am Vormittag gegen neun Uhr entdeckten wir die Leiche von Oberleutnant Kim. In der letzten Nacht hatten drei Schüsse gedonnert und wir hatten die ganze Nacht lang die Schlucht vor der Kaserne abgesucht. Als uns die Morgensonne über dem Bergrücken blendete, hatten wir uns schließlich durch die hüfthohe Schneeschicht gekämpft und waren an den Ort gelangt, von wo uns der fündig gewordene Kamerad gerufen hatte. Er hat sich mit der Pistole umgebracht, sagte einer neben mir außer Atem.

Schrecklich, Kims Leichnam, und ich konnte meinen Blick nicht von ihm abwenden.

Wegen des starken Schocks wankte ich, als hätte mir jemand kräftige Schläge versetzt. Vielleicht hatte ich auch noch Laute des Erstaunens von mir gegeben, denn die Leiche des Oberleutnants erschien mir als etwas in Vollendung. Darüber hinaus hatte ich nie erlebt, dass eine Leiche derart schön sein konnte. Das Blut, das aus der Seite des Toten herausgesickert war, verfärbte den frischen Schnee und ließ den Tod zur Blüte kommen wie eine rote Blume. Währenddessen müsste Kims Seele langsam seinen Körper verlassen haben. Ich gaffte seinen im Schnee erblühenden Leichnam an und wurde seltsamerweise blass vor Neid ...

Es ist notwendig, auf die Zeit meines Eintritts in die Armee zurückzublicken, um wirklich zu verstehen, warum ich Kims Leiche für vollendet hielt.

Ich hatte einen Freund namens Ho Nomu, mit dem ich die ganzen Oberschuljahre und eine kurze Studienzeit von weniger als einem Monat gemeinsam verbracht hatte. Dass ich, ihm folgend, aus heiterem

Himmel Literatur als Hauptfach wählte, ließ sich gänzlich auf sein Bedrängen zurückführen. Als ich zögerte, mit dem Literaturstudium zu beginnen, griff er mich an:

„Wohin willst du noch flüchten? Glaubst du tatsächlich, dass du von deinem Pockengesicht loskommst, wenn du die Malerei aufgibst und stattdessen Jura oder Ingenieurwissenschaft studierst? Du hast ja schon Erfahrung im Malen, was viel schwieriger ist als Literatur. Aber glaub mir, die Malerei ist für dich zu dornenreich. Ich hatte jedes Mal Angst, wenn du vor der Staffelei standest. Wie tief müsstest du in der Malerei herumirren, um schließlich doch noch Schönheit in deinen Narben entdecken zu können. Ich hatte Angst, du würdest ganz auf den Hund kommen, anstatt die Schönheit zu finden. Es mag ja sein, dass du dich über deine Narben hinwegsetzen willst, aber wie zum Teufel willst du das in unserem Alter fertigbringen? Wenn ich du wäre und auf diese Weise weitermachte, würde ich mir bestimmt das Leben nehmen. Ganz unabhängig von dem Mädchen, das ihren Spott mit deinem Gesicht getrieben hat, meine ich. Es gibt nur einen Weg. Du warst es doch, der mir nahegebracht hat, dass Literatur Selbsterniedrigung ist. Also machst du mit mir das Literatur-Studium."

Ich kann mich noch gut erinnern, wie er in der Oberschule das erste Mal auf mich zugegangen war. Seine kleinen Augen hinter der schwarzen Brillenfassung regten sich heimtückisch und witterten meine Reaktion, so wie Fühler von Insekten, die Beute ertasten.

„Hallo, brauchst du vielleicht einen Freund?", fragte er mich.

Ich war misstrauisch, warum er, dem es an nichts mangelte, sich überhaupt mit mir, dem Narbengesicht, anfreunden wollte. Leider war ich von Natur aus kein misstrauischer Mensch. Später erfuhr ich, dass er nicht auf mich zugekommen war, weil er sich für mich, sondern weil er sich für meine Narben interessierte.

Er sei unehelich geboren, und deshalb sähe er in mir einen Leidensgenossen. Im Prinzip hatte er eine ähnliche Denkweise wie jenes Mädchen, das ich viel später in einer Kunst-Nachhilfeschule kennen lernte; sie identifizierte meine Pocken mit ihrem missbrauchten, sündigen

Körper und ging deshalb mit mir ins Bett. Die beiden machten sich mit ihrer kranken Psyche, über die nur Gehirnamputierte verfügen, an mich heran. Mit seiner mimosenhaften Sensibilität machte er in meinem Gesicht eine Selbstverteufelung ausfindig, von der ich selbst nichts ahnte.

Ohne zu übertreiben, derjenige, der mich während meiner kurzen Studienzeit am meisten plagte, war kein anderer als Ho Nomu. Wenn er mich auf dem Campus zusammen mit Studentinnen sichtete, oder wenn er mit mir in die Kneipen zu den Animiermädchen ging, hänselte er mich stets mit Anspielungen über meine Narben.

„Na, mein Guter, du scheinst ja verdammt viel für Frauen übrigzuhaben!", brachte er hervor, eine Bemerkung, die auf mein geknechtetes Gesicht zielte, dem ich einst zu entrinnen versucht hatte, indem ich zu Buddha geflüchtet war oder mich umbringen wollte. Was mein Geknechtetsein anging, damit kannte er sich wahrscheinlich besser aus als ich.

Vor allem aber konnte ich Nomus Wahn nicht ertragen. Ich wusste nicht genau, woher dieser stammte, wahrscheinlich setzte er mit seinem Leben in Seoul ein. Oder aber, eine etwas gewagtere Mutmaßung, sein Wahn hatte mit einer gescheiterten Liebesbeziehung zu tun. Er richtete sich gegen die Frauen; ich meinerseits glaubte, dass er eigentlich auf die Literatur zielte. Gewiss, für Nomu mochten Frauen und Literatur vielleicht schon immer ein und dasselbe gewesen sein. Falls das der Fall war, hatte ich nicht die Forschheit, es ihm gleichzutun.

Heimlich verfolgte ich Nomus Wahn, der zusehends schlimmer wurde, und machte mir von seinem Ende eine klare Vorstellung. Sein Wahn war der schnellste Weg zu seiner Zerstörung. Zu allem Unglück war seine Selbstzerstörung überaus streitlustig, sodass sie nicht nur ihn, sondern auch seinen Gegenpart zerstörte. Beim Abschied am Seouler Hauptbahnhof sagte ich aus tiefstem Herzen zu ihm: „Bleib am Leben, bis ich wieder da bin."

2

Seit Oberleutnant Kims Tod erkannte ich zumindest den Unterschied zwischen Nomu und mir. Das Gleiche galt für unsere Logik der Selbstzerstörung. Seine Zerstörung stand in Relation zu anderen, wogegen meine gegen mich selbst zielte. Wenn das Ende meiner Zerstörung den Tod bedeuten sollte, konnte ich mich damit durchaus anfreunden. Und ob. Ich betone nochmal, Kims Leiche hinterließ in mir eine Vorstellung von Vollendung.

Seine Leiche nahm im tiefsten Innern meines Herzens Platz und strahlte wie ein Leuchtkörper, welcher dann die Kraft des Körpers entmachtete, die mich einst geblendet hatte. Zugegeben, ich konnte den Körper jener Nachhilfeschülerin nicht aus dem Kopf bekommen. Aber nun war ich imstande, meine Umstände – und seien es die Narben, wobei sie kein beträchtlicher Schandfleck mehr für mich waren – zu akzeptieren. Ich vermochte mich allen Umständen zu fügen. Ich glaubte fest daran, dass der eingebildete Leuchtkörper in mir die Wirklichkeit sei, und in der Tat manifestierte er sich oft auch so. Für mich bedeutete er nichts Metaphysisches oder Spirituelles, sondern etwas Physisches. Diesbezüglich erinnere ich mich an einige Vorfälle.

Unsere Einheit war im Sorak-Gebirge stationiert. Die Bewohner trugen dort im Januar, zur Zeit des meisten Schneefalls, Sonnenbrillen gegen die Schneeblindheit. Weil man im Winter oft nichts als Weiß sieht, ist man bei Schneeblindheit eben nicht fähig, andere Farben zu erkennen. Als ich davon hörte, kam mir spontan die Verbindung zwischen dem Leuchtkörper und mir in den Sinn.

Da ich von der Südküste komme, wo stets ein warmer Winter und somit selten Schnee zu erleben war, kam mir das Wort Schneeblindheit wie ein Mysterium vor. Die Touristen dort sahen sich schnell an der schönen Natur satt, doch für die Menschen, die dort geboren und groß geworden waren, war sie ein Teil ihres Lebens. Und so sah ich auch die Menschen mit Sonnenbrillen, als einen Teil der Natur.

Womöglich trug die Schönheit des Sorak-Gebirges dazu bei, dass ich die Vorstellung des Leuchtkörpers für die Wirklichkeit hielt und mich eingehend mit ihr beschäftigte. Wenn die Frühlingssonne über die grazilen Formen des Bergrückens auf den Schnee flirrte, hielt ich das imposante Glitzern für meinen Leuchtkörper, und bei den Geschichten über die Tiere, die in die Kaserne hereingeplatzt waren, glaubte ich, mein Leuchtkörper würde mich irgendwann von meinen Umständen befreien, so wie die Tiere, die sich von der Furcht vor den Menschen befreit hatten und ihnen in die Arme rannten.

Der Leuchtkörper zeigte sich mir auch anderswo. Wurde ich in der Nacht geweckt und ging zum Wachedienst, dann leuchteten die Sterne am Himmel kristallklar – vielleicht weil es ein Plateau auf tausend Meter Höhe war. In diesem inneren Frieden, der Harmonie wohlklingender Musik vergleichbar, weckten sie in mir ein mystisches Gefühl, ich zählte die Sterne und sah meinen Leuchtkörper als einen von ihnen da oben. Überall entdeckte ich Leuchtkörper, und sie waren mein Leben oder sie waren für mich Menschen. Ob ich der Leuchtkörper war, oder der Leuchtkörper ich, konnte ich nicht unterscheiden.

Wenn ich zum Nachthimmel aufsah, kamen mir gleich ein paar Tränen, die ich als unbeholfene Sentimentalität abtat, wobei sich auch ein Hauch Narzissmus geregt haben mochte. In solchen Momenten sah ich, wie die Narben auf meinem Gesicht wunderschön in der Dunkelheit strahlten. Ich war dann all die Umstände los, die mich niederhielten, sowohl mein Pockengesicht als auch die Dinge, die man beim Militär mentalen Zivilkram nannte: die nicht zu stillende Begierde nach Frauen, die lockenden Lichter Seouls, meinen Durst nach Leben und meine Zerrissenheit der Literatur gegenüber. Nicht dass ich diese Dinge aufgab, nein, ich beseitigte sie. Ich lief in die Sackgasse, kein Weg führte aus ihr heraus.

Zu dieser Zeit weckte zufällig ein Bild meine Aufmerksamkeit. Es war aus einer illustrierten Broschüre, die die Militärbehörde zur Anwerbung für den Vietnam-Krieg angefertigt hatte. Kaum hatte ich das Bild gesehen, meldete ich mich freiwillig. Dann und wann hatten wir Gerüchte gehört, die über den Ozean herüberwehten: dass sich der

Krieg dort in einer Pattsituation befand, in der keine Seite die Oberhand gewann und Vorstöße und Rückzüge einander abwechselten. Und dieses eine Bild, das ich in der Broschüre gesehen hatte, ließ mich Vietnam als den Ort auserwählen, an dem ich mich in meine eigene Leiche verwandeln würde.

Die Abbildung zeigte einen verwundeten Soldaten, der, halb im Stehen und an die Schulter seines Kameraden angelehnt, Wasser aus einer Feldflasche trinkt, das sein Kamerad ihm einflößt. Im Hintergrund, nicht weit von den Soldaten entfernt, vernebelt schwarzer Rauch aus Schusswaffen die Luft. Aus dem Bild heraus nahm ich den Geruch der Leichen wahr, er kitzelte mich regelrecht in der Nase. Dieses Bild erweckte in mir eine neue Vorstellung davon, was es bedeutete, eine Leiche zu sein: sich zur Schau zu stellen.

Um dieser neuen Vorstellung zu genügen, gab es keinen geeigneteren Platz als Vietnam, vor allem weil die gebündelte Aufmerksamkeit der Welt dem dortigen Krieg galt. Die Menschen griffen das Gesprächsthema Vietnam-Krieg nicht wegen ihrer diesbezüglichen Einstellung auf, sondern weil es für sie eine Art Stimulanz darstellte, etwas, das das Wilde und Aggressive in ihrem verborgenen Inneren ansprach, was sie wiederum aus ihrer unsäglichen Monotonie des Alltags herausholte, so hatte ich geglaubt. Anders konnte ich es mir nicht erklären.

Wie auch immer, der Krieg in Vietnam zeigte sich der Welt. Ob es Kampfeslust war, warum sich ein kleines asiatisches Land eine unnachgiebige Schlacht mit der größten Weltmacht lieferte? Oder geschah es aus der makaberen Neigung heraus, dass es keinen größeren Stimulus gäbe als Leichen – solange es sich nicht um die eigene handelte? Jedenfalls wurde die Kriegslage der letzten Nacht allmorgendlich in die ganze Welt übermittelt. Ich konnte mir nichts Schöneres vorstellen, als meine Leiche vor der Weltöffentlichkeit in diesem Friedhof unterzubringen.

Und so keimte in mir, nicht ganz frei von Dekadenz, der gefährliche Plan für die Bestimmung meines Leichnams. In der Kaserne von Omni, in der Gangwon-Provinz, bekam ich den ganzen Herbst hindurch die Ausbildung für meine Leichenwerdung; Anfang Winter ging ich dann am Busaner Hafen an Bord eines Kriegsschiffes. Es war früh am Morgen, der erste Schnee fiel.

Am Nachmittag gab es die Abschiedszeremonie. Durch die Schneeflocken hindurch hörte ich die tosenden Abschiedsrufe der Menschen und geriet in helle Aufregung. Von Beginn an war es der Zweck der Zeremonie, den Leuten unsere Leichen zu zeigen. Würden wir nicht an einen Ort geschickt, wo der Tod auf uns wartete, wären ihre Rufe wohl auch nicht dermaßen stürmisch ausgefallen.

Eine Greisin winkte uns zu und brach dann zusammen. Womöglich war ihr Sohn der Anlass, womöglich schwebte ihr schon sein Leichnam vor Augen. So wie der Sohn der Greisin würde auch meine Leiche jemandem gezeigt werden. Mit einem Mal meldete sich ein Zweifel in mir: wem bloß? Falls sie jemand sehen sollte, dann müsste es jemand sein, der mir dazu einen Anlass gab. Aber wer? Vielleicht die Schülerin der Nachhilfeschule, die mich mit ihrem herrlichen Körper so gequält hatte? Wenn nicht sie, dann vielleicht Ho Nomu? Ich schüttelte den Kopf. Ich hatte niemanden, dem ich sie zeigen konnte.

Die Schreie wurden immer ohrenbetäubender. Die Zeremonie schien ihren Höhepunkt erreicht zu haben, ich wurde unruhig. Hatte ich niemanden, dem ich meine Leiche zeigen könnte, dann wäre meine Vorstellung von ihr wertlos. Sie musste gezeigt werden. Sie musste die Vollendung darstellen. Vollendung bedeutete Zerstörung, meine Zerstörung. Bei diesem Gedanken angelangt erkannte ich eines klar: Meine Leiche würde sich mir selbst zeigen. Nomus Zerstörung stand in Relation zu den anderen, meine richtete sich nur gegen mich. Genau, indem ich mir selbst meine Leiche präsentierte, konnte ich all die Umstände, einschließlich meiner Narben, die mein Sterben veranlassten, zerschlagen und mich von ihnen befreien. Meine Leiche würde sich all diesen Umständen widersetzen.

Das Schiff entfernte sich vom Hafen. Sein Horn tutete zum Abschied und ließ die Küste hinter sich. Die Menschen, inzwischen winzig wie die Ameisen, winkten immer noch zu uns herüber. Ich ließ den Hafen, die Menschen, die Straßen und die Landschaft meines Vaterlandes nicht aus den Augen. Dem Land gegenüber, in dem ich geboren und aufgewachsen war, verspürte ich kein bisschen Anhänglichkeit, und zugleich auch keine Furcht dem Land gegenüber, in dem bald meine Leiche deponiert werden sollte. Sie und ihr Bestattungsort beruhigten mich. Als sich mein Vaterland als langer Streifen am Horizont verlor, atmete ich erleichtert aus. Ich spürte, wie all die Umstände, die mein Leben mit ungeheurem Gewicht niedergedrückt hatten, ebenso verschwanden. Nomu ging mir durch den Kopf, und ich hörte seine Stimme eine Passage des Briefes lesen, den er mir einst geschrieben hatte.

Wie sieht's aus? Ich kann mir gut vorstellen, dass schon das Training dort eine Art Selbstmord sein kann. Du kommst mir vor wie einer, der vom Tod auferstanden ist.

Nomu hatte mir lange nachgewunken, und ich fühlte ihm gegenüber zum ersten Mal eine innige Freundschaft. Die Art und der Fortgang unserer Zerstörung unterschieden sich, jedoch würden sie sich letztendlich an ihrem Schlusspunkt treffen.

Am vierten Tag seit unserem Aufbruch wehte ein schwüler Südwind herbei. Mit dem Morgengrauen stand ich auf dem Deck. Der ständig trübe Himmel klarte auf, und die Sterne funkelten wie gemalt. Einen Tag zuvor hatten wir uns in der Kabine auf eine andere Jahreszeit eingestellt, indem wir uns der Winterunterwäsche entledigt hatten. Auf Deck empfing ich die Hitze mit dem ganzen Leib und konnte meine Aufregung nicht unterdrücken. Der Wind wehte bestimmt von meinem Todesort herüber.

Oh ja, der Wind des Todes, der Wind des Todes.

Wie ein hungriges Kleinkind riss ich den Mund auf und atmete die Luft ein. Sie versickerte in meinen Lungen, und mir war danach zumute, einen Freudenschrei auszustoßen. Ich schaute mich um: Über dem weiten Meer wölbte sich unermesslich der Himmel, und jenseits des Horizonts, der mich umgab, vermutete ich einen Raum von unendlicher Ausdehnung.

„Das ist die Ewigkeit", jubelte ich. Sie kam mir äußerst vertraut und behaglich vor, so wie der mit mir verschmelzende Wind. Eine Seite des

Horizonts barst, ein kräftiges Rot küsste das Meer, der Sonnenaufgang schimmerte über dem schwarz-blauen Wasser und entzückte meine Augen. Allmählich stieg die Sonne über das Meer, und als sie ganz zu sehen war, war ich den Tränen nahe vor lauter Ergriffenheit. Das Naturphänomen Sonnenaufgang verschmolz mit meiner Vorstellung, verwandelte sich in einen Leuchtkörper und blendete sich selbst. Die Sonne strahlte mich, der ich ebenfalls ein Leuchtkörper war, aus kürzester Entfernung an. Ich leuchtete zurück, und da begriff ich Nomus Beteuerung: *Du bist ein auserwählter Mensch.*

An diesem Tag verweilte ich fast den ganzen Tag an Deck. Auch am Abend verfärbte die Sonne wieder das Wasser rötlich, bevor sie versank. Ich hörte ein sachtes Grollen am Himmel, welches mich fast an eine mystische, riesige Hand einer verborgenen Existenz glauben ließ, die von jenseits des Horizonts die Bewegungen der Himmelskörper steuerte. Die Sonne fiel vollends in die Arme dieses Verborgenen. Die mystische Hand liebkoste den Himmel, und schon waren Sterne geboren. Mit einem ungekannten inneren Frieden inspizierte ich die Veränderungen der Himmelskörper und überzeugte mich von der Existenz dieses unsichtbaren Jemands. Er war die Ewigkeit. Ich hörte, wie er mich rief:

„Komm nur … *Das hier ist deine Heimat, in die du in Kürze zurückkehren wirst.*"

Am sechsten Tag legten wir in Vietnam an. Das Schiff spukte uns am Hafen von Camranh aus, einem Ort dieser Küste, die die Form einer Krabbe hat. Alles an der neuen Landschaft, in die wir eingefallen waren, befremdete uns. Vor allem brachte uns aus der Fassung, dass es hier aussah, als herrsche gar kein Krieg. Wir verteilten uns auf Militärlastwagen und fuhren durch die kleinen Dörfer, wobei ich beinahe Einsamkeit in dem friedlichen Ambiente verspürte. Auf den Straßen winkte uns keiner der Ansässigen zu, sodass wir zuvorkommend winkten, um auf uns aufmerksam zu machen; leider gab es keine Reaktion. Manche warfen uns flüchtige Blicke zu, ich spürte Feindseligkeit. Und ich erinnerte mich an die Vorsichtsregeln, die uns der Ausbildungsoffizier in der Vorbereitung eingetrichtert hatte:

„Im Vietnam-Krieg gibt es keine Front. Die Feinde lauern entweder überall oder nirgendwo. Nehmt euch in Acht. Eine Besonderheit der Vietnamesen ist: gleichgültig auf wessen Seite, keiner von ihnen mag uns. Ich sag's euch, sie sehen uns nur als Legionäre. Sobald sie euch sehen, werden sie euch anschreien: Koreans go home! Lasst euch davon nicht einschüchtern, denn sonst bedeutet es euren Tod. Schreibt euch meine Worte hinter die Ohren."

Binnen weniger Stunden seit unserer Ankunft fühlten wir uns bedrückt, denn wir hatten die Natur dieses Krieges begriffen. Noch schlimmer, seine Natur versetzte uns in Verzweiflung. Auf der Ladefläche des Lastwagens betrachteten wir die vorbeiziehende Gegend, schwenkten die Arme im Rhythmus und sangen Marschlieder. Am Ende eines Liedes wisperte mir der Gefreite neben mir ins Ohr: „Hoch die Flagge der Freiheit? Dass ich nicht lache. Die verkaufen uns für dumm. Ein teuflischer Vorwand ist das. Wenn sie zugeben würden, dass sie uns für ein paar Dollars verkauft haben, dann würde wenigstens die Ehrlichkeit bewahrt werden. Du weißt ja, wenn es Dollars einbringt, werden sogar Huren zu den Patrioten gezählt. Es ist eine Schande, in diesem verdammten Land zu sterben."

Er schien abkommandiert worden zu sein. Für mich, der ich mich freiwillig für den Ort meines Sterbens gemeldet hatte, war es so oder so egal. Was spielte es für mich für eine Rolle, ob man mich als Söldner für einen Unabhängigkeitskampf eines anderen Landes verkauft hatte oder ob ich zu einer Alliiertentruppe gehörte. Ich hatte diesen Ort nur für meinen Tod ausgesucht, und ich erwartete nichts weiter, als in diesem Land zu sterben.

3

Der Kampfeinsatz kam nach kaum zwei Wochen. Es war eine divisionsgroße Operation, und die Lage für unsere Truppe sah schlecht aus. Vor kurzem hatten die Feinde über Nacht die Straßen eines nahe gelegenen

Dorfes eingenommen. Weil das Beschießen der Straßen mit Flagggeschützen untersagt war, konnten wir uns unsere überlegene Feuerkraft nicht zunutze machen, sodass uns nichts anderes übrig blieb, als mit Gewehren zu schießen. Wir umzingelten die Straßen von allen Seiten, arbeiteten uns immer weiter vor. Aber dann konnten wir nicht weiter vorstoßen, denn die Feinde leisteten erbitterten Widerstand. Nach viertägigem Stillstand der Frontlinien herrschte im Kommandostand Nervosität, und in der Frühe fiel der Befehl zum Totalangriff.

Ich war im nördlichen Teil des Dorfes. Die Feinde setzten sich zur Wehr, indem sie einen alten Tempel auf einem Hügel als Schutzwall benutzten. Von weitem sah der Tempel prächtig aus, die typische Architektur des südasiatischen Buddhismus, in der Mitte ragte ein etwas verwahrloster Turm empor, geradezu riesig mit seinen gut zwanzig Metern Höhe. Später hörte ich, die vietnamesische Regierung hätte sich mehr Sorgen um die Beschädigung der Tempelanlagen als um das Niederringen der Feinde gemacht.

In der Morgendämmerung robbten wir auf den Tempel zu. Beide Seiten beschossen einander. Das ohrenbetäubende Krachen ließ meinen Verstand noch klarer werden. Ich wartete darauf, dass mich eine von den vorbeizischenden Kugeln ins Jenseits holen und ich meine eigene Leiche sehen würde. Der Moment, den ich heiß ersehnt hatte, der strahlendste Moment in meinem kurzen Leben, war nah herangerückt. Ich richtete mich auf und marschierte langsam vorwärts.

„Zu Boden, du Idiot!"

„Was soll das? Spinnt der, oder was?"

Ich hörte meine Kameraden schreien, und auf einmal durchfuhr mich ein Gefühl der Befreiung. Kurz darauf hörte ich ihre Schreie nicht mehr und sah auch die Kriegsszene nicht mehr, stattdessen sah ich unzählige Tiere aus dem verschneiten Wald mit rasender Geschwindigkeit auf mich zusteuern. Und gleichzeitig hörte ich all meine Lebensumstände einstürzen. Endlich gelangte ich aus eigener Kraft in die Freiheit. Heiße Tränen stürzten mir in die Augen und ich sah meinen Leuchtkörper erstrahlen.

Plötzlich verspürte ich links am Bauch Schmerzen und brach zusammen. In meiner Hand, die unbewusst dorthin fasste, sammelte sich Blut und ich sah mich als Toten. Ich riss die Augen auf, obwohl sie sich schließen wollten, und betrachtete meine Leiche. Das Blut tropfte auf den Boden, meine Leiche näherte sich der Vollendung. Ein frischer Wind breitete sich von der Schusswunde am Bauch durch den ganzen Körper aus.

Ich konnte die Augen nicht mehr öffnen, vergaß den Schmerz und sah benommen meinen Körper gen Himmel schweben. Die Atmosphäre umfing ihn sacht, über ihm erstreckte sich der marineblaue Himmel wie ein Aquarell, dann explodierte mein Körper wie ein Feuerwerk. Er verwandelte sich in Lichter, löste sich in Schönheit auf. Jemand schüttelte mich und ich öffnete mühsam die Augen.

„Du bist mit dem Leben davongekommen. Der Kampf ist erst mal zu Ende. Bald wird ein Hubschrauber kommen. Halte durch bis dahin."

Der Sanitäter lächelte, ich sah sein Gesicht doppelt über mir.

„Zu Ende, ja, alles ist zu Ende gegangen", glaubte ich gemurmelt zu haben.

„Was sagst du? Ich kann dich nicht verstehen, sag's nochmal!", brüllte er. Wiederholt bewegte ich die Lippen und er nickte, als hätte er etwas begriffen.

„Du bist nicht tot. Du hast Schwein gehabt. Wenn der Hubschrauber kommt, wird man dich zum Lazarett bringen. Halte durch."

Er entfernte sich, um sich um die anderen Verwundeten zu kümmern. Dann stellte ich fest, dass ich vor einem Turm lag. Vor mir der Turm, dahinter der rötlich glimmende Himmel der Abenddämmerung. Der Turm schien weit entfernt zu sein, er war verwahrlost, mit handflächengroßen Steinen Stück für Stück errichtet worden und gänzlich von parasitären Pflanzen überwuchert. Nach den bogenförmigen Eingängen an seinen Seiten zu urteilen, schien in dessen Inneren eine Treppe zum Aussichtspunkt zu führen. Bei seinem Anblick bemerkte ich, wie er mir eine neue Bedeutung übermittelte und in mir den Eindruck von Schönheit erweckte. Ich nahm ihn als ein Lebewesen wahr, ein

Lebewesen, das um das Recht zu überleben kämpfte, ein Lebewesen, das den äußerlichen Umständen, die ihn niederhielten, trotzte, und bei dem es nichts mehr zu zerstören gab. Nein, ein Wesen, das auch das Beharren aufgab und sich an seine Umgebung assimilierte, was seine Existenz sicherte.

Plötzlich hörte ich aus seinem Inneren Gebrumme. Geräusche, wie die kleinwüchsigen Vietnamesen Felsen in Stücke brachen, wie sie damit den Turm erbauten, wie sich ihre Religion in dem Turm manifestierte und wie sie an dem Tag seiner Vollendung feierten, wie die Pferdehufe anderer Völker sie barbarisch niedertrampelten, der Turm einstürzte, der Regen auf ihn niederprasselte, der Wind über ihn hinwegfegte, der die Abdrücke der Hände seiner Erbauer verwischte, wie die Parasitenpflanzen Wurzeln schlugen, und wie er sich dadurch an seine Umgebung anglich ... Ich lauschte der Zerstörungsprozedur des Turms und blickte in mich hinein.

Auch ich hatte einen Turm in mir. Er war das Recht, ein menschliches Leben zu führen, geliebt und akzeptiert zu werden. Ich machte mir keine Gedanken drüber, wer den Turm zu Fall gebracht hatte, denn es wäre lächerlich gewesen, die Antwort auf die Körper der Frauen einzuschränken. Mit dem Fall des Turms hatte ich mich der Selbstzerstörung überlassen, und die brachte mich auf die Imagination meiner Leiche. Vielleicht stellte mir diese eine Art ultimatives Überlebensrecht dar. Mit diesem Recht alias Leiche hatte ich all meine unerfreulichen Umstände abgeschüttelt und für mein Recht als Mensch plädiert. Ich besah mir meinen inneren Turm und stellte fest, dass meine Leiche zu einem verfallenden Turm mutierte. Er assimilierte sich mit den Umständen des Lebens, die ihn wie Parasiten als dazugehörigen Teil umschlangen.

Irgendwo in der Ferne hallte das Propellergeräusch eines Hubschraubers wie im Traum.

4. Outsider

Rückblickend denke ich, Om Myonghwa war so etwas wie ein Übergang. Wie ein flüchtiger Sommernachtstraum ging sie durch mein Leben, doch ihr kurzer Verbleib beeinflusste mich ungemein.

Bevor ich sie kannte, war ich eine verschreckte Maus, gerade in Seoul angekommen. Die Katze, Seoul, raubte mir den Verstand, und die Maus wusste nicht, wie sie sich verhalten sollte. Ich war nur ein armer, kümmerlicher Student aus der Provinz.

Vor allem war ich nicht imstande, mein Hinterwäldlertum abzulegen, und so erstarrte ich hilflos vor der gigantischen Stadt.

Myonghwa zeigte der Landmaus, ohne selbst davon zu wissen, wie man der Katze Seoul zu begegnen hatte: surrealistisch.

Sich über die Realität hinwegsetzen, ihre Bedeutung ändern, und sie neu gestalten.

Ihr Surrealismus verschaffte mir die Möglichkeit, meine Realität Seoul zu ändern, neu zu interpretieren und schließlich zu einer neuen Realität zu formen, in der eine Landmaus und eine Katze ohne jegliche Animosität nebeneinander leben konnten.

Neben Myonghwa entpuppte sich auch das Buch „Outsider" als Übergang, das ich in einem Antiquariat am Cheonggye-Fluss entdeckte. Der Autor, Colin Wilson, war ein widerspenstiger junger Engländer der Nachkriegsgeneration, das Buch eine Kulturkritik, in der er Kunst, Philosophie und Religion bei Sartre, Barbusse, Camus, Hemingway, Hesse, Lawrence, van Gogh, Nischinski, Nietzsche, Tolstoi, Dostojewski, T. E. Hulme, Ramakrishna und anderen nach Belieben abhandelte und mit unverblümtem, unbeschwertem Stil die Widersprüchlichkeiten der westlichen Zivilisation messerscharf sezierte.

Das Werk war für mich der Anlass, die sogenannte westliche Zivilisation, die ich bis dahin für unerreichbar gehalten und mit Ehrfurcht bewundert hatte, mit einem Schlag auf mein Niveau herunterzuziehen und zu verachten. Das Geschick und die Denkweisen der Protagonisten, die von der ersten bis zur letzten Seite mit atemberaubendem Schwung in jenen gekürzten Romanfassungen auftraten, sättigten mich intellektuell, und ich bildete mir ein, mit diesem Buch die Quintessenz der westlichen Zivilisation aufgesaugt zu haben.

Aufgrund der Tatsache, dass ich es gelesen hatte, stellte ich mich auf dieselbe Stufe mit Sartre, Camus, Hesse, Lawrence, Tolstoi und Nietzsche. Deren Leben nahm der Autor erbarmungslos auseinander und er zeigte auf, welche Makel an ihnen allen hafteten. So kam es, dass auch ich sie gering schätzte und keinen Funken Respekt mehr vor ihnen hatte.

Das erste Kapitel, *Das Land der Blinden*, beginnt folgendermaßen:

Der Outsider ist ein gesellschaftliches Problem. Er späht durch ein Loch in der Wand auf das Leben draußen.
Oben auf der Straßenbahn sitzt eine junge Frau hinter dem Windschutz. Der Wind wirbelt ihren Rock hoch. In einer verkehrsreichen Straße angelangt, versperren uns die Autos den Weg. Die Bahn zuckelt weiter und verschwindet wie ein Alptraum. Die Straße ist voll von vorbeihuschenden Kleidern, von einer Bö aufgewirbelt. Kleider, Kleider, Kleider, die im Wind tanzen, aber doch nicht …
Ich nähere mich dem Spiegel in einem langen, schmalen Laden und blicke hinein. Bleiches Gesicht, träge Augenlider. Ich wünsche mir nicht nur eine Frau, sondern alle. Ich verzehre mich nach den Frauen rings um mich herum, eine nach der anderen. (…)
Das ist eine Passage aus „Hölle" von Henri Barbusse, und zeichnet ein deutliches Bild eines Outsiders. Der Protagonist in „Hölle" spaziert auf einer Pariser Straße, und die Begierde, die in ihm brennt, unterscheidet ihn eindeutig von anderen. Seine Begierde hat mehr als nur etwas Animalisches an sich.
(…) Ich gehorchte meinem inneren Zwang. An einer Straßenecke folgte ich einer Frau, die mich beobachtet hatte. Wir gingen Seite an Seite. Wir tauschten ein paar Worte. Sie nahm mich mit zu sich, und danach passierte das Übliche. Es endete wie ein Absturz. Ich war wieder auf der gepflasterten Straße. Der herbeigesehnte Frieden meiner Seele wollte nicht kommen. Eine endlose Wirrnis durch-

wühlte zutiefst mein Inneres. Ich konnte Dinge nicht so wahrnehmen, wie sie waren. Denn ich dachte zu viel nach, und zu tief.

Das letzte Kapitel, *Der Durchbruch des Rückwegs*, endet folgendermaßen:

Die Frage, die sich der Gesellschaft stellt, lautet, ob man eine religiöse Haltung einnehmen kann oder nicht, die objektiv wie die Schlagzeile einer Sonntagszeitung aufgenommen werden kann. Das Gegenteil gilt, wenn es um ein Individuum geht. Das bedeutet die Anstrengung, sich mit dem Instinkt der Selbsterhaltung der erweiternden inneren Qual zu widersetzen. Die mit eigenen Augen und Händen zu erlebenden Erfahrungen, trotz der Neigung der geistigen Nachlässigkeit, die wie eine riesige Schlafwoge brandet, ohne Einschränkung. Die empfindlichste Stelle seiner Existenz einem Unbekannten preiszugeben, der einem vielleicht wehzutun imstande wäre. Die Dinge als Ganzes zu betrachten, das sind die einem Individuum auferlegten Aufgaben. Womöglich kann ein Individuum diese Anstrengungen zu Beginn als Outsider anpacken und sie zu guter Letzt als Heiliger vollenden.

Zu dieser Zeit glaubte ich fest daran, dass *Outsider* für mich geschrieben war. *Wer zu viel und zu tief* dachte, war ein Outsider. Vor allem identifizierte ich mich ungemein mit der Tatsache, dass der Outsider ein Produkt der Düsternis und dessen Anschauung sündhaft war.

Was macht überhaupt einen Outsider aus? Er ist kurzum eine Art Entmündigter, dem es seine Inkompatibilität zur Realität nicht erlaubt, sich ihr zu fügen. Sein Geist befindet sich der Realität gegenüber in einem geordneten Zustand, sein Körper dagegen, in Ketten gelegt, stemmt sich dagegen, einen Schritt in die Realität zu wagen. Dafür wird ihm die grenzenlos ausgestreckte Freiheit des Denkens zuteil, die Freiheit der Qual, das angekettete Ich unter die Lupe zu nehmen, die Freiheit, sich mit sich selbst herumzuschlagen: Jemand, der zur Freiheit verdammt ist.

Der Outsider zertrampelt mit seiner grenzenlosen Freiheit die Realität und geht am Ende als Sieger hervor. Die Brillanz eines Outsiders liegt darin, eine derart dramatische Wendung zu inszenieren.

Womit ich mich vor allem identifizierte, war die dramatische Karriere des Autors. Er war der Sohn eines Schusters, ein armer junger Mann aus der Unterschicht, von jämmerlicher Herkunft, doch eines Morgens wurde er von den Zeitungsreportern, die an seiner Tür hämmerten, aus dem Schlaf gerissen, und nahm seinen Erfolg in Empfang. Dies erinnerte mich unweigerlich an den Flügelschlag eines aus der Finsternis entpuppten Schmetterlings, und so etwas war für mich gleichbedeutend mit Surrealismus. Ohne Frage, in gewisser Hinsicht war der Outsider ein Thema des Surrealismus.

Da ich immer noch grün hinter den Ohren war und verschüchtert vor den Dingen stand, drang das Buch wie eine Religion in mein Bewusstsein. Ähnlich einem Anhänger des esoterischen Buddhismus trug ich es stets wie einen Talisman mit mir herum, und nie zweifelte ich daran, dass es mich jederzeit mit seiner geheimnisvollen Kraft erlösen und in einen prächtigen Schmetterling verwandeln könnte, solange es mir nicht aus der Hand gleite.

Seit dem Einstieg in die Outsider-Religion wurde meine Sicht auf die Realität bodenständiger. *Nur die erbärmlichste Realität bewältigt die Realität am dramatischsten und gestaltet sie am prächtigsten um!*

Im Gegensatz zu meiner obsessiven Beschäftigung mit dem Werk, schien es bei den anderen nur pure Abneigung zu provozieren. Um ihm eine Wohltat zu erweisen, erläuterte ich Hamin die Kraft von *Outsider* und bot ihm an, diesbezüglich zusammen unseren Horizont zu erweitern, doch stattdessen bekam ich nur ein Zähneknirschen von ihm zu hören. Sobald ich über das Buch sprach, schnitt er Grimassen.

„Mannomann, schon wieder das Geseire mit dem hirnverbrannten Outsider-Quatsch da. Ich bitte dich, erspar mir dein gottverdammtes Gesülze. Du faselst von irgendwelchen Kräften darin, aber ich sag's dir, wenn ich schon Out höre, möchte sich mein Kopf *out* schalten."

„Warum verabscheust du es denn so?", fragte ich.

„Keine Ahnung. Jedenfalls kann ich es schon rein physisch nicht ertragen. Nicht dass ich den Behauptungen des Buchs keinerlei Bedeutung beimessen würde, doch insgesamt finde ich es zu polemisch, wie eine Nötigung. Ich hab einfach nichts dafür übrig."

Dabei fuchtelte er mit den Armen in der Luft herum. Manchmal verblüffte er mich wirklich mit seiner konservativen Einstellung.

„Tja, wie das Sprichwort sagt: Man führe den Gaul zum Bach, aber trinken muss er selbst. Dir ist nicht zu helfen, wenn du dir nichts daraus machst", brachte ich barsch hervor, wobei es mich ärgerte, dass er mein Vertrauen, das ich ihm entgegenbrachte, nicht zu schätzen wusste.

„Da hast du Recht. Dieses Machwerk verdirbt mir schon auf der ersten Seite den Appetit. Das Ding selbst vielleicht weniger, aber diesen Colin Wilson kann ich nicht ausstehen. Wirklich nicht. Kommt er dir nicht vor wie ein Onanist? Beim Aufschlagen des Buchs bilde ich mir ein, sein Sperma zu riechen. Glaub mir, bevor diese Schwarte der Öffentlichkeit präsentiert wurde, muss dieser Kerl in seiner Bude eine ganze Menge davon auf das Manuskript gespritzt haben. Jedes Mal, wenn in ihm der Unmut über die Welt hochschoss, hat er es bestimmt zuerst mal gemacht. Das ist doch ein Perverser, der bei seinem Groll schneller einen Ständer kriegt als bei einer Frau. Und dann, egal wer, jeder, der ihm über den Weg läuft, wird von ihm blindlings niedergemacht und von ihm in der Pfeife geraucht, egal ob Nietzsche, Eliot oder Camus. Seine Perversion ist doch Voraussetzung für sein Outsider-Dasein. All die Abnormitäten der Welt gehören für ihn zum Normalen. Und wie der Kerl aussieht, mit seinem Wassermelonenkopf sieht er aus wie ein Marsmännchen, diese lächerlichen Proportionen, was mit Sicherheit von seiner endlosen Wichserei herkommt."

Machtlos hörte ich Hamin zu, wie er den Autor in den Schmutz zog, und trotzdem konnte sein Abscheu meinen Glauben kein bisschen ins Wanken bringen. Hamin war für mich nur eine saure Traube.

Seit der Outsider-Übergangsphase unterzog sich meine Weltsicht einer bedeutenden Wandlung. Die Realität demoralisierte oder marterte mich nicht mehr. Ich hatte kein Verlangen nach ihr, konnte von ihr Abstand nehmen und sie rational begutachten. Ich träumte nicht mehr von abstrakten Begriffen wie *Liebe, Hoffnung, Schönheit, Literatur, morgen* … Stattdessen hob ich mich davon ab, und was mir blieb, war der Surrealismus. Er machte mich frei von der Realität, die mich beherrscht hatte.

Das Erste, was mir aufgrund meiner neuen Betrachtungsweise auffiel, war eine Studentin namens Cha Jisuk. Sie war eine echte Entdeckung.

Unsere Kunsthochschule unterteilte sich in zwei Systeme: zum einen der vierjährige Bachelor, zum anderen das nur zweijährige College. Da wir aber alle auf einem kleinräumigen Campus untergebracht waren, hatten wir alle Kontakt miteinander.

Anders als ich gehörte Jisuk zum College. Ich hatte sie gelegentlich auf dem Campus oder im *Millionen* flüchtig gesehen und jedes Mal war sie von einer Schar von Studenten umgeben. Ich beobachtete, wie sie, obwohl sie so von Männern umschwärmt war, verunsichert dreinschaute, ihre Blicke schienen nirgends Halt zu finden.

Sie war von zierlicher Schönheit. Vielleicht war sie ja von ihrer eigenen Schönheit so verunsichert. Für die, die Schönheit besaßen, bedeutete sie eine Art Freiheitsentzug, die Schönheit sperrte sie in einem Turm ein, ob sie es wollten oder nicht. Jisuk vermittelte mir das Gefühl, als stehe sie auf einer Klippe und fiele gleich in Ohnmacht, weil sie zu hoch über dem Boden schwebe. So gesehen war es nur verständlich, dass sie sich unsicher fühlte, obwohl sie von lauter Männern umgeben war.

Wie auch immer, sie war für die Studenten des Colleges eine Diva. Abgesehen von ihrer Schönheit hatte sie schon bei der Aufnahme an die Hochschule ein Stipendium ergattert, und sie schien auch eine Begabung für Literatur aufzuweisen. Die Studenten gaben ihr den Beinamen Primadonna, und sie ihrerseits behandelte jeden von ihnen gleichermaßen freundlich. Einerseits schlossen die Studenten sie heimlich ins Herz, andererseits fürchteten sie sich umso mehr vor ihr.

Ich meinerseits fühlte ihr gegenüber halb Liebe, halb Hass, auch wenn ich sie nicht persönlich, sondern nur vom Sehen her kannte: So waren meine Gefühle für sie zwar unbegründet, aber dennoch tief. Natürlich war auch ich von ihrer zierlichen Schönheit verzaubert. Jedes Mal wenn sie von den anderen umzingelt war, wurde es mir schlecht im Magen, doch keineswegs aus Eifersucht, sondern aus Hass. Bei solchen Anfällen steigerte ich mich in die Wahnvorstellung hinein, das Mädchen zu zerstampfen und in den Müllcontainer zu werfen. Jisuk stand auf der Liste der sogenannten unschuldigen Dingen, wie es die Maisonne, funkelnder Tau oder die erste Menstruation eines Mädchens waren. Zu ihrem Unglück stimulierte sie unwissentlich meine Aggressionen gegen die Welt.

Die Winterferien begannen. Der ohnehin trostlose Campus wirkte ohne Studenten deprimierend. Die meisten stammten aus den Provinzen und hatten sich schnell in ihre Heimat begeben, einige wenige heimatlose Studenten rangen in ihren kalten Stuben mit dem Hunger, und ein paar wenige andere hockten in der Bibliothek oder in den Schenken und Cafés in Uni-Nähe, mit der funkelnden Hoffnung in den Augen, beim traditionellen Romanwettbewerb zu Neujahr einen Preis einzuheimsen. Dieser *Sinchunmunje* genannte Wettbewerb stimmte die Studenten des Kreativen Schreibens bedrückt und sorgenvoll, doch da ihnen nichts anderes übrig blieb, als sich ihm auf Leben und Tod zu verschreiben, verbrachten sie den Rest des Jahres mit geduldigem Warten. Mit Beginn des Wartens herrschte auf den Plätzen rund um die Uni, an denen die Studenten zusammenströmten, eine angespannte Atmosphäre, die wir als das Sinchunmunje-Fieber bezeichneten. Und das war es in der Tat.

Zu jedem Jahresende machte uns dieses Warten das Leben schwer, das Fieber laugte uns aus. Hie und da spielten die Elektrogeschäfte in den engen Gassen vor der Uni ihre Weihnachtslieder, was die typische Aufregung noch steigerte und uns umso schlimmer fiebern ließ.

Nachdem wir das alles gemeinsam durchlitten hatten, teilten am ersten Januar die Zeitungen unsere Schicksale in zwei Lager. Die Kommilitonen, die ein Jahr lang ihre Manuskripte zum Lesen ausgetauscht und in den Schenken des Gireum-Marktes miteinander Maggolli getrunken hatten, bekamen über Nacht einen unterschiedlichen Status verliehen, und das nur durch die Zeitungsmeldungen dieses Tages. Während die einen samt großem Foto Schlagzeilen machten, bereit, ihr neues Leben als Dichter, Romancier oder Kritiker anzutreten, versank der Rest in den Morast des erneuten Wartens auf den Schreibwettbewerb im nächsten Jahr. Mit jedem Jahresende wiederholte sich so der Wahn in den Augen der Studenten.

Mit dem Beginn der Winterferien machte ich mir weniger wegen der Sinchunmunje Sorgen, sondern vielmehr, weil ich beim Besuch des Marktfleckens meiner Heimat auch meine Mutter wiedertreffen würde. Das Sinchunmunje-Fieber hatte ich schon in meinen frühreifen Oberschuljahren hinter mir gelassen, sodass der Wettbewerb bei mir, anders als bei den Kommilitonen, keinerlei Erwartung oder Anspannung erweckte. Stattdessen aber grauste es mich, gegen Mutters haltlose Illusion bezüglich meiner Karriere anzukämpfen, sodass ich mich trotzdem für Sinchunmunje entschied und mich tagtäglich in Uni-Nähe herumtrieb.

Du musst um jeden Preis Karriere machen. Dann kehrst du feierlich in die Heimat zurück, denn nur so wird das Leid deiner Mutter ausgelöscht werden können. Für deinen Erfolg gibt es nichts, was ich von hier aus nicht machen würde. Ich werde dich dabei unterstützen, bis mir die Hände abfallen, bis ich mir den Buckel krumm geschunden habe! Der Realität gegenüber war ich nicht mehr verunsichert, jedoch zweifelte ich, ob meine neue Kraft auch meine Mutter überzeugen würde. Nicht jede Realität war gleich. Die Realität *Mutter* war meine Achillesferse. Angesichts ihrer Illusion und ihrem Wunschdenken, was den Erfolg ihres Sohnes anging, löste sich meine neue Anschauung in Luft auf.

So ließ ich den Nachtzug in die Heimat fahren und zog mit anderen Studenten in der Uni-Gegend umher. Ich sah nicht ein, warum ich meine neue Anschauung, die ich mit viel Mühe errungen hatte, durch meine Mutter von heute auf morgen vernichten lassen sollte.

Eines Tages, als ich einfach so ins *Millionen* hereinschneite, entdeckte ich Jisuk am Fenster sitzen, allein, ohne Männer. Sie schien auch am Sinchunmunje-Fieber zu leiden. Selbstsicher setzte ich mich ihr gegenüber, woraufhin sie mich irritiert anschaute. Ich ignorierte ihren Blick.

Jisuk und ich waren vielleicht dazu bestimmt, uns unausweichlich in die Arme zu laufen. Weil sie, ohne es zu wollen, bei mir eine heftige Abneigung gegen sie geweckt hatte, wurde sie nun das Opfer meiner Aggressivität.

„Was hältst du davon, mit mir zusammenzuleben?", fragte ich sie unverfroren.

„Wovon sprichst du …?" Sie lächelte mich an, sie schien mich nicht verstanden zu haben.

„Ich hab dich gefragt, ob du Lust hast, mit mir zusammenzuleben."

„Zusammenleben? Was meinst du damit?" Überrascht glotzte sie mich an.

„Himmeldonnerwetter nochmal. Für eine Streberin wie dich bist du ja ganz schön begriffsstutzig. Das gemeinsame Leben eines Mannes und einer Frau, bei dem sie miteinander eine Wohnung teilen, miteinander schlafen, essen, scheißen, Kinder zeugen, so ein Zusammenleben meine ich", fuhr ich sie bissig an.

Ich beobachtete, wie ihre phänomenale Schönheit peu a peu durch Gekränktsein und Zorn entstellt wurde. Während ich ihr Gesicht beobachtete, verspürte ich Freude in mir aufkommen.

„Yunho, bist du verrückt geworden? Oder tust du nur so?"

Sie nagelte mich mit ihren Blicken fest. Ich schüttelte den Kopf.

„Weder-noch", erwiderte ich.

„Soll das heißen, du hast mich bei klarem Verstand brüskiert?"

„Brüskieren? Jisuk, ich habe dir gerade einen Vorschlag gemacht, und das nennst du brüskieren?"

„Du setzt dich ohne meine Erlaubnis an meinen Platz und überfällst mich mit deinem Zusammenleben. Wenn das kein Brüskieren ist …"

„Aber sicher nicht. Ich habe mich dabei auf meine Art bemüht. Sieh dir das da mal an." Ich hob meine Hand und deutete zum Fenster nach draußen, auf die trostlose Winterlandschaft der Kunsthochschule.

„In dieser winterlichen Ödnis ist ein Leben zu zweit besser als allein, es ist wärmer."

„Dein Vorschlag ist ziemlich rührselig, ich lehne ihn aber ab. Lieber sterbe ich an Erfrierungen, als mit dir zusammenzuleben."

Mein Gott, sie war nicht leicht zu haben. Wie es sich für eine Primadonna gehörte, gewann sie ihre Ruhe schnell zurück und lächelte mich honigsüß an, als hätte ich sie niemals beleidigt. Sie schien meinen Vorschlag als Scherz abzutun. Ich schluckte.

„Bah, bist du eine Schreckschraube."

„Was ist denn nun schon wieder?" Jisuk lächelte unbeeindruckt und guckte mich an, als wollte sie sich nie mehr von mir an der Nase herumführen lassen.

„Hör zu, du glaubst, du bist eine gescheite Frau. Du kannst dir aber nicht vorstellen, wie lächerlich das auf die anderen wirkt."

„Wow, ich und lächerlich?"

Sie setzte eine übertrieben verblüffte Miene auf; ich schüttelte den Kopf.

„Dir ist nicht mehr zu helfen. Ist dir klar, dass deine Intelligenz immer noch nicht die Kindergartenstufe überschritten hat?"

„Kindergartenstufe, sagst du?", fragte sie belustigt.

„Sicher. Wenn ich sehe, wie du die Studenten entzückst, kommt es mir vor, als sähe ich ein Kleinkind, das im Kindergarten *Guck mal!* spielt. Sag, könntest du nicht, wenigstens für die Leute, die das mit ansehen müssen, das gespielte Entzücken sein lassen? Du kannst dir nicht vorstellen, wie es einem dabei übel wird. Was glaubst du denn, wie alt du bist?"

„Entzücken … Dir zufolge soll ich die Leute entzückt haben?" Ihr gefror das Lächeln.

„Ich nehme mal an, du hattest bis jetzt noch nie eine Beziehung mit einem Mann", behauptete ich ins Blaue hinein.

„Solche Beziehungen sind reine Zeitverschwendung", entgegnete sie überheblich lächelnd. Ich verabscheute sie aus tiefstem Herzen und schaute sie strafend an.

„Jetzt verstehe ich, warum du die Intelligenz eines Pfingstochsen besitzt. Warum studierst du überhaupt?"

„…?"

„Wenn man sich hier einschreibt und die teuren Studiengebühren zahlt, hat man meistens den Vorsatz, als Literat zu debütieren und in dieser Richtung Karriere zu machen, oder etwa nicht?"

„Deine Worte klingen wie ein Vorwurf." Sie war ehrlich erschrocken.

„Man sagt, du seist ganz gut in Romanschreiben, stimmt das?", fragte ich.

„Stimmt nicht. Eigentlich war ich nie davon überzeugt, ich wäre gut darin", verneinte sie kopfschüttelnd.

„Bestimmt willst du aber als Schriftstellerin debütieren, oder?"

„Natürlich. Wenn ich mich anstrenge, schaffe ich es, glaube ich", sinnierte sie. Ich schüttelte den Kopf.

„Das hättste wohl gern! Leider, leider, mit deiner Intelligenz wird das Debütieren für dich ein Traum bleiben. Na ja, träum ruhig weiter."

Ein weiteres Mal sah ich, wie sich ihr Gesicht im Zorn verzerrte, wobei sie meinem Blick nicht auswich.

„Worauf basiert deine Verknüpfung von Intelligenz mit dem Debütieren?"

„Auf der Intelligenz, die sagt, eine Beziehung zwischen Mann und Frau sei Zeitverschwendung."

„Was hat das mit Intelligenz zu tun?"

„Weißt du, ich hatte bis jetzt viele Beziehungen mit Frauen, unabhängig davon, ob sie erfolgreich waren oder nicht. Denkst du, ich habe reichlich Zeit? Nicht die Bohne. Ich weiß selbst, dass Zeit kostbar ist. Trotzdem möchte ich eine neue Liebesbeziehung, deswegen strecke ich dir die Hand entgegen. Weißt du warum? Weil ich darin das Leben wiederfinde. Was ist denn Literatur? Man kann sie zwar mit einem schrecklichen Kauderwelsch erklären, aber letztlich geht es bei ihr im Kern um das menschliche Leben. Und was ist das menschliche Leben? Das Zusammenkommen und Auseinandergehen von Menschen, das ist es. Das ist menschliches Dasein, und dazu gehört auch eine Liebesbeziehung. Wie hast du das genannt? Zeitverschwendung? Wie sollte man mit so einer Intelligenz Literatur zustande bringen, debütieren und schließlich Schriftstellerin werden? Ich sag's dir, für dich ist alles vergebens, und an deiner Stelle würde ich so bald wie möglich aussteigen."

Ihr schönes Gesicht entstellte sich grässlich, es wurde übersät von blauen Flecken. Indessen spürte ich, wie tief in mir etwas vor Freude brodelte und mich machtvoll durchströmte.

„Ich nehme es zurück, dass ... eine Liebesbeziehung Zeitverschwendung ist. Das war anmaßend", stammelte sie, ihr Gesicht immer noch entstellt.

„Endlich können wir vernünftig kommunizieren. Trotzdem darfst du dir die Literatur ruhig aus dem Kopf schlagen."

„Was ... steht ihr im Wege?"

„Schwierig zu sagen, kurz und gut, deine Schönheit."

„Meine Schönheit?" Sie riss die Augen auf.

„Genau. Mit deiner passablen Schönheit verhöhnst du dich und die vielen Studenten. Wie lange willst du dieses Schauspiel noch durchziehen? Ob die Männer dich als Göttin anbeten oder nicht, ist nicht mein Bier, aber empfindest du kein Mitleid mit denen, die sich so quälen, weil sie von deiner Schönheit geblendet sind? Natürlich kannst du es als Freundschaft abtun, doch genau da liegt das Problem. Ich wette, du bist noch Jungfrau. Und du findest bestimmt Begriffe wie *Tau am Morgen, Rose, Freundschaft, Liebe, Jungsein* und *Zukunft* schön, stimmt's? So wie deine Schönheit. Ich garantiere dir aber, Schönheit ist etwas anderes. Diese Dinge sind nur Hirngespinste, die einem vor der wahren Schönheit die Augen verschließen, und solange deine Schönheit das nicht übersteigt, wird deine Intelligenz nie über die Kindergartenstufe hinauskommen."

Ungläubiges Staunen ergriff mich, als ich sah, wie sich ihre Miene schlagartig veränderte. Beleidigung und Zorn verschwanden, sie gewann ihre übliche Schönheit zurück und schenkte mir einen freundlichen Blick.

„Was muss ich tun, um da rauszukommen?", fragte sie.

„Es gibt nur einen Weg."

„Verrate ihn mir."

„Du lebst mit mir zusammen", sagte ich spaßeshalber, und deutete mit dem Zeigefinger auf mich. Trotz meines spaßigen Tons sah sie mich immer noch herzlich an, dann senkte sie sinnierend den Kopf. Sie schien mich ernst zu nehmen, was mich beunruhigte. Ich fragte mich, worüber sie sich Gedanken machte, denn ich hatte eigentlich erwartet, sie würde in Rage geraten, mir einen Korb verpassen oder in Lachsalven ausbrechen.

Vielleicht denkt sie ernsthaft nach, ob sie mit mir zusammenleben soll. Was, wenn sie sich dazu bereit erklärt? Das wollte ich doch überhaupt nicht. Sei vorsichtig, es könnte eine Farce daraus werden. Ich wollte sie doch bloß zertrampeln und in den Dreck ziehen, dachte ich. Es wurde also langsam Zeit, den Rückzug anzutreten.

„Tu dir keinen Zwang an. Es muss nicht unbedingt ich sein. Egal bei wem, jedenfalls solltest du auf dem schnellsten Weg deine Jungfräulichkeit loswerden. Du kannst sie auch den Lumpensammlern unter der Mirabeau-Brücke schenken. Und dann kostest du wirklich dein Leben aus, denn erst dann kannst du dich von deiner Einbildung, was Schönheit ist, und von deinen läppischen Kindergartenspielchen losmachen."

Jisuk hob den Kopf und musterte mich. Sie sah aus, als knobelte sie an einer mathematischen Formel.

„Kann man eigentlich ohne Liebe miteinander leben?"

Beinahe wäre ich in Gelächter ausgebrochen. Ist sie naiv oder ein unrettbares Dummchen, fragte ich mich. Was auch immer, spätestens jetzt hatte ich die Nase voll von ihr.

„Herrje, red kein dummes Zeug. Wer empfindet schon von vornherein Liebe? Die Liebe entwickelt sich beim Zusammenleben", polterte ich los. Wieder spürte ich eine besondere Kraft in mir. Ihre Selbstherrlichkeit, ihre Schönheit, die zu meiner Abneigung geführt hatten, jetzt aber meiner ungeheuren Kraft ausgesetzt waren, wanden sich wie Würmchen, verformten und verwandelten sich in eine Handvoll Dreck. Ich hab's ihr gegeben. Sie ist nur ein Stück Dreck unter meinem Schuh, dachte ich. In meiner Fantasie überzog mich meine Kraft wie ein unsichtbarer Panzer von Kopf bis Fuß. Mit dieser Kraft war ich unbesiegbar.

„Na schön, ich gebe mich geschlagen. Vielleicht war es von Anfang an wahnwitzig, eine Zusage von dir bekommen zu wollen. Vergiss die ganze Sache. Denk einfach, du bist heute einem Spinner über den Weg gelaufen. Also dann, ich muss los. War schön mit dir", sagte ich versöhnlich.

Jisuk fuchtelte mit der Hand, als ich mich erhob.

„Warte", forderte sie.

„Noch was, das dich quält?", fragte ich im Stehen.

„Muss ich dir die Antwort jetzt sofort geben?", fragte sie errötend.

„Welche Antwort?"

„Die Antwort ... auf deinen Vorschlag", stotterte sie, jetzt knallrot.

„Ach was. Ich geb dir Zeit zum Nachdenken, so viel du willst. Es eilt nicht."

Kopfschüttelnd entfernte ich mich. Kurz vor der Tür drehte ich mich nochmal um. Sie sah mir immer noch wie gebannt nach.

„Es ist keine Sinchunmunje, zerbrich dir nicht den Kopf", warf ich ihr noch hin.

Auf der Straße schlug mein Herz höher und mir war danach zumute, laut zu jubeln. Stattdessen ballte ich die Hand, führte einen Boxhieb in Richtung der tristen Winterlandschaft aus und dachte an meine Parole: *Nur die erbärmlichste Realität bewältigt die Realität am dramatischsten und gestaltet sie am prächtigsten um!*

Hamin lachte sich kaputt, als ich ihm erzählte, wie ich Jisuks blasierte Schönheit in Dreck verwandelt hatte. Es war in seinem kleinen Zimmer im Jeongneung-Tal. So wie die anderen Studenten ließ er hier den Winter in der Hoffnung auf die Sinchunmunje über sich ergehen.

„Du hast tatsächlich die hochnäsige Jisuk in die Knie gezwungen?", fragte Hamin, immer noch nicht imstande, mit dem Lachen aufzuhören.

„Darum geht es nicht." Ich schüttelte den Kopf.
„Worum denn dann?", fragte er.
„Es ist unerheblich, wer wen in die Knie zwingt. Was zählt, ist die Kraft, mit der man die Realität zerstampfen und über sie hinwegkommen kann, und durch Jisuk habe ich mir Gewissheit darüber verschafft. Das ist alles."
„Mann, schon wieder deine Phrasendrescherei", motzte er.
„Wenn sie sich dafür entscheidet, mit mir zusammenzuleben, werde ich es ablehnen."
„Echt?" Hamin angelte sich eine Zigarette aus der Schachtel.
„Ich bin ja schließlich kein Mülleimer", sagte ich resolut.
„Soll das etwa heißen ... du hast sie schon flachgelegt?"
Er entzündete ein Streichholz und glotzte mich schockiert an.
„Blödmann. Deine Fantasie ist ja grenzenlos."
„Was denn? Hast du sie nun flachgelegt oder nicht?"
„Glaubst du, ich bin so einer wie du, he?"
„Jetzt hör aber auf!"
„Hast du die Sache mit So Mira schon vergessen?"
„Lass den Scheiß. Was hat Mira damit zu tun?", fuhr er mich an.
Im letzten Frühling, nachdem er Mira ihre Jungfräulichkeit geraubt hatte, schienen die beiden einige Zeit lang wie ein Liebespaar miteinander zu leben. Doch plötzlich, zu Beginn des zweiten Semesters, wechselte Mira zu einer anderen Hochschule in die Provinz, ohne Hamin Bescheid zu sagen. Nach aufreibenden Nachforschungen machte er sie schließlich ausfindig und suchte sie dort ein paar Mal auf. Am Ende brach er in jener Schenke, in der er am Tage von Miras Entjungferung in heller Aufregung Maggolli in sich hineingekippt und mir Bericht erstattet hatte, vor mir in Tränen aus.
„Yunho, ich kriege Bammel vor den Frauen, vor jeder Frau auf dieser Welt. Mira hat gesagt, ich sei ein Jammerlappen. Ich soll ihre Zukunft vermasselt haben. Rat mal, was sie noch gesagt hat. Um ihre Jungfräulichkeit wiederzugewinnen, würde sie mich sogar umbringen, wenn es sein müsste. Das heißt, sie meint, es sei alles meine Schuld, sie

habe gar keinen Anteil daran. Seit dem ersten Mal haben wir dauernd die Nacht durchgevögelt, und jedes Mal danach überfiel sie mich mit ihrem Jungfräulichkeitsgefasel. Was soll das? Ich versteh das nicht. Was ist so wichtig an der Jungfräulichkeit? Was ist das überhaupt? Ich kann's nicht ändern, aber glaub mir, jede Frau, die in Zukunft was von Jungfräulichkeit faselt, der spucke ich ins Gesicht."

Die Flamme am Streichholz erlosch, Hamin entfachte ein weiteres und zündete sich die Zigarette an. Dann stand ihm plötzlich die Erleuchtung ins Gesicht geschrieben und er sagte: „Natürlich. Mit dem Mülleimer meinst du den Eimer, in den du Jisuks Jungfräulichkeit hineinwirfst, oder? Bestimmt willst du ja nicht so eine Pleite erleben, wie ich sie hatte."

„Denk dir, was du willst."

„Du bist ja ganz schön fies. Glaubst du, ich weiß nicht, worauf du hinauswillst? So verschlagen wie du bist, liegt der eigentliche Haken bei der Sache ganz woanders."

Hamin inhalierte genüsslich und blies mir den Rauch ins Gesicht.

„Was für ein Haken?", fragte ich.

„Nach außen hin gibst du dich Jisuk gegenüber großspurig, doch eigentlich fürchtest du dich vor ihr genauso wie die anderen Studenten. Nur deshalb willst du ihr aus dem Weg gehen, obwohl du nach ihr schmachtest", diagnostizierte er. Mein Kopf brummte wie ein Hornissennest.

„Warum sollte ausgerechnet ich mich vor Jisuk fürchten?", stammelte ich, doch Hamin lachte mich aus.

„Du Schlaumeier müsstest verstehen weshalb … Du kannst mit deinem Outsider und Surrealismus so viel Käse reden, wie du willst, letztendlich bist du doch nur ein kleiner Student aus ärmlichen Verhältnissen. Guck doch mal in deiner Hosentasche nach, dort findest du vermutlich nur ein paar zerknüllte Zehn-Won-Scheinchen, und genau das ist deine Realität."

Sonst so sanftmütig, fixierte er mich jetzt mit streitlustigem Blick, als wollte er sich mit mir anlegen. Ich schwieg und er fuhr fort.

„Lass uns mal Klartext reden. Ich gebe ja zu, dass du im Besitz einer gewissen Kraft bist, obwohl ich mit deinem Geblubber, stamme es nun vom Outsider oder vom Surrealismus, überhaupt nichts anfangen kann. Manchmal beneide ich dich um deine undefinierbare Kraft und um deine Hirngespinste, denn ich würde nie im Leben auf solche Ideen kommen. Deine Kraft oder deine Verrücktheit kommt daher, dass du die Realität deiner Hosentasche nicht akzeptieren kannst, und sie deshalb manipulierst und abwandelst. Wie du sagst bin ich ein Hinterwäldler vom Jiri-Berg, und ich halte es für aufrichtiger, die Realität so zu akzeptieren, wie sie ist, anstatt sie zu manipulieren und abzuwandeln. Du liebst ja die Sophisterei: Wenn ich mich deiner Rhetorik bediene, könnte ich es als Anpassungsismus bezeichnen."

Seine Augen funkelten immer noch und ich spürte auch bei ihm Kraft und Wahn. Ich verstand seinen Wahn: Das Fieber der Sinchunmunje, und damit auch sein Warten, steuerte dem Höhepunkt zu.

„Na schön, zum Teil gebe ich dir Recht. Vielleicht ist es so, wie du sagst und ich manipuliere die Realität, wie es mir passt. Aber an der Stelle, wo du sagst, ich manipuliere sie, weil ich sie nicht akzeptieren will, ist etwas entstanden, das viel wertvoller ist als mein ursprüngliches Wesen. Dir mag es wie eine Sophisterei vorkommen, ich aber habe dort mein neues Wesen gefunden. Und das will ich mit niemandem tauschen. Vielleicht liegt das Problem ganz woanders. Eine Fehlinterpretation des Surrealismus könnte ihn wie eine glatte Lüge erscheinen lassen. Klar, so werden Lügen gestrickt. Aber es ist ein Unding, den Surrealismus an sich als Irreführung abzustempeln. Vielleicht hältst du sogar auch das, was ich dir gerade sage, für eine Sophisterei", sagte ich, und meine Kehle bekam einen quälenden Durst. Genau wie ich Hamin gesagt hatte, war mir, als ob ich ihm ohne Sinn und Verstand eine Sophisterei aufdrängen wollte. Dieser Gedanke war zermürbend. Ich wurde unsicher und musste mich selbst anspornen. Nein, so leicht brichst du nicht zusammen! Hamin schien nichts zu bemerken, denn er nickte.

„Das klingt ganz nach: Wer war zuerst da, das Huhn oder das Ei? Wenn ich dir so zuhöre, ergibt das, was du sagst, schon einen Sinn. Na gut, vielleicht fühlst du dich wegen des Ausdrucks Sophisterei vor den Kopf gestoßen. Ich nehme ihn zurück."

Ich ignorierte sein Zugeständnis und fuhr fort:

„Was Jisuk betrifft; du sagst, ich fürchte mich vor ihr, aber weißt du, nicht nur vor ihr. So unkompliziert ist die Sache nicht, dass ich meine Furcht nur auf Jisuk begrenzen könnte. Jisuk ist auch eine meiner Realitäten. Eventuell meine Zukunft. Realität oder Zukunft, im Grunde gibt es nichts, wovor wir keine Angst haben, und für dich gilt das genauso. Die unendliche Zeit, die wir noch zu leben haben, und die ungewissen Dinge, die auf uns lauern, werden uns die Kehle zudrücken. Falls das Leben wirklich nur eine Verkettung von Furcht und Leid sein sollte, packt mich das Grauen. Es ist klüger, so ein Leben frühzeitig zu boykottieren. Und genau die Befreiung von diesem Monstrum namens Leben ist es, was ich versuche: keine Furcht mehr, kein Leid. Es ist mein letztes Recht zu überleben. Du ziehst über mich her, ich würde an der Realität herumpfuschen wie es mir grad in den Kram passe, dabei führe ich auf meine Art eine heftige Auseinandersetzung mit mir selbst", stieß ich mühsam hervor. Hamin winkte mit beiden Händen ab.

„Mann, das ist ja kaum auszuhalten. Wie man es auch dreht und wendet, alles nur Palaver. Mir reicht's jetzt. Wie du so schön sagst, mir ist echt danach, dieses Leben zu boykottieren. Und in so einem kritischen Moment soll ich mir deinen Humbug anhören? Ich bekomme Kopfschmerzen. Wonach ich mich jetzt am meisten sehne, ist ein Schluck Maggolli."

„Maggolli? Kein Problem. Komm schon, ich lad dich ein", sagte ich.

„Jetzt bist du ein prima Kerl. Schau, Maggolli, das ist Leben!", bäumte sich Hamin auf.

Vom Bukhan-Berg her fuhr uns der eisige Wind in den Rücken. Wir liefen die Klamm hinab, die zusehends dunkler wurde, und verließen das Jeongneung-Tal. An beiden Seiten der Klamm wankten alte Kiefern im Wind, heulten Tiere im Dunkeln, und auf den Bäumen krächzten die Krähen. An der Kreuzung zur Miari-Steigung überquerten wir schweigend die Brücke. In der Ferne sah ich das winzige Neonschild vom *Millionen* leuchten und entsann mich Jisuks, sie ließ mir das Herz schwer werden. Möglicherweise saß sie immer noch im Café.

In einer Schenke am Gireumer Markt bestellten wir gekochte Eier und Suppe als Beilagen. Hamin trank melancholisch seinen Maggolli, ohne ein Wort zu sagen, erst nach der dritten Schüssel sah er mich an.

„In letzter Zeit denke ich oft an meine greise Mutter. Jedes Mal, wenn ich mich von meinem Heimatbesuch wieder auf den Weg nach Seoul mache, begleitet sie mich bis zum Dorfeingang. Über siebzig ist sie schon und mit ihrem gekrümmten Rücken und mit Stock hält sie sich nur mit Mühe an meiner Seite. Wenn wir am Deich des Seomjin-Flusses angelangt sind, hält sie die Strapaze nicht mehr aus, und wir verabschieden uns dort. Trotz meiner hartnäckigen Abwehr steckt sie mir einen Tausend-Won-Schein, den sie bis dahin in der zittrigen Hand versteckt hat, in die Tasche. Und bis ich über die Brücke auf die andere Seite des Ufers verschwinde, steht sie endlos da, nur um ihren Sohn etwas länger zu sehen."

„Wirklich? Deine Mutter war über fünfzig, als sie dich zur Welt brachte?", fragte ich vorsichtig, und Hamin schüttelte ruhig den Kopf.

„Außer dieser Mutter habe ich noch eine andere, meine leibliche. Ich habe sozusagen zwei Mütter. Meine ältere Mutter konnte keine Kinder kriegen, da hat mein Vater, der einzige Sohn seit zwei Generationen, eine Nebenfrau genommen und mich gezeugt. Aus der Sicht der älteren Mutter zählte nur, dass sie einen Nachkommen hatte, und von klein auf hing ich sehr an ihr und nicht an meiner leiblichen Mutter. Meine leibliche Mutter gab ein Mannsbild ab, erledigte mit dem Gesinde die Arbeit draußen auf den Feldern. Sie war von einer rauen Natur und als Kleinkind mochte ich das nicht an ihr. Aber die alte Mutter umsorgte mich zärtlich."

Er kämpfte mit den Tränen.

„Ich vermisse meine alte Mutter sehr. In meiner Erinnerung steht sie mit ihrem gekrümmten Rücken auf dem Deich und lässt mich nicht aus den Augen. Wenn ich an sie denke, brennt in mir die Sehnsucht, und ich muss heulen. Irgendwann begriff ich, worum es in der Literatur geht. Um genau so etwas. Vielleicht komme ich dir behämmert vor, wenn ich dir meine Geschichte eines ollen Bauerntrampels auftische. Aber offen gesagt, genau das ist es, worüber ich schreiben möchte, das sind Dinge, die zu mir gehören. Natürlich hat mir im Studium der Modernismus die Augen geöffnet. Auch der Surrealismus und die anderen Strömungen. All diese Dinge kommen mir so großartig, so klug vor … Im Modernismus habe ich auf der Suche nach der Schreibkunstformel der Gegenwart herumgewühlt, lange habe ich danach gesucht. Sicher, der Modernismus war für mich mit Seoul vergleichbar, wo mir alles befremdlich vorkam. Als ich dann von solchen Begriffen wie Bewusstseinsströmung, Innenwelt oder Gegenwartsgefahr hörte, glaubte ich, dabei zu sein, mich meines Daseins als Provinztrottel zu entledigen, und langsam ein richtiger Seouler zu werden. Neuerdings überfällt mich allerdings der verzweifelte Gedanke, dass all die Dinge der Moderne und ihre klugen Ideen überhaupt nicht meins sind, dass ich stattdessen danach brenne, von greisen Müttern und ländlichen Geschichten zu erzählen. Bin ich schon nach weniger als einem Jahr des Seouler Lebens überdrüssig geworden?"

Immer noch sah er mich weinerlich an.

„Wer ist das nicht? Vom Kreativen Schreiben sind es alle. Die Kälte und der Hunger plagen uns, demoralisiert sind wir auch noch und ohne einen Literaturpreis läuft gar nichts … Was glaubst du wohl, warum man Sinchunmunje als Fieber bezeichnet?", insistierte ich, doch er schüttelte den Kopf.

„Nein, nein. Mir geht es nicht um Sinchunmunje."

„Nein? Worum denn dann?", fragte ich, und er sah mich Vertrauen erheischend an.

„Kann ich dir etwas anvertrauen?"

„Was anvertrauen? Klar."

Seine Augen schienen in Tränen zu ertrinken. Ich war überrascht. Er leerte die Schüssel Maggolli in einem Zug und sagte dann:

„Na gut. Ich vermisse Hyonhi."

„Hyonhi … Du meinst Na Hyonhi?"

„Ja."
„Das ist alles? Und das nennst du Anvertrauen? Wo liegt das Problem? Soll ich sie dir holen?"
Ich schnalzte mit der Zunge, denn ich hatte mehr erwartet. Na Hyonhi war im zweiten Jahrgang des Kreativen Schreibens, lachte selten und wirkte mit ihrem schulterlangen glatten Haar und ihren wie aus dem Ei gepellten Gesichtszügen ziemlich kokett, doch zu Hamin und mir war sie außergewöhnlich liebenswürdig. Hyonhi war unser gutmütiger Geldbeutel. Wir überließen ihr oft die Rechnungen für Tee, Essen und Alkohol, was sie ohne mit der Wimper zu zucken akzeptierte. Wenn uns das Heimatstipendium, also das Geld, das die Eltern uns schickten, ausging, hefteten wir uns an ihre Fersen. Und wir respektierten sie, wie es für einen höheren Jahrgang würdig war.
„Es ist kein einfaches Vermissen …", nuschelte Hamin, womit er mir zu verstehen gab: du bist aber schwer von Begriff.
„Junge, raus damit."
„Ich mag sie. Nicht nur als Kommilitonin höheren Jahrgangs."
„Also du hast dich in sie verliebt?", fragte ich, und er senkte den Kopf.
„Ich bin nicht sicher, aber ich glaub schon."
„Was soll der Scheiß, du bist nicht sicher? Eine tolle Antwort."
„Es ist aber so. Ich weiß auch nicht, was mit mir los ist. Ob ich überhaupt von Liebe sprechen kann? Was auch immer, wenn ich nur an Hyonhi denke, ergreift mich die Sehnsucht nach ihr. So wie ich mich nach meiner alten Mutter sehne. Es ist ein völlig anderes Gefühl als mit So Mira. Jemanden zu mögen war früher ein harter Kampf, das war echt anstrengend, eine Qual. Bei Hyonhi ist es ganz anders. Ich sehne mich nach ihr, ohne dass sie etwas davon weiß. Mich stört es nicht, wenn diese Liebe einseitig ist. Bei jedem Sehnsuchtsanfall merke ich, wie mein Herz warm und wohlig wird, nur weil ich jemanden liebe. Ich hätte nie im Leben solche Gefühle in mir vermutet. Und ich bin stolz auf mich, dass ich sie liebe, während sie nichts davon weiß. Andererseits bin ich genauso traurig deswegen."

Ich goss mir Maggolli ein und leerte ein paar Schüsseln, doch mein Durst wollte nicht geringer werden. Nach der x-ten Schüssel fragte ich:
„Seit wann geht es dir so?"
„Im letzten Herbst waren wir doch zusammen am Singal-Reservoir bei Suwon, nicht? Ich denke, da ist es passiert."
„Mich trifft der Schlag!", schrie ich auf. Nach der Trennung von Mira war Hamin so niedergeschlagen gewesen, dass Hyonhi ihm vorgeschlagen hatte, einen Ausflug dorthin zu machen, und wir waren zu dritt dort gewesen. Nach meiner Einschätzung war an diesem Tag nichts geschehen, was ihn dazu veranlassen mochte, sich in sie zu verlieben. Wir fuhren zu dritt Ruderboot, danach betrank sich Hamin mit düsterem Gesichtsausdruck, einem Mann gebührend, der von seiner ersten Liebe verlassen wurde; bald war er sternhagelvoll und auf dem Rückweg im Bus schlief er wie ein Murmeltier.

„Es war im Bus nach Seoul. Nachdem ich betrunken eingepennt war, habe ich kurz die Augen geöffnet und mein Kopf war an Hyonhis Schulter gelehnt. Der Bus hetzte durch die Nacht. Ich roch an ihrem langen Haar so was wie Seife und Blumen in einem, jedenfalls einen frischen Duft. Es war himmlisch, sodass ich gleich wieder die Augen schloss, und ich tat so, als schliefe ich, meinen Kopf die ganze Zeit an ihre Schulter gelehnt. Dabei breitete sich ein unbeschreibliches Gefühl in mir aus, das immer mächtiger wurde. Ja, dieses warme und wohlige Gefühl, das mich auch etwas traurig stimmte, stieg in mir auf, zum Mund und zu den Augen hin, und verwandelte sich in Tränen. Ich bin nicht sicher, aber offensichtlich waren ein paar davon auf ihre Schulter gefallen, denn sie wischte sie behutsam mit ihrem Taschentuch von meinen Wangen ab. Ich konnte nicht anders, als die Augen aufzuschlagen, und erhaschte ihr Gesicht auf der Fensterscheibe. Ihr Abbild auf der dunklen Scheibe lächelte mir zu und in diesem Augenblick fiel mir Rilkes Gedicht *Ernste Stunde* ein.

Wer jetzt weint irgendwo in der Welt,
 ohne Grund weint in der Welt,

weint über mich.

Wer jetzt lacht irgendwo in der Nacht,
ohne Grund lacht in der Nacht,
lacht mich aus.

Wer jetzt geht irgendwo in der Welt,
ohne Grund geht in der Welt,
geht zu mir.

Wer jetzt stirbt irgendwo in der Welt,
ohne Grund stirbt in der Welt:
sieht mich an.

Auf dieser Rückfahrt nach Seoul rezitierte ich im Geiste immer wieder dieses Gedicht und ich nahm an, es sei meine Bestimmung, Hyonhi zu lieben. Ich schwor, ich würde sie nicht anrühren, ich würde sie lieben, ohne dass sie davon erführe, nur für mich allein, und dass ich das Geheimnis meiner Liebe mit ins Grab nehmen würde."

Nun begriff ich, warum Hamin das Liebesgeständnis so schwergefallen war. Ich war neidisch auf ihn, allerdings eher auf seine Art, sie zu lieben, als auf die Tatsache, dass er sie liebte. Es war eine Art zu lieben, die ich nie im Leben fertigbringen könnte.

„Hamin, ich erblasse vor Neid", sagte ich ehrlich. Er fuhr fort: „Seitdem ich Hyonhi liebe, sehe ich die Literatur aus einer anderen Perspektive. Ich finde, meine dusseligen Gefühle ihr gegenüber sind der Literatur näher als solche haarsträubenden Wortklaubereien wie *Innenwelt* oder *Bewusstseinsströmung des Modernismus*, die ich wie einen Messias angebetet hatte. Erst seitdem ich sie liebe habe ich den Wunsch, über Dinge zu schreiben wie meine Mutter und so weiter. Mensch, Yunho, denkst du nicht, dass wir eine falsche Vorstellung von Literatur haben? Literatur muss doch nicht immer ausgefallen sein, oder? Sie ist weniger etwas Extravagantes oder Spleeniges, sondern eher etwas Bäuerliches und Grobes, und doch strahlt sie eine gewisse Wärme und Traurigkeit aus, glaube ich. Man muss sich doch nicht wegen der Literatur blutdürstig in den Wahn treiben, und schließlich den anderen um sich herum auch noch das Leben schwer machen ... warum denn? Als ob Literatur anders nicht zu bewerkstelligen wäre! Durch Hyonhi habe ich wahre Liebe gespürt und seitdem bekomme ich Schiss davor, Literatur auf Leben und Tod mit meinem ganzen Körper zu verteidigen."

Hamins Worte vervielfachten meinen Maggolli-Rausch.

„Bist du drollig, kaum zu fassen. Mein Junge, ich beneide dich zwar, aber das will ich nun doch nicht. Denn eines weiß ich genau, so einem Schmalz, an der Schulter einer Frau zu heulen und so, das würd ich keine Sekunde überleben, verfaulen würde ich. Müsste ich mich in so süßen Worten wie *Liiiebe* suhlen, wäre ich schon ein paar Mal ins Grab gefahren!", plärrte ich und rutschte betrunken vom Stuhl.

Nach genau einer Woche traf ich Jisuk wieder. Ich schaute im *Millionen* vorbei und sie saß an dem Fensterplatz wie das letzte Mal, auf mich wartend. Sie sah sichtlich angegriffen aus, ihr Teint totenbleich, die Augen rötlich angelaufen. Trotzdem zeigte sie sich erfreut, als sie mich sah.

„Jeden Tag, die ganze Woche lang habe ich hier auf dich gewartet", begann sie.

Ihre Augen leuchteten feierlich und ich spürte, wie Überdruss in mir wuchs.

„Auf mich? Wieso?", fragte ich verdattert, achselzuckend, beide Handflächen gegen sie gerichtet. Jisuk schenkte meiner übertriebenen Geste keine Beachtung und sah mich weiterhin feierlich an.

„Yunho, ich will dir die Antwort auf deinen Vorschlag geben."

„Was du nicht sagst. Tatsächlich?"

Erneut machte ich eine abwehrende Geste und zuckte mit den Achseln.

„Ich habe nicht nur hier im Café gewartet. Sogar als ich zu Hause war, habe ich angemessen auf dich gewartet, die ganze Woche ohne Schlaf. Kannst du dir vorstellen, wie mir dabei zumute war?"

„Wie war dir denn zumute?"

„Die ersten zwei Tage war ich einfach nur empört. Ich kam mir beschmutzt vor, als hättest du mich mit Mist überschüttet. Ich hatte mir vorgenommen, von dir zu verlangen, alles wieder gutzumachen, wenn ich dich wiedersehe. Oder dich genauso mit Mist zu überschütten, so wie du es mir angetan hast. Schließlich weiß ich, wie man dich in den Dreck treten kann."

„O, là, là, das klingt aber spannend", entgegnete ich scherzhaft, und sie lächelte schief.

„In der dritten Klasse der Mittelschule hat man mich fast ein Jahr lang in die Psychiatrie gesteckt, dort war es alltäglich, von irgendjemandem mit Schmutz übergossen zu werden. Dort kann man auch einen Menschen ohne einen Wimpernschlag umbringen. Dreimal darfst du raten, warum man mich in diese Klapsmühle gebracht hat."

„…?"

„Schon mal was von Aszendentenmord gehört? Ich habe versucht, meinen Vater, meine Mutter und meinen kleinen Bruder alle zusammen umzubringen."

Ich spürte, wie mich ein Schaudern überlief. Meine Gesichtszüge erstarrten.

„Ich wartete und wartete auf dich, der dritte Tag verstrich und der vierte Tag kam, ab da verschwand mein Zorn allmählich. Stattdessen spürte ich ein unstillbares Verlangen danach, dich zu sehen. Ich verzehrte mich nach dir. Du warst für mich längst der Ritter auf dem weißen Pferd."

„Ritter? Weißes Pferd?", fragte ich verdutzt. Sie überging meine Frage.

„Kennst du den Film *Sentimental Journey*?"

Anstelle einer Antwort schüttelte ich den Kopf.

„Ein kleines Mädchen in einem Waisenhaus ist die Hauptfigur. Sie hat ein Märchen gelesen, in dem eine Prinzessin in einem Hexenschloss eingesperrt ist und von einem Reiter auf einem Schimmel gerettet wird, und sie glaubt, dies sei ihre eigene Geschichte. Sie wächst mit diesem Traum auf, irgendwann würde der Retter zu Pferde auftauchen und sie aus dem Waisenhaus befreien. Eines Tages machen die Kinder einen Ausflug zu einem alten Schloss, und dort begegnet sie einem Mann, einem Schauspieler, der tatsächlich ein Pferd reitet. Seit diesem Tag glaubt sie fest, er wäre der Mann, auf den sie gewartet hat. Letzten Endes befreit er sie aus dem Heim, indem er sie adoptiert, doch eines Tages fällt er vom Pferd und stirbt. Das Mädchen will seinen Tod nicht wahrhaben, und somit wartet sie wieder auf ihn, darauf, dass er als Reiter hoch zu Ross vor ihr auftauchen wird, so wie damals. Jeden Abend zündet sie auf dem Esstisch eine Kerze an und legt für ihn Tee und Löffel bereit."

„Sag bloß, du hast versucht, deine Familie umzubringen, um eine Waise zu werden?", fragte ich vorsichtig, worauf sie mich fröhlich anlächelte.

„Genau. Ich wollte ein Waisenkind sein. Deshalb wollte ich sie umbringen." Sie lächelte immer noch fröhlich und fuhr fort:

„Ich kann mich nicht genau erinnern, wann ich den Film gesehen habe. Sehr wahrscheinlich in der ersten Klasse der Mittelschule, denn um diese Zeit habe ich jede Nacht vor dem Einschlafen gebetet, ich wäre ein Waisenkind, Vater, Mutter und Bruder mögen schleunigst sterben, damit ich endlich ein Waisenkind werde. Trotz des Gebets wollte sich mein Wunsch nicht erfüllen, und da habe ich beschlossen, die Sache selbst in die Hand zu nehmen. Aus irgendeinem Grund glaubte ich, mein Erretter würde sich erst dann zeigen, wenn meine Familie nicht mehr da wäre. Frag mich nicht warum, es ist mir heute noch ein Rätsel. Später in der Psychiatrie diagnostizierten die Ärzte eine schwere Gemütskrankheit. Mein Vater war damals wie heute Berufssoldat, und wir mussten aufgrund seiner turnusmäßigen Versetzungen immer die Demarkationslinie entlangziehen. In den Orten, wo wir uns niederließen, betrieb meine Mutter ein Café. Bei uns wimmelte es nur so von Soldatenfreunden meines Vaters oder anderen Militärs, sie waren die Kunden des Cafés. Von klein auf flößten mir die grünen Uniformen Abscheu und Angst ein. Meiner Mutter zufolge soll es passiert sein, als ich drei Jahre alt war. Vater war nicht oft zu Hause, und eines Tages, als er nach langer Zeit wieder mal nach Hause kam, ohne seine Uniform abzulegen, als er mich umarmte und küsste, da wachte ich auf, erkannte ihn nicht und erschrak so sehr, dass ich mit Schaum vorm Mund in Ohnmacht fiel. Seitdem soll ich schon beim bloßen Anblick einer Uniform an der Wäscheleine in Panik losgeheult haben. Deshalb versteckte ich mich sofort in einem Verschlag im Hof, sobald uns ein Soldat besuchte. Diese Dinge waren vielleicht der Grund für meine Krankheit. Natürlich ist nicht alles auf die Uniformen zurückzuführen. Auch sonst neigen die Kinder an der Demarkationslinie, an der meistens nur Soldaten leben, leicht zu einem gestörten Gefühlsleben." Sie sah mich zerstreut an und ich musste erneut schlucken.

„Und du wartest tatsächlich auch heute noch auf diesen Retter hoch zu Pferde?", fragte ich, und sie nickte.

„Na ja, bevor du kamst, nicht. Nach meiner Entlassung aus der Psychiatrie sind die Symptome völlig verschwunden, seither war ich überhaupt nicht anders als die anderen Kinder. Ich war sogar recht aktiv, sodass ich es in der dritten Klasse der Oberschule bis zur Schulsprecherin schaffte. Aber beim Warten auf dich kam mir die Erleuchtung: Der Ritter mit dem schönen Pferd war keine Illusion. In der Tat habe ich lange genug auf den Ritter Kim Yunho gewartet."

„Was? Ich soll das sein?", klagte ich verdattert, und sie nickte.

„Genau. Und weißt du warum? Seit der Mittelschule bist du der Erste, auf den ich jemals gewartet habe. Ich dachte schon, bis zu meinem Tod würde so einer nie auftauchen. Aber ich habe tatsächlich auf jemanden gewartet, ohne es zu wollen, die ganze Woche lang, schlaflos. Am Anfang dachte ich, ich reagiere so nur aus Zorn gegen dich, aber das war es nicht. Der Zorn war nur eine Hülle, um mein wahres Gefühl zu verbergen. Ich vermisste dich richtig, mein Herz pochte und ich konnte keinen Schlaf finden. Verstehst du jetzt?"

Sie sah mich durchdringend an, als wollte sie mich herausfordern. Ich wich ihrem Blick aus.

„So war das also." Ich streckte die Waffen.

„Reicht das als Antwort auf deinen Vorschlag?"

Ich schüttelte den Kopf, wobei ich immer noch ihren Blick mied.
„Schwierig …", sagte ich.
„Was heißt schwierig?", hakte sie gnadenlos nach, und ich nahm all meinen Mut zusammen:
„Ich möchte meinen Vorschlag zurücknehmen."
„Sag bloß, du kriegst Schiss vor mir?"
„Das nicht."
Jisuk durchbohrte mich mit ihrem Blick, als wollte sie eine Antwort aus mir herauskratzen.
„Inzwischen habe ich schon eine Freundin", sagte ich, und das entsprach tatsächlich der Wahrheit.

5. Meditation über Frauen (Eins)

„Ach du dickes Ei. Gleich ist es so weit, dass die Sakamoto-Studentinnen hereinstürmen", stöhnte mein Schwager beim Bügeln und wandte sich mit einem breiten Lächeln zu meiner Schwester um. Die stand hinter ihm an der Nähmaschine und schaute bissig.

„Bäh, von wegen Studentinnen. Nur weil die Landpomeranzen mal eben etwas Seouler Luft geschnappt haben, werden aus ihnen noch keine richtigen Damen. Diese Kröten können sich mit Stadtluft vollsaugen und sich so auftakeln wie sie wollen, sie bleiben Kröten. Lächerlich", zischte sie.

„Mach mal halblang. Vergiss nicht, wir leben von ihrem Geld!"

„Na danke aber auch! Ein schönes Leben ist das, was sie uns bescheren."

Ich saß auf einem Stuhl in einer Ecke der Wäscherei, las ein Buch und hörte das Wortgerassel zwischen Schwester und Schwager mit an. Durchs Fenster sah ich die Wintersonne unheilschwanger am Schornstein der Fabrik kleben, die gleich neben der amerikanischen Kaserne stand. Es war eine Textilfabrik, eine der größten Fabriken in Yeongdeungpo, gebaut von einem in Japan lebenden Koreaner namens Sakamoto, der hier tausende von Arbeiterinnen beschäftigte. Der Feierabend nahte, das Haupttor der Fabrik würde bald aufgehen und die Arbeiterinnen alle auf einmal durch das Tor strömen. Schon seit geraumer Zeit hatten die Händler die Straße in Beschlag genommen und mit Unterwäsche, Kosmetika, Schuhen, Accessoires oder Essbarem wie Sundae-Würsten, Fischwürsten und anderem Fresszeug ausgeharrt. Gleich würde hier schlagartig ein großer Trubel herrschen. Mit Sakamoto-Studentinnen meinte mein Schwager die Arbeiterinnen dieser Fabrik. Viele von ihnen waren zweifellos schick, und manche traten mit Büchern und Heften im Arm aus der Fabrik, als wären sie echte Studentinnen.

„Sind die Unihosen fertig?", fragte mein Schwager meine Schwester.

„Ja ja. Das hier ist die letzte", antwortete sie unter eifrigen Handbewegungen.

Unihosen waren amerikanische Militärhosen aus Wolle, die in letzter Zeit unerklärlicherweise unter den Fabrikarbeiterinnen in Mode kamen, weswegen der Laden meiner Schwester und ihres Mannes in diesem Winter brummte. Mein Schwager durchkramte amerikanische Kasernen, die vor seinem Laden, die in Buyeong und weit weg in Uijeongbu und Dongducheon, und kaufte gebrauchte Militärhosen. Anschließend verlieh er ihnen schwarze Farbe in einer Färberei am Yeongdeungpo-Markt, woraufhin sie dann von meiner Schwester an der Nähmaschine zurechtgeflickt wurden. Dann stülpten sie die Hosen um, zauberten auf diese Weise aus Militärhosen Unihosen und verkauften sie mit beträchtlichem Gewinn, wodurch sie ihre kaufmännische Gabe unter Beweis stellten. In einer Zeit, in der die Anschaffung einer Baumwollhose unerschwinglich war, fiel es den Fabrikarbeiterinnen, deren Sinne sich gerade für Mode geöffnet hatten, schwer, über diese verhältnismäßig günstigen Hosen hinwegzusehen.

„Sie kommen, eine ganze Truppe!", kreischte mein Schwager. Das Haupttor war aufgegangen, davor hatte ein geschäftiges Treiben eingesetzt und ein Pulk von Arbeiterinnen strömte über die Straße. Die meisten von ihnen zerstreuten sich auf die schachbrettartig angeordneten Gassen der Arbeitersiedlung und verschwanden in ihren Zimmerchen und Dachkammern. Fünf, sechs Frauen an der Spitze des Schwarms schlugen mit einem Heidenlärm die Glastür der Wäscherei auf.

„Meine Unihose, bitte."

„Ja, meine auch."

„Namen, bitte. Woher zum Teufel soll ich wissen, wessen Hose gemeint ist, wenn Sie nur sagen meine, meine!", stöhnte mein Schwager verzweifelt.

„Lee Sumi."

„Park Minjong."

„Kim Gyonga."

Mein Schwager und meine Schwester suchten nach den Namensschildchen an den Kleiderbügeln und kassierten eilfertig. Wenn es notwendig war, ging ich ihnen ungefragt zur Hand, indem ich nach dem richtigen Namensschild suchte und die Hosen in Papiertüten packte. Da ich wegen der Ferien nicht zur Uni ging, half ich ihnen bei Kleinigkeiten ohnehin, etwa wenn ich die gefärbten Sachen vom Markt abholte oder bei Bestellungen Kleidermaße notierte.

Ein Teil der Arbeiterinnen zog weiter, wir atmeten auf und ich verzog mich wieder in die Ecke auf meinen Hocker und las weiter. Da sprach mich eine Arbeiterin an, die noch geblieben war und mich aus den Augenwinkeln ansah:

„Sagen Sie, kann ich Sie um etwas bitten?"

„…?"

Schweigend schaute ich zu ihr empor, worauf sie schmunzelte. Ihre Wangen bekamen Grübchen, ihr ganzes Gesicht hatte etwas Herrliches an sich, und in ihrem Schmunzeln stand geschrieben: Ich bin mir meiner Schönheit bewusst!

„Nur ein kleiner Botengang", sagte sie.

„Für was?"

„Könnten Sie mir bitte eine Flasche *Sieben-Sterne-Limo* bringen? Ich bin so hierhergerannt, dass ich derart kaputt bin und es nicht mehr bis zum Supermarkt schaffe."

Mit einem Arm hielt sie sich Heft und Buch an die Brust gepresst, der wuchtige Schmöker hatte einen prachtvoll gestalteten Einband. Sie war bestimmt eine Sakamoto-Studentin und hielt mich für einen Lehrling der Wäscherei.

„Kein Problem", sagte ich und rappelte mich auf.

„Tut mir sehr Leid", sagte sie mit nasaler, doch liebreizender Stimme, und hielt mir einen Zehn-Won-Schein hin. Ehe ich nach dem Geld greifen konnte, ließ plötzlich meine Schwester eine Schimpfkanonade auf sie los.

„Was, Botengang? Was bildest du dir ein, mit einem dummen Trick meinen Bruder anzubaggern? Es mag sein, dass ihr Schlampen nichts Gescheites im Hirn habt und man euch die Schamlosigkeit im Gesicht ablesen kann, aber sieh ihn dir selbst an, sieht er so aus, als würde er Botengänge wegen irgendeinem Gesöff machen?"

Sie fuchtelte der Arbeiterin mit dem Zeigefinger vor dem Kinn herum, drehte sich dann schwungvoll zu den anderen Arbeiterinnen um, die noch im Laden standen, und donnerte sie an:

„Wehe, ihr wagt es! Euch erlaube ich nicht einmal, seine Fußsohlen zu lecken. Schaut ihn euch mit euren gottverdammten Glubschaugen an: Mein Bruder ist kein falscher Fuffziger wie ihr, sondern ein echter Student, und nicht irgendein gewöhnlicher. Die Uni hat ihn extra mit einem Stipendium ausgezeichnet, er ist ein Stipendiat, kapiert?"

Meine Schwester schnaufte außer sich vor Wut, als könnte sie sich mit der Beschimpfung nicht zufriedengeben. Einerseits waren die Textilarbeiterinnen ihre Stammkundinnen, durch die sie sich ihren Reis verdiente, andererseits widerte es sie an, dass jene sogar kleine Kleidungsstücke wie Unterwäsche, die man eigentlich auch selbst mit der Hand waschen konnte, verschwenderisch der Wäscherei überließen. Nun nahm sie mich als Vorwand, um ihren Groll auf die Mädchen abzulassen.

„Ich ... ich bitte um Verzeihung. Ich dachte, er ist eine Aushilfe hier ... Ich hatte wirklich keine Ahnung, dass er Student ist", druckste sie herum, noch den Geldschein in der Hand, wobei sie fassungslos abwechselnd mich und meine Schwester ansah.

„Um Verzeihung? Dass ich nicht lache", höhnte meine Schwester, die Arme in die Hüften gestemmt, die Arbeiterin von Kopf bis Fuß musternd. Da es ihr wohl so vorkam, als sei es nicht notwendig, weiter in die Offensive zu gehen, weil es der anderen offenbar ohnehin an Kampfesmoral mangelte, nickte sie zweimal und setzte sich wieder an die Nähmaschine.

„Zwar ist die Frucht sauer, aber wenigstens nicht bitter. Nur weil deine Visage passabel ist, heißt das noch lange nicht, dass du selbst passabel bist, Aussehen ist nicht alles", giftete meine Schwester weiter.

Ich sah aber, dass die Arbeiterin, anders als es ihr Gesichtsausdruck erraten ließ, keineswegs so leicht kleinzukriegen war, wie es meine Schwester gern gesehen hätte. Sie warf mir immer wieder verstohlene Blicke zu, wobei ich in ihren verschüchterten Augen eine funkelnde

Neugierde mir gegenüber bemerkte. In meinem Unterleib begann es mächtig zu kitzeln, es war kaum auszuhalten, sodass ich schließlich loskicherte und ihr zuzwinkerte. Ihre Bereitschaft zu einem Flirt, obwohl man ihr gerade gewaltig den Kopf gewaschen hatte, fand ich süß.

„Machen Sie sich nicht über mich lustig", beantwortete sie mein Gekicher lächelnd.

„Wissen Sie, was Ihnen ins Gesicht geschrieben steht?", fragte ich sie, und ihre Augen strahlten.

„Was steht denn darin?"

„Sakamoto-Studentin", antwortete ich, worauf mein Schwager und die verbliebenen Arbeiterinnen in Gelächter ausbrachen.

„Das ist gemein von Ihnen, mich so zu nennen. Wie können Sie mir so etwas direkt ins Gesicht sagen? Wieso glauben Sie, dass ich Studentinnen imitiere?", protestierte sie, ganz rot geworden.

„Kein Missverständnis bitte. Ich habe mir nur einen Spaß erlaubt, weil ich Sie so hübsch finde …"

„Also, Sie machen solche Scherze, wenn Sie jemanden hübsch finden? Noch mehr davon könnten einem echt den Tag verderben. Es stimmt; ich bin keine Studentin so wie Sie, nur eine Fabrikarbeiterin. Trotzdem, noch nie in meinem Leben bin ich von jemandem so beleidigt worden wie heute", jammerte sie, und ihr Gesicht erbebte, als würde sie gleich in Tränen ausbrechen. Ohne es zu wollen, schien ich ihren wunden Punkt entdeckt zu haben.

„Entschuldigung. Das war dumm von mir. Nie im Leben wollte ich Sie als falsche Studentin heruntermachen. Ich hab den Ausdruck nur aus Spaß benutzt, weil die Leute hier schicke Frauen oft als Sakamoto-Studentinnen bezeichnen", entschuldigte ich mich ernsthaft, denn ich konnte mir durchaus vorstellen, dass etwas aus purem Spaß Dahergesagtes richtigen Schmerz zufügen konnte. Auf meine Entschuldigung hin schielte sie vorsichtig zu mir herüber.

„Wirklich?"

„Ja klar."

„Sie haben es nur gesagt, weil Sie mich hübsch finden, und nicht, weil Sie mich kränken wollten?", fragte sie betont, doch eher an sich selbst gerichtet, um sich Gewissheit zu verschaffen.

„Aber sicher. Aus welchem Anlass sollte ich Sie denn kränken?"

Ich nickte ihr einige Male zu. Sie beruhigte sich und ihre Augen lächelten wieder.

„Ich will es Ihnen glauben. Trotzdem lassen Sie sich eines gesagt sein … wie können Sie als Student so einen geschmacklosen Spaß machen?"

Meine Schwester, die bis dahin geschwiegen hatte, meldete sich stirnrunzelnd zu Wort:

„Prima, da hast du den Schlamassel, Brüderchen. Schön, als Student vorgeworfen zu bekommen, geschmacklos zu sein … Hüte dich in Zukunft vor solchen Neckereien."

Am nächsten Tag besuchte mich die Sakamoto-Studentin in der Wäscherei, mit einer Tüte Äpfel im Arm. Sie habe sich gestern unschicklich benommen, wolle alles wieder gutmachen. Sie lächelte mich kokett an, und anders als gestern stellte ich etwas Bezirzendes in ihren Augen fest, das mir den Kopf verdrehte. Ich sah etwas in ihnen verborgen, das klebrig heiß und tollkühn war, wie bei einen nachtaktiven Raubtier, dessen Augen angesichts einer Beute flackern. Mir war unheimlich zumute, der Magen zog sich mir zusammen.

„Die Äpfel sind zur Entschuldigung", erklärte sie hochtrabend.

„Ach, nicht zwecks einer Romanze?", scherzte mein Schwager lächelnd. Sie zog einen Schmollmund und sagte:

„Ach wissen Sie, ich verstelle mich nicht so wie Sie."

Mir war nun ganz eigenartig zumute. Ihre Augen sahen aus wie eine Falle. Die habe ich doch schon ein paar Mal gesehen, aber wo?, fragte ich mich. Meine Schwester schenkte ihr absichtlich keine Beachtung, zog nur Grimassen, und sie überreichte mir heimlich einen Zettel, auf dem stand: *Ich habe all meinen Mut zusammengenommen, weil mir nach einer intellektuellen Unterhaltung mit einem gebildeten Menschen zumute ist. Morgen, neunzehn Uhr am Uhrturm vom Yeongdeungpo-Bahnhof. Son Yonga.*

Yonga war bestimmt ein Spitzname. Ihr richtiger Name war wohl eher ganz schlicht Yongsun, Yongja oder Yongim. Sie spendierte mir noch ein kokettes Lächeln und verließ den Laden. Doch mein Unwohlsein wollte nicht nachlassen. Wo habe ich diese Augen nur schon mal gesehen? Warum rutschte mir dabei das Herz in die Hose? Dieses Flackern ... Ich überlegte. Es blieb mir ein Rätsel, denn obwohl ich das Gefühl hatte, in ihr eine Person vor mir gesehen zu haben, die ich nur allzu gut kannte, wusste ich nicht, an wen sie mich erinnerte.

Plötzlich sah ich Jisuk vor mir, wie sie verzagt auf meine Reaktion gewartet hatte. Ihre blasierte Schönheit, die meiner Kraft nicht standhielt, und in sich zusammenfiel. Jetzt konnte ich die Augen der Sakamoto-Studentin identifizieren: Es waren meine eigenen, die ebenso entschlossen gelauert hatten. Nun begriff ich meinen Schwächeanfall, den ich bei Yongas Anblick gespürt hatte. Sie war der Spiegel meines Ichs, und es war nur verständlich, dass mir dabei ganz flau wurde. Tief aus meinem Herzen kroch eine rätselhafte Wehmut empor.

Son Yonga war diejenige, die ich Cha Jisuk gegenüber als meine neue Freundin nannte. Als ich das erste Mal in Yongas Augen geblickt hatte, hatte ich ein Zeichen gesehen, dass zwischen uns etwas passieren würde, sei es etwas Gutes oder Schlechtes. Zwischen uns dreien, Yonga, mir und Jisuk, bestand vielleicht eine Nahrungskette: ich war das Fressen für Yonga und Jisuk das für mich.

Nachdem ich Jisuk in den Dreck gestoßen hatte, quälte mich eine Ahnung von Unheil, und ich hörte halluzinatorische Stimmen:

Muss ich dir die Antwort jetzt sofort geben?
Welche Antwort?
Die Antwort ... auf deinen Vorschlag.

Es war unfassbar, wie ihre Frage eine Krisenstimmung in mir auslöste, und wie jedes Mal in solchen Momenten hörte ich daraufhin Hamins Stimme, seine Giftzunge:

Nach außen hin gibst du dich Jisuk gegenüber großspurig, doch eigentlich fürchtest du dich vor ihr genauso wie die anderen Studenten. Nur deshalb willst du ihr aus dem Weg gehen, obwohl du nach ihr schmachtest.

Lass uns mal Klartext reden. Ich gebe ja zu, dass du im Besitz einer gewissen Kraft bist, obwohl ich mit deinem Geblubber, stamme es nun vom Outsider oder aus dem Surrealismus, überhaupt nichts anfangen kann. Manchmal beneide ich dich um deine undefinierbare Kraft und deine Hirngespinste, denn ich würde nie im Leben auf solche Ideen kommen. Deine Kraft oder Verrücktheit kommt daher, dass du deine Realität in der Tasche nicht akzeptieren kannst, und sie deshalb manipulierst und abwandelst. Wie du sagst bin ich ein Hinterwäldler vom Jiri-Gebirge, und ich halte es für aufrichtiger, die Realität so zu akzeptieren, wie sie ist, anstatt sie zu manipulieren und abzuwandeln.

Hamins Interpretation des Outsiders konnte ich nicht so einfach ignorieren. Sie war eine äußerst gehässige Deutung, und doch passte sie genau zu meiner Krisenstimmung. Wie ich ihm im Duktus einer schlechten Ausrede dargelegt hatte, manipulierte ich vielleicht die Realität, jedoch entdeckte ich durch Outsider mein neues Wesen. Dazu brauchte es aber eine Voraussetzung: Die erbärmlichste Realität. Die musste nunmal zuerst vorhanden sein, um sie dann prachtvoll umgestalten zu können. Jisuk hatte mit ihrer Frage an diesem Fundament gerüttelt, ohne dass ich davon etwas gemerkt hatte.

Jisuk würde meinen Vorschlag sicher annehmen, sie, das Idol, die Primadonna der Studenten, würde damit über mich entscheiden. Doch wenn sie auf meinen Vorschlag, der selbst nach meinem eigenen Ermessen unsinnig war, einginge, könnte ich ihn ihr abschlagen? Wenn die echte Jisuk aus der Wirklichkeit, und nicht die meiner Fantasie, mir ihre Hand reichte, könnte ich sie zurückweisen?

Skeptisch schüttelte ich den Kopf. Meine Krisenstimmung dauerte an. Jisuks Frage hatte an der dunklen Seite meiner Existenz gerüttelt und war drauf und dran, jenes Potential zu zerstören, das sich mit siebzehn bei der Vergewaltigung einer unschuldigen jungen Frau offenbart und mich in den düstersten Abgrund des Lebens getaucht hatte, jenseits von Begriffen wie Zukunft, Hoffnung, Jungsein und Liebe …

Die Hochzeit mit Jang Gyonghi, die wir wie ein Schauspiel durchgezogen hatten, diese kurze Zeit mit ihr, war für mich auch ein Moment gewesen, in dem ich meinen Abgrund verlassen und mich in die Welt gezwängt hatte. Die Wunschvorstellung einer neuen Welt der Versöhnung und Vergebung, ferner die Entschlossenheit, ich könnte meinem abscheulichen Ich vergeben und den anderen Menschen ohne Bedenken entgegentreten, das alles löste sich mit Gyonghis einem Satz in Luft auf. Als sie das gesagt hatte, brauchte ich Erbarmungslosigkeit und Wahn, um meine finstere Welt, die Grundbedingung meines Selbst, wiederherzustellen.

Ich schüttelte noch einmal den Kopf. Noch war ich nicht so weit. Noch musste ich in der Unterwelt ausharren, ohne ein Fünkchen Licht, in einem todesähnlichen Schlaf ...

Für mich war Jisuk nur eine äsopische Fabel. Je näher sie an mich heranrückte und versuchte, die Grundvoraussetzung meiner Person zunichte zu machen, umso mehr würde sie sich in eine saure Traube verwandeln. Mir blieb keine andere Wahl, als sie zu zertreten. Zur rechten Zeit kam mir Yonga mit ihrem koketten Lächeln entgegen, und ich war ihr dankbar, sie war für mich ein Segen Gottes. Es war notwendig, jede Möglichkeit, an meiner finsteren Welt zu rütteln und mich aus meinem Tiefschlaf zu wecken, von vornherein im Keim zu ersticken.

Am Uhrturm wartete Yonga wie eine farbenprächtige Blume auf mich, obwohl es mitten im Winter war. Sie trug einen violetten Mantel, darunter die Unihose und bis zum Knie reichende rote Stiefel. Wie immer hatte sie ein dickes Buch samt Heft an den Busen gepresst. Ich sah sie an und dachte, heute scheint das Fest deines Lebens zu sein.

„Na, da sind Sie ja", sagte sie mit nasaler Stimme und ergriffenem Gesichtsausdruck, als sie mich entdeckte, was ich viel zu dick aufgetragen fand. Ihre Gestik und Mimik erinnerten mich an Schauspielerinnen wie Tae Hyonsil, Om Hengnan oder Munhi. Die Grübchen auf ihren Wangen und das gewollt kokette Lächeln, das sie ohne Unterlass zur Schau stellte, erzeugten bei mir ein Gefühl der Unstimmigkeit, als hätte sie es irgendwo abgeguckt. Bestimmt hatte sie unter großen Anstrengungen aus Zeitschriften wie *Arirang* oder *Myongnang* das Mienenspiel der Schauspielerinnen kopiert.

Enttäuscht sah ich sie an. Sie schien zu glauben, sie käme mit dieser Imitation besser an. Vielleicht hatte sie sogar den Inhalt des Zettels, sie habe all ihren Mut zusammengenommen, weil ihr nach einer intellektuellen Unterhaltung mit einem Gebildeten zumute sei, aus einer Frauenzeitschrift oder einem Kinofilm abgekupfert. Dieses Unechte zeigte Yongas Grenzen auf; doch gleichzeitig war Yonga mein Spiegelbild. Aber was kümmerte mich das, schließlich ging es mich nichts an, ob sie sich einbildete, sie wäre Om Hengnan, Munhi, Tae Hyonsil oder sogar Elisabeth Taylor oder Kim Novak; es ging mich einfach nichts an, wenn sie nicht Herrin ihrer Sinne war. Vielleicht hatten mich gerade ihre Einbildungen zu ein wenig Frivolität und zu dem Entschluss verleitetet, sie als Ersatz-Jisuk auszuwählen. Anders gesagt, sie hatte für mich von Anfang an keine andere Bedeutung, als ein Ersatz für Jisuk zu sein.

Na gut. Nur um irgendeine andere zu ersetzen, brauchte sie nicht mehr zu tun, als Schauspielerinnen nachzuahmen, kokett zu lächeln, ein klobiges Buch und ein Heft mitzuschleppen und eine Unihose über roten Stiefeln zu tragen. Das alles reichte aus, um eine Sakamoto-Studentin zu spielen, doch entscheidend war gewesen, dem richtigen Studenten einen Zettel in die Hand zu spielen, auf dem stand, es gelüste sie nach intellektueller Unterhaltung.

„Yonga, wenn Sie so dastehen, leuchtet der ganze Bahnhof auf", musste ich ein Loblied auf sie anstimmen, was ich eigentlich gar nicht gewollt hatte.

„Ach, wieso denn das?", fragte sie überglücklich, als wollte sie mich gleich an sich drücken. Ich deutete mit dem Kinn um uns herum.

„Wie schon. Weil Sie die schönste Frau hier sind."

„So anerkennende Worte höre ich zum ersten Mal in meinem Leben. Ich weiß, dass Sie das nur sagen, um mir einen Gefallen zu tun, und trotzdem es ist wunderbar, so etwas zu hören."

Sie freute sich wie ein kleines Kind, und anstatt kokett zu lächeln, starrte sie mir mit beiden Augen auf den Nasenrücken, als hätte sie einen Schielfehler. Nichtsdestotrotz empfand ich ihre Augen als so schön, dass ich beinahe vor Bewunderung gejauchzt hätte. Ich konnte es kaum fassen, sogar ihr Schielen war zauberhaft. Und jetzt fielen seltsamerweise auch ihre unnatürlichen Gesten weg, ihr Gesicht erstrahlte vor Frische und Quicklebendigkeit. Yongas unerwartete Wandlung machte mich verlegen und ein wenig schwermütig. Womöglich war die Lebendigkeit ihr wahres Wesen, und ich fragte mich, weshalb sie ihr wahres Selbst gewöhnlich unter einer billigen, geschmacklosen Maske verbarg. Ihr Schielen und ihr jugendlicher Schwung waren jedoch in meinem Plan, ihr die Rolle als Jisuks Ersatz zuzuteilen, nicht vorgesehen. Hätte ich bei unserer ersten Begegnung von ihrem wahren Wesen gewusst, wäre ich dann überhaupt auf diese Idee gekommen? Sicherlich hätte ich es nicht gewagt, sie als billiges Flittchen, geschweige denn als Ersatz abzustempeln. Mir wäre klar gewesen, wie teuer mich das zu stehen kommen könnte.

Ich konnte der frischen Aura des jungen Mädchens nichts mehr entgegenhalten und wandte mich deshalb von ihr ab. Da sah ich plötzlich den Schlagersänger Na Huna, wie er mit weit aufgerissenem Mund lautlos von einem Plakat herabgrölte. *Na Huna endlich in Yeongdeungpo!*, stand dort. Ich war ihm dankbar, zur rechten Zeit bot er sich mir an: schließlich hatte es mir bereits zu schaffen gemacht, wie ich mit Yonga die Zeit rumkriegen sollte.

„Hätten Sie Lust auf eine Na-Huna-Show?", fragte ich sie.

„Oh mein Gott, Sie meinen wirklich den Sänger Na Huna?", rief Yonga aus, indem sie beide Arme ausstreckte, als wollte sie gleich bis in den Himmel hinaufhüpfen. Sie schien nicht einmal zu bemerken, dass ihr dabei Buch und Heft heruntergefallen waren, und als ich beides aufhob und ihr zurückgab, schien sie ihre Utensilien beinahe vergessen zu haben.

„Wissen Sie, Na Huna ist mein absoluter Lieblingssänger. Woher haben Sie das nur gewusst?", fragte sie hechelnd, ohne ihre aufwallende Freude unterdrücken zu können.

„Ist doch kein Wunder. Ich bin auch ein Fan von Na Huna", behauptete ich.

„Wirklich?"

„Ja klar", log ich das Blaue vom Himmel herunter, breit lächelnd, um meine durch Yongas schlagartige Wandlung erfolgte Betretenheit zu kaschieren. Na Huna? Um Gottes Willen. Wenn ich von Zeit zu Zeit an Elektrogeschäften vorbeiging, dort seine Stimme hörte oder in den Fernsehgeräten der Cafés sein Gesicht zu sehen bekam, wurde mir schlecht vor Ekel. Meine Abneigung gegen ihn beruhte weniger auf seinem Gesang, als vielmehr auf seinem Gesicht. Meiner Ansicht nach war sein Gesicht ein Musterbild für perfiden Instinkt, Geilheit und Unkultur. Jedes Mal, wenn ich seine Fratze sah, fragte ich mich, ob er sich jemals Gedanken über menschliche Probleme machte außer Essen, Kacken, Frauen vernaschen und Singen.

Seine Visage führte mich zigtausend Jahre zurück und vergegenwärtigte in mir einen Neandertaler, den *homo sapiens* oder den *homo erectus pekinensis*, nein schlimmer, einen Menschenaffen. Frei heraus gesagt, in seinem Gesicht fand ich den Dorftrottel wieder, den er am liebsten versteckt hätte, der ihm darin aber gegen seinen Willen unmissverständlich abzulesen war. In diesem brünstigen und perfiden Blick stieß ich auf meinen eigenen, vor dem ich verzweifelt fortzulaufen versucht hatte, den ich vor kurzem endlich abgeschüttelt zu haben glaubte. In dieser Hinsicht war es gut nachvollziehbar, warum ich so einen Widerwillen gegen ihn empfand. Es war mir ein Mysterium, warum sich die Menschen für ihn begeisterten – und dass er mit so einer Visage beschlossen hatte, Schlagersänger zu werden. Und er hatte tatsächlich einen riesigen Erfolg. Natürlich war mir auch schleierhaft, warum Yonga, die wie ich zweifelsohne von ländlicher Herkunft war und diese sicherlich verabscheute, für Na Huna schwärmte.

„Und was halten Sie von Nam Jin?", fragte sie, um Zustimmung bettelnd.

„Klar, den mag ich auch", pflichtete ich ihr wie ein gutherziger Onkel bei.

„Unglaublich, dass ein Student etwas für Na Huna und Nam Jin übrig hat."

„Ach was. Gibt es etwa ungeschriebene Regeln, die Studenten daran hindern, solche Sänger zu mögen?"

„Das nicht … Aber ich dachte immer, die Studenten hören lieber Chansons als koreanische Schlager, oder sie hören klassische Musik in den Cafés."

„Nicht alle Studenten sind gleich", sagte ich, und sie musterte mich skeptisch von oben bis unten. Ihr Blick kitzelte mich am ganzen Körper, was ich nur mit Mühe aushielt, und ich konkretisierte:

„Was ich damit sagen will ist, dass ich zu den ganz untypischen Studenten gehöre."

„Den Verdacht habe ich auch schon gehegt."

Sie rückte einen Schritt näher an mich heran, als wollte sie ihren Arm um den meinen schlingen. Auf ihrem Gesicht breitete sich ein liebenswürdiges Lächeln aus.

„Wie untypisch Sie auch sein mögen, mir macht das überhaupt nichts aus. Ein ungewöhnlicher Student ist immer noch ein Student."

Yongas Lächeln und ihre Worte durchfluteten mich wie ein Sonnenstrahl, und trotzdem stimmten sie mich argwöhnisch.

„Ist das Ihr erstes Date mit einem Studenten?"

„Sie wissen aber auch über alles Bescheid."

„Es steht Ihnen ins Gesicht geschrieben."

„Wirklich?" Sie betastete ihr Gesicht und sagte:

„Unter meinen Freundinnen gibt es keine, die schon mal was mit einem echten Studenten hatte. Ich nehme an, ich bin die erste."

„Das klingt so, als ob ein paar von denen was mit unechten Studenten hatten", sagte ich, und Yonga guckte mich entgeistert an.

„Sie sagen es. Neun von zehn Männern, die um die Fabrik herumlümmeln und sich als Studenten ausgeben, sind Schwindler. Einige von uns lassen sich mit ihnen ein, obwohl sie genau wissen, dass die sich bloß als Studenten ausgeben."

„Sie lassen sich bei vollem Bewusstsein etwas vormachen? Das ist doch der Gipfel."

„Gipfel hin oder her, es ist so. In unserer Fabrik zählt ein Student als

Date-Partner erster Klasse. Fragen Sie mich nicht, warum die alle dermaßen auf Studenten abfahren, da bin ich überfragt. Aber eins kann ich sagen, echte Studenten laufen uns praktisch nie über den Weg, und so kommt es, dass wir uns von den Hochstaplern wissentlich über den Tisch ziehen lassen", erklärte sie mit einem wirklich entzückenden Lächeln.

„Kann ich Sie etwas fragen? Nur wenn es Ihnen nichts ausmacht …", zögerte sie.

„Bitte, nur zu."

„Ich weiß gar nicht, wie Sie heißen …"

„Du lieber Himmel, da habe ich ja was versäumt. Wie dumm von mir. Ich heiße Yunho, Kim Yunho."

„Yunho, hm. Wollen wir du sagen?", wagte sie sich vor.

„Ja klar."

Sie lächelte mich überglücklich an.

„Was für ein Buch liest du denn? Es scheint auf Englisch zu sein", stellte ich fest.

„Was, wie bitte?", erwiderte sie wie in Panik. Die Frage schien sehr unerwartet zu kommen, jedenfalls stieg ihr die Schamesröte ins Gesicht.

„Wa... wann … hast du es gesehen?"

„Vorhin, als es runterfiel, da hab ich es doch aufgehoben und dir zurückgegeben. Es war nicht meine Absicht, es lag aufgeschlagen da und ich hab flüchtig ein paar Wörter erkannt. Gibt es da etwas, das ich nicht sehen sollte?"

„Das nicht … Ich hoffe nur, du machst dich nicht über mich lustig?"

„Aber Yonga, warum sollte ich das denn?"

Nun war ich völlig verdutzt. Sie betrachtete mich eine Weile, dann kehrte ihr das kokette Lächeln wieder ins Gesicht zurück.

„Dann ist ja alles okay. Komm, lass uns zur Na-Huna-Show gehen."

Sie stiefelte los. Ich blieb kurz stehen und sah sie an. Mir kam der Gedanke in den Sinn, ich könnte vielleicht versehentlich einen wunden

Punkt bei ihr berührt haben. Bestimmt war sie erschrocken, weil sie das englischsprachige Buch, ihr unabdingbares Alibi, um sich als Studentin auszugeben, eigentlich gar nicht lesen konnte. *Heute sollst du dein Fest haben*, murmelte ich vor mich hin, ihren wundervollen Rücken betrachtend. Plötzlich drehte sie sich um, als hätte sie mich gehört.

„Was meinst du? Bis zur Namdo-Halle ist es noch ein weiter Weg. Gehen wir weiter zu Fuß, oder nehmen wir den Bus?", fragte sie.

„Bis zur Show bleibt uns noch eine gute Stunde, lass uns gemütlich dort hinlatschen und auf dem Weg eine Kleinigkeit essen. Mann, hab ich einen Hunger! Du nicht?"

„Okay. Ich hatte die ganze Zeit einen Bärenhunger, hab mich aber nicht getraut, was zu sagen. Was essen wir?", fragte sie.

„Was du möchtest."

„Wirklich?"

„Wirklich. Dein Wunsch ist mir Befehl."

Sie blieb stehen und grübelte. Dann machte sie ein hilfloses Gesicht.

„Komisch. Normalerweise gibt es so viele Dinge, die ich essen möchte, aber jetzt fällt mir einfach nichts ein. Keine Ahnung. Nichts zu machen. Ist mir egal, irgendwas."

Sie sah mich mit flehendem Gesichtsausdruck an und ich nickte wortlos. Vielleicht befand sie sich in einem ähnlichen Zustand, wie jemand, der überraschend zu einer grandiosen Feier eingeladen ist und vor lauter Aufregung vergisst, was er schon immer mal essen wollte.

„Ich kenne einen Laden vor der Uni, der tolle Sundae-Würste macht. Vielleicht finden wir ja auch am Markt so einen Laden. Magst du Sundae, Yonga?"

„Ich liebe Sundae über alles", sagte sie erleichtert. Ich nickte verständnisvoll. Sundae, die sie im Alltag wohl gern aß, diese gummibärchenroten Arme-Leute-Würste, schienen die Rettung zu sein, die Rettung aus ihrer Befangenheit angesichts drohender Extravaganzen der Fantasie. Mir war es so auch lieber, denn eine Tölpelhaftigkeit beim Essen, etwa mit Messer und Gabel in einem westlichen Restaurant, wäre mir unangenehm gewesen.

Längst wusste ich, wie ich den heutigen Tag zu einem Fest für sie machen könnte, vielleicht schon seit dem Moment, als ich sie, trotz des Winters bunt wie ein Papagei, vor dem Bahnhof aufgegabelt hatte. Das, was sie für einen besonderen Tag verlangte, war banal: Student sein. Das war's. Mehr verlangte sie nicht von mir, mehr konnte ich ihr auch nicht bieten. Es genügte ihr, mit einem Studenten an der Seite die Straßen entlangzulaufen, bei einer Show dabei zu sein und gemeinsam geleeartigen Wurst-Mischmasch zu essen. Ich konnte mir ihren Festtag bis ins letzte Detail ausmalen, denn ich erkannte mich in ihr wieder: Sie hielt mir einen Spiegel vor.

Sie schien blendend gelaunt zu sein, und voller Hassliebe dachte ich an die Begegnung mit der Studentin Jang Gyonghi, welche mich damals in einen Strudel von Glückseligkeit gesogen hatte. Während ich neben ihr herumgebummelt war, hatte ich vor allem eins gewollt: mich ohne Schamgefühle in eine bessere Welt zu integrieren. *Ja, du kannst dich unter diese Dinge mischen!*

So wie damals Gyonghi der sicherste Weg für mich gewesen war, an jener für mich alleine unerreichbaren Gesellschaftsschicht zu kratzen, war nun ich, der Student, für sie der Königsweg. Yonga hatte das von Anfang an intuitiv erkannt.

Begleitet von Fanfarenstößen preschte Na Huna auf die Bühne und das Publikum brach umgehend in Hysterie aus. Den einleitenden Worten des Moderators zufolge habe Na Huna, das gesangliche Wunderkind, kaum Zeit zu essen und zu trinken, und dennoch habe er sich zu dieser Veranstaltung entschlossen, um die Arbeiter der Industriegebiete um Yeongdeungpo, die dieses Land nach oben führten, für ihre Aufopferung zu belohnen. In Elvis-Aufmachung, in Cowboy-Jacke mit goldenen Fransen an den Ärmeln und in hochhackigen Cowboy-Stiefeln, fegte er über die Bühne. Bei jeder seiner Bewegungen, bei der das Goldzeug glitzerte, erbebte der Saal in unvermeidlichem Gekreische. Dann begann er zu singen.

An der steinernen Mauer dreh ich mich um und sehe dich noch einmal an
Auf dem Trittstein winkst du mir zu, Lebwohl, und fort gehst du nach Seoul
Weit weit weg bist du, der Frühling bringt mir keine Nachricht von dir
Und die Wassermühle in der Heimat dreht sich auch heute noch

Das Publikum sang mit, ab der zweiten Strophe wurde fast gebrüllt. Danach erschütterte tosender Beifall den Saal. Na Huna setzte seine Songs fort und die Stimmung wurde immer hysterischer. Das Mitsingen des Publikums ging schließlich in ein einziges Schluchzen über:

Kosmeen blühen am Bahnhof meiner Heimat
Hübsche Mädchen werden mich willkommen heißen
Eile dahin, mein lieber Zug, mein Herz schlägt heftig
Ich schließe die Augen und sehe den Bahnhof meiner Heimat

Der ganze Saal vibrierte so vor Gewimmer, dass Na Huna nicht weitersingen konnte. Der Moderator sprang ein, verbeugte sich kurz vor dem Publikum und bat, sich von der Aufregung zu erholen und mit dem Weinen aufzuhören. Die Stimmung im Saal war wie auf einer ausgelassenen Party, und auch Yonga war sich anscheinend kaum noch bewusst, dass ich direkt neben ihr saß. Ihr tränenverschmiertes Gesicht glänzte, da und dort hatte sie einen Schrei ausgestoßen und zwischendurch verschlang sie den Sänger mit gierigen Blicken.

Ich hätte nicht im Traum gedacht, dass das Publikum, Yonga inbegriffen, auf eine so minderwertige Darbietung derartig abfahren und seinerseits solch eine lächerliche Show abziehen würde. Ich fühlte mich wie vom Schlag getroffen, dass sie blindlings auf diesen Sänger mit der Visage und der Sentimentalität eines Dorfdeppen abfuhr, dass sie ihm für ein paar Schnulzen ihre Seele verkaufte und dabei noch wie ein Schlosshund heulte. Erst nachdem das Spektakel beendet war, als sie draußen einen kleinen Spiegel aus ihrer Handtasche holte und sich im matten Schein einer Straßenlaterne darin betrachtete, kam sie zu sich und nahm mich wieder zur Kenntnis.

„Großer Gott, mein Gesicht ist ein Chaos … Ich sehe ja schlimm aus, oder? Yunho, entschuldige, könntest du dich kurz umdrehen? So kann ich es nicht lassen."

Ungeachtet der Blicke der Passanten wühlte sie in ihrer Handtasche, fischte Puderdose und Lippenstift heraus und erneuerte ihr Make-up.

„Wie sehe ich aus? Jetzt müsste es nicht mehr so schlimm sein, oder?", fragte sie, wobei sie ihr Gesicht frech bis an mein Kinn heranschob. Und als wäre ich seit geraumer Zeit ihr Freund, schlang sie unbefangen ihren Arm unter meinen.

„Mensch, bin ich glücklich. Nicht zu fassen, dass ich Na Huna selbst gesehen und seine Lieder gehört habe. Er hat mir richtig das Herz höherschlagen lassen", sinnierte sie.

„Was an ihm gefällt dir denn überhaupt?", fragte ich.

„Hm, kann ich nicht genau sagen, eigentlich alles. Er sieht aus, wie ein Mann aussehen sollte. Dazu noch elegant, und zugleich strahlt er Wärme aus …"

Jetzt machte sie die unerschütterliche, satt gegessene Miene einer Frau mittleren Alters, die schon ein paar Kinder hat. Sie kniff die Augen zusammen, als träumte sie, und blickte zum Nachthimmel empor, tief in ihre Glückseligkeit versunken. Ich hatte nicht vor, ihr Glück zu stören, indem ich ihr meine Abneigung gegen Na Huna verriet. Sie schwebte über den nächtlichen Straßen und ich folgte ihr Arm in Arm.

Es dauerte nicht lange, bis ihre Glückseligkeit sich in Luft auflöste. Einige Zeit, nachdem wir so dahingeschlendert waren, berührte ich zufällig ihre Hand. Dabei erschauderte sie, als hätte sie der Blitz getroffen. Reflexartig schlug sie meine Hand beiseite und schrie auf: „Nein!"

In ihren geweiteten Pupillen las ich Angst, Buch und Heft waren auf dem Boden gelandet, ihre Hände zitterten. Ich war ebenso erschrocken wie sie. Was hatte ich nur verbrochen, dass sie so in Panik geriet? Ihre Hand angefasst? War das der Grund? Hatte sie vielleicht eine krankhafte Abneigung gegen alles Körperliche? Ich schüttelte verwundert den Kopf. Als ich ihre Hand für den Bruchteil einer Sekunde berührt hatte, hatte ich nichts Sinnliches gespürt, eher etwas Befremdliches, als hätte ich etwas Hartes angefasst.

„Habe ich etwas getan, das ich nicht durfte?", fragte ich verdutzt, während sie mich misstrauisch anstarrte.

„Meine ... meine Hand ...", stammelte sie.

„Was ist mit deiner Hand? Na schön, ich habe deine Hand angefasst, nur so, ich habe mir nicht viel dabei gedacht. War das so schrecklich?"

„Wirklich keine andere Absicht?"

„Ich schwöre, es war nicht die geringste böse Absicht dahinter", sagte ich und nickte ihr verstört zu. Da geschah direkt vor mir wieder dieser Zauber; mit einem Wimpernschlag änderte sie wie ein Chamäleon ihre Miene. Ihre Augen stellten wie durch Hexerei blitzschnell von Angst auf Koketterie um.

„Es tut mir Leid. Ich habe zu sensibel auf deine Arglosigkeit reagiert. Aber du hättest auch nicht ohne jede Vorwarnung nach meiner Hand greifen sollen. Du bist doch kein Lustmolch, oder?" Sie lächelte mich breit an, dann umklammerte sie ungeniert meinen Arm. Ihre plötzliche Verwandlung war mir wirklich nicht geheuer. Außerdem brannte meine Kehle vor Durst.

„Was hältst du davon, etwas trinken zu gehen?", schlug ich vor.

„Meine Güte, wie schaffst du es nur, meine Gedanken zu lesen?", entgegnete sie verzückt.

„Ganz einfach. Gleich und gleich gesellt sich gern."

„Was an uns ist denn gleich?" Yonga blieb stehen und sah zu mir auf.

„Zunächst einmal streben wir beide nach Intellektuellem und Bildung, und außerdem lieben wir Na Huna und Sundae über alles ..."

Immer noch sah ich sie schief an, was sie keineswegs zu irritieren schien, vielmehr umklammerte sie meinen Arm mit ganzer Kraft und sagte:

„Mach dich nur weiter über mich lustig!"

Als wir in die schäbige Schenke am Markt von Yeongdeungpo eintraten, ging die Stimmung dort gerade auf den Höhepunkt zu, der Geruch der gerösteten Fische und das Geplärre der Trinker erfüllten den Raum. Wir saßen in einer Ecke und ich schenkte Yonga Maggolli ein.

„Bis zum Ausgehverbot bleibt uns nicht mehr viel Zeit. Lass es uns schnell hinter uns bringen", sagte ich, worauf sie den Kopf schüttelte.

„Nun, ich kann eigentlich nicht trinken. Ich bin das erste Mal … in so einem Laden."

Beinahe hätte ich den Maggolli ausgespuckt. Die Übelkeit, die in mir gebrodelt hatte, seit ich Yonga kannte, war kurz davor, aus mir herauszubrechen.

„Verdammt nochmal, bist du eine Zicke … Hör endlich auf mit deiner Ziererei! Ich weiß genug über dich. Wie lange willst du noch die Hauptdarstellerin eines drittklassigen Films spielen? Ich kann eigentlich nicht trinken? Ich bin das erste Mal in so einem Laden? Lass doch den Scheiß! Hahaha, das ist so witzig, dass sich meine Gedärme vor Lachen kringeln", herrschte ich sie an, und fühlte mich plötzlich quietschfidel. Sie aber erschrak und gaffte mich an. Dann zitterten ihre Wimpern und Jähzorn stieg in ihr hoch.

„Ich lüge nicht. Es ist wirklich mein erstes Mal!"

„Was willst du? Trinken oder nicht?"

„Schon gut, ich trinke."

Einen Augenblick lang betrachtete sie die Schüssel, nahm sie dann in die Hände und kippte den Maggolli in einem Zug hinunter. Danach stellte sie sie mit einem harten Schlag auf den Tisch.

„Na also, du kannst ja trinken, sogar gut … Schmeckt dir der Maggolli besser, wenn du dich zierst?", spottete ich. Sie fauchte höhnisch.

„Wie wär's? Noch eine?", schlug ich vor.

„Her damit."

Ich schenkte ihr ein, und ein weiteres Mal kippte sie den Maggolli in einem Zug runter.

„Endlich zeigst du, was in dir steckt. Noch eine?", fragte ich, wobei mir langsam mulmig wurde.

„Aber klar. Schenk nach", forderte sie und hielt mir die leere Schüssel hin. Ich füllte nach, sie hob sie zum Mund und trank genussvoll aus, dann wischte sie sich mit dem Handrücken den Mund ab und sah mich an.

„Verzeih mir, wenn ich mich geziert habe ... Ich hätte nicht gedacht, dass Alkohol so gut schmeckt. Noch eine bitte."

Sie streckte mir die leere Schüssel hin und ich überlegte; vielleicht war das ja wirklich ihr erstes Mal. Sie widerte mich fast an, ich goss ihr nach.

„So trinkt man es nicht", sagte ich, und sie durchbohrte mich sofort mit ihrem Blick.

„Was nun wieder? Habe ich mich schon wieder geziert?"

„Das nicht, ich meinte das Trinken."

„Pah, was soll sein mit meinem Trinken? Ich habe nur getrunken, wie du es mir gesagt hast. Oh ja, natürlich, die Herren Studenten haben auch beim Trinken Anstand. Wie trinken die Studenten, zeig mir."

Sie starrte mich immer noch an, und ich erkannte jetzt, dass sie wirklich zum ersten Mal Alkohol trank. Mir war zumute, als ob all die Schmähungen, die ich ihr vorhin ins Gesicht geschleudert hatte, ausnahmslos in meinen Hals zurückkrabbelten, und mit Maggolli spülte ich dieses miese Gefühl hinunter.

„Ich möchte mich für das, was ich vorhin gesagt habe, entschuldigen. Mein Eindruck von dir war nicht korrekt", sagte ich.

„Welcher Eindruck?"

„Zum Beispiel, dass du überhaupt nicht trinken kannst."

„Wirklich lachhaft. Du hast ja nun mit eigenen Augen gesehen, dass ich trinken kann, wie konntest du nur auf so was kommen?"

„Ehrlich, nie hätte ich es für denkbar gehalten, dass du heute zum ersten Mal trinkst. Wer könnte glauben, dass eine so muntere Frau wie du nie was getrunken hätte, nie in einer Kneipe gewesen wäre? Mich hätte der Schlag getroffen", sagte ich, und aufs Neue stieg Zorn in ihr auf.

„Nicht für denkbar gehalten? Da lachen ja die Hühner", sagte sie und stand auf. Draußen vor der Schenke taumelte sie bedrohlich. Ich ging auf sie zu, wollte sie stützen, doch sie stieß meinen Arm weg.

„Ich brauch deine Hilfe nicht."

Sie stieß gegen die Hausmauer, krümmte sich und brach zusammen. Daraufhin übergab sie sich, den ganzen Maggolli, den sie vorhin getrunken hatte. Ihr Erbrechen ging sporadisch weiter, und jedes Mal fuchtelte sie mit dem Arm, um mein Annähern zu verhindern, was mich nicht davon abhielt, Servietten aus der Schenke zu holen und ihr verdrecktes Gesicht und die Kleidung von erbrochenem Maggolli zu säubern. Sie lächelte mich graziös an und schmiegte sich wortlos an meinen Arm. Seltsamerweise empfand ich ihr Erbrochenes nicht als eklig oder dreckig, sondern ich sah es als die Schmähungen an, mit denen ich sie zuvor überschüttet hatte. Nachdem ihr Magen sich beruhigt hatte, blickte sie zu mir auf und sagte:

„Entschuldige die Scherereien."

„Im Gegenteil, eigentlich möchte ich dich um Verzeihung bitten", erwiderte ich kopfschüttelnd. Sie schob meine Hand, die sie stützte, beiseite, rappelte sich auf, lehnte sich an die Mauer und wandte sich zu mir.

„Eins aber muss ich sagen: Ich fühle mich fabelhaft. Nun versteh ich, warum mein Vater ein Schluckspecht geworden ist."

„Dein Vater ist Alkoholiker?"

„Ja. Für unsere Familie in der Heimat war mein Vater immer ein Fass ohne Boden. Seine Ausgaben für Trinkgelage und das Geld zum Zocken … das ganze Geld, das wir verdienten, fiel in sein Fass und tauchte nie wieder auf. Das bisschen, das ich in der Fabrik verdiene und in die Heimat schicke, fällt bestimmt auch da hinein", sagte sie unbeschwert. Seelenruhig, als hätte sie sich nicht gerade noch übergeben, fuhr sie fort:

„Weißt du, was mein Traum ist?"

„…?"

„Wegzurennen von meinem Vater. Ach, nicht nur von ihm, von meiner Mutter, meinen jüngeren Brüdern und Schwestern. Ja, wegzu-

rennen von allen. Nein, eigentlich nicht von der Familie, sondern von mir selbst. Wegrennen von mir selbst. Lächerlich, oder? Tagein, tagaus habe ich in meinem Kopf nur einen einzigen Gedanken: Hau ab von dir selbst. Leider weiß ich nicht wie. Yunho, vielleicht weißt du es ja!"
Ich schüttelte betreten den Kopf und sie lächelte gequält.
„Ach nee, du als Student, nicht mal das weißt du?"
„Lass doch die Witze mit dem Student. Hätte ich das gewusst, hätte ich längst Leine gezogen", ächzte ich verzweifelt. Sie konterte:
„Ich mache Witze? Denk, was du willst, aber es war mein Ernst. Was glaubst du, warum ich dich ausgesucht hab? Ich wollte dich fragen, wie ich von mir wegrennen könnte, und du hast es mir beigebracht."
„Ich habe es dir beigebracht?", fragte ich keuchend.
„Und ob." Sie nickte.
„Was habe ich dir denn beigebracht?"
„Yunho, die Antwort überlasse ich deiner Fantasie", hauchte sie geheimnisvoll, wobei ein bitteres Lächeln ihren Mund umspielte. Ich taxierte sie argwöhnisch. Was sollte ich ihr beigebracht haben? Ich hatte nicht die leiseste Ahnung, mir war, als würde sie Verstecken mit mir spielen.

Sie legte den Kopf in den Nacken, schaute in den sternenlosen schwarzen Nachthimmel und wagte sich dann hervor:
„Sag mal, darf ich dich um etwas bitten?"
Schweigend wartete ich auf ihre Frage, und dann kam sie auch:
„Könnten wir diese Nacht miteinander verbringen?"
Ich höre wohl nicht richtig, dachte ich. Verwirrt betrachtete ich sie und sie erklärte:
„Es macht mir Angst, so alleine zurückzubleiben. Den heutigen Tag kann ich so nicht enden lassen … Sonst könnte ich Schluss machen."
Ich hörte, wie sie in der Dunkelheit schluchzte, und mir schwante bereits, dass sich in Kürze etwas Bedrohliches zwischen uns abspielen würde. Die Alarmglocken in meinem Kopf lärmten, während ich sie musterte. *Womöglich habe ich sie falsch eingeschätzt, sie ist nicht so harmlos, wie ich mir vorgestellt habe, sie ist keine Frau, die sich mit einer Ersatz-*

rolle abfinden kann, weder problemlos noch simpel. Wie sehr ich mir jedoch das Hirn zermarterte, mir wollte nicht klar werden, worin genau diese Gefahr bestand.

„Mach dir keine Sorgen wegen der Kosten für die Absteige. Ich hab noch ein bisschen was", versuchte sie mich zu beruhigen.

„…"

„Hast du immer noch nicht kapiert, was ich will?"

Gedankenverloren nickte ich. In mir fiel irgendetwas in sich zusammen.

„Dann suchen wir uns was", erklärte sie und zerrte mich am Arm. Sie zog mich hinter sich her und in mir stürzte etwas immer noch ins Bodenlose. Was kann es sein, fragte ich mich und gab mir die Antwort: Zerstörung!

Beinahe hätte ich aufgeschrien. Mir war, als hielte der Nachthimmel Ausschau nach mir, um auch mich zu zerstören. In gewisser Hinsicht hatte sie sich für ihre Selbstzerstörung den richtigen Partner ausgesucht. Für mich war Yonga ein Nachtfalter, der arglos ins Feuer fliegt, und vielleicht war mir die verborgene Gefahr seit unserer ersten Begegnung unterschwellig bewusst gewesen. Ich war tatsächlich ihr Spiegelbild. Plötzlich fragte ich sie:

„Machst du das eigentlich jedes Mal so?"

Sie schien meine Frage nicht zu verstehen.

„Wenn du mit einem Mann ausgehst, ob du ihn dann immer mit dieser Masche rumkriegst, meine ich."

„Was in aller Welt willst du damit sagen?", fragte sie scharf.

„Hm, was deinen Umgang mit Männern betrifft, scheinst du ein Profi zu sein … Du willst doch nicht behaupten, dass du zum ersten Mal mit einem Mann in eine Absteige gehst, so wie du das erste Mal getrunken hast, oder?"

Ich wusste nicht, was ich von ihr denken sollte, deshalb gab es kein Halten mehr. Vielleicht sollte ich nicht ganz so grob sein, redete ich mir ein, doch zu spät, mein Tonfall war längst voll Hohn und trieb sie in die Ecke.

„Wenn ich sage, es ist das erste Mal, willst du mir dann einen Strick draus drehen?", konterte sie süffisant.

„Wenn's das erste Mal für dich ist, dann verzichte ich."

„Was, du weist mich zurück?"

„Ja."

„Wieso das denn?"

„Ich habe eine Aversion gegen Jungfrauen."

„Soso, sieh einer an", hauchte sie und tat so, als ob sie einen ganz schrägen Vogel vor sich hätte.

„Natürlich gehe ich davon aus, Yonga, dass du das nicht zum ersten Mal machst. Ehrlich gesagt, es beunruhigt mich ein wenig, dass dein Kunstgriff, einen Mann zu ködern, an Professionalität grenzt ..."

„Was meinst du mit professionell?"

„Schon mal so was wie die *nächtlichen Straßenblumen* gehört?", fragte ich.

„Willst du damit sagen, dass ich ... eine Prostituierte bin?"

„Kommt darauf an. Ich habe nur gehört, dass unter denen, die in den Fabriken um Yeongdeungpo herum arbeiten, *manche*, die Betonung liegt auf manche, sich manchmal halbprofessionell für Geld anbieten. Und dein Talent lässt so eine Annahme durchaus zu, dachte ich mir."

Natürlich wusste ich, dass Yonga keine von denen war, und trotzdem entfuhr mir diese Beleidigung.

„Was ist, wenn ich dir sage, ich bin eine von denen?", fragte sie, und ihr Blick verriet mir, dass ihr die Frage Spaß machte.

„Mir soll's recht sein. Im Grunde komme ich besser mit solchen Frauen zurecht. Wie auch immer, mir ist's recht."

„Zahlst du dann auch für meine Dienste?"

„Unter Umständen ja. Wenn du es verlangst, zahle ich selbstverständlich."

„Spendabel bist du ja. Mir ist es auch recht so. Wie sagt man so schön: Von Luft und Liebe allein kann man nicht leben. Na dann, ziehen wir los", bestimmte sie, drehte sich um und ging voraus. Ihre Haarnadel leuchtete unter der Straßenlaterne auf, und erneut ging mir der Gedanke durch den Kopf, sie, der Nachtfalter, flöge geradewegs in die Selbstzerstörung hinein.

Den Blick auf ihre Haarnadel gerichtet, kramte ich in der Hosentasche und holte eine Zigarette heraus. Ich war kaum imstande, sie anzuzünden, so sehr zitterte ich. Das Streichholz brannte ab und ich brauchte zwei weitere. Yonga stand fünf, sechs Schritte vor mir und wartete. *Wenn du dich verdünnisieren willst, dann tu es jetzt, das ist deine letzte Chance!* Ich konnte kaum noch den Rauch ausatmen und hätte fast einen Hustenanfall bekommen.

Kaum waren wir in der Absteige angekommen, riss sich Yonga wie selbstverständlich die Kleider vom Leib, setzte sich, nur mit ihrem Unterhemdchen bekleidet, mit dem Rücken an die Wand, zog sich die Decke bis zum Hals und sah mich herausfordernd an.

„Du schläfst mit einer Nutte. Machst du dir keine Sorgen wegen Geschlechtskrankheiten?", fragte sie.

„Du bist keine Nutte", protestierte ich energisch, so energisch, als wollte ich mich damit aus der unsichtbaren Schlinge lösen, die mich hierher verschleppt hatte. Yonga indessen blieb ungerührt.

„Wenn keine Nutte, was bin ich dann?"

„Frag mich nicht. Ich weiß nur, dass du jetzt im Begriff bist, dich selbst in den Abgrund zu werfen."

Sie schüttelte den Kopf, zeigte sich aber interessiert.

„Mich in den Abgrund werfen? Uii, die typische Formulierung eines Studenten, aber leider verstehe ich nicht, was du meinst, das ist zu hochgestochen für mich. In welchen Abgrund sollte ich mich denn werfen?", fragte sie.

„Ich bin nicht der aus deiner Vorstellung."

„Meine Vorstellung? Was ist denn deiner Meinung nach meine Vorstellung von dir?"

„Ich habe weder die Mittel noch irgendeine Fähigkeit, um dir zu nützen. Vor allem bin ich nicht so ein Student, wie du ihn dir ausgemalt hast. Du siehst ja, ich bin dermaßen pleite, dass ich mich in der

Wäscherei meiner Schwester durchfuttere und in einer Dachkammer lebe. Ich bin ein bettelarmer Bastard vom Land, noch erbärmlicher und elender als du."

„Wow, Studenten sind erstklassig im Ausflüchte-Finden. Deine Ausrede war so was von glaubwürdig, ich bin echt gerührt! Ah, jetzt kapiere ich. Du willst also sagen, du kannst nichts für mich empfinden, deshalb machst du mich jetzt zur Prostituierten, um mich anschließend abzuservieren, stimmt's?"

Vergeblich versuchte ich, den Kopf zu schütteln. Wie sollte ich ihr bloß verständlich machen, dass sie mein Spiegelbild war, dass ich sie nicht verspottete, sondern mich selbst in ihr sah?

„Was verspreche ich mir überhaupt von dir? Hör zu, ich weiß, dass ich nur eine Fabrikarbeiterin bin, aber ich hab auch was in der Birne. Denkst du, dass ich so dämlich bin, einen Mann, mit dem ich zum ersten Mal ausgehe, zu irgendetwas zu nötigen? Glaubst du wirklich, dass ich Geld von dir verlange, oder dich zu einer Heirat drängen will?", stieß sie hervor.

„Wenn das, was du von mir wolltest, solche einfachen Dinge wären, könnte ich es tun, aber es ist ja nicht so etwas. Das, was du von mir erwartest, ist etwas Ungeheures, unzumutbar für mich."

„Ich will von dir etwas Ungeheures?"

„Ja."

„Sag mir endlich, was das sein soll."

„Du weißt genau, wovon ich rede."

Wild sah sie mich an, dann schlug sie plötzlich die Decke weg und bäumte sich auf. Sie streifte Hemdchen, BH und Schlüpfer ab und warf alles in eine Ecke. Nackt stand sie vor mir und sagte:

„Heute Nacht brauchst du nichts anderes zu tun, als diesen Körper zu nehmen. Mehr verlange ich doch nicht von dir." Sie weinte. „Ob du es glaubst oder nicht, ich bin noch Jungfrau, heute ist mein erstes Mal. Ich biete dir gerade meine Jungfräulichkeit an, und weißt du warum?"

„…"

„Yunho, weil du mir beigebracht hast, wie ich wegrennen kann von mir."

„Was soll ich dir denn beigebracht haben?"

„In der Schenke hast du es mir gezeigt. Dort habe ich, weil du mich so gedrängt hast, meinen ersten Schluck Maggolli zu mir genommen. Am Anfang war mir zum Kotzen zumute, aber im Nachhinein wurde mir ganz anders. Ich fühlte mich wie neugeboren … Jedenfalls ging es mir super. Weißt du, was mir in dem Moment durch den Kopf ging? Ja, ihm könnte ich meine Jungfräulichkeit geben, vielleicht kann ich dann endlich von mir selbst wegrennen. Wenn ich es nicht mal heute schaffe, bringe ich mich lieber um. So kam es, dass ich dir getrost meine Jungfräulichkeit überlasse, kapierst du jetzt?"

„…"

„Du sagst, du hast keine Mittel, um dich mir nützlich zu machen, ich habe aber bei unserer ersten Begegnung gespürt, dass ich durch dich endlich von mir selbst loskommen werde. Es mag merkwürdig klingen, aber mich hat die Tatsache, immer noch Jungfrau zu sein, unheimlich gestört. Weißt du, eines Tages kam ich zu der Überzeugung, dass ich niemals von mir würde wegrennen können, solange ich noch Jungfrau bin. Aber leider wusste ich nicht, mit wem ich diesen Zustand ändern sollte. Je mehr sie mich belastete, desto schwieriger wurde es, meine Jungfräulichkeit loszuwerden. Schließlich entschloss ich mich, sie jedem zu geben, der sie haben wollte – leider wollte sie niemand. Ich war so verzweifelt, dass ich sogar eine Annonce dafür aufgeben wollte; egal wer, nimm mir bitte meine Unschuld. Eine Zeit lang unternahm ich mit dicker Schminke Streifzüge auf den Straßen und spielte die Sakamoto-Studentin … Es gab nichts, was ich nicht getan habe, trotzdem konnte ich es nicht ändern", klagte sie, und ich konnte plötzlich ihren entschlossenen Blick von vorhin nachvollziehen.

„Auf der einen Seite bot ich mich an wie Sauerbier, auf der anderen Seite hatte ich unheimliche Angst davor. Aber nachdem ich gewaltig getrunken hatte, so wie du es verlangt hattest, fand ich auf einmal, es wäre nichts dabei, sie loszuwerden. Das es ganz einfach wäre! Es wundert mich nur, dass mir das Ganze nicht schon früher eingefallen ist."

Tränen rollten ihr über die Wangen. Sie streckte mir beide Hände entgegen.

„Bevor du mich nimmst, nimm bitte zuerst meine Hände", sagte sie, und da ich sie verständnislos ansah, fuhr sie fort:

„Weißt du, warum ich so schockiert reagiert habe, als du vorhin nach meiner Hand gegriffen hast?"

„...?"

„An meinen Fingerkuppen ist keine Haut mehr. Meine Arbeit besteht darin, die gerissenen Textilfäden wieder zusammenzubinden, und dabei wurde sie abgeschürft. Nach drei Jahren dieser Arbeit ist meine Haut dort so dick und rau wie Rinde geworden. Als du meine Hand angefasst hast, habe ich Angst bekommen, du könntest es bemerken."

Ihre Hände vor mich hinhaltend lächelte sie mich schief an.

„Immer wenn ich bis tief in die Nacht mit meinen stumpfen Fingern die Fäden zusammenband, dachte ich nur an eins: Wie kann ich meine Jungfräulichkeit loswerden, wie laufe ich vor mir selbst davon? Meine Jungfräulichkeit war für mich gleichbedeutend mit meinem Vater, meiner Mutter, meinen Geschwistern und mir selbst, einem Mädchen mit kaputten Fingern."

Yongas Stimme hallte wie ein Echo in meinen Ohren, *an meinen Fingerkuppen ist keine Haut mehr, sie wurde abgeschürft ...* Bei jedem Nachhall empfand ich einen Schmerz, als platze mein Trommelfell. *Immer wenn ich mit stumpfen Fingern die Fäden zusammenband, dachte ich nur an eins ...*

Jetzt begriff ich ihr wahres Wesen. Ich hatte Recht gehabt mit meiner schlimmen Vorahnung; als die Sirene in meinem Kopf losgeheult hatte, hätte ich weglaufen sollen. Sie war keine unbedarfte Frau, würde sich niemals mit einer Ersatzrolle zufriedengeben, geschweige denn sich mit jemandem zusammenraufen können. Ich war ihr in die Falle gegangen: Ihr kokettes Augenlächeln, das sie den Schauspielerinnen gestohlen hatte, ihr Spielen der Sakamoto-Studentin, worüber ich mich lustig gemacht hatte, der Zettel wegen eines Dates. Das, was sie hatte, setzte sie alles aufs Spiel, ein Spiel mit dem Feuer.

Du hast gewonnen, hätte ich beinahe aufgeschrien. Von unbekannter Kraft geführt griff ich zitternd nach ihren Händen; ich bekam einen elektrischen Schlag, der mir durch den ganzen Körper fuhr. In mir stürzte etwas mit Donnerhall zusammen und ich erkannte, was das war: es war meine Religion, mein Outsider, der Surrealismus – alles löste sich in Luft auf.

Ich konnte nicht verhindern, dass das alles durch Yonga vernichtet wurde. Es lag an der Kluft zwischen Idee und Realität. Meine erbärmliche Realität war im Vergleich zu Yongas Realität der abgewetzten Fingerkuppen nur ein Produkt einer übersteigerten Vorstellung. Yonga dagegen band Fäden zusammen und sorgte sich um ihre eigene jämmerliche Realität, nämlich, von sich selbst weglaufen zu wollen. Damit hatte Yonga die Achillesferse meiner Realität getroffen.

Eine andere Option, als Schiffbruch zu erleiden, hatte ich im Grunde nicht, denn ich wusste zu wenig über sie, kurzum, ich war ihr gegenüber viel zu naiv gewesen. Den einen Moment, in dem sie Mitleid bei mir hervorgerufen hatte, hatte sie zu ihren Gunsten genutzt, um den Spieß umzudrehen, das war wirklich clever. Yonga als Ersatz für Jisuk? Oh, was war ich blind gewesen, und nun war ich zu ihrem Spielzeug degradiert worden. Während sie mich armes Würstchen nun am Spieß drehte, hatte ich mich bereits damit abgefunden, gleich von ihr gefressen zu werden.

„Bist du jetzt beruhigt? Dann kannst du mich jetzt nehmen", sagte sie, und ihr nackter Körper stürzte sich auf mich. Wir ließen uns fallen und wälzten uns einander umklammernd auf dem Boden. Und dann überlagerte sich plötzlich das Bild des Riesenmauls mit Yongas nacktem Körper. Ich verfiel in Panik und rang nach Luft, da war es wieder. Ehe mein Ding Yonga berührte, hatte mich das Maul schon verschluckt, und ich ejakulierte in ihm …

Warum tauchte es erst jetzt, im Moment meines Zusammenbruchs, wieder auf? Was wollte es mir diesmal unterjubeln? Es entfesselte einen mörderischen Groll in mir. In der Stunde meiner Verzweiflung kommt es ungerufen daher und macht sich über mich lustig? Das könnte dir so passen, ich werde mich wehren. Schluck mich nur, ich werd dich auch schlucken! Außer dem Ungetüm sah ich nichts, ich nahm Yonga gar nicht wahr. Verbissen kämpfte ich mit ihm und fand schließlich Yonga unter mir, die den Kopf zur Seite gedreht hatte und meine heftigen Stöße empfing. Ich kam mir wie das letzte Elend vor. Schon wieder hatte ich mich von meinen Hirngespinsten täuschen lassen! Das Monstrum verzog sich, und was übrig blieb, war Yonga. Ich hörte gerade noch, wie es sich an einem fernen Ort über mich kaputtlachte, was sich mit Jisuks Gelächter überlagerte. Da bildete ich mir ein, Yonga und ich wären eineiige Zwillinge.

„Sag mal ... was hältst du davon, wenn wir zusammenziehen?", fragte ich sie. Sie lag regungslos unter mir und schüttelte den Kopf. Etwas später sagte sie:

„Dreimal darfst du raten, was ich morgen als Erstes tun werde!"

„…?"

„Ich werde in der Fabrik kündigen. Und ... wie du schon sagtest, ich werde wohl als Nutte arbeiten. Denn nun bist du auch derjenige, der mir beigebracht hat, was ich tun könnte, nachdem ich von mir selbst weggelaufen bin."

6. Dekadenz

Das neue Semester begann. Der Frühling kam, Azalien, Forsythien und Magnolien blühten, und da und dort in Grüppchen zusammenstehende Neulinge dekorierten den Campus. Sie schienen sich unwohl zu fühlen in ihren maßgeschneiderten Anzügen und trotz ihrer sauber zurechtgestutzten Frisuren; ja, sie schienen es noch kaum fassen zu können, dass sie nun richtige Studenten waren, weshalb sie sich mit unbeholfener Gestik und vorsichtigen Blicken gegenseitig ihren neu erworbenen Status bestätigten. Binnen eines Monats, nachdem sie die Ketten der Oberschule von sich geworfen hatten, standen sie nun auf dem weiten Feld der Freiheit und fühlten sich doch unsicher; so viele Fußangeln lauerten dort auf sie.

Ich musste an den Vers „In der letzten Nacht hatte ich einen schrecklichen Traum, in dem meine Haare ergrauten und ich weinte" des großen chinesischen Dichters Li Ho denken, denn ebenso erschrocken registrierte ich die alltägliche Szenerie des Frühlings. Li Ho ergrauten die Haare und mir der Blick. All diese Dinge nahm ich wie durch einen Schleier wahr.

Jisuk schien ein Urlaubssemester beantragt zu haben. Gerüchten zufolge hatte sie sich in irgendeinem buddhistischen Tempel verschanzt, um sich dort ungestört dem Romaneschreiben zu widmen; ein anderes Gerücht besagte, sie hätte irgendeinen Berufssoldaten, einen Oberleutnant, geheiratet. Beides traute ich ihr zu. Aufgrund ihrer Träumerei vom edlen Ritter war sie tatsächlich auf meinen Vorschlag eingegangen, worauf ich ihr Yonga zur Antwort gegeben hatte. Da sie sich danach nie wieder vor mir blicken ließ, zog ich diese Möglichkeiten durchaus in Betracht. Bei ihrer seelischen Verfassung hätte ich sogar Gerüchten über einen Selbstmord geglaubt.

Hamin gewann mit seinem Gedicht einen Preis bei der Sinchunmunje, debütierte frühzeitig als Dichter und legte eine glänzende Karriere hin, indem er Zeitungen und Zeitschriften mit Gedicht und Gesicht zierte. Und trotzdem schleppte er sich wie ein ausgemergelter Hund den

Weg zur Uni rauf und runter; so erbarmungswürdig streunte er herum. Ich vermutete, er konnte seine Gefühle gegenüber Hyonhi nicht loswerden und quälte sich fürchterlich damit ab.

Normalerweise hätte ich mit lodernder Eifersucht auf seine Karriere reagiert, doch jetzt ließ sein Erfolg mich kalt, sodass ich ihm sogar noch aufrichtig gratulierte. Allerdings widerte mich seine Zuneigung zu Hyonhi an, sie kam mir ekelhaft vor, wie ein Herumkauen auf einem halbrohen Fisch. Warum war für mich plötzlich alles grau in grau? Wegen Yonga. Ich versuchte, allem aus dem Weg zu gehen, und natürlich versuchte ich auch, mein niedergeschmettertes Outsidertum und meinen Surrealismus wieder aufzurichten, doch ich erkannte instinktiv, dass nur Yonga dazu imstande war. Einige Zeit lang harrte ich in der Wäscherei meiner Schwester aus und wartete auf irgendeine Nachricht von ihr, dann suchte ich schließlich vor der Textilfabrik nach ihr, wenn die Zeit des Arbeitsbeginns und des Feierabends anbrach. Gut zehn Tage verstrichen, und ich gestand mir ein, dass sie, wie sie gesagt hatte, wirklich von ihrer Familie und vor allem von sich selbst weggelaufen war, und um ganz sicherzugehen, hielt ich sogar im Bordellviertel von Yeongdeungpo Ausschau nach ihr.

Letzten Endes, wenn auch mit einiger Verzögerung, musste ich mir eingestehen, dass sie eigentlich vor mir davongelaufen war. Ob ihr das alles bewusst war? Womöglich war ihr nicht mal klar, was für eine verheerende Wirkung sie auf mich gehabt hatte.

Während ich mich im Bordellviertel herumtrieb, wo Yonga vielleicht als Prostituierte arbeitete, würdigte ich sie weder als gefallenes Mädchen herab, noch hatte ich Mitleid mit ihr. Ich stellte sie mir als Nutte vor, wobei sie eine blendende Figur machte, was mich neidisch stimmte. So wie ihre Finger ohne Fingerabdrücke und das den Schauspielerinnen abgeschaute Augenlächeln, genauso erklärte ich mir auch ihr Verschwinden als beabsichtigte Irreführung, um sich in eine andere Welt abzusetzen. Seit unserer ersten Begegnung hatte sie mich gezielt als Helfer für ihre Flucht ausgenutzt, so wie ich sie als Ersatz für Jisuk ausgesucht hatte. Ich diente ihr sozusagen nur als Sprungbrett, um sich in ein neues

Leben zu katapultieren. Während ich meinen Surrealismus da, wo ich die Realität überspringen wollte, wie den Turm zu Babel aufrichtete, band sie mit flinken Fingern die Fäden zusammen, übte sich Tag und Nacht in den Mienen der Schauspielerinnen und suchte dabei nach einem Sprungbrett.

Seltsamerweise war ich weder wütend, noch fühlte ich mich verraten. Wäre es nicht zu einem Zusammenbruch meiner eigenen Welt gekommen, hätte ich ihr mit Freude als Sprungbrett gedient und sie zu ihrer Flucht beglückwünscht.

Der Frühling zeigte seine Pracht, und so machte ich im Mai den letzten Versuch, meinen Grauschleier über den Dingen zu zerreißen und mich selbst wieder aufzupäppeln, den panzerlosen, hilflosen Krebs wieder stark zu machen.

Es war in einem Rosengarten in Suyuri. Ich schlenderte mit fünf, sechs Kommilitonen des Kreativen Schreibens durch ein Meer von blühenden Rosen. Ich kann mich nicht genau erinnern, warum wir da waren; vielleicht waren ein paar Vorlesungen ausgefallen, oder wir dachten einfach, wir hätten in stinklangweiligen Vorlesungen wie *Lautlehre* oder *Einleitung in die Literatur* nichts verloren. Dagegen seufzten wir beim Anblick der umwerfend schönen Rosen vor Bewunderung auf.

Die Rosen mochten sich wie auf einem Wettbewerb zur Schau stellen, doch mein Blick tauchte alles in Grau, und ich trottete meinen Kommilitonen lustlos hinterher. Die Nachmittagssonne sengte auf die roten und gelben Blüten hernieder, und ich bildete mir ein, sie würden sich in Papierblumen verwandeln und ihre Lebenskraft verlieren, sobald sie meinen graumachenden Blick empfingen. Ich fühlte mich dermaßen träge und missgelaunt, als wäre ich auf meiner eigenen Beerdigung! Plötzlich wehte eine besondere Szene durch den fahlen Schleier zu mir herüber.

Auf einem Fleckchen der Wiese saßen zwei Frauen, scheinbar ganz unauffällig. Und doch setzten sie sich regelrecht in Szene. Schon mein erster Eindruck sagte mir, dass sie nicht hierher gehörten, so fremd wirkten sie. Im Kontrast zu den schönen bunten Rosen wirkten die beiden Damen gewissermaßen unansehnlich und ärmlich.

Ich schätzte sie um die zwanzig, gerade mal dem Mädchendasein entwachsen. Sie picknickten auf der Wiese; ein geöffnetes Kekstütchen und ein paar verbliebene Kimbap-Stücke lagen auf der vor ihnen ausgebreiteten Zeitung, eine kärgliche Mahlzeit. Die eine Frau war groß und schlank, die andere klein und mollig, was für ein Kontrast. Die große Frau wandte sich plötzlich zu mir um und unsere Blicke trafen sich. Sie war eben im Begriff, in einen Apfel zu beißen. Ihre Lippen klebten noch am Apfel, als sie mich feindselig ansah.

Hastig wandte sie den Blick von mir ab. Es war nur ein kurzer Moment und dennoch entdeckte ich Yonga in ihren Augen wieder. Vielleicht hatte die prächtige Umgebung in Verbindung mit der Unansehnlichkeit der beiden und den feindseligen Blicken diese Illusion evoziert.

Seelenruhig näherte ich mich der dünnen Frau und blieb vor ihrem armseligen Mahl stehen, während die beiden mich anstarrten. Die rundliche Frau zuckte in Anwesenheit des unerwarteten Eindringlings zusammen, die große aber blieb gefasst. Sie hatte ein durchschnittlich aussehendes Gesicht, obwohl ihre hoch aufragende Nase und die Schlitzaugen irgendwie nicht so gut zusammenpassten. Sie sah mich noch einmal eisig an.

„Dürfte ich mich zu Ihrem Essen einladen?", fragte ich, ihrem Blick widerstehend, und setzte mich auch prompt vor ihnen nieder. Überraschend reichte sie mir ihren halb aufgegessenen Apfel und entgegnete: „Mehr können wir Ihnen nicht anbieten." Mit lausbübischer Miene wartete sie auf meine Reaktion.

„Keine Bescheidenheit bitte. Ich fühle mich sehr glücklich, dass ich mich überhaupt zu Ihnen gesellen darf", antwortete ich, nahm den Apfel entgegen, und hieb genau an der Stelle, wo sie vorhin abgebissen hatte, meine Zähne hinein. Jetzt lächelte sie mir sogar diskret zu. Die Mahlzeit wirkte auf einmal weder sonderlich noch dürftig, wir waren quirlige Zwerge wie aus einem Märchen, wir waren wie vom Fluch der Hexe befreit und versanken in die prächtige Stimmung des Gartens.

Ganz unerwartet gesellte sich plötzlich einer der Kommilitonen zu uns hinzu. Er hieß Park Hyongyu, ein waschechter Seouler, einziger Sohn aus gutem Hause, und doch hatte er gegenüber denjenigen vom Lande unerklärlicherweise ein Minderwertigkeitsgefühl. Er erklärte uns bei jeder sich bietenden Gelegenheit, dass er nicht im Elternhaus, sondern in einem gemieteten Zimmer im Armutsviertel vor der Uni wohne; Ziel dieses krampfhaften Bemühens war es, sich unter die Studenten der ländlichen Abstammung zu mischen.

„Bekomme ich auch ein Stück von deinem Glück?", fragte er bedächtig, vor mir stehend, mit seinem klaren Seouler Akzent. Gelassen begrüßte ich sein Aufkreuzen, denn ich hatte mir schon den Kopf zermartert, was ich mit der molligen Frau anfangen sollte.

„Hyongyu, du bist vorbildlich, einem im zweiten Jahrgang würdig", sagte ich.

„Vorbildlich? Was soll das bedeuten?", fragte er.

„Dass du so eine Gelegenheit nicht auslässt, finde ich klasse."

„Ach so war das gemeint. Kann ich das als Kompliment verstehen? Da bedanke ich mich", sagte er ernst, aber höflich. Ich wandte mich von ihm ab, sah die Frauen an und fragte:

„Was meinen Sie? Er möchte sich zu uns gesellen …"

„Wie es Ihnen gefällt", meldete sich unversehens die Mollige, und kaum hatte sie gesprochen, da zwängte sich Hyongyu schon zwischen die Frauen. Er stellte sich ihnen vor, und mit seiner Hilfe nahm das Gespräch gleich vielversprechende Konturen an, wie es so unter zwei Männern und zwei Frauen, die sich vorsichtig abtasteten, üblich war. Ich zollte ihm für sein Talent, ungezwungen Konversation zu machen, Bewunderung und fand es sogar schade, dass er Kreatives Schreiben studierte und als angehender Schriftsteller solchen Schund schreiben musste.

Hyongyu brachte sein Talent meisterhaft zur Geltung. Er brachte in Erfahrung, dass die Frauen die Hochschulaufnahmeprüfung nicht bestanden hatten und deshalb ein Jahr absaßen, dass die große Ju Jongnim hieß und die kleine Kim Sujong, und teilte ihnen mit, dass er und ich Studenten im zweiten Jahrgang einer Kunsthochschule seien. Nachdem unsere Personalien geklärt waren, schlug er vor, in ein Café zu gehen, und wir brachen auf.

Als wir den Rosengarten verließen, schien mir Hyongyu etwas sagen zu wollen. Er sah die beiden Frauen, die vor uns liefen, scheel an, und flüsterte mir ins Ohr: „Yunho, ka... kann ich dich um ein Gefallen bi... bitten?"

Wie er stammelte, war es kaum zu glauben, dass er bis jetzt so eloquent gesprochen hatte.

„Yunho, wie du weißt, hatte ich bis heute noch keine einzige Freundin. Aber du hattest ja schon genug, nicht?"

„Und?"

„Ich bitte dich, deshalb, ob du vielleicht ... mir Jongnim überlassen könntest?"

Fassungslos sah ich ihn an und mir ging eine ulkige Idee durch den Kopf. Ich sah ihm streng ins Gesicht und sagte:

„Was hältst du davon, wenn wir sie uns teilen?"

„Tei... teilen?" Er schien wirklich geschockt zu sein.

„Nur keine Panik, mach den Mund wieder zu. Wir müssen sie nicht zur gleichen Zeit teilen. Wir könnten der Reihenfolge nach über sie verfügen, einmal du, einmal ich ..."

Ich hatte mir eigentlich ein Späßchen erlaubt, um den dickschädeligen Hyongyu zu necken, aber nun, nachdem es ausgesprochen war, wurde ich der Bedeutung gewiss, die darin verborgen war, und ich spürte eine Nervosität, die mir sämtliche Härchen der Haut aufstellte.

„Da... das ist doch, wie kannst du dich nur auf so einen Gedanken einlassen? Das ist ein Affront gegen die Frauen. Yunho, denkst du wirklich, dass so was möglich ist?", empörte er sich. Sein Gesicht lief rot an, wechselte von Erschrockenheit zu Jähzorn, und ich erkannte plötzlich die Ursache meiner Nervosität: Das hier war *Selbsterniedrigung*. Ich hatte in der Pubertät mit der Literatur angefangen und damals dank meiner außergewöhnlichen Sensibilität Literatur als Selbsterniedrigung entlarvt. Nun, nach so vielen Jahren, präsentierte sich mir die Selbsterniedrigung in einer neuen Maskerade. Sie tauchte in einer völlig unerwarteten Situation auf und kam mir dabei wie eine Offenbarung vor.

„Selbstverständlich ist das möglich. Wenn du es billigst, Hyongyu, ist es absolut möglich. Was Frauen betrifft; du glaubst vielleicht, man beleidigt Frauen, wenn zwei Männer gemeinsam über eine Frau verfügen, aber glaub mir, die Welt ist gerammelt voll von solchen Dreiecksbeziehungen. Nehmen wir mal die Literatur, da ist die Dreiecksbeziehung die typische Situation zwischen Mann und Frau, nur kommt es dort häufiger vor, dass sich zwei Frauen einen Mann teilen, und seltener zwei Männer eine Frau wie bei uns", erklärte ich, wobei ich im Geiste aufschrie: *Nur weiter so mit deiner Selbstverteufelung, dann brauchst du dich nicht mehr hinter deinem fahlen Schleier zu verstecken!* Hyongyu drohte, einen Rückzieher machen zu wollen, denn auf seinem Gesicht machte sich langsam Verzweiflung breit. Doch ich hatte mich längst in diese Idee verbissen.

„Wenn du willst, lasse ich dir den Vortritt", sagte ich.

„Was willst du damit sagen?"

„Herrgott nochmal. Du sollst sie als Erster vernaschen."

Sein Gesicht erhellte sich, als hätte man eine Glühbirne zum Leuchten gebracht.

„Wirklich?"

„Ich schwöre beim Himmel, der Erde und meinem verstorbenen Vater", hob ich an, indem ich meine Hand theatralisch gen Himmel und zu Boden richtete, doch er sah mich misstrauisch an.

„Nehmen wir an, Jongnim wird meine Freundin, dann will ich nie wieder was von teilen oder gemeinsam über sie verfügen hören."

„Natürlich. Dann werde ich keinen Anspruch mehr auf sie erheben und für eure gemeinsame Zukunft beten."

Erst nach diesem Versprechen setzte er wieder ein fröhliches Gesicht auf.

Wir saßen in einem Laden, tranken Kaffee und Hyongyu machte einen neuen Vorschlag: auf dem Markt vor der Uni einzukaufen und bei ihm gemeinsam das Abendessen vorzubereiten.

„Wir gehen zu meiner Bude und kehren zu unserer Kindheit zurück, was haltet ihr davon? So wie früher, wir spielen Papa, Mama, Schwester und Bruder, wir zu viert gründen eine glückliche Familie, selbstverständlich mit einem guten Essen", schwärmte er. Es war ein Vorschlag, bei dem die heimtückischen Schliche der Männer offen auf den Tisch gelegt wurden, doch Hyongyu unterbreitete ihn so ungekünstelt und arglos, dass ich ein weiteres Mal seine spezielle Gabe bewunderte. Eine solche Gabe war nur möglich, wenn man eine makellose Kindheit hinter sich hatte, dachte ich. Die Frauen tuschelten miteinander, dann stimmten sie zu.

Auf dem Markt besorgten wir in ausgelassener Stimmung, als ob wir ein großes Fest veranstalten würden, Tofu und Zucchini für die Suppe, dann Fisch, Schweinefleisch und anderes für die Beilagen, welche das Trinken abrunden würden. Nachdem wir in Hyongyus Zimmer zu Abend gegessen und getrunken hatten, erreichte die Stimmung ihren Höhepunkt.

Hyongyu stellte seine Beharrlichkeit unter Beweis, indem er mit allen Mitteln versuchte, Jongnims Partner in unserem Spielchen zu werden, sich an ihre Seite heftete und sie keine Sekunde alleine ließ. Mir blieb keine andere Wahl als Sujong, die kleine dickliche, als Partnerin zu haben; in unmittelbarer Nähe stellte ich jedoch fest, dass mit ihrer rundlichen Stirn und ihren Schmolllippen eine mädchenhafte Anziehungskraft von ihr ausging. Von Anfang an hielt ich es für kitschig, dass ein Paar als Papa und Mama und das andere als Schwester und Bruder eine Geschichte nachspielte, deshalb nahm ich nur halbherzig, wie ein Zuschauer teil; und doch schien es Sujong zu gefallen, dass ich ihr Partner war.

Es war schon nach zehn Uhr und wir waren richtig beschwipst. Die Frauen mussten langsam an den Heimweg denken, und ich genauso, denn schließlich musste ich weit bis nach Yeongdeungpo hinunter. Ich bestaunte Hyongyus Beharrlichkeit, sie führte dazu, dass ich ihm Jongnim aus freien Stücken überließ. Also verließ ich das Zimmer und ging ihnen voraus, doch Jongnim holte mich ein und fragte:

„Sag mal, warum weichst du mir aus?"

Ihr Gesicht roch dezent nach Schminke und süß nach Alkohol. In ihren Augen glaubte ich, wieder jene Feindseligkeit wie im Rosengarten gesehen zu haben. Ich berührte fast ihr Ohr, als ich flüsterte:

„Warum? Weil ich wusste, dass du zu mir kommen wirst, so wie jetzt." Dann zerrte ich an ihrer Hand und rief:

„Renn!"

Jongnims Hand in meiner hetzten wir wild durch die Gassen des Viertels, bis wir unter einer niedrigen Dachtraufe Atem schöpften, wo wir auch schon die gequälten Stimmen von Hyongyu und Sujong hörten, die nach uns suchten.

„Yunho, Yunho!"

„Jongnim, wo bist du?"

Jongnim begann zu kichern.

„Blöde Gans, lass mich doch in Ruhe", stöhnte sie auf.

„Lass sie doch plärren, wie die kleinen Kinder", spottete ich, und wir kicherten gemeinsam. Bestimmt dachte sie auch an Hyongyu, dessen Gesicht fassungslos gewesen sein musste, als hätte ihm jemand einen Schlag versetzt. Wir schüttelten uns vor Lachen, hielten uns den Bauch und pieksten uns gegenseitig in die Seite. Plötzlich ging das Fenster über uns auf, und ein Mann grunzte:

„Ihr Frechdachse, was zum Teufel treibt ihr in meiner Gasse?"

„Ver… Verzeihung", entgegnete ich.

„Hol euch der Geier. Verpisst euch endlich!"

Uns immer noch die Bäuche haltend verließen wir „seine Gasse". In der nächsten angekommen, fielen wir uns in die Arme und suchten die Lippen des anderen. Hyongyus quälende Stimme hörte ich nicht mehr. Je mehr wir uns aneinandersaugten, umso mehr Durst bekam unser Kuss, während meine Augen die Straße nach dem Schild einer Absteige absuchten.

Dort landeten wir wie Menschen auf der Flucht, zogen uns ratzfatz aus und machten uns hastig gegenseitig scharf, als ob wir fürchteten, Hyongyu, Sujong und all die anderen Menschen dieser Welt würden augenblicklich hier einfallen und uns in Stücke zerreißen. Erst nachdem wir wieder etwas zur Ruhe gekommen waren, fragte sie:

„Ist dir klar, warum ich dir bis hierhin gefolgt bin?"

„Na klar, weil du mich magst", erwiderte ich, während ich ihr genießerisch Busen und Taille streichelte. Ihr Körper war noch magerer, als ich angenommen hatte, und während meine Finger über ihren flachen Busen, die knochige Taille und ihre Schenkel fuhren, wurde ich melancholisch. Ich hatte nur so ins Blaue hinein geantwortet, doch sie schüttelte sanft den Kopf.

„Ich habe mich von dir zu leicht rumkriegen lassen, aber glaub ja nicht, dass ich eine Frau bin, die gedankenlos einem Mann nachläuft, nur weil sie ihn mag."

„Warum bist du dann mit mir gekommen?", fragte ich.

„Der Apfel."

„Der Apfel?"

„Ja. Der Apfel heute Nachmittag im Rosengarten."

„Stimmt, den hast du mir gegeben. Was ist damit?"

Jongnim kicherte.

„Ich dachte, du würdest ihn nicht nehmen, weil ich schon abgebissen hatte ... Aber du hast ihn genommen und zugebissen, und zwar an derselben Stelle. Dabei ist mir fast das Herz in die Hose gerutscht."

„Wieso das denn? Hat dir das so gefallen?", fragte ich.

„Nein, es hat mich eher erschreckt. Ja, ich war erschrocken, doch andererseits war ich dir seltsamerweise dankbar. Gleichzeitig ließ mich irgendetwas aus der Haut fahren, fast hätte ich geheult."

„Du warst wütend? Auf mich?", fragte ich, wobei ich mich an ihre feindseligen Augen erinnerte.

„Ich weiß nicht. Die Blumen dort waren so schön und prächtig, und ich hielt mich im Vergleich dazu für jämmerlich, und da habe ich geglaubt, ich hätte mir selbst den Ausflug ruiniert", sagte sie mit tränenerstickter Stimme.

„Soso, was für ein einfacher Kniff, eine Frau zu verführen. Das muss ich mir merken, damit ich ihn das nächste Mal wieder benutzen kann", scherzte ich. Sie ging nicht darauf ein. Nach einer Weile des Schweigens drehte sie wieder den Kopf zu mir.

„Du weißt, dass ich keine Jungfrau mehr war, nicht?"

„Klar. Ich hab gespürt, dass dein Körper den von Männern kennt."

„Aber nicht so viele, dass ich mich mit Männern auskenne. Nur einmal hatte ich was mit einem."

„Großer Gott, mir hätte es überhaupt nichts ausgemacht, wenn du auch mehr gehabt hättest", tröstete ich sie, doch sie schüttelte den Kopf.

„Das sagst du nur so ... Innerlich bist du sicher enttäuscht, nicht wahr?"

„Nein, kein bisschen. Wen stört's, wenn du keine Jungfrau mehr bist?"

„Meinst du das im Ernst?", fragte sie verwirrt. Ich starrte sie an und nickte. Es war keine Lüge. Die eine kurze Nacht mit Yonga hatte ans Licht gebracht, dass die Unschuld einer Frau zumindest für mich keinerlei Bedeutung hatte. Menschen meiner Sorte bedeutete die Frage ob Jungfrau oder nicht bei der Vereinigung zwischen Mann und Frau nur eine lästige Bagatelle.

Sie blinzelte ein paarmal, dann sagte sie tonlos, ohne mich anzusehen:

„Ich möchte dir etwas gestehen."

„Was, dass du doch Jungfrau warst?"

Sie schüttelte heftig den Kopf.

„In Wahrheit drehe ich nicht die erste Warterunde."

„Was, die dritte vielleicht?", sagte ich. Sie sah mich scharf an.

„Mit Müh und Not bringe ich es heraus und du machst dich darüber lustig? Kannst du dir nicht vorstellen, wie herabwürdigend dein Tonfall auf mich wirkt?"

„Entschuldige. Es war nicht meine Absicht, dich herabzuwürdigen. Ich wollte damit nur sagen, egal was du sagst, es stört mich absolut nicht."

„Ich arbeite eigentlich als Busschaffnerin", fuhr sie fort.

Ich war baff. Nun wurde mir klar, warum sie mich auf Anhieb an

Yonga erinnert hatte: Jongnims unansehnliches Äußere und ihr feindseliger Blick bildeten eine scharfen Kontrast zu dem, womit sie sich umgab, dem schönen Rosengarten; diesbezüglich war sie vergleichbar mit Yonga.

„Habe ich dich schockiert?", fragte sie, unergründlich lächelnd.

„Ach woher, kein bisschen."

Tatsächlich hatte es mich nicht erstaunt. Vielmehr als ihr Beruf wunderte mich, dass ich sie von Anfang an mit Yonga in Verbindung gebracht hatte. Meine verzweifelte Suche nach Yonga entsprang vielleicht meiner Gier, mir ihre unverwechselbaren Attribute, wie etwa ihr einstudiertes Lächeln, einzuverleiben. Wäre ich dabei erfolgreich gewesen, hätte ich mich wieder daran aufrichten können. Doch nun war Jongnim aufgetaucht, die Yonga ebenbürtig war. Als ich hörte, sie sei eine Schaffnerin, erkannte ich, dass sie meine letzte Chance war, meinem Ich wieder auf die Beine zu helfen. Sie sollte mir nicht entkommen! Ich erkannte, dass Jongnims Bekenntnis und Yongas Finger, ihr Augenlächeln und ihr Flirren der Augen eins waren. Zugegeben, ich beneidete Jongnim um ihren Beruf als Schaffnerin genauso, wie Yonga um ihre vermutliche neue Maskerade als Prostituierte.

Wie von selbst verfiel ich Jongnim, genauer gesagt, nicht ihr, sondern eher ihrem niederen Beruf als Schaffnerin. Sie dagegen zeigte sich verlegen und misstraute mir, weil ich so ein übersteigertes Interesse daran zeigte.

Sie lebte mit einer Freundin, ebenfalls eine Schaffnerin, in der Dachkammer einer Baumwollspinnerei. Sie schämte sich, mir ihr Quartier zu zeigen, sodass ich sie dazu drängen musste, und als ich sie endlich besuchen durfte, empfing mich das Geklapper und der Vibrationslärm der Maschinen. Ihre Freundin war nicht da. Ich bestieg die Holzleiter, die draußen an die Ecke der Spinnerei gelehnt war, und als ich in ihre Dachkammer hinaufgeklettert war, überfiel mich ein Höllenlärm. Von den Vibrationen und vom Lärm bibberten meine Zähne derart, dass mir das Sprechen schwerfiel. Jongnim machte uns seelenruhig Tee.

Man sah, dass sie sich schämte, mir ihr dröhnendes Zuhause zu zeigen, worauf ich meinerseits versuchte, ihr Schamgefühl aus der Welt zu schaffen: Ich wollte es inmitten des Getöses ein zweites Mal mit ihr treiben.

„Weißt du, mir ist so danach", forderte ich sie heraus und schmiegte mich an sie.

„Bist du verrückt? Am helllichten Tag?", wehrte sie ab.

Sie machte sich Sorgen um die Leute unten in der Fabrik, was mich nicht daran hinderte, mich an ihr festzukrallen und sie auszuziehen. Sie sah mich zwar noch kritisch an, doch dann gab sie nach. Anders, als es die Dürre ihres Körpers vermuten ließ, war es da unten warm und feucht. Im Gegensatz zu meinem ersten Mal mit ihr, als alles schnell, schnell gehen musste, genoss ich diesmal jeden Hautkontakt mit ihr und drang ganz langsam in sie ein.

Dieses zweite Mal wurde jedoch ein Reinfall. Als ich meine Hüfte auf und ab bewegte, krachte der Boden dermaßen, das es mir vorkam, als stürzte gleich die ganze Kammer zusammen, und der Lärm machte es mir unmöglich, mich auf die Sache zu konzentrieren. Ich hatte nur ein paar Mal den Hintern bewegt und schon kam ich. Abgeschlafft ließ ich mich über ihr nieder, sie streichelte mir den Rücken.

„Was für ein Karnickel du bist", kicherte sie. Ich lag auf ihr und betastete ihren dürren Körper, fummelte an ihrem kleinen Busen und Hintern herum, und augenblicklich bedauerte ich mein krampfhaftes Bemühen, mich in sie zu verlieben, was mir zudem auch nicht so recht gelingen wollte. Von Anfang an bedeutete sie mir eigentlich nichts. Hätte sie mich im Rosengarten nicht mit ihrem giftigen Blick angestachelt, wäre sie für mich weniger von Belang gewesen als ein Staubkörnchen, denn in jeder anderen Hinsicht war sie mir, ob sie nun knochig war oder ein vollbusiges Prachtweib, ganz egal. Jongnim interpretierte meine Gleichgültigkeit auf ihre Art positiv und zeigte sich gerührt. Sie schien es kaum glauben zu können, dass ein Student eine Schaffnerin erwählte, noch dazu trotz ihres schmächtigen Körpers gerade sie, und so zweifelte sie nicht im mindesten daran, dass ich sie mochte.

Als wir die Kammer verließen, verriet sie den Umstehenden, wie intim wir miteinander waren, indem sie sich mit beiden Händen an meinen Arm klammerte, und genau so begleitete sie mich bis zur Endhaltestelle der Busse. Ich stieg in den Bus, der mit laufendem Motor auf die Fahrgäste wartete, und Jongnim winkte mir zu, sie sah unbeschreiblich glücklich aus. Ich winkte zurück, woraufhin sie vor Rührung platzte. Dann sprach sie die Schaffnerin an, die an der Tür stand:

„Suksa, von ihm brauchst du keine Fahrkarte zu nehmen."

„Von wem?"

„Der Herr, der in der hintersten Reihe sitzt!"

Jongnim deutete mit dem Finger auf mich, und Schaffnerin wie Fahrgäste guckten zu mir herüber. Damals musste man, anders als heute, merkwürdigerweise die Fahrkarte beim Aussteigen abgeben. Auf der Stelle befiel mich Schamesröte, doch dann fuhr mir ein Geistesblitz durch den Kopf: *Das ist es!*

Wenn ich die Tatsache, dass ich mit einer Busschaffnerin ging, den anderen Menschen deutlich machen würde, könnte ich mir Jongnims Kraft als Schaffnerin ein für alle Mal einverleiben. Wäre das möglich, dann wäre es auch nicht schwer, mir Yongas Eigenschaften einzuverleiben. Nun sah ich einen Weg, meinen zusammengestürzten Outsider und Surrealismus wieder aufzubauen.

Ich schleppte Jongnim mit an die Uni. Meine Kommilitonen warfen uns neugierige Blicke zu. Einige, die grüppchenweise im Schatten vor dem Nebengebäude auf die Vorlesung warteten, kamen sofort zu uns herübergelaufen. Hyongyu war nicht unter ihnen, was mich ein wenig bekümmerte, denn ich hatte Jongnim ganz besonders wegen ihm zur Uni mitgebracht. Einer der Kommilitonen konnte seine Neugierde und seinen Neid nicht länger kaschieren und fragte als Erster ganz direkt:

„Yunho, wo hast du sie dir zugelegt?"

Ich antwortete nicht, und als nächstes wagte sich eine Studentin vor:

„Läuft das auch diesmal auf eine Affäre hinaus, wie letztes Jahr mit der verheirateten Frau?"

Auch das beantwortete ich nicht, sondern schaute sie allesamt reihum an, mit der stillen Forderung: Noch weitere Fragen? Keiner rührte sich. Die Studenten, die mit mir im Rosengarten gewesen waren, wackelten wie Hündchen mit dem Kopf, als trauten sie dem, was sie sahen, nicht so recht. Ich stellte ihnen Jongnim vor.

„Wir wollen heiraten", erklärte ich, und sie gafften mich an wie vom Donner gerührt.

„Sagtest du heiraten?", fragten sie unisono, und ich nickte.

„Ja, heiraten werde ich sie."

Jongnim war kreidebleich und zitterte. Sie war erschrockener als all die anderen, denn um eine dramatische Wirkung zu erzielen, hatte ich ihr meine Absicht verschwiegen und ihr nur gesagt, ich wolle ihr die Uni zeigen. Eine gewisse Vorahnung ließ mich ihren Arm ergreifen, und sie lehnte sich an mich, als fiele sie in Ohnmacht. Ich neigte den Kopf und flüsterte ihr zärtlich ins Ohr:

„Begreifst du nun, wie ernst ich es mit dir meine? Ich wollte dich überraschen, deshalb habe ich dir nicht Bescheid gesagt. Von nun an überlass die Sache mir, es wird alles gut gehen."

Da ergriff Hamin, der bis dahin unbeteiligt, aber mit zynischer Miene, dagestanden hatte, das Wort.

„Heiraten sagst du? Bäh, was heckst du denn diesmal aus? Was für einen Affenzirkus ziehst du denn jetzt schon wieder ab?", fauchte er mich böse an.

„Hamin, für dich zählen nur deine grandiosen Gedichte und deine eigenen Gefühle für jemand, alles Übrige ist nur Affenzirkus, was?", schlug ich zurück.

„Na schön. *Wann* willst du sie heiraten? In zehn Jahren? Oder in hundert Jahren?"

„In einer Woche."

„In einer Woche?", echote Hamin verlegen. Ich wandte mich den anderen zu.

„Ja, deswegen wollte ich euch sehen. Ich brauche eure Hilfe, eine Menge Hilfe. Vor allem bitte ich euch, Zeugen unserer Heirat zu werden, denn ihr werdet die einzigen Gäste sein. Wir wollen heiraten, aber wie ihr seht, können wir praktisch nichts vorbereiten, und deshalb bitte ich diejenigen, die genug haben, dieses und jenes beizusteuern", sagte ich, worauf auch diejenigen, die mir zuvor keinen Glauben schenken wollten, unsere Hochzeitspläne nun als Tatsache hinzunehmen schienen.

„Meinen Glückwunsch. So was bringst nur du fertig, Yunho. Macht euch keine Sorgen, ich werde euch nach meinen Möglichkeiten helfen", sagte einer, der ein großes Herz hatte, indem er vor mich trat und mir die Hand gab.

„Danke, danke."

Auch die anderen reichten mir die Hand und gratulierten. Ich bedankte mich bei allen.

Aus dem Nirgendwo tauchte plötzlich Hyongyu auf, er schien es irgendwie mitbekommen zu haben. Er kam angerannt, blieb vor mir stehen und röchelte. Ich freute mich auf sein Kommen, ließ es mir aber nicht anmerken, und wartete ab, was er wohl tun würde. Hyongyu aber bekam den Mund nicht auf, er zog eine schreckliche Grimasse, erst nach einer Weile beklagte er sich:

„Yunho, wie kannst du mir das antun?"

„Was dir antun?", fragte ich.

„Jong... Jongnim ist meine Freundin", behauptete er, und die Studenten raunten einander zu. Das wurde ja immer spannender! Ich deutete mit dem Kinn auf Jongnim, die an meinem linken Arm hing.

„Also, du sagst, Jongnim ist deine Freundin?"

„Genau. Yunho, hast du sie mir nicht im Rosengarten versprochen?"

„Moment, ich habe dir nichts versprochen. Ich habe nur gesagt, dass wir sie uns teilen, und dass ich dir den Vorzug geben würde."

„Genau, diesen Vorzug meine ich. Du wolltest sie mir zuerst überlassen, und jetzt nimmst du sie mir einfach weg?"

„Ich hab sie dir nicht weggenommen, sondern mir nur das Vorzugsrecht zurückgeholt. Das ist alles."

„Nein, nein, du hast mir klipp und klar versprochen, dass du nicht mehr von teilen oder verfügen sprechen wirst, wenn Jongnim meine Freundin wird."

„Das stimmt."

„Wie kannst du dann nur so ein Fiesling sein?", fragte Hyongyu.

„Ich ein Fiesling?"

„Und ob. Du bist ein Fiesling, ein hinterfotziger Klugschwätzer."

„Sag doch mal, seit wann ist sie denn deine Freundin? Fragen wir sie doch einfach", sagte ich, und Hamin zeigte mit dem Finger auf mich.

„Klar, jetzt kapiere ich, was du vorhast. So was kann nur aus Yunhos Hirn kommen", sagte Hamin und nickte einige Male, als hätte er alles begriffen.

„Du hast sie hierher geschleppt und redest von Heirat und so 'nem Zeugs, um vor Hyongyus Augen deine Beziehung mit ihr offiziell zu machen, stimmt's?", argwöhnte er.

Hyongyu machte ein resolutes Gesicht, rückte einen Schritt näher und sagte: „Heiraten kommt nicht in Frage. Jongnim muss sich für die Hochschulaufnahme vorbereiten, und deshalb werde ich es nicht zulassen, dass du mit deinem literarischen Dilettantismus ihre Zukunft vermasselst. Kommilitonen, er spielt mit ihr, ihr müsst ihn daran hindern."

Diesmal kam Hamin einen Schritt näher.

„Hör zu, Heiraten ist kein Spiel. Außerdem muss sie für die Aufnahmeprüfung lernen, sie muss geschützt werden vor deinen Spinnereien. Wann schmeißt du endlich deinen vergammelten Outsider und Surrealismus auf den Müll? In dieser Welt gibt es noch Dinge, die von deinen kranken Fantastereien nicht in den Schmutz gezogen werden sollten." Er grinste schief und fuhr fort:

„Ach ja, das möchte ich dir noch sagen. Wenn du, Schlaumeier, gesagt hast, du würdest sie mit ihm teilen, dann ist es nur fair, dass du sie ihm zurückgibst, wenn er nach ihr verlangt, oder nicht?"

„Die Frage ist, ob er das will?", zweifelte ich.

„Das können wir ihn ja selber fragen."

Hamin wandte sich wieder Hyongyu zu.

„Hyongyu, was ist? Willst du sie noch?"

Hyongyu nickte wie auf Befehl und sagte: „Gut, in Ordnung. Um Jongnims Unglück zu verhindern, tue ich alles, was ich kann, auch wenn Jongnim gar nicht meine Freundin werden will, das würde keine Rolle spielen. Was Jongnim betrifft, werde ich jederzeit bedingungslos die Verantwortung tragen."

Hamin grinste spöttisch, seine Augen bedeuteten mir, *jetzt gibst du auf!*, und ich nickte ihm zu.

„Schon gut. Ich werde Hyongyu noch etwas fragen, und wenn er dann trotzdem noch okay sagt, werde ich auf ihn hören", sagte ich und sah Hyongyu an. Er presste die Lippen zusammen und nickte auch.

„Jongnim bereitet sich nicht auf die Aufnahmeprüfung vor, sondern sie ist eine Busschaffnerin. Nun, was ist, willst du sie trotzdem?", fragte ich.

„Bu... Busschaffnerin?", ächzte er erschrocken und wich zurück. Mir wurde heiß. Der entscheidende Moment, den ich so ersehnt hatte, war gekommen. Ginge ich hier als Sieger hervor, dann konnte ich Jongnims Kraft als Schaffnerin letztlich mein eigen nennen und würde als Yunho der Unbesiegbare meinen Outsider und Surrealismus zurückgewinnen. Es war eine Art Härteprüfung vor meinen Studienkollegen, um stärker zu werden als ich schon war. Diese verharrten in Schweigen, als hätte man sie mit kaltem Wasser übergossen, und starrten mich an.

„Ja, sie arbeitet als Schaffnerin öffentlicher Busse. Noch nie eine gesehen, die die Ansagen macht, *bitte einsteigen, der Bus fährt ab?*"

„Nie im Leben, das kann nicht sein. Im Rosengarten habe ich es selbst gehört, dass sie ein Jahr für die Uni absitzt", sagte Hyongyu entmutigt und wich zurück.

„Du bist ein echter Stadt-Schlaffi. Jeden X-beliebigen kannst du fragen! Welche Schaffnerin würde einem Mann, dem sie das erste Mal begegnet, auf der Stelle ihren Beruf verraten?", spöttelte ich, worauf Jongnim grell zu schreien begann.

„Das reicht!"

Sofort löste sie ihren Arm von mir und zeigte mit dem Finger auf mich.

„Ja, ich bin eine Schaffnerin. Was willst du noch?"

Jongnims Einmischung brachte mich in Verlegenheit, denn das hatte ich nicht vorgesehen.

„Da... das geht dich nichts an", stammelte ich.

„Das geht mich nichts an? Du blamierst mich absichtlich vor allen Leuten und behauptest, das geht mich nichts an?"

„Ich soll dich absichtlich blamiert haben?"

„Und ob. Sonst hättest du mich nicht zum Gespött der Leute gemacht. Was habe ich dir angetan, dass ich so was verdiene?", jammerte sie, und ich deutete mit dem Kinn auf Hyongyu.

„Siehst du denn nicht, was für Flausen er im Kopf hat? Solange er glaubt, dass du eine angehende Studentin bist, wird er niemals einlenken."

„Und du glaubst, dass ich dich immer noch heiraten würde, obwohl du mich vor deinen Freunden lächerlich gemacht hast?"

„Ja. Ich musste ihnen deinen Beruf verraten, nur um dich heiraten zu können."

Jongnim schüttelte den Kopf.

„Nein, du wolltest mich nie heiraten. Wenn es dir mit dem Heiraten ernst wäre, dann hätte es da eine andere Lösung gegeben. Ich bin doch nicht blöd! Nee, ich war für dich nur ein Spielzeug, um dich vor allen Leuten aufzuplustern. Aber eins wüsste ich gerne: was, verdammt nochmal, bringt dir das?"

„Das ist doch Unsinn, was du da redest", entgegnete ich, doch sie starrte mich fassungslos an.

„Hüte deine Zunge! Nur weil ich eine Schaffnerin bin, heißt das noch lange nicht, dass ich mich von dir veralbern lasse. Nicht einmal das größte Charakterschwein würde eine Frau so behandeln, wenn er vorhat, sie zu heiraten. Aber du schon, du schwadronierst vom Heiraten, und stellst sie dann vor allen bloß."

Ich versuchte, mich zu rechtfertigen, doch sie winkte nur ab und fuhr fort:

„Leb wohl. Es ist das Beste, wenn wir hier Schluss machen. Durch dich habe ich so einiges gelernt", sagte sie. Ihre Blicke durchbohrten mich wie Pfeile, und nach einer Weile drehte sie sich um und ging.

„Bitte tu das nicht!", schrie ich.

Die Hoffnung auf die Wiederbelebung meines Outsidertums und meines Surrealismus war zum Greifen nahe gewesen; doch nun drohte sie mir durch die Lappen zu gehen. Ich tappte völlig im Dunkeln darüber, was ich falsch gemacht und falsch verstanden hatte; auf alle Fälle konnte ich nicht zulassen, dass mir meine einzige Rettung davonlief.

„Bitte, geh nicht! Wir dürfen jetzt nicht Schluss machen. Wenn wir uns jetzt unterkriegen lassen, dann war alles umsonst", stöhnte ich. Ich wollte ihr nachlaufen und sie aufhalten, doch es gelang mir nicht, weil mich jemand festhielt.

„Es reicht mit deinen Dummheiten."

Hamin. Nicht die Kraft in seiner Hand, sondern Jongnims feindselig blitzende Augen hinderten mich daran, ihr zu folgen. Sie war mein letzter Hoffnungsschimmer, doch solange sie mich so verabscheute, konnte ich mich ihr unmöglich nähern.

Wahrscheinlich erkannte ich in diesem Moment Jongnims Grenzen. Ich spürte in diesem Moment, dass ich bei ihr untendurch war. So etwas wie jene transzendierende neue Realität, die mir Yonga mit ihrem Sprung ins Ungewisse eröffnet hatte, hatte bei Jongnim von Anfang an nicht existiert. Ich schämte mich für die Fehleinschätzung, dass ich Jongnims Beruf als Schaffnerin mit Yongas Existenz als Prostituierte verglichen und für Maskerade gehalten hatte.

Jongnim, verletzt durch ihren berufsmäßigen Komplex, schleppte sich bedrückt den Abhang hinunter, bis ich sie nicht mehr sehen konnte.

Sie war von Anfang an nicht Yonga, murmelte ich vor mich hin.

Damit missglückte mein letzter Versuch, Outsider und Surrealismus wieder aufzurichten, und ich begann grundsätzlich daran zu zweifeln. Vielleicht hatte Hamin Recht, vielleicht waren sie von Anfang an nur Begriffsspielerei gewesen. Wenn beide Ideen, wie Hamin gesagt hatte, nichts anderes waren, als Manipulation und Abwandlung meiner Realität nach meinem Bedürfnis, dann konnten sie jederzeit von anderen manipuliert, abgewandelt und so auch ganz zerschmettert werden. Das bedeutete, wem auch immer ich begegnete, egal ob Yonga, Jongnim oder sonst jemandem, wenn derjenige stärker war als ich, dann würden sie mit einem Schlag zusammenbrechen. Meine Ideen waren meine Waffen gegen die Realität, und andere Waffen konnte ich mir nicht vorstellen. Die Leere in mir, die durch ihr plötzliches Abhandenkommen entstanden war, war zu groß. Mein schützender Panzer war weg, und vielleicht würde meine geistige Verwahrlosung eine ganze Ewigkeit dauern, bis sich mir ein neuer Panzer anbot.

In diesen Wochen spürte ich das drohende Unheil. Die Realität hatte für mich keine Bedeutung mehr, ich war wie betäubt. Jede Kleinigkeit fügte mir blutige Wunden zu, trotzdem empfand ich keine Schmerzen.

Der Sommer kam; das Leben an sich erschien mir sinnlos und mein eigenes ein unbeschreibliches Chaos. Ich schlug mich durch, indem ich mal bei Hamin und mal bei anderen Kommilitonen übernachtete: Sogar die gut zweistündige Busfahrt zu meiner Schwester in Yeongdeungpo konnte ich kaum noch ertragen.

Eines Tages, die Abenddämmerung setzte gerade ein, schlenderte ich mit einigen Kommilitonen über den Markt von Gireum. Weil die Vorlesungen frühzeitig beendet worden waren, hatten wir am hellichten Tag in einer der Schenken Maggolli getrunken, mit gekochten Eiern als Beilage, und einer von uns schlug vor, wir sollten im Jeongneung-Tal frische Luft schnappen.

Um dorthin zu kommen, mussten wir über die Gireumer Brücke, die wir ja Pont Mirabeau nannten, und unter der das Wasser des Jeongneungs, von uns Seine genannt, durchfloss. Gerade überquerten wir die Brücke. Ich war nüchtern. In dieser Phase meines Lebens hielt ich es sogar für Selbstbetrug, mich zu betrinken. Aus fünf, sechs Metern Höhe sah ich auf den Fluss hinunter. Nach einer anhaltenden Trockenheit gab es kaum Wasser im felsigen Flussbett. Ich griff ans Geländer, blickte mich zu meinen Kommilitonen um und sagte:

„Jungs, schaut her. Ich springe runter."
Ehe sie etwas sagen konnten, flog ich hinab.

Auf der Unfallstation des nahe gelegenen Krankenhauses kam ich wieder zu mir, im Bett liegend und die Infusionsnadel im Arm. Ich ließ den Blick über meine Kameraden schweifen, die mich allesamt besorgt inspizierten. Hamins und meine Blicke trafen sich. Er drohte mir an:
„Mistkerl, mach das noch einmal, dann bringe ich dich mit meinen eigenen Händen um."

Er fuchtelte mir mit der Faust vor der Nase herum, die Augen voller Tränen, und da erst wusste ich wieder, wie ich mich von der Brücke geworfen hatte. Ich flog federleicht durch die Luft, dann der Absturz. Mein erster Eindruck beim Aufprall war viel weicher, als ich es mir vorgestellt hatte, danach das Jenseits aller Empfindungen. Es hatte nicht einmal einen Wimpernschlag lang gedauert, und dennoch erinnerte ich mich deutlich: In diesem Augenblick war keine Spur von Finsternis, Angst, Schmerzen oder Qual gewesen. Es war ein Aussetzen aller Gefühle; nur ein wenig intensiver, ich war wohl dem Tod begegnet.

Merkwürdigerweise bekam ich dabei nur ein paar leichte Schrammen ab, ich hatte bei dem Aufprall auf den Felsboden nur das Bewusstsein verloren. Der Arzt konnte es kaum glauben; er räumte ein, gelegentlich geschähen eben Wunder. Nachdem ich eine ganze Infusionsflasche aufgesaugt hatte, entließ man mich.

Ein paar Tage danach erhielt ich ein Telegramm von meiner Schwester. Der Einberufungsbefehl sei da, irrtümlicherweise sei er zu spät gekommen, ich habe wenig Zeit und solle schleunigst zu ihr in die Heimat kommen.

Ich erzählte Hamin von der Einberufung, woraufhin er mich foppte:
„Weißt du, warum dich das Militär jetzt haben will?"
„Warum?"
„Weil sie wissen, dass du die Nase voll von mir hast."
„Red keinen Quark", rief ich verärgert, und er senkte den Kopf.

„Wie soll ich mich in dieser trostlosen Zeit ohne dich durchbeißen?", klagte er.

Ich allerdings hielt die Einberufung für ein Wunder. Wenn der Tod vielleicht doch noch zu erlangen war, indem ich einfach von einer Brücke sprang, dann würde ich es in naher Zukunft noch einmal probieren. Ich hatte nicht die geringste Angst vor dem Tod, dem Nullpunkt aller Empfindungen. In gewisser Weise war er mir etwas sehr Vertrautes, über das ich jederzeit nach Gutdünken verfügen konnte. Mein Heft war schwarz vom Gekritzel über den Tod: Sentenzen, die ich aus den verschiedensten Büchern gesammelt hatte; so wie einer, der sich umbringen will, aus verschiedenen Apotheken Schlaftabletten anhäuft.

· Die einzig wahre Freiheit ist die Freiheit des Todes. Ein freier Mensch akzeptiert den Tod so, wie er ist, und ebenso dessen Resultat. Er akzeptiert alle möglichen konventionellen Wertvorstellungen. Ivan Karamasow sagt, „vor dem Tod ist alles erlaubt", und das ist der einzige konsequente Ausdruck von Freiheit.
· Freitod ist die Demonstration seiner Freiheit.
· Nur bei einem ist die Hoffnungslosigkeit gewiss, nämlich bei dem zum Tode Verurteilen.
· Es ist sinnlos, für jemanden oder etwas zu leben, nur für etwas zu sterben ist vernünftig.
· In der Wahrheit, die die Welt uns weismacht, sind der Geist und das Bewusstsein wertlos. Die Welt, der die von der Sonne heiß gewordenen Steine und die Zedern, die in den wolkenlosen Himmel ragen, genügen, ist eine Welt ohne Menschen, nur aus Natur. Ich nähere mich meinem Lebensende und blicke gefasst dem Tod ins Auge. Ich habe kapituliert, senke demütig mein Haupt und füge mich der Einsicht, dass alles vorbei ist.
· Erfreulicherweise bleibt mein Auge trocken, und die fröhliche Melodie eines Liedes lässt mein Herz höherschlagen, und ich vergesse die Wahrheiten über die Welt nicht.
· Bis zum Ende beuge ich mich nicht der Unvernunft der Welt, be-

wahre die menschliche Würde, glaube an den Sinn des Lebens, immer wieder, immer wieder, und damit ist die Tragödie geboren. Nur wenn alle Wertvorstellungen zusammenbrechen, nur wenn alle menschlichen Mühen zwecklos erscheinen und man in dieser sinnlosen Welt nur körperlicher Sinnlichkeit und instinktiven Reaktionen gegen die Schmerzen trauen kann, dann, nur dann kann es keine Tragödien mehr geben.

Über meine dreijährige Militärzeit habe ich nicht viel zu berichten. Wie es den meisten jungen Männern dieses Landes widerfuhr, blieben auch mir nur die typischen khakifarbenen Erinnerungen. Aber im Zusammenhang mit der Dekadenz, der ich mich seit dieser Zeit verschrieb, kann ich einige Episoden nicht vergessen. Doch so einfach kann ich die Dekadenz nicht beschreiben. Sie kam weniger in der Militärzeit zustande, sondern gründete eher auf der Empfindungslähmung, die ich im Augenblick des Sturzes von der Brücke erlebt hatte, und diese stand in Verbindung mit den Episoden aus der Militärzeit.

Die erste ereignete sich im Ausbildungslager für Rekruten.

Die Ausbilder quälten uns gerne mit *Der Erste ruht*. Ich frage mich, ob diese Strafaktion heute noch praktiziert wird; jedenfalls mussten dabei wir, die Rekruten, bis zu einem festgelegten Punkt hin- und zurückrennen und der Erste wurde von der Schikane befreit, während der Rest das Ganze wiederholen musste, und bei jeder weiteren Runde durfte wiederum nur der Erste aufhören.

An einem frühsommerlichen Tag saßen wir direkt in der Sonne, ohne ein Fleckchen Schatten, dafür aber schwere Stahlhelme auf dem Kopf. Der Ausbildungsoffizier hielt uns einen Vortrag über die Waffen des Geistes, welcher so sterbenslangweilig war, dass er unseren Geist ganz ohne Waffen in die Bewusstlosigkeit trieb. Die brennende Sonne zwang uns in den Schlaf: Der Vortrag dauerte kaum ein paar Minuten, da nickten um mich herum schon die ersten Helme ein. Er schien nur darauf gewartet zu haben.

„Um die Toilette herum! Die ersten zehn ruhen!", schrie er, indem er mit seinem Dirigentenstab auf die Außentoilette zeigte. Wie ein Bienenschwarm rannten wir los. Ich sprintete im mittleren Teil der Rekruten und umrundete gerade die Hinterseite der Toilette, als sich plötzlich ein Loch im Erdboden vor mir auftat. Es war ein viereckiges Loch von einem Meter Seitenlänge, welches für den Fall, dass die Toilette vollgelaufen war, als Überlauf diente. Ein echtes Plumpsklo ohne Deckel.

Ich stockte kurz davor, und ehe ich mich versah, stieß jemand von hinten mit voller Wucht gegen mich. Ich fiel. *Plumps*, das Loch zog mich hinunter, sodass ich gleich bis zum Scheitel in menschlichen Exkrementen versunken war. Ich strampelte und zappelte, und erst nachdem ich einige Brocken Kot geschluckt hatte, bekam ich den Kopf wieder heraus. Da erst hörte ich die Rekruten wie wild schreien:

„Da steckt einer in der Scheiße!"

Ich riss mich zusammen und strampelte wie ein Wilder, damit mir die Brühe nicht über den Hals stieg. Einer der Kameraden streckte mir seine Hand ins Loch, wobei er sich mit der anderen die Nase zuhielt. So kam ich wieder an Land, doch die Kameraden hielten sich die Nase zu und wichen entsetzt zurück.

„Puuh, was für ein Gestank!"

Ich sah mich um und verstand sie für einen Augenblick nicht, weil ich nichts riechen konnte, obwohl ich derjenige war, der dort hineingefallen war und auch davon gekostet hatte. Wahrscheinlich war mein Geruchssinn in diesem Moment gelähmt. Mein Körper mitsamt seinen Gedärmen war vom Gestank so verpestet, dass ich der Gestank selbst war, sodass meine Nase gar nicht funktionieren konnte. Dass ich zwischen dem Aussetzen meines Geruchssinns und dem Aussetzen meiner Empfindungen beim Sturz von der Brücke eine Verbindung herstellte, geschah erst viel später. Beide Vorkommnisse schienen mir eher mentale Phänomene zu sein. Die Erkenntnis vom Zusammenhang beider Lähmungen sollte dann später meine Dekadenz reichhaltig nähren.

„Zur Seite! Ich sagte, zur Seite! Was gibt's da zu gucken?", bellte jemand, die Rekruten wegschiebend. Es war Unteroffizier Jong, mein

Zugführer, der für seine Rohheit berüchtigt war, sodass wir ihm den Spitznamen *Ratte* gegeben hatten. Er sah mich, hielt sich mit der einen Hand die Nase zu und winkte mit der anderen, ich solle mitkommen. Ich folgte ihm, an mir überall noch Reste von Kot und noch nicht verfaultem Klopapier hängend. Der Unteroffizier, die Hand am Riechkolben, ging mir voraus, drehte sich nach mir um und sagte:

„Seit drei Jahren bin ich jetzt hier, aber so eine Nulpe wie dich sehe ich zum ersten Mal."

Er brachte mich zum Waschraum unserer Unterkunft. Alle waren beim Soldatenspielen und so waren nur er und ich dort. Ich zog mich aus, und als ich mich mit der Seife wusch, die mir der Unteroffizier besorgt hatte, kam auch mein Geruchssinn wieder zu sich. Ein Gestank war das, kaum für möglich zu halten, dass so was aus meinem Körper kam, und mit einem Mal wurde mir dermaßen schlecht, dass ich beide Hände an den Bauch klammerte und würgte. Mein ganzer Körper wand sich, aus meinem Mund kam jedoch nichts heraus. Schließlich kippte ich um, und halb ohnmächtig hörte ich den Unteroffizier noch schreien:

„Mist, wach auf! Du kannst doch hier nicht einfach zusammenklappen!"

Ich verlor nicht gänzlich das Bewusstsein. Aber als ich ihn so verzweifelt schreien hörte, war mir danach, mich ohnmächtig zu stellen, und so streckte ich alle Viere von mir. Er spuckte, murrte vor sich hin, nahm schließlich die Seife und wusch mich.

„Das ist doch beknackt. Dieses Ferkel lässt sich von mir waschen, das stinkt doch zum Himmel!"

Er säuberte meinen Körper, und mich ergriff ein unbegreifliches Lustgefühl, das so stark war, dass ich es nicht fertigbrachte, seine Hände beiseite zu schieben. Ich schloss die Augen, stellte mich weiterhin bewusstlos und überließ mich wohlig den Händen des Unteroffiziers. Er murrte ohne Unterlass, andererseits wusch er mich hingebungsvoll, jeden Winkel seifte er ein und spülte er mit Wasser ab. Schließlich machte ich mir sogar Sorgen, ich könnte kommen.

In diesem Moment entdeckte ich die Kraft, nach der ich vergebens gesucht hatte. Yonga als Prostituierte oder Jongnim als Schaffnerin hatten mich gefesselt, weil ich besessen nach der Kraft war, die meinen kaputten Outsider und Surrealismus wieder herrichten würde, und genau diese Kraft entdeckte ich nun zufällig, wie ein Geschenk.

Nachdem er mich zu Ende gewaschen hatte, ließ er mich im Waschraum liegen, verschwand in die Schlafräume, holte Unterwäsche und Uniform und zog mich an. Danach rüttelte er mich einige Male, weil ich doch aufwachen sollte, und als ich darauf nicht reagierte, nahm er mich huckepack und wetzte davon, zum Sanitätsbereich des Lagers.

Auf seinem Rücken stellte ich mir sein abgehetztes Gesicht vor und musste fast lachen. Was an mir mochte den gnadenlosen Ausbilder bloß gezähmt haben? Ich hatte da wohl eine ganz besondere Kraft entdeckt.

Für mich war das Militär eine Flucht. Als ich das Telegramm für den Einberufungsbefehl in der Hand gehalten hatte, hatte ich es angesehen, als hätte ich eine übernatürliche Erscheinung. Ich hatte in meiner Verzweiflung den Tod gesucht, was jedoch nicht geklappt hatte. Deshalb hatte ich mich zur Flucht zum Militär entschieden, und dort, in der Sackgasse meines Lebens, entdeckte ich die Kraft, die mich unschlagbar machen würde. Mit der Kraft des Kotes würde ich die unerschöpfliche Macht besitzen. Damit benötigte ich keine Spitzfindigkeiten wie Outsider oder Surrealismus mehr. Hamin hatte Recht. Ich hatte nur aus Furcht vor der Wirklichkeit mit diesen Begriffen hantiert.

Meiner Unbesiegbarkeit fiel als Erster die Ratte zum Opfer. Vielleicht war das ja kein Zufall. Wäre nicht er, sondern irgendein Rekrut mein erstes Opfer gewesen, hätte ich dieser Kraft wahrscheinlich nicht bedingungslos vertraut.

Das Leben war ein Schelm, es hielt einige Paradoxien versteckt. Die Kraft, nach der ich vergebens gesucht hatte, offenbarte sich erst beim Militär, und zwar ausgerechnet in der verblüffenden Maskerade aus Kot. Ach, wie musste ich rastlos umherziehen, um diese Kraft zu entdecken.

Seit meiner Pubertät, in der mir meine sozialen Verhältnisse bewusst geworden waren, war ich auf der Suche gewesen. Die Erkenntnis, dass ich als stinkender Auswurf der Gesellschaft gebrandmarkt war, war die Hölle gewesen. Ideen wie *Zukunft, Hoffnung, Glück, Jungsein, Liebe, Freundschaft* und vor allem die Frauen hatten mir Höllenqualen bereitet. Seitdem irrte ich umher. Literatur und Selbstverteufelung, wunderschöne Momente mit Jang Gyonghi, mein Geschlechtsteil als strahlender Leuchtkörper, ich als frischgebackener Student, der Ästhetizismus, mein Leben als Lumpensammler, der Surrealismus von Om Myonghwa, die Outsider-Religion von Colin Wilson, Cha Jisuk mit ihrem Mordversuch an der eigenen Familie, ich als ihr Ritter, Surrealismus und Outsider, die Fabrikarbeiterin, die Dummheit mit der Busschaffnerin; das alles waren gewissermaßen Pannen auf dem Weg zur zufälligen Entdeckung meiner wirklichen Kraft.

Im Sanitätsbereich wurde ich untersucht. Der Militärarzt trug einen Mundschutz, er hob meine Augenlider hoch, untersuchte meinen Mund und sagte dann in Anspielung auf einen Aberglauben:

„Ihm fehlt nichts. Nachdem er so viel Scheiße gefressen hat, wird der Wicht wohl ein langes Leben haben."

Er verordnete mir ein paar Tage Ruhe im Krankenbereich. Einmal pro Tag sollte ich mich zudem im Badehaus, das zur Kaserne gehörte, waschen, bis der Gestank verschwunden wäre. Das war ein Privileg, sodass ich, wenn ich schon mal da war, stundenlang dort verweilte. Trotz stundenlangen Abschrubbens wollte der Gestank nicht von mir weichen, insgeheim machte ich mir jedoch sogar Sorgen, er könnte sich zu schnell verflüchtigen.

Nach einer gewissen Zeit machte ich mir weder Sorgen noch versuchte ich, den Gestank loszuwerden, denn er war für mich inzwischen wie ein Parfüm geworden. Die anderen konnten ihn allerdings nicht ertragen, sodass mit meiner Einlieferung alle Patienten außer den Schwerverletzten aus dem Sanitätsbereich entlassen wurden. Ich bekam das größte Bett ganz in der Ecke der Station, weit weg von den anderen Patienten, und als einfacher Rekrut hatte ich da nichts zu meckern, vielmehr sah ich diesen Status als Folge meiner Kraft an, und insgeheim war ich stolz auf mich. Ab diesem Tag interpretierte ich alles, was um mich herum geschah, als Nachweis dieser Kraft.

Nach vier Tagen entließ man mich, und ich kehrte zur Baracke der Rekruten zurück. Meine Kameraden konnten mich nicht riechen und gingen mir aus dem Weg. Mein Schlafplatz wurde genauso wie im Sanitätsbereich ganz in die Ecke verlegt, und wie dieser war auch ich von den anderen unübersehbar isoliert. Das war mein Status und bekümmerte mich kein bisschen.

Es war beim allabendlichen Appell, an dem Tag meiner Rückkehr. Der den Appell ausführende Offizier machte ein Gesicht wie vierzehn Tage Regenwetter, als er in die Baracke trat.

„Was stinkt denn hier so?", schimpfte er.

Er fuchtelte mit seinem Stöckchen vor dem Wortführer unserer Einheit herum, als wollte er sich mit ihm duellieren.

„Wir haben einen, der ins Scheißeloch gefallen ist!", schrie der in heller Freude auf, worauf uns der Leutnant der Reihe nach musterte.

„Wer von euch ist dieser Wichser?"

Da ich etwas abseits in der Ecke stand, machte ich einen großen Satz zum Fußende meines Schlafplatzes und schrie:

„Zu Befehl, das bin ich, Kim Yunho!"

„Schau einer an, endlich habe ich die Ehre mit unserer Kasernenberühmtheit", zischte er.

Freundlicherweise kam er zu mir, piekste mir den Stab in den Bauch, drehte sich wieder um und der Appell war beendet.

Am nächsten Tag in der Ausbildungsstunde verhängte der zuständige Offizier zur Strafe wieder *Der Erste ruht* und die Rekruten sausten im Pulk zum Ziel. Ganz hinten, weitab von der Masse, schlenderte ich gemächlich vor mich hin, und plötzlich richtete der Offizier seinen Stab auf mich und schrie:

„Was zum Teufel macht dieser elende Lump? Will er nicht gleich auf allen Vieren kriechen?"

Da meldete sich der Unteroffizier:

„Ach, das ist der Kotloch-Junge."

„Hol ihn her", befahl der Ausbildungsoffizier, Grimassen schneidend. Ich kam mit dem Unteroffizier zu ihm und salutierte.

„Du bist ein Schlappschwanz. Ab sofort bist du von *Der Erste ruht* ausgeschlossen", bestimmte er, nachdem er mir ein paar Stiche in die Brust versetzt hatte. Und tatsächlich, seit diesem Tag musste ich weder diese Rennerei noch die Kasernenrunden im Laufschritt mitmachen. Später, im Trainingslager für den Vietnam-Einsatz, ging es mir genauso. Diesen Sonderstatus beim Militär hatte ich meiner besonderen Kraft zu verdanken, sie verwandelte sich in einen Panzer, schirmte meinen verletzlichen Körper ab und schützte mich vor der Realität. Mit dieser Kraft wurde ich so gut wie unbesiegbar.

Die zweite Episode ereignete sich, als ich nach der Grundausbildung ins Hauptquartier der Armee versetzt wurde. Dort standen wir Neuankömmlinge zum Aufnahmeritus bereit, und einer der Diensthöheren deutete auf mich und sagte:

„He, du, wer steht hinter dir, dass du den Dienst im Hauptquartier bekommen hast?"

„Zu Befehl, ich habe niemanden hinter mir!", rief ich strammstehend, aus vollem Halse. Der Diensthöhere kam und schlug mir mit der Faust auf die Brust.

„Niemanden sagst du? Hör zu, du Arschloch, glaubst du echt, das kaufe ich dir ab, wenn du sagst, du bist ohne Vitamin B hier reingekommen?"

Ein anderer rückte mir auf die Pelle. Er hatte eine Hand zur Faust geballt, rieb sie an der anderen und sagte:

„Dir müsste man ein bisschen Respekt beibringen. Du bist ein Rotzbengel, und ich mag keine Rotzbengel. Was macht denn dein Vater?"

Ich steckte in der Klemme und fühlte mich wirklich bedroht.

„Zu Befehl, er ist Parlamentsabgeordneter", log ich aalglatt, was ich gar nicht beabsichtigt hatte.

„Par... Parlamentsabgeordneter?", echoten sie und traten einen Schritt zurück.

„Wie... wie heißt er?", fragte einer von ihnen mit zitternder Stimme. Es begann, mir Spaß zu machen. Zunächst hatte meine Lüge eigentlich mich selbst in Schrecken versetzt, doch als ich sah, welche Wirkung sie auf die anderen ausübte, erholte ich mich schnell davon. Erhobenen Hauptes rief ich, jetzt noch lauter:

„Zu Befehl, das darf ich nicht sagen!"

„Wa... warum darfst du nicht?"

„Ich bin sein unehelich Geborener, deshalb!"

„Unehelich Geborener?"

„Meine Mutter war ein Freudenmädchen. Sie war die Nebenfrau meines Vaters."

Meine Lüge tauchte das Quartier in gedämpfte Stimmung und das Aufnahmeritual ging mir nichts, dir nichts zu Ende. Später ließ mich dieser Diensthöhere zu sich kommen, lud mich zum Maggolli ein und tröstete mich:

„Ach, was ist schon dabei, ein Unehelicher zu sein. Mach dir keine Gedanken darüber. Du musst dich glücklich schätzen, schließlich hast du ja wenigstens einen Vater."

Die Lüge wäre unabhängig von meiner Kraft nicht vorstellbar gewesen. Aus meiner Haut war der Kotgestank vollkommen entwichen, doch dessen Kraft lebte in mir weiter. Und in dieser bedrohlichen Situation zeigte sie sich mir, indem sie sich in eine Lüge verwandelte. Ich empfand Ehrfurcht vor ihrem grenzenlosen Potential und erneut fiel ich in einen narzisstischen Rausch.

Mit gutem Recht kann ich behaupten, dass ich die khakifarbenen drei Jahre nur durch diese Hilfe ertrug. Egal wem oder was, ich stellte mich dem entgegen und gewann jedes Mal. Ich erfand großartige Lügen, setzte mich mit unerschütterlichem Willen durch, und auch ein möglicher Aufenthalt im Militärgefängnis hielt mich nicht zurück. Ich erinnere mich noch gut daran, was der Kompanie-Unteroffizier vor meinem Vietnam-Einsatz kopfschüttelnd zu mir gesagt hatte:

„Du Kotzbrocken, verrat mir doch mal, wo du den Mut zu deiner unverschämten Frechheit herhast?"

Ich verweigerte das Traben und die übrige Rennerei und drohte ihm, ich würde Vietnam hinschmeißen, zum Hauptquartier zurückkehren oder mich lieber gleich in den Knast stecken lassen. Nach einigem Hin und Her gab er nach und schnalzte mit der Zunge: „Ts-ts. In meinem zwanzigjährigen Dienst bin ich so einem durchgedrehten Typen wie dir noch nie begegnet. Du hast Glück, einen Frechdachs wie dich lass ich eh nur in Ruhe, da wir sowieso bald auf einem Schlachtfeld landen. Ab heute übernimmst du die Verwaltung der Kompanie, dann bist du vom Training befreit."

Im ganzen Trainingslager in Omni war jeweils nur einer aus jeder Kompanie vom Training freigestellt, nämlich derjenige, der für Verwaltungsaufgaben zuständig war. Und genau diesen Job gab er mir. Der Unteroffizier nannte mich zwar einen Frechdachs, aber ganz so einfach war es dann doch nicht. Meine Kraft entwickelte sich zu einer Kunst des Überlebens, sie entbehrte aber höherer Weisheiten. Geistig zappelte ich immer noch im Loch.

Ich meldete mich freiwillig für Vietnam, als ich die Hälfte des Militärdienstes hinter mich gebracht hatte. Zu dieser Zeit wankte ich bezüglich meiner Kraft. Sie verlor spürbar an Stärke, sie schwand Tag für Tag, und mir war zumute, als erlösche mein Lebenslicht. Der äußere Gestank war längst verflogen, trotzdem hätte ich nicht im Traum daran gedacht, dass meine grenzenlose geistige Kraft nachlassen könnte.

Vielleicht war es normal, dass sie an Stärke verlor. Allerdings brauchte ich sie in dieser Zeit auch nicht mehr. In der militärischen Tretmühle mit ihrer allzu banalen, simplen Hierarchie war sie mir fast nicht mehr erforderlich.

Die Hälfte meines Dienstes war dahingeeilt und ich genoss den himmlischsten Frieden meines bis dato nicht allzu langen Lebens. Einerseits hatte ich keine Träume und keine Wünsche mehr, andererseits rostete während der Militärzeit auch die scharfe Schneide meiner Sensibilität, die mich bei jeder Gelegenheit geschnitten hatte, und fügte mir keine Wunden mehr zu.

Sobald ich die innere Ruhe erkannte, in die ich verfallen war, meldete ich mich also für den Einsatz in Vietnam. Diese Ruhe passte einfach nicht zu mir, sie machte mir Angst. Irgendwie ahnte ich auch, dass ich später auf irgendeine Weise den Preis für sie zahlen müsste, das hieß, sie würde Gift für mein späteres Leben sein. Doch eigentlich hatte auch Hamin seinen Anteil an meiner Entscheidung für Vietnam.

Eines Tages gegen Mittag kam er mich unerwartet besuchen, betrunken, seine Augen rot angelaufen. Ich schleppte ihn zu einer Schenke in der Nähe des Hauptquartiers in Samgakji. Kaum saß er, becherte er weiter. Eine ganze Kanne Maggolli trank er leer und bekam trotzdem den Mund nicht auf. Sicher hatte er mir etwas mitzuteilen, aber er wollte nicht damit herausrücken. Deshalb musste ich den Anfang machen:

„Junge, was ist los?"

Er sah mich aus rot unterlaufenen Augen an.

„Yunho, was mach ich jetzt nur?"

„Was ist denn? Ist außer mir noch einer zum Militär verschwunden?", scherzte ich, worauf er mir die Maggolli-Schüssel auf den Tisch knallte.

„Nein, nein. Hyonhi, ich meine Na Hyonhi …"

„Ja, was ist mit ihr?", fragte ich, und Hamin senkte resigniert den Kopf.

„Ich hab's mit ihr getan."

Angespannt musterte ich ihn. Ich verstand nicht, warum er sich schon so früh betrank und ein langes Gesicht machte, obwohl er mit der, die er so anhimmelte, geschlafen hatte.

„So so, lass mich mal raten. Nachdem du es mit ihr getan hast, stelltest du fest, dass sie Jungfrau war, stimmt's?", scherzte ich erneut.

Er blinzelte verständnislos.

„Als du dich wegen Mira gequält hast, hast du da nicht irgendwann mal gesagt, du würdest jeder, die von Jungfräulichkeit faselt, ins Gesicht spucken?", konkretisierte ich, doch er schüttelte heftig den Kopf.

„Nee, nee, es geht um was anderes."

„Was? Raus mit der Sprache. Sag bloß, du bist so stolz auf dich, weil du Hyonhi flachgelegt hast, und nun maunzt du vor Freude, isses das?"

„Du bist ein Schwein. Ich dachte, du würdest mich verstehen …", zischte er.

„Wie zum Teufel soll ich so einen verworrenen Kerl wie dich verstehen? Bitte nicht um den Brei herumreden, na los, pack endlich aus. Du hast sie genagelt, eigentlich müsstest du vor Freude auf dem Tisch tanzen, aber du ziehst eine Grimasse, warum?", sagte ich eine Spur zu laut. Hamin leerte erneut die Schüssel.

„Ich weiß es nicht mehr. Warum habe ich sie dazu gezwungen? Das war nicht geplant. Ich wollte ihr kein Haar krümmen. Ich hatte geschworen, ich würde sie heimlich, nur für mich, lieben …"

Seine Worte schwammen in Tränen. Man sah, wie sehr es ihn mitnahm.

„Wie ist es dazu gekommen?", fragte ich.

„Ich war mit ihr beim Kirschblütenfest in Changgyongwon. Wir waren Ruderboot fahren auf dem Teich, aber da ich schon zu viel getrunken hatte, fiel ich irgendwie ins Wasser. Zum Glück ist das Boot nicht gekentert und ihr ist nichts passiert. Die Leute klatschten wie wild, als sie mich im Wasser sahen. Der Teich war nicht tief, und ich konnte mich ohne Mühe an Land retten, aber meine Kleider waren richtig versaut. Das Wasser dort ist faul bis zum Gehtnichtmehr, die reinste Kloake. Ich roch wie ein Stinktier. Ich zerbrach mir den Kopf, wie ich nun nach Hause kommen sollte, weil der Gestank dermaßen entsetzlich war, dass ich weder Taxi noch Bus nehmen konnte. Also bot mir Hyonhi an, mit zu ihr zu kommen. Sie wohnt mit ihren Schwestern in der Nähe, und die seien zur Ahnenverehrung in die Heimat gefahren. Ich sollte nur rasch meine Kleidung bei ihr waschen. So kam ich zu ihr. In ihrer Küche zog ich mich aus und wusch mich gerade, als sie reinkam, um mir ihre trockenen Klamotten zum Umziehen zu geben, und dabei sah sie mich nackt. Der Gedanke, dass sie mich nackt gesehen hat, trieb mich zur Frechheit, sie nehmen zu wollen. Ich weiß nicht, warum ich auf die Idee kam, jedenfalls konnte ich einfach nicht anders."

Seine Stimme wurde brüchig, er kippte Maggolli hinunter, als brenne seine Kehle, und fuhr fort:

„Undank ist der Welten Lohn. Nach dem Waschen gab sie mir das Zimmer ihrer jüngeren Schwester zum Schlafen, doch ich ging in Hyonhis Zimmer hinüber. Dann begann das Tauziehen zwischen ihr und mir, die ganze Nacht lang. Ich bildete mir ein, falls ich es nicht schaffte, sie zu nehmen, würde ich die Schande nicht überstehen. Sie flennte, flehte mich an, es sein zu lassen, dennoch machte ich mich über sie her. Ich kam mir wie eine Bestie vor, aber je mehr ich glaubte, eine Bestie zu sein, desto aggressiver fiel ich über sie her. Schließlich, im Morgengrauen, kam ich zum Schuss. Irgendwann hatte sie meiner Verbissenheit nachgegeben."

Seine Augen waren voller Tränen und er schluchzte.

„Vielleicht ist das so das Beste für euch. Ich meine, an der Uni weiß doch jeder, dass zwischen euch was ist ...", sagte ich vorsichtig. Hamin schüttelte hektisch den Kopf.

„Nein, nein, so ist es nicht", sagte er.

„Wo liegt dann das Problem?"

„Nachdem sie den Widerstand aufgegeben hatte, lag sie da wie eine Tote. Auch als ich sie auszog, rührte sie sich kein bisschen. Ich Idiot wusste nicht, dass es ihr größtmöglicher Widerstand gegen mich war, und deutete es als Scham. Das war ein fatales Malheur. In dem Moment, in dem ich in sie eindrang, verlor ich sie."

„..."

„In dieser Nacht habe ich erfahren, welche mörderische Verzweiflung ein Geschlechtsakt ohne gegenseitige Gefühle hervorrufen kann. Und das ausgerechnet mit Hyonhi. Sie lag wie tot da, als ich in sie eindrang, ihre Augen waren kalt wie Glas, ohne ein Fünkchen Gefühl. In dem Augenblick wusste ich, ich würde sie verlieren. Und trotzdem bewegte ich mich weiter. Die Wärme, das Wohlbehagen, das ich vorher in ihrem Beisein erfahren hatte, der frische Duft ihres Haares nach Seife und Blumen, all diese für mich so unschätzbaren Dinge schwanden wie ein Lügengespinst dahin. Körperlich war ich mit ihr eins, trotzdem war mir hundeelend zumute. Ich hatte ihren Körper besudelt und sie nahm Abstand von mir wie von fauligem Müll. Am Morgen verließ ich ihre Wohnung, Hyonhi starrte mich mit gläsernen Augen an und sagte, wir würden diese Sache für den Rest unseres Lebens bereuen."

Er legte die Stirn auf den Tisch und heulte los. Ich wagte nicht, ihn zu trösten, denn die Hölle, die er mir beschrieben hatte, schwebte mir bildlich vor Augen. Nach einer Weile hob er den Kopf und sah mich an, wobei ihm dicke Tränen über das Gesicht rollten.

„Yunho, was soll ich bloß mit meinem Leben machen?"

Ich wich seinem Blick aus und sagte:

„Ich gehe nach Vietnam."

7. Meditation über Frauen (Zwei)

Im Lazarett von Nhatrang bekam ich einen Brief von Hamin. In den zehn Monaten, in denen ich in Vietnam war, hatte ich niemandem eine Nachricht zukommen lassen. Die erste hatte ich Hamin per Postkarte geschrieben, mit einem läppischen Satz, *ich lebe noch*, und so war der Briefwechsel zwischen ihm und mir hergestellt.

In seinem ersten Brief beklagte er sich über seine schmerzliche Lage wegen Hyonhi. Auf der Malaria-Station des Nhatranger Lazaretts schrieb ich ihm zurück, er möge abwarten, bis die Zeit das Problem löse. In seinem zweiten Brief nutzte er seinen aufwühlenden Duktus, um alle seine Wunden, die er durch Hyonhi erlitten hatte, ohne Beschönigung zum Ausdruck zu bringen. Beim Lesen seines Briefes glaubte ich fast, das Blut zu sehen, das aus seinen Wunden rann, und ihn vor Schmerzen stöhnen zu hören.

Yunho,
du sagst, ich solle warten, bis sich der Schlamassel, den ich bei Hyonhi angerichtet habe, von selbst auflöst, warten und nochmals warten, bis sie einen anderen heiratet, um mich dann von aller Schuld freizusprechen. Das ist eine harte Nuss, ja verdammt hart. Trotzdem haben mich deine Worte gerührt. Warum? Weil ich ein armer koreanischer Student bin, und weil ich vor allem ein armseliger Dichter bin.
Yunho, Kim Yunho, du bist du, und ich bin ich. Nein, ich bin nicht ich, trotzdem bin ich ich. Ich will nicht ich sein, ich kann aber nicht anders. Ein Ich, das ich nicht bin, und trotzdem, ach ...

Verblühende und wieder aufblühende Blumen
harren im Dämmerlicht
Die unentrinnbare Trennung nickt mir zu
In Nebelschlieren, die mein Leben umschlingen
Nickend machen sie sich an mich heran
Ich solle mitkommen

Aber ihr, ihr seid besser dran als ich
Die Menschheit treibt sich in Rudeln herum
Und ihr tut es ebenfalls
Ich habe nur diesen einen Weg
Ihr betört mich mitzukommen, mitzukommen
Hinter mir schwankt mein Schatten
Und verblühen die Magnolien

Das ist von einer Dichterin, die vor kurzem debütiert hat und die ich in einer geselligen Dichterrunde flüchtig kennen gelernt habe. Ihr Gedicht hat mir Mut gemacht und ich habe Hyonhi aufgesucht. Sie ist jetzt Koreanisch-Lehrerin einer Frauenschule in einer Hafenstadt an der Westküste. Es war eine Reise voller Sehnsucht.
Ich wartete vor dem Haupteingang der Schule auf sie, es regnete und wurde schon dunkel. Sie streifte mich flüchtig mit ihrem Blick, dann ging sie mit ihren Kollegen an mir vorbei, in eine Kneipe am Ende der Mole. Über zwei Stunden stand ich draußen vor der Kneipe, dann kam sie heraus und nahm einen Bus. Wie eine willenlose Marionette lief ich ihr nach und stieg ebenfalls in den Bus. Sie stieg in einem Küstendorf aus, bog in eine Gasse ein und blieb vor einer blauen, vom Meereswind verblichenen Haustür stehen. Erst da drehte sie sich zu mir um. Ohne ein Wort zu sagen, seufzte sie vor sich hin.
Verzweifelt flehte ich sie an, mit mir eine Tasse Kaffee zu trinken. In einem Café sagte sie dann, sie habe mich vergessen. Binnen einiger Monate soll sie mich vergessen haben. Herrje, waren das schreckliche Worte. Auch wenn sie das nur so dahingesagt haben sollte, damit ich sie endlich abschreibe, war es trotzdem entsetzlich. Später verabschiedete ich mich von ihr, und in einer Absteige dieser verregneten fremden Hafenstadt verzieh ich ihr alles, nur eins nicht, dass sie mich schon vergessen hatte.
Yunho,
du sagst, ich solle warten, bis sich der Schlamassel, den ich bei ihr angerichtet habe, von selbst auflöst, aber ehe das geschieht, wird die Zeit uns vergessen, und was dann? Ich werde nicht einfach zusehen, wie Hyonhi

mich vergisst und wie meine Sehnsucht, ihre Wärme, Vertrautheit und der wohlige Kummer auf der Schutthalde des Vergessens begraben werden. Dass Menschen einander vergessen, ist schrecklich, so schrecklich. Nun peinigt mich das Wort „Vergessen" und lässt mich schwanken. Weder irgendeine Kraft noch ein ungeheures Wissen dieses Jahrhunderts werden das Vergessenwerden zwischen zwei Menschen verhindern können.

Yunho,
wie könnte man die Frau, hinter der man her ist, diese verregnete Hafenstadt und die fremde Absteige vergessen. Morgen ist ihr Geburtstag. Ich liebe sie immer noch! Ja, lach mich nur aus. Wie auch immer, sie, die sich weiter von mir entfernt hat als mein Tod, ist mir so unersetzlich und fehlt mir so sehr. Na los, erteil schon deine Rügen, ich sei bescheuert. Die Hälfte des Tages hasse ich sie, und die andere Hälfte vermisse ich sie, als wäre sie ein Teil von mir. Ach, wie ich sie liebe!

Yunho,
ich weiß, dass meine Liebe zu Hyonhi eine Krankheit ist. Aber etwas anderes als diese Krankheit will ich nicht. Sie verwüstet meine Seele und meinen Körper schlimmer als mein Tod. Schieß mich ruhig mit deinen Sprüchen ab, vielleicht mit so was, wie: „Nur eine unheilbare Krankheit verdient die Schönheit". Doch meine Krankheit, Yunho, würde nicht einmal nach meinem Tod vorbei sein, da bin ich sicher; sie würde mich auf ewig kaputt machen und ich würde mich dieser Zerstörung aussetzen.

Yunho,
bevor es geschieht, möchte ich noch eines erledigen. Entweder ich vergebe Hyonhi, die mich vergessen hat, oder ich bringe sie um, oder ich vergebe ihr, und danach bringe ich sie um, für eines davon muss ich mich entscheiden. Meine Worte hier sollen nie revidiert werden. Ich schwöre dir, eines davon werde ich tun, denn das ist mein einziger Weg, sie zu lieben. Und ich heule. Yunho, oh Yunho … Mach's gut. Ich heule. Machs gut. Bitte bleib am Leben.

P.S.
Ich habe eine Handvoll Lilien in eine Vase gesteckt. Heute ist Sonntag, ich höre, der Han-Fluss sei schon rammelvoll mit Schwimmern. Ich habe

das Geschwulst auf meiner Stirn, das du auch irgendwann mal angefasst hast, wegoperieren lassen. Vor ein paar Tagen wurden mir die Fäden gezogen, und morgen werde ich den Verband entfernen. Jisuk, die du genauso sehr fürchtest wie du sie liebst, arbeitet als Lehrerin an einer ländlichen Schule nahe Chungju. Ich schicke dir ihre Adresse mit, doch was du damit machst, überlasse ich dir. Ach ja, noch was, Hyongjin ist zurück und läuft tagtäglich in Marinehose, Exerzierjacke und mit einer riesigen Tasche über den Campus. Im Fußballspiel zwischen den Fachbereichen hat man ihn als Verteidiger aufgestellt, aber bevor das Spiel anfing, habe ich ihn durch einen anderen ersetzt. Warum? Weil ich der Mannschaftskapitän des Fachbereichs „Kreatives Schreiben" bin, Yunho, weil ich ein verfluchter Bauernsohn bin, weil ich ein einsamer, verzweifelter Taugenichts bin, weil ich von einer stolzen Frau vergessen wurde, ja aber vor allem, weil ich der Kapitän bin.

Yunho, in diesem Augenblick, in dem ich dir schreibe, bin ich dabei, den Verstand zu verlieren. Ich sehe dich zwar nicht, und dennoch ermahnst du mich vom Schlachtfeld aus wegen meiner Leidenschaft, mahnst mit deinen Beteuerungen, deinem inneren Frieden, der Zerstörung und neuem Leben. Ja, ich wünschte, du würdest nie aus Vietnam zurückkehren und mir weiterhin Briefe von dort schicken, sodass ich weiterhin den Groll eines Lebensmüden vor dir ausbreiten kann, ja, das Jammern eines Menschen, der nicht lebt, sondern empfindungslos wie ein Insekt vor sich dahinvegetiert.

Auf diesen Brief antwortete ich Hamin nicht. Zwischen ihm und Hyonhi war es aus, endgültig, und dazu noch weitere Bemerkungen zu machen, wäre nichts als Schaumschlägerei gewesen. Ich hatte das Gefühl, seine Briefe waren eine Art Mordersatz. Indem er mir andauernd schwor, er würde sie umbringen, brachte er sie sozusagen gefühlsmäßig um, und das tat ihm bestimmt gut. Auf diese Weise würde er sie endgültig vergessen können.

Als ich in Vietnam gelandet war, war mein erster Eindruck, dass dieses Land an sich ein riesiger Scheißhaufen war, ein gigantischer Kuhfladen. Nicht nur dieses Land, sondern auch die entsandten Truppen, unsere eingeschlossen, und das war auch der Grund, warum ich mich hier so wohl fühlte. Ich hatte das Gefühl, in einem riesigen Fladen zu schwimmen.

In der Tat war mir angst und bange gewesen, als ich auf dem Schiffsdeck mitbekam, welcher Abteilung ich zugeteilt worden war, und als ich darüber nachdachte, dass ich bald Menschen, die ich nie zuvor gesehen hatte, nur wegen einer anderen Ideologie töten würde. Würde ich tatsächlich imstande sein, auf sie zu feuern, wenn ich mit ihnen konfrontiert würde? Müsste ich dafür in mir Hass gegen sie heranzüchten?

Eine Lautsprecherstimme verkündete, ich sei zur Artillerie abgestellt, und der Gefreite neben mir fragte, was zum Teufel es in einer Artillerie zu tun gäbe, sah mich mit neidvollem Blick an und sagte:

„Da brauchst du doch nur die Granaten rumzuschleppen, bis deine Schultern kaputtgehen, dafür wird der Tod dich aber schonen und du kommst heil nach Hause zurück."

Innerhalb der Artillerie wurde ich der Einheit A zugeordnet, und dort warteten wieder Verwaltungsaufgaben auf mich.

Im Büro des Batterieführers dieser Einheit stand eine goldbestickte Fahne, die von unserem Hauptquartier in Vietnam an besonders verdiente Truppen verliehen wurde. Mein Vorgänger, der Hauptgefreite Seo Jonggu, der zum Nachschub gewechselt war, deutete auf die Fahne und sagte: „Die ganze Stickerei ist aus Gold. Das bedeutet, dass unsere Einheit von allen koreanischen Truppen die mit dem meisten Geld ist."

Nach ein paar Wochen begriff ich haargenau, was er damit meinte. Die Artillerieeinheit A war die einzige koreanische Truppe, die auf dem Stützpunkt der amerikanischen Luftwaffe stationiert war, von wo aus die Überschallbomber ins kommunistische Nordvietnam losdüsten. Weshalb? Der Grund waren die Vietcongs. Die Amerikaner waren mit 155-mm-Sturmgeschützen bewaffnet. Deren Feuerkraft war unseren 105-mm-Sturmgeschützen, die wir Gammelkanonen nannten, haushoch überlegen, und dennoch waren sie aufgrund ihrer großen Reichweite nun seltsamerweise unbrauchbar, weil die Vietcongs den Amis direkt vor der Nase herumtanzten und sie damit regelrecht piesackten. Gezwungenermaßen, weil wir Geschütze kürzerer Reichweite hatten, hatten die Amerikaner uns um Hilfe gebeten, und so hatte man unsere Einheit geschickt.

So kam es, dass wir unser Lager im amerikanischen Luftwaffenstützpunkt hatten, direkt neben der Mülldeponie, wie eine Insel. Um den Stützpunkt herum, den die Amerikaner aufs schärfste bewachten, war in mehreren Lagen Stacheldraht ausgerollt, sodass wir im Grunde keinen Verhau brauchten, doch die Einheit errichtete pro forma trotzdem einen eigenen Verhau und ließ ihre Soldaten mit Gewehren ohne Patronen Wache stehen. Gerade dieser nur zum Schein aufgestellte Verhau bescherte unserer Einheit eine Art Exterritorialität innerhalb des amerikanischen Stützpunktes.

Dass mir Seo Jonggu die Verwaltung so aufgedreht übergab und prompt zum Nachschub wechselte, hatte seine guten Gründe. Der Nachschub der Einheit A war zuständig für Lebensmittel, war also die Creme der Kompanie. Da wir nicht den Amerikanern unterstanden, brauchten wir uns auch beim Eintritt durch das Haupttor keiner Kontrolle unterziehen zu lassen, und genau dieser Umstand machte den Nachschub unserer Einheit zu dem, was er war, und gleichzeitig zur Mustertruppe.

Seo Jonggu nutzte die Gelegenheit und machte gemeinsame Sache mit dem Nachschubzuständigen der amerikanischen Luftwaffe. Sie schafften Obst, Fleisch, und anderes von den Rationen der Amerikaner per Laster aus der Kaserne und verkauften es an die vietnamesischen Händler. Laut Seo Jonggu würde die Ausbeute auch den obersten Stellen des koreanischen Hauptquartiers zuteil, und dafür erhielte man die Fahne.

Natürlich schauten auch die anderen Gefreiten nicht tatenlos zu. Diejenigen, die man in Kürze vom Dienst verabschieden würde, vernachlässigten einfach ihre Pflichten und bastelten mit voller Hingabe an ihrem Rückkehrerkasten. In dem quadratischen Holzkasten mit eineinhalb Metern Seitenlänge verstauten sie üblicherweise aufgerollte fingerdicke Kupferdrähte, die man in Korea zu den höchsten Preisen verkaufen konnte, da sie eine sichere Geldanlage darstellten.

Die Kupferdrähte gehörten zwar den Amerikanern, doch wir knackten ein paar Mal pro Monat im Schutze der Nacht ihr Depot und sackten die Drähte ein. Innerhalb des Stützpunktes war es untersagt, Schüsse abzugeben, sodass die amerikanischen Militärpolizisten den Schwund machtlos mit ansehen mussten, solange wir nicht vor Ort erwischt wurden. Und falls sie uns dennoch verfolgen sollten, waren wir unantastbar, sobald wir den Haupteingang unserer Einheit passiert hatten. Dann blieben sie vor dem Eingang stehen, fuchtelten mit den Fäusten in der Luft herum und schrien uns hinterher: „You goddam korean son-of-a-bitch!"

Ja, wir genossen wahrhaftig Immunität innerhalb des amerikanischen Stützpunktes. Und wenn mal Truppenkonzerte stattfanden und die Amerikaner alle dort waren, schlichen wir in ihre Quartiere und plünderten alles, was sich zu Geld machen ließ, Fernsehapparate, Schreibmaschinen, Kaffeekannen und sogar Playboy-Magazine.

Auch ich, der ich in der Verwaltung saß, hatte neben meinem Gehalt ein gar nicht so übles Zusatzeinkommen. Zum ersten Mal in meinem Leben betrieb ich so etwas wie eine doppelte Buchführung, was mir Jonggu beigebracht hatte. Es diente dazu, die Gehälter für die Offiziere und Gefreiten auf die Seite zu bringen. Ein Hauptgefreiter bekam als monatliches Gehalt gut fünfzig Dollar, doch davon durfte er nur zehn Dollar in Vietnam ausgeben, der Rest wurde nach Korea überwiesen, damit man nach der Rückkehr noch etwas übrig hatte. Im privaten Handel mit den Amerikanern konnte man einen gebrauchten amerikanischen Fernseher für knapp hundert Dollar ergattern, der sich in Korea für eine ungeheure Summe weiterverkaufen ließ. Unsere Einheit bekam ständig Besuche von Höherrangigen, die unserem Kompanieführer mit der Bitte in den Ohren lagen, für sie im PX genannten Post Exchange, dem Vorzugsladen für amerikanische Truppenangehörige, oder auch im direkten Handel Sachen zu besorgen.

Auch im koreanischen PX außerhalb unseres Stützpunktes konnte man Fernseher *made in Korea* steuerfrei zu achtzig, neunzig Dollar erstehen, da man auch in Korea gerade damit anfing, solche Geräte herzustellen, diese schienen jedoch in Korea gerade das Fünffache zu kosten. Es war eine Zeit, in der es in jedem koreanischen Dorf höchstens ein oder zwei Fernseher gab. Und so kam es, dass alle Offiziere und Gefreiten unserer Einheit einige Tage vor der Überweisung ihrer restlichen Gehälter auf mich zustürzten und mich anflehten, ihnen das gesamte Geld auszuhändigen.

Es war kein schlechtes Geschäft für mich. Die Koreaner erhielten neben ihrem in Dollar ausgezahlten Gehalt auch Militärcoupons, mit denen man im koreanischen PX steuerfrei einkaufen konnte. Da aber die Soldaten unserer Einheit ausschließlich das amerikanische PX benutzten, standen die Coupons derjenigen, für die ich die Gehälter abgezweigt hatte, mir zur freien Verfügung. Der Feldwebel einer uns höhergestellten Einheit kaufte uns die Coupons zum halben Preis ab. Wenn ich beispielsweise im Monat tausend Dollar an Gehältern abzweigte, steckten in meiner Hosentasche ungefähr fünfhundert Dollar. Verglichen mit Jonggus Räuberkasse war das natürlich eine mickrige Summe, auch weniger als das, was das Stehlen von Kupfer einbrachte. Und doch reichte es dicke dafür aus, dass ich nach Lust und Laune zur nahe liegenden Camranh-Bucht fahren konnte und dort Frauen und Alkohol kaufte. Dort wälzte ich mich mit Frauen, betrank mich und fühlte mich glücklich und zufrieden.

Zum ersten Mal in meinem Leben fühlte ich mich geheilt von der moralisch-sittlichen Wunde, unehelich geboren zu sein, von der erstickenden Gewissheit, der elenden Unterschicht zu entstammen. Dazu hatte sicherlich der besondere Umstand des Krieges beigetragen, der es einem ermöglichte, andere Menschen, solange sie nicht auf derselben Seite standen, zu bestehlen, auszuplündern, zu morden, zu vergewaltigen, ja überhaupt war alles möglich. Mithilfe des Krieges warf ich mich in den tiefsten Abgrund der Unmoral, Unsittlichkeit und Asozialität.

Eines Nachmittags, nachdem ich gut zehn Monate Dienst in dieser Einheit geleistet hatte, bekam ich hohes Fieber und kippte um. Ein Hubschrauber flog mich zum Lazarett von Nhatrang und die Diagnose lautete Malaria.

Im Gegensatz zu den anderen Stationen, auf denen man unentwegt Schmerzensschreie hörte, und wo die umherflitzenden Sanitäter und Krankenschwestern mit Verwundeten auf den Tragbahren einen Heidenlärm veranstalteten, herrschte auf der Malaria-Station Grabesstille. Sie erreichte ihren Höhepunkt nach dem Mittagessen, während des Mittagsschläfchens, das *Siesta Time* genannt wurde. Die Patienten lagen im Bett und vermieden tunlichst die Blicke ihrer Zimmergenossen. Nach außen hin sahen sie völlig gesund aus, doch für gewöhnlich wachten jeden Monat einige von ihnen nach der Siesta nicht mehr auf. Ich weiß nicht weshalb, jedenfalls stiegen ihre Körpertemperaturen in der Siesta auf über vierzig Grad, das Gehirn hielt die Temperatur nicht aus und kam zum Stillstand, und schon waren sie dahin. Und falls sie doch noch am Leben blieben, war ihr Gehirn durch das hohe Fieber so beeinträchtigt, dass sie in einem komaähnlichen Zustand dahinvegetierten.

Ich indessen strahlte vor Freude, dass ich Malaria hatte. Auf dem Abgrund meines Lebens hatte die Malaria auf mich gewartet und teilte mir schulterklopfend mit, *na mein Junge, von hier aus geht es noch weiter nach unten!*

Ich war wunschlos glücklich. Falls ich lebendig nach Korea zurückkehren sollte, machte ich mir nun keine Sorgen mehr über die Tage, die ich dort noch zu leben hatte. Ich war definitiv im dunkelsten Abgrund einer ebenso finsteren Welt gelandet.

Ich kehrte nach Korea zurück, und Hamin organisierte im Bukchong-Haus, dem zwielichtigen Etablissement nahe der Uni, ein kleines Trinkgelage. Er und die anderen fünf, sechs Kommilitonen waren im letzten Studienjahr, hatten in wenigen Monaten ihren Abschluss und benahmen sich so, als hätten sie sich schon um die Gesellschaft verdient gemacht.

Mir zu Ehren beschied Hamin der jüngsten Frau im Bukchong-Haus, sich neben mich zu setzen, dann wurden die übrigen Plätze geregelt, indem die beiden anderen Frauen zwischen ihnen Platz nahmen. Danach stellte mir Hamin die Frau vor, die von Beginn an neben ihm saß.

„Yunho, das ist meine Freundin, Jo Yonghi, sie ist im zweiten Jahr des Kreativen Schreibens. Ich sag's dir, eine tolle Frau. Ich hab ihr von dir erzählt und dass du zurückkommst. Ich hab sie mitgebracht, weil sie dich unbedingt kennen lernen will."

Die Kommilitonen schmunzelten verlegen und sahen Yonghi immer wieder heimlich an. Da meldete sich Yonghi selbst zu Wort:

„Das hätte gerade noch gefehlt, er könnte es ja für bare Münze nehmen. Nein, ich bin eigentlich keine Studentin, nicht mehr. Ich habe das Kreative Schreiben im zweiten Jahr geschmissen und arbeite jetzt als Hostess in einem noblen Salon in Gangnam. Ich gehöre dort zur Topkategorie und werde sehr geschätzt. Ich bin nicht Hamins Freundin, würde eher sagen, ich leihe ihm gratis meinen teuren Körper. Na, Yunho, wie sehe ich denn deiner Meinung nach aus? Nicht schlecht, oder?", kokettierte sie und lächelte mich selbstbewusst an. Ich musste ihr Recht geben, sie war eine glamouröse Schönheit, ihre Augen, Nase, Lippen, überhaupt alles an ihr war fabelhaft. Nach ihrer skurrilen Selbstvorstellung verzog Hamin das Gesicht und die anderen schmunzelten erneut verlegen. Ich nickte ihr zu und antwortete:

„Ein hübsches Gesicht. Mit so einem Gesicht und so einer Figur wird es dir gesundheitlich bestimmt nicht schaden, dich einem gelegentlich mal gratis anzubieten."

„Jaah, das gefällt mir. Da war doch was Wahres dran an den Gerüchten, die hier kursiert sind. Es war wirklich gescheit von mir, heute auf meine Einkünfte zu verzichten und mitzukommen. Hier, ich möchte dir gern einschenken."

Yonghi hielt mir die Bierflasche hin, ich ihr das Glas entgegen, worauf die Kommilitonen vergnügt lachten und applaudierten.

„Mannomann, ein Salonlöwe und eine Salonlöwin erkennen sich auf den ersten Blick. Ihr passt gut zusammen. Sag mal, Yonghi, wie viele Männer hast du allein an unserer Uni schon gewechselt?", fragte einer von ihnen.

„Bitte hängt das nicht nur mir an. Bin ich schuld an den Trennungen? Nein, ich kann doch nichts dafür, wenn die Männer plemplem sind. Männer sind weiß Gott vernagelt. Zuerst schmeißen sie das Handtuch und dann legen sie es den Frauen zur Last. Ich denke, Yunho ist aber nicht so einer. Habe ich Recht, Yunho?", fragte sie, und ich erhaschte flüchtig Hamins Blick. Sein Gesicht sprach *Das habe ich nicht verdient,* er selbst sagte:

„Schon gut, schon gut. Ich hab's mir auch gedacht, ihr würdet irgendwie gut zueinander passen. Aber Yunho, hüte dich, ich denke nicht daran, sie dir abzutreten. Freu dich nicht zu früh", verkündete er, und plötzlich schlang Yonghi die Arme um seinen Hals.

„Ui, Hamin, du bist einfach klasse, wirklich. So ein selbstsicheres Auftreten hätte ich dir gar nicht zugetraut. Weißt du, ich habe auch überhaupt nicht vor, dich zu verlassen und dich durch einen anderen zu ersetzen. Mein liebster Hamin, du darfst mich bis ans Ende der Welt nicht aufgeben, hast du mich verstanden?"

„Ja … ja natürlich", stammelte er, wobei er sich wand, um sich aus Yonghis Umarmung zu befreien, doch sein Blick war voller Stolz auf mich gerichtet, womit er mir zu verstehen gab, *na, bin ich nicht gut?*

„Ich kann dich nur beglückwünschen. Endlich hast die Richtige getroffen. Ich bitte dich, halte es lange, lange mit ihr aus", gratulierte ich ihm von ganzem Herzen. Er aber sah mich plötzlich böse an.

„Vietnam scheint dich kein bisschen verändert zu haben. Zum Teufel mit dir! Was pinkelst du mich schon bei unserem ersten Zusammenkommen an, nach so langer Zeit? Halte es lange, lange mit ihr aus? Was soll das?", fuhr er mir übers Maul, und ich sah ihn fassungslos an. Warum verstand er meine Aufrichtigkeit als Anpinkeln? Da fuhr es mir schlagartig durch den Kopf, dass seine Wunden, die er Hyonhi zu verdanken hatte, vielleicht noch nicht verheilt waren, und ich konnte seine Gereiztheit nachvollziehen.

„Es war nicht meine Absicht, dich zu verletzen, im Ernst. Wenn ich etwas gesagt habe, was ich nicht hätte sagen sollen, dann möchte ich dich hier und jetzt um Entschuldigung bitten", sagte ich, und Yonghi schaltete sich ein.

„Ihr blöden Kerle, hört endlich auf mit dem Gezanke. Schluss jetzt! Das könnt ihr später unter vier Augen ausmachen, jetzt aber wird getrunken."

Wie es sich für eine Hostess gehörte, drehte Yonghi die Stimmung, und im Handumdrehen wurde die Runde wieder fröhlich. Jeder schenkte mir ein mit den Worten *Gratulation zu deiner heilen Rückkehr*, und ich leerte ohne Widerstand jedes Glas. Als das Trinken richtig in Schwung gekommen war, ging mit einem Mal die Zimmertür auf, und ich erkannte Hyongjin.

„Jungs, ich habe mich verspätet", sagte er, und automatisch richtete ich mich halb auf.

„Hyo… Hyongjin", stammelte ich.

„Du scheinst mich nicht erwartet zu haben", schnaufte er und verzog den Mund. Ich sah sein Grinsen zum ersten Mal nach mehr als drei Jahren.

„Ich hab mich schon gewundert, warum du nicht dabei warst", sagte ich.

„Nur die Ruhe. Das eigentliche Wundern wird gleich erst noch kommen", schnaufte er erneut, drehte sich zur Seite um und sagte:

„Komm rein. Alle warten schon."

Mit Hyongjin trat völlig unerwartet Cha Jisuk ins Zimmer. Auch diesmal stand ich halbwegs auf.

„Ji… Jisuk", stammelte ich erneut.

Jisuk machte ein unbeteiligtes Gesicht, nickte mir kurz zu und sagte:

„Hallo, lange nicht gesehen."

Ich grüßte zurück und fragte Hyongjin gleichzeitig mit Blicken, *was hat es damit auf sich?* Er schüttelte den Kopf und sagte:

„Ich habe nur den Botengang gemacht und Jisuk vom *Millionen* abgeholt. Die Machenschaft ausgeheckt hat aber Hamin."

Jetzt regte sich Hamin auf:

„Machenschaft? Was für eine Machenschaft? Ich wollte dir nur ein Gefallen tun, Yunho. Wenn ich's nicht getan hätte, wann hättest du Jisuk, unsere Primadonna, je wieder zu Gesicht bekommen? Jisuk, bitte setz dich neben Yunho. Heute ist sein Tag, und wir wollen ihm bei allem entgegenkommen, also auch, wenn du dich neben ihm unwohl fühlen solltest, bitte halt's aus."

Jisuk setzte sich wie selbstverständlich neben mich.

„Ein richtiger Hahn im Korb. Ich habe nicht mal eine neben mir, aber Yunho hat auf beiden Seiten eine", beschwerte sich einer der Kommilitonen. Die Frau vom Bukchong-Haus zu meiner Rechten richtete sich auf, zog einen Flunsch, sah mich an und sagte:

„Ich glaube, ich werde hier wohl nicht mehr benötigt."

„Nicht doch, bleib sitzen", sagte ich, hielt sie am Arm fest und brachte sie dazu, sitzen zu bleiben. Sofort strahlte sie wieder.

„Der Herr scheint einen großen Appetit zu haben. Ihre Freundin ist gekommen, trotzdem wollen Sie mich auch dabeihaben?", nuschelte sie, und ich küsste sie auf die Wange.

„Freundin? Ach was. Warum sollte ich neben so einer wunderschönen Frau wie dir eine Freundin haben wollen?", sagte ich.

„Hui, das ist aber nett von Ihnen, so was zu sagen. Zum Dank bekommen Sie von mir ein paar Küsse."

„Aber gerne."

Die Bukchong-Frau küsste mich auf die Wange, und ich legte die Arme um sie, suchte ihre Lippen und bombardierte sie mit Küssen. Zuerst wehrte sie sich kurz, aber dann überließ sie sich meinen Lippen.

„Yunho, hör auf mit dem Blödsinn", rief Hyongjin. Ich hörte auf, sie zu küssen.

„Hast du Blödsinn gesagt?"

Sein Gesicht samt Pockennarben brannte rot vor Wut und er durchbohrte mich mit seinen Blicken.

„Ja, ich hab Blödsinn gesagt. Du hast dich seit der Oberschule kein bisschen verändert. Warum siehst du die Dinge nicht so, wie sie sind?

Wieso vergnügst du dich, indem du alles zertrampelst und zerstörst?"

„Red kein Chinesisch, ich verstehe kein Wort. Kannst du dich nicht einfacher ausdrücken?"

„Nehmen wir den heutigen Tag. Diese Runde wurde organisiert, nur um dir einen Gefallen, etwas Gutes zu tun, und man hat dafür sogar Jisuk aus der Provinz geholt. Und ausgerechnet vor Jisuk ziehst du so eine Peinlichkeit ab."

„Ausgerechnet vor Jisuk, sagst du?"

„Was zwischen dir und Jisuk war, darüber bin ich im Bilde, Hamin hat es mir erzählt. Siehst du denn nicht, dass Hamin Jisuk in der Hoffnung hierher geholt hat, dass es zwischen euch wieder was wird? Ist dir denn überhaupt klar, was du da jetzt tust?"

„Klar. Ich baue Mist. Ich zertrampele und zerstöre", sagte ich.

„Also du weißt, was du tust?", schaltete sich diesmal Hamin ein.

„Na klar weiß ich das", sagte ich und nickte Hamin beipflichtend zu.

„Wisst ihr was? Ich bin euch, was eure Freundschaft und euer Wohlwollen angeht, zum Heulen dankbar, aber was kann ich dafür, dass ich sie lieber habe als Jisuk", sagte ich, und Hamin grinste schief, als würde er mich durchschauen.

„Ist das dein Ernst?", fragte er.

„Ja, mein Ernst. Ich mag sie viel mehr als Jisuk."

„Auf deine Mistphilosophie Surrealismus oder Outsider-Dingsbums bezogen müsste das heißen, du verzichtest auf Jisuk und entscheidest dich für sie, damit du noch erbärmlicher wirst, um daraus eine gewisse Kraft zu ziehen, stimmt's?"

Ich schüttelte dezent den Kopf und lächelte ihn an.

„Stimmt, zumindest für die Zeit vor meinem Militärdienst. Zugegeben, bis zu dem Zeitpunkt hatte ich, egal ob ich Jisuk lieben würde oder sie mich, Schiss davor, weil ich in beiden Fällen fürchtete, seelisch ins Wanken zu geraten, ich fürchtete, so geschwächt zu werden, dass ich es kaum überleben würde. Ja, genau davor hatte ich Angst."

„Und jetzt nicht mehr?", fragte Hamin.

„Jetzt nicht mehr. Die Mistphilosophie vom Surrealismus und vom Outsider habe ich zertreten und auf den Misthaufen geworfen, wie du es so schön formuliert hast. Ja, in ein Loch voller Scheißhaufen", sagte ich, und Hamin sah mich misstrauisch an, was für eine Masche ich wohl diesmal benutzte. Ich lächelte immer noch und fuhr fort:

„Ich habe mich in Vietnam in Bordellen rumgetrieben und dort eines gelernt: dass ich mich mit Frauen aus diesem Milieu am menschlichsten fühle. Mit ihnen verbringe ich nur eine Nacht, doch ich kann nicht anders, als sie wahrhaftig zu lieben, denn sie machen einen richtigen Menschen aus mir. Sie verlangen von mir keinerlei Moralität, Sittlichkeit oder Anstand, sie akzeptieren mich so, wie ich bin, mit meiner wirklichen Seele. Ihr wisst ja, dass ich ein unehelicher Sohn bin. Zwar kann ich mit ihnen verbal nicht kommunizieren, aber ich bekomme das Gefühl, dass sie sogar meinen Schandfleck und meine Grässlichkeit akzeptieren, so, wie sie sind. Dabei ist mir zumute, als teile ich mit ihnen ihr Schamgefühl und die Schande als käufliche Frau. Seit Vietnam sind sie für mich die namenlosen roten Wiesenblumen. Versteht mich nicht falsch, ich will hier keinesfalls die Poesie bemühen. Doch ich bildete mir dort sogar ein, ihre Körper wären Weidenblüten, die nur für mich blühten. Nun, glaubst du jetzt, dass ich aufrichtig bin, wenn ich sage, dass ich diese Frau mehr liebe als Jisuk?"

Hamin musterte mich skeptisch und schwieg. Plötzlich klatschte Yonghi neben ihm Beifall und sagte:

„Ich bin einfach gerührt, so gerührt, dass ich weinen muss. Frauen wie uns, die man als Abschaum behandelt, mit Weidenblüten zu vergleichen, ich glaube, kein anderer liebt die käuflichen Frauen so sehr wie Yunho. Ich möchte mich im Namen dieser Frauen bei dir bedanken!"

Yonghi lächelte breit und nickte mir zu, und ich wusste nicht genau, ob sie es aus Spaß tat oder ernst meinte.

„Oh, Yonghi, ich meinte es aber nicht auf dich bezogen", korrigierte ich.

„Was heißt, nicht auf mich bezogen? Ich bin auch eine käufliche Frau, zurzeit sogar gut im Geschäft."

„Nicht übel, so etwas zu sagen, zurzeit gut im Geschäft. Wie auch immer, ich danke dir. Einem Verrückten wie mir schenkt nicht jeder Beifall, das hat mich ermutigt."

Nun wandte ich mich wieder Hyongjin zu.

„Hyongjin, was denkst du? Glaubst du immer noch, dass ich mich wie ein Wahnsinniger aufspiele und alles zertrampele?", fragte ich.

Hyongjin nahm sein Glas in die Hand und übergoss mich mit Bier.

„Ein Schwein bist du. Sülz uns nur weiter die Ohren voll mit deiner Klugscheißerei, aber es ist unzumutbar, Jisuk mit einer Bukchong-Frau zu vergleichen. Ich weiß nicht viel, aber das wenigstens weiß ich."

Tropfnass nickte ich. Seltsamerweise spürte ich keine Spur von Kränkung. Ich überließ meinen Kopf der Frau neben mir, die mir mit einem Handtuch das Gesicht abtrocknete, und antwortete:

„Wie ich sehe, hast du gelernt, auf deine Weise den Dingen der Welt Werte zuzuordnen und dafür geradezustehen. Und du hast ein hohes Niveau dabei erreicht, ich gratuliere dir. Eines aber sage ich dir: verlass dich nicht zu sehr auf deine Wertvorstellungen. Wie oft passiert es einem doch, dass man nur das sieht, was die Augen wahrnehmen, das ist schon das Limit. Vergiss nicht, mit Ausnahme eines einzigen Wertes ändern die Werte der Dinge sich ständig."

„Und dieser eine Wert ist sicherlich die Dekadenz", sagte Hyongjin höhnisch, und ich riss verwundert die Augen auf.

„Klasse, ich bin perplex. Hätte nie im Traum erwartet, dass du das Wort Dekadenz in den Mund nehmen würdest. Du bist nicht wiederzuerkennen, langsam sollte ich mir eine neue Brille aufsetzen. Dekadenz … Nicht einmal ich wäre auf diese Idee gekommen. Auf die Dekadenz stößt man gemeinhin, wenn man sich auf dem Abgrund des Lebens befindet, und sie wird von den Menschen meist verachtet, denn sie gilt als unmoralisch, unsittlich und asozial. So oder so, du bist mein Freund, verbunden bis der Tod uns scheidet", sagte ich. Hyongjin machte ein griesgrämiges Gesicht und sah mich verächtlich an. Ich schaute wieder Jisuk an und sagte:

„Jisuk, du hast dich sehr zum Besseren verändert."

Jisuk rollte mit den Augen, als verstünde sie mich nicht.

„Schon unglaublich von dir, trotz meiner Worte sitzen zu bleiben und nicht rauszustürmen."

Nun schien sie mich zu verstehen, sie schüttelte leise den Kopf und sagte:

„Das, was du sagst, ist mir keinen Pfifferling wert, warum sollte ich also deswegen hinausstürmen müssen."

„Wow, das ist ja ein Ding", entgegnete ich.

„Yunho, du hast mir den Vorschlag gemacht, ich solle mit dir zusammenleben, dann aber hast du dir innerhalb einer Woche eine neue Frau angeschafft. Und jetzt posaunst du herum, dass du käufliche Frauen und Bardamen lieber hast. Ich kann dir nur eins sagen: Das ist kein Wunder."

„Ogottogott, ins Schwarze getroffen. Ich bin echt eine Plage. Jisuk, ich möchte mich bei dir entschuldigen." Ich senkte demütig den Kopf und sie zog die Brauen hoch.

„Eins bleibt mir immer noch unklar. Ich bitte dich, mir ehrlich zu antworten", sagte sie.

„Gerne, frag mich."

„Bist du damals wirklich aus Angst vor mir oder doch vor dir selbst zu einer anderen Frau geflüchtet?"

„Musst du das unbedingt wissen?"

„Ja."

Sie fixierte mich mit ihren wunderschönen großen Augen, als wollte sie sich auf eine Auseinandersetzung einlassen. War es nur eine Einbildung? Ich spürte einen Anflug von Hoffnung darin. Flugs erhob ich die rechte Hand, verpasste ihr eine saftige Ohrfeige und sagte:

„Das war meine Antwort."

Auf Jisuks Wange trat die Spur meiner Hand wie ein rötliches Bambusblatt zutage. Weder sie noch die anderen im Zimmer hatten damit gerechnet; fassungslos starrten sie mich an. Dann bäumte sich Jisuk abrupt auf, packte ihre Handtasche und schlug damit wie wild auf mich ein.

„Du bist der letzte Dreck. Was berechtigt dich, mich mehrmals derart zu erniedrigen? In meinem ganzen Leben musste ich von keinem anderen solche Demütigungen erdulden. Ein Dreckskerl wie du hat den Tod verdient. Ich werde dich umbring…"

Ihre Stimme ging in ein Schluchzen über. Ich wich ihrer Handtasche nicht aus, blieb sitzen und steckte ihre Hiebe seelenruhig ein.

„Schlag mich nur. Seitdem ich dich kenne, kommst du mir heute zum ersten Mal wie ein Mensch vor. Merk dir das. Das, was du jetzt vorführst, ist wahrscheinlich dein wahres Wesen. Hätte ich von Anfang an gewusst, dass auch etwas Menschliches in dir steckt, wäre ich bestimmt gar nicht zu einer anderen Frau geflüchtet. Das bedauere ich wirklich", sagte ich.

Nachdem sie eine Weile auf mich eingedroschen hatte, hielt sie erschöpft inne und stürmte schluchzend aus dem Zimmer. Während ihr einige der Kommilitonen folgten, hob Hyongjin seine Faust gegen mich.

„Ich werde dich totschlagen!", schrie er.

„Nur zu. Ich lass mich gern von dir totschlagen", erwiderte ich.

Seinen Faustschlägen wich ich ebenfalls nicht aus. Er prügelte auf mich ein, dann traf seine Faust frontal auf meine Nase und es floss Blut. Er zögerte kurz und Yonghi nutzte den Moment, um einzugreifen:

„Hört bitte auf. Heute hat keiner das Recht, auf Yunho einzuschlagen."

Die Runde, die für meine Rückkehr arrangiert worden war, ging erbärmlich zu Ende. Jisuk schien auf dem schnellsten Weg in die Provinz zurückgegangen zu sein. Mir blieb schleierhaft, wie und wo wir uns rumgetrieben hatten, jedenfalls blieben Hamin, der nicht mehr gerade stehen konnte, Yonghi und ich auf der Straße zurück. Wir standen da, die Arme einander um die Schultern gelegt, Yonghi in der Mitte. Auf einmal löste Hamin seinen Arm von Yonghis Schultern, sackte zu Boden, heulte los und wimmerte:

„Hyonhi, Hyonhi, wo bist du?"

Yonghi tätschelte seinen Rücken, als wäre das für sie etwas Alltägliches, und sagte:

„Du bist ein Dummkopf. Ein Bus und eine Frau, die weg sind, kommen nie wieder zurück. Denk einfach, ich wäre Hyonhi."

Erstaunlicherweise hörte Hamin sofort zu weinen auf.

„Stimmt, hab ich ganz vergessen. Du wolltest als Hyonhi für mich da sein."

Er setzte sich mit einem Ruck auf und rief:

„Los, gehn wir in die Geson-Absteige!"

„Prima, gehen wir zu dritt!", rief Yonghi.

Hamin schien dort ein Stammkunde zu sein, denn als er die Eingangstür aufriss und eintrat, machte die fettleibige Frau, die im Empfangszimmerchen saß, das gläserne Schiebetürchen auf und lachte:

„Na, heute auch die Anwesenheitspflicht erfüllen?"

„Na klar. Wenn ich schon die Uni schwänze, will ich wenigstens hier meine Pflicht tun", antwortete Hamin. Er nickte ihr zu und die dicke Frau wies mit dem Kinn zum Korridor.

„Das Zimmer ganz hinten müsste frei sein. Nehmt das."

Hamin schritt wie selbstverständlich zum Ende des Korridors, schlug die Zimmertür auf und drehte sich zu mir um. Ich stand zögernd da und er schnaufte:

„Schämst du dich etwa, mit uns beiden hier zu pennen? Zier dich nicht, das sieht dir gar nicht ähnlich. Außerdem bist du nicht der Erste, der mit uns hier zu dritt übernachtet."

„Yunho, wenn du ohne eine Frau allein ein anderes Zimmer nimmst, ist das Geldverschwendung. Mit dem Geld bechern wir lieber morgen noch eine Runde. Komm schon rein, keine Widerrede. Wir werden schön brav schlafen", pflichtete ihm Yonghi bei. Sie schob mich hinein und ich ließ es unschlüssig geschehen.

Das Zimmer war für drei Personen eigentlich zu klein. Eine der Wände hatte zur Decke hin eine Öffnung, von wo ein Neonlicht das Zimmer und das daneben gleichzeitig beleuchtete. Die dicke Frau brachte Bettzeug, und Yonghi machte mit geübter Handfertigkeit die Betten, meines eingeschlossen. Kurz darauf zogen die beiden sich flink aus und legten sich unter die Decke.

„Wünsche dir eine gute Nacht", sagte Hamin.
„Wünsche ich dir auch, Yunho", sagte Yonghi.
Mir war mulmig zumute und ich lächelte sie dämlich an. Wie sollte ich ohne eine Frau eine gute Nacht haben? Seit meiner Rückkehr hatte ich jede Nacht alleine verbracht. Ich legte die Uniform ab und verzog mich in Unterwäsche unter die Decke.
Es dauerte nicht lange, bis ich ihre gedämpften Stimmen hörte, dann ihr Ringen nach Luft, gleich darauf ihr Stöhnen.
„Yunho, wenn du willst, kannst du ruhig zuschauen. Wir können uns nicht mehr zurückhalten", japste Hamin außer Atem, dann stieß er die Decke von sich. Ihre ineinander verschlungenen nackten Körper kamen zum Vorschein.
„Es tut uns Leid, Yunho. Dir zuliebe wollten wir uns beherrschen, leider geht es einfach nicht. Dafür fühlt sich Hamin jetzt einfach zu gut an. Aber du darfst uns zugucken, so viel du willst", sagte Yonghi, ebenfalls außer Atem.
Hamin wechselte die Stellung, schob sich über Yonghi, drang in sie ein, dann ein heftiges Auf und Ab, die Bewegung ihrer Körper wie Wellen auf hoher See. Zum ersten Mal seit meiner Zeugung sah ich aus unmittelbarer Nähe, bei heller Beleuchtung, dem Akt eines Mannes und einer Frau zu. Mir wurde heiß, etwas in mir brannte, und wegen der Hitze fiel mir das Atmen schwer. Die Hitze strömte an einem Ort zusammen, etwas drohte zu platzen; damit das nicht passierte, hielt ich es mit beiden Händen fest. Mein Gesicht brannte vor Scham, und doch ließ ich die beiden nicht aus den Augen, nein, ich konnte meine Blicke nicht von ihnen abwenden. Die Bewegungen der beiden wurden immer heftiger, ihre Geilheit immer wilder. Plötzlich stieß Hamin Schreie aus: „Hyonhi – ich – werd – dich – umbringen!"
Dann folgte Yonghis schrilles Gekreische: „Ich bin nicht so leicht totzukriegen!"
Und dann sah ich es, das Maul des Ungetüms, krumm wie der Rücken einer Krabbe, über den Körpern von Hamin und Yonghi. Es überfiel uns, ich geriet in Panik und rang nach Luft. Direkt vor meinen

Augen würgte es Hamins und Yonghis Körper hinunter, es war einfach schrecklich. Die Hitze, die mich ergriffen hatte, hatte sich längst verflüchtigt, und mein Ding hing kalt und schlapp herab.

Vor Schreck wie angewurzelt, verfolgte ich die Szene bis zum Schluss. Hamin und Yonghi trieben sich gegenseitig zum Höhepunkt. Sie stöhnten einige Male heftig, dann regte sich nichts mehr. Stattdessen hörte ich das schallende Gelächter des Riesenmauls, und mit beiden Händen hielt ich mir die Ohren zu.

Rumms, Hamin ließ sich neben Yonghi zur Seite fallen. Sofort drehte Yonghi den Kopf zu mir, starrte mich an und fragte:

„Wie war's? Hat dir unsere Liveshow gefallen?"

Sie lächelte nicht, sondern starrte mich weiter an. Ihre Augen glitzerten wie Murmeln, kalt und trocken; kaum zu fassen, dass sie gerade eben einen leidenschaftlichen Liebesakt hinter sich hatte. Ihr Blick ließ mich erschaudern und in ihren Augen sah ich die Hölle. Ich wandte mich von ihr ab, zog mir die Decke über den Kopf und wünschte, ich möge ihr nie wieder über den Weg laufen.

Im nächsten Frühling beendete ich den Militärdienst und kehrte zurück auf den Campus. Der Mai hatte begonnen, in den Blumenbeeten blühten Iris und Pfingstrosen, und in den Bäumen trieben zarte grüne Blätter; das alles ergab eine bezaubernde Frühlingslandschaft.

Der Campus, an den ich nach drei Jahren zurückkehrte, bot mir die Gelegenheit, meine veränderte Weltanschauung einem Test zu unterziehen, und ich stellte fest, wie sehr mich die Befreiung von Moral und Sittlichkeit verändert hatte, die ich durch geistigen Kot oder mit Leib und Seele auf dem Schlachtfeld erfahren hatte.

Es gab nichts, was mich noch schreckte. Abstrakte Begriffe wie *Zukunft, Glück, Liebe, Freundschaft, Jungsein,* ja sogar Frauen, denen ich vor drei Jahren wie im Wahn feindselig gegenübergestanden hatte, kamen mir wie entzückende Kinderspielzeuge vor, und ich wollte kaum glauben, dass sie mir einmal Angst eingejagt hatten. Nun machte ich mir über die Realität oder abstrakte Begrifflichkeiten keine falschen

Vorstellungen mehr. Ich wurde sogar dem Tod gegenüber aufgeschlossen. Würde er mich in diesem Moment aufsuchen, würde ich ihn ohne zu zögern gleichmütig empfangen.

Ich behandelte Literatur genauso gleichgültig wie den Tod, jederzeit bereit, sie zu zerfleddern und auf den Müll zu werfen. Ich schämte mich, dass ich in jener Zeit die Literatur für Selbstverteufelung und für eine gewisse Kraft gehalten und ihr trunken zu Füßen gelegen hatte. Plötzlich flossen mir die Gedichte, von denen ich die letzten Jahre über kein einziges schreiben konnte, wie von selbst aus der Feder, wie von Zauberhand und sogar mehrere täglich.

Ich verlor jegliches Interesse an der Welt da draußen. Ich hatte keine Träume mehr, mir war, als würde ich ersticken, wie in modrigem, sumpfigem Wasser. In solchen Momenten vermisste ich die damalige Zeit, in der ich mir mit allen Dingen der Welt einen blutigen Kampf geliefert hatte.

Mein Leben war ein einziger *Sumpf*; hier ist etwas, das ich in dieser Zeit geschrieben habe:

Ich will nicht mehr erzählen, wie mich der Sumpf verschlingt. Ich will nicht mehr erzählen, wie ich ihn wie meinen Samen ejakuliere, nachdem das ausgehungerte Biest zusammengebrochen ist. Ihr mögt mich entwürdigen und zertreten, seht, ich lecke mir die Wunden und spritze weiterhin diesen Sumpf, der nichts als Ekstase kennt. Mein Geist weint nicht mehr, der Mond benetzt ihn, und wenn meine aufgeplatzte Haut sich blutig färbt, bleibt mir der Sumpf als letzte Möglichkeit, doch ich will nicht darüber sprechen. Und ich will auch nicht darüber sprechen, dass der Sumpf sich immer weiter ausbreitet, euch ebenso verschlingt und schließlich das ganze Land.

Was Frauen betraf, verspürte ich eine Spur Melancholie in mir. Nicht dass ich von ihnen träumte oder sie herbeisehnte, es war eher Sehnsucht nach vergangenen Zeiten. Und jedes Mal, wenn sie mich befiel, machte ich zügellos Jagd auf sie.

Ich setzte keine Erwartungen in diese Frauen. Ich brauchte mich nur umzuschauen, sie waren ja überall. Spielend angelte ich sie mir und ebenso mühelos wurde ich sie wieder los. Sie bedeuteten mir nichts weiter als ein Erfrischungsgetränk, mit dem ich meinen Durst stillte.

Unterhaltsam fand ich das Benehmen der Studentinnen des Kreativen Schreibens. Was für ungeheure Gerüchte sie auch immer über mich gehört hatten, zuerst rissen sie jedenfalls vor Schreck die Augen auf, wenn sie mich in den Vorlesungsräumen sahen oder wenn sich auf dem Campus unsere Wege kreuzten. Erst wenn ich an ihnen vorübergegangen war, munkelten und kicherten sie untereinander, um sich dann wie selbstverständlich an meine Fersen zu heften. Nachdem es mir einen Monat lang so ergangen war, sprach mich eine von ihnen mutig an:

„Yunho, was ist das Geheimnis deiner erfolgreichen Liebschaften?"

„Hast du Geld für eine Absteige?", fragte ich sie.

„Was willst du mit dem Geld?", entgegnete sie, ihre entzückenden Augen in voller Absicht aufgerissen.

„Damit gehen wir stracks zu einer Absteige und ich werde dir dort eine Liebes-Lektion erteilen. Glaub mir, eine einmalige Lektion wird ausreichen", sagte ich. Die mich umringenden Studentinnen machten erstaunte Gesichter, *er ist tatsächlich so!*, und brachen in Gekicher aus. Ich ließ meinen Blick in die Runde schweifen und lächelte gutmütig.

Ich kann mich noch gut an die erste Frau erinnern, mit der ich nach meiner Heimkehr an die Uni etwas hatte. In dieser Zeit begeisterte ich mich für Kampfkunstromane und war dabei, sie samt und sonders in der Unibibliothek zu verschlingen. Für einen wie mich, der im Leben keine Illusionen mehr hatte, gab es nichts Besseres zu lesen als diese Schundliteratur.

Ich saß in der Bibliothek, las einen solchen Roman, wandte unwillkürlich den Blick vom Buch ab und sah zu meinem Gegenüber. Dort saß eine Studentin, die gerade den Mund aufriss und herzhaft gähnte. Die Nachmittagssonne sah staunend durch das Fenster zu. Sie wirkte ruhig und ausgeglichen, ein Gesicht, das ich auf dem Campus oder in den Vorlesungsräumen ein oder zwei Mal flüchtig gesehen hatte.

Ich legte das Buch weg, stand auf, ging zu ihr hin und stach ihr mit dem Zeigefinger in die Seite. Sie erschrak und schaute zu mir hoch. Ich flüsterte ihr ins Ohr:
„Wie schön du gähnst …"
Sie lief rot an, als wäre sie von mir nackt überrascht worden, und senkte den Kopf. Ich ging zurück an meinen Platz und sah zu ihr rüber. Unsere Blicke trafen sich und ein zartes Lächeln umspielte ihren Mund. Die Chance ließ ich mir nicht entgehen, ich stand auf und deutete mit dem Finger nach draußen.
Ich verließ die Bibliothek und rauchte am Ende des Korridors eine Zigarette, als sie sich mir zögerlich näherte. Ich wollte den Anfang machen und sagte:
„Ich hab so einen Durst auf Kaffee, aber leider kein Geld dabei. Kannst du mich zu einem Kaffee einladen?"
Sie zögerte, überlegte und nickte schließlich.
„Daran soll's nicht scheitern."
Wir nahmen in einem Café Platz, sie mir gegenüber, und bestellten. Sie sah mich sanftmütig an und fragte:
„Fragst du mich denn nicht, was ich studiere?" Ich schüttelte den Kopf und sagte: „Ach, wozu?"
Sie tat verständnisvoll und ließ es dabei bewenden. Die Bedienung brachte Kaffee, sie hob die Tasse und sagte:
„Ich weiß alles über dich. Es ist eine kleine Uni und hier spricht sich alles sehr schnell herum."
„Was weißt du schon über mich. Im besten Fall nur Schmutziges, nehme ich an", sagte ich, und sie zog die Stirn in Falten.
„Sag mal, warum tust du so überdreht?", fragte sie.
„Hast du gerade gesagt, ich benehme mich überdreht?"
„Ja."
„Als wäre ich überdreht …"
Ich hielt inne, nahm die noch nicht geleerte Tasse und übergoss sie mit dem Inhalt.
„Meinst du so was?", fragte ich.

Ihre weiße Seidenbluse war besudelt. Sie machte keine Anstalten, sich abzutrocknen und sah mich eine Weile ruhig an. Die Bedienung kam herbeigerannt, als ginge die Welt unter, und wischte ihr mit einem Handtuch den Kaffee ab. Sie indessen behielt mich weiter im Auge, bis sie endlich wieder sprach:

„Amüsant. Und ich dachte schon, die vier Jahre an dieser Uni waren umsonst, aber nun läuft mir ganz unerwartet einer wie du in die Arme. Na gut, ich heiße Choi Hisun, bin im vierten Jahrgang, Malerei. Was die Kunst betrifft, du bist ein interessantes Objekt. Ist dir vielleicht nicht danach, etwas zu trinken? Wenn schon, denn schon, jetzt hätte ich gerne einen Schwips."

„Gute Idee, ich könnte mir nichts Besseres vorstellen."

Hisun betrank sich mutwillig und schnatterte wie eine Schar aufgeregter Gänse. Lange Rede, kurzer Sinn, das Schwierigste in der vierjährigen Studienzeit sei für sie gewesen, dass nichts in der Welt ihr Interesse wecke, weder die Männer noch das Malen, alles sei ihr belanglos vorgekommen. Dann sagte sie, sie wünschte sich, so verrückt zu tun wie ich, was ich ziemlich dreist fand. Sie war so sternhagelvoll, dass ich beinahe aufgegeben hätte, mit ihr zu schlafen, aber als die Zeit des Ausgehverbots nahte, sagte sie mit nüchterner Miene:

„Bitte lass mich nicht allein. Ich möchte eine malerische Nummer mit dir schieben."

In der Absteige zeigte sie sich von ihrer manierlichen Seite. Sie zog sich artig aus, faltete das Kleid sorgfältig zusammen, ging ins Badezimmer und wusch sich über zehn Minuten lang. Danach kam sie, ganz anders als in der Kneipe, mit einem damenhaften Gesicht, aber nackt heraus. Ihr Busen war so schön fest und ihr Hintern so knackig, dass mein Finger, wenn er da und dort prüfend zupackte, zurückprallte; sie hatte eine Figur wie gemalt.

Wir legten uns ins Bett und ich erfreute mich an ihrem Körper. Sie war äußerst erregbar. Meine Fingerspitzen zeichneten Kreise, sie stöhnte heftig auf, immer wieder, was ihr richtig peinlich zu sein schien, *tut mir Leid, Süßer!* Dann drang ich in sie ein und sie schrie wie verrückt.

Als sie den Höhepunkt erreichte, zerkratzte sie mir mit ihren Fingernägeln den Rücken von oben bis unten.

Am nächsten Morgen, als ich aufwachte, war sie nicht mehr zu sehen. Gegen Mittag verließ ich schließlich die Absteige und ging zur Uni. Am Haupttor traf ich zufällig eine Kommilitonin und ging mit ihr zur Vorlesung ins Hauptgebäude hinauf. Da kam Hisun vom Hauptgebäude herab, sah mich und gab sich mir zu erkennen, indem sie mir einen freudigen Blick zuwarf. Ich verbeugte mich förmlich und sagte:

„Wie geht's? Wir haben uns lange nicht gesehen."

Fassungslos gaffte sie mich an, als hätte ihr jemand mit einem Hammer auf den Kopf gehauen, und sank dort, wo sie stand, nieder. Ungerührt ging ich an ihr vorbei und weiter den Hügel hoch. Ab jetzt würde sie niemandem mehr frech daherkommen, nichts auf der Welt wecke ihr Interesse.

Ein ganzes Semester musste vorübergehen, bis ich Jo Yonghi wiedertraf, es war zu Beginn des zweiten Semesters. Nach einer Vorlesung rief plötzlich jemand hinter mir meinen Namen.

„Yunho!"

Ich drehte mich um, und dort stand Yonghi im Sonnenschein, mit einem breiten Lächeln im Gesicht. Neben ihr stand eine mir fremde, aber genauso attraktive Frau.

„Lange nicht gesehen. Sag bloß, du willst mich nicht wiedererkennen?", sagte Yonghi.

„Wie könnte man so eine Schönheit wie dich nicht wiedererkennen wollen. So cool bin ich nun auch wieder nicht. Na, was gibt's? Hast du überhaupt Zeit, an der Uni vorbeizuschauen?", fragte ich.

„Mein Leben ist ohne jeden Reiz, und da dachte ich mir, ich schau hier mal vorbei, in der Hoffnung, dir über den Weg zu laufen."

„Eine hoch geschätzte Frau wie du findet derzeit keinen Mann, dem sie sich anbieten kann?", sagte ich scherzhaft. Yonghi seufzte.

„Wem sagst du das. Plötzlich kommen mir alle Männer auf der Welt fad vor. Wo ich mich auch umsehe, einen wie dich finde ich einfach nicht."

„Was ist mit Hamin? Versuch's doch mit ihm", schlug ich vor, doch sie zog eine Schnute.

„Soll das ein Witz sein? Mit Hamin ist es schon einige Zeit lang aus. Genau genommen war es auf irgendeine Weise vorbei mit uns, seitdem wir mit dir zusammen übernachtet hatten."

Nach seinem Abschluss hatte Hamin die Stelle als Journalist bei einer Zeitschrift, die ihm schon seit langem zugesagt worden war, gegen jede Vernunft abgelehnt und sich stattdessen für eine Stelle als Koreanischlehrer im südlichen Küstenstädtchen Mijori entschieden. Angeblich wollte er dort seinen degenerierten Körper dreißig Jahre lang durch Meerwasser säubern, und erst dann wieder nach Seoul zurückkommen. Ich interpretierte seine Selbstverbannung in das Kaff als geistige Entrücktheit, und er tat mir Leid; andererseits wusste ich auch nicht, wie ich ihn da herausholen sollte. Er hielt seine Kraft für eine Schande, die seinen Körper verdreckte, und dagegen war ich machtlos. Seine Selbstverbannung war das unvermeidliche Ergebnis seiner Selbstverleumdung.

„Oje, ich will nicht mehr über diesen Firlefanz reden. Yunho, kannst du mir zwei Zigaretten borgen? Ich hab's ganz vergessen, eigentlich habe ich dich ja deswegen angehalten", sagte Yonghi und streckte mir hastig die Hand entgegen.

„Ich hab nur *Schwan* ..."

„*Schwan* oder Spatzen, her damit. Ich hab mir *Romanschreiben* angehört, der alte Knacker war so was von stinklangweilig, als würde er an Verstopfung leiden, echt nervtötend."

Ich reichte ihr zwei Zigaretten aus meiner Hosentasche, und sie gab eine davon an die Frau neben ihr weiter und sagte:

„Suyon, da, rauch doch auch eine." Ich streckte ihr das Feuerzeug hin, doch sie schüttelte den Kopf.

„Zünd du sie mir an", bat sie. Ich zündete sie ihr an, dann die der anderen Frau, worauf sie sich mir vorstellte:

„Danke. Ich heiße Bae Suyon."

„Sie arbeitet mit mir in dem Salon in Yeongdong."

„Yonghi, pass auf, was du sagst", sagte Suyon drohend.

„Du bist ein richtiger Besen. Soll ich dich etwa als vornehme Lady vorstellen, oder was?", konterte Yonghi, so sehr an der Zigarette ziehend, dass ihr die Glut fast die Finger verbrannte.

„Ich möchte dich zum Dank für die Zigaretten zum Trinken einladen. Was hältst du davon?", fragte sie.

„Mit dir ... eher nicht", antwortete ich. Sie tat sehr erstaunt.

„Wieso das denn?"

„Ich habe Angst, du könntest mich mit Alkohol vergiften."

„Dich vergiften? Das ist ein dickes Ei, Yunho lehnt aus Furcht eine Einladung zum Trinken ab?"

„Ja. Aber nur bei dir", sagte ich.

Yonghi rollte mit den Augen und fragte:

„Ist das eine Retourkutsche für damals, als Hamin und ich mit dir zusammen in der Absteige geschlafen haben? Du bist sauer auf mich und willst mir einen Denkzettel verpassen, weil ich mich dir gegenüber schweinisch benommen habe, so ist es doch, oder?"

Mir schwebten die beiden nackt vor Augen, wie sie sich in Ekstase auf und ab bewegten, wie mein Ding vor Erregung zu platzen drohte, während ich ihrem Treiben zusah, und dann die schaurige Vision ganz am Ende. Ich wagte es nicht, ihr dieses Trugbild zu beschreiben.

„Wo denkst du hin. Nein, nicht deswegen. In dieser Nacht habe ich eigentlich etwas Wundervolles gesehen", sagte ich.

„Sei nicht albern. Komm, gehen wir was trinken. Heute kriegst du alles, was dein Herz begehrt", sagte sie energisch.

„Meinst du das wirklich so?"

„Klar."

„Dann gehen wir zum Bukchong-Haus und ich nehme mir dort eine Frau."

Yonghi runzelte kurz die Stirn, dann nickte sie spöttisch.

„Meinetwegen. Natürlich geziemt es sich für den Herrn, dass bei ihm auf beiden Seiten je eine Frau sitzt, eine allein reicht ja nicht. Aber bitte, was tue ich nicht alles für dich." Sie wandte sich Suyon zu und sagte:

„Suyon, geh du schon mal vor. Ich würde es nicht ertragen, wenn du auch noch um ihn herumscharwenzeln müsstest."

Mit dieser merkwürdigen Argumentation schickte sie Suyon weg und wir machten uns auf zum Etablissement. Wie versprochen ließ sie die Bukchong-Frau neben mir Platz nehmen, sie selbst saß mir gegenüber.

„Yonghi, du bist doch in deiner Branche eine hoch geschätzte Frau, und ich brüskiere dich, indem ich darauf bestehe, neben mir eine andere Frau sitzen zu lassen. Und trotzdem lädst du mich zum Trinken ein. Warum tust du das?", fragte ich, nachdem wir ein paar Bier getrunken hatten.

„Das ist ja die Höhe. Du weißt es wirklich nicht?", sagte sie mit weit aufgerissenen Augen. Ich blieb mucksmäuschenstill.

„Weil ich dich mag, Yunho, darum."

„Leider habe ich kein Interesse an einer hoch geschätzten Frau."

„Warum nicht?"

„Ich lass mich nicht gerne in Anspruch nehmen. Ich passe besser zu den weniger geschätzten Frauen vom Gireumer Markt", sagte ich, und Yonghi schüttelte entschieden den Kopf.

„Das würde ich nicht so sehen."

„Ach nein?"

„Ich kann nicht sagen, dass ich überall den Durchblick habe, aber das zumindest kann ich sagen, denn ich habe ein Auge für Männer: Du bist es trotz all deiner Bosheiten wert, geliebt zu werden."

„Meinst du wirklich mich? Verwechselst du mich nicht mit einem anderen?"

„Nein, ich meine keinen anderen als dich, du Flegel. Ich erkenne deinen Wert besser als du selbst."

Ich schüttelte dezent den Kopf und sagte:

„Hui, bist du aber giftig. Dafür kenne ich mich, was deine Giftigkeit angeht, besser aus als du."

„Ich und giftig?"
„Und wie."
„Was soll's. Damit kann ich sowieso niemanden umbringen."
„Außer dich. Das ist der Haken. Du vergiftest dich selbst", sagte ich.
Sie ließ sich meine Worte eine Weile durch den Kopf gehen, dann nickte sie.
„Mag sein. Ich habe zu viel Gift in petto."
Sie leerte einige Gläser nacheinander, sah mich etwas apathisch an, und dann sagte sie: „Darf ich dich mit einer langweiligen Geschichte quälen?"
„..."
„Bis zur Oberschule war ich zu Hause ein geliebtes Kind und in der Schule eine Musterschülerin. Ich bin in Daegu zur Mädchenoberschule gegangen, und ich war, was meine Leistungen anging, drei Jahre lang durchgehend die Beste der ganzen Schule. Dann, kurz vor dem Abschluss, ging das Unternehmen meines Vaters bankrott, und man hat ihn in den Knast gesteckt. Tagtäglich fielen die Gläubiger bei uns ein, markierten den dicken Mann, und dann eines Tages pappte man bei uns überall die Pfandsiegel dran. Meine Familie wurde mittellos auf die Straße gesetzt. Wir hatten bis dahin quasi in einem kleinen Palast gelebt, sodass wir uns in keiner Weise den normalen Leuten und der Armut anpassen konnten. Ich war das älteste Kind, und nachdem wir uns eine Weile bei Verwandten durchgefressen hatten, rat mal, was ich dann angefangen habe?"
Als stürbe sie vor Durst, trank sie das Bier auf ex, und ohne auf meine Reaktion zu warten, fuhr sie fort:
„Ich bin nach Seoul gekommen und habe einen sogenannten Salon aufgesucht. Dort habe ich mit der Geschäftsführerin, auch einer Bardame, verhandelt: ich sei noch Jungfrau, und dass ich eine dementsprechend hohe Ablöse für mich verlange. Mit diesem Knebelvertrag als Hypothek konnte ich zumindest meiner Familie eine Mietwohnung besorgen. Na, wie ist das? Reicht das als Erklärung, warum ich so giftig bin?"

Ausdruckslos sah sie mich an. Ich leerte mehrere Gläser nacheinander und sagte:

„Ich wünschte, ich hätte das nie gehört."

„Weshalb?"

„Du hast mir nur deutlich gemacht, warum du so bist, aber eine Besserung scheint nicht in Sicht."

„Donnerwetter, Yunho, was bist du rücksichtsvoll das hätte ich nicht gedacht ... Das freut mich. Aber was macht es schon, wenn ich mich nicht entgiften kann. Ich werd trotzdem nicht so schnell sterben. Wie dem auch sei, schenk ein."

Ich füllte mein Glas und gab es ihr. Sie leerte es in einem Zug und reichte es mir zurück. Das Glas ging einige Male hin und her, dann sagte sie beschwingt:

„Komm, lass uns gehen. Falls wir noch mehr Alkohol brauchen, können wir immer noch woanders trinken."

Ich schüttelte bedächtig den Kopf und sagte:

„Es tut mir Leid, aber geh du ruhig schon. Ich will noch mit der Dame neben mir trinken und mit ihr die Nacht durchmachen."

Sie zog eine Schnute und sagte:

„Es würde einem Yunho auch nicht gut zu Gesicht stehen, wenn er mir treu ergeben hinterherdackeln würde. In Ordnung, heute gebe ich nach."

Sie streifte sich ihren Ring vom Finger und warf ihn der Frau neben mir zu.

„Nehmen Sie ihn. Er müsste ausreichen für das ganze Gelage heute Abend und für die Nachtschicht mit dem Kerl da. Leider hab ich nicht genug Bargeld."

„Du kannst doch nicht deinen Ring ... das würde mich quälen", protestierte ich, doch sie winkte ab.

„Verstehst du immer noch nicht? Es ist meine Absicht, dich zu quälen."

Sie richtete sich auf und sagte zu der Frau:

„Tun Sie dem Herrn Ihr Bestes, aber mit Sorgfalt. Wehe, wenn bei ihm etwas nicht funktionieren sollte, dann kriegen Sie Ärger mit mir!"

Ich empfand einen gewaltigen Widerwillen gegen Yonghi, andererseits war ich gespannt, wie lange sie mich noch verkraften würde, was dazu führte, dass ich mich mit ihrer Freundin Suyon einließ.

Es war Spätherbst, Suyon erschien allein auf dem Campus, suchte mich auf und erkundigte sich nach Yonghis Verbleib, ob sie heute vielleicht zur Uni gekommen sei. Yonghi erscheine, ohne jemandem Bescheid gesagt zu haben, nicht mehr im Salon, und bei ihr zu Hause in Suyuri gehe auch niemand an den Apparat. Suyon schien jedoch nicht merklich besorgt zu sein.

„Vielleicht hängt sie in einer der Kneipen vor der Uni herum. Schauen wir uns doch mal um", schlug ich vor.

Wir suchten die Kneipen nach ihr ab, bis wir es uns schließlich selbst in einer von ihnen gemütlich machten.

„Lass uns kurz unseren mörderischen Durst löschen, dann schauen wir weiter", sagte ich. Suyon war sofort einverstanden, als hätte sie nur darauf gewartet. Gierig tranken wir eine Schüssel Maggolli nach der anderen, dann sah sie mich gespannt an und fragte:

„Warum weist du Yonghi eigentlich immer ab?"

Der Glanz in ihren Augen überzeugte mich davon, dass ich unbedingt mit ihr schlafen musste.

„Weil ich die Vorahnung hatte, dass so ein Tag wie heute kommen würde", sagte ich, worüber sie sich sehr freute.

„Bitte keinen Bären aufbinden."

„Vor dir sitzt der Bär."

„Bitte keine Witze reißen. Weißt du denn nicht, wie sehr dich Yonghi liebt?"

Ich seufzte übertrieben und sagte:

„Klar weiß ich das. Du musst aber auch wissen, dass ich dich liebe. So ist es manchmal mit der Liebe. Yonghi liebt mich, ich liebe dich, und du liebst, was weiß ich, einen anderen ... Liebe ist nun mal tragisch."

Sie schüttelte resolut den Kopf und sagte:

„Ich liebe niemanden."

„Dann wird es ja allerhöchste Zeit."

„Wäre das wirklich in Ordnung?", fragte sie unbeschreiblich naiv.

Ich war kurz davor, ihr eine zu knallen, starrte sie an und sagte: „Gibt es ein Gesetz, das dich daran hindert?"

„Das nicht ... Also könntest du auch so eine Frau wie mich heiraten?"

„Wenn du willst, auf der Stelle."

Sie leerte die Maggolli-Schüssel in einem Zug, wurde rot wie eine Tomate, atmete tief durch und fragte:

„Kannst du das auch vor Yonghi sagen, dass du mich heiratest?"

„Wann immer du willst."

„Auch, wenn ich sie jetzt gleich hierher hole?"

„Aber sicher. Hol sie her."

„Gut, ich geh sie holen."

Sie machte eine entschlossene Miene und stand auf und riss die Tür auf. Ehe sie ging, drehte sie sich noch einmal um:

„Darf ich sie wirklich holen?"

„Keine Sorge, vertrau mir", sagte ich und schenkte ihr ein breites Lächeln. Sie schlug die Tür zu und verschwand. Nur wenig später kam sie erhitzt und in heller Aufregung zurück. Sie japste nach Luft und stieß hervor:

„Sie kommt. Sie war gerade zu Hause."

„Prima. Komm, setz dich neben mich", sagte ich.

Wie eine angehende Braut ließ sie sich gehorsam neben mir nieder. Ich umarmte sie innig und spürte, wie sie am ganzen Körper zitterte. Dann küsste ich sie, sie schloss die Augen, entspannte sich und lehnte sich an mich. Ich küsste und küsste sie und dachte dabei, ich werde sie heiraten und mich von ihr in die ungewisse weite Welt treiben lassen.

In dieser Zeit verhielt ich mich im Grunde allen Dingen gegenüber so. Ich hatte keine besonderen Erwartungen, sondern tat alles aus einer Laune heraus, wie es mir gerade in den Sinn kam. Angenommen, ich nahm mir morgens auf dem Weg zur Uni vor, die erste Frau, die mir über den Weg lief, zu bezirzen, dann tat ich es auch. Unverständlicherweise wurden meine Vorhaben letztendlich genau so, wie ich es mir vorstellte, Wirklichkeit. Für mich existierte nur das Heute, das Morgen war mir schnuppe. Ich lebte tagein, tagaus so, als existierte so etwas wie *morgen* nicht für mich; seltsamerweise wirkte diese Einstellung jedoch, was Frauen betraf, Erfolg versprechend. Sie hielten mich gewöhnlich für einen Wirrkopf, verspürten eine ungewisse Furcht vor mir, fanden mich aber gleichzeitig unwiderstehlich. Doch ich setzte keinerlei Hoffnung in diese Frauen, hatte keine Ansprüche an sie. Sie waren für mich nur sexuelle Objekte, ich sah nichts Individuelles in ihnen. Sie waren wie Gegenstände für mich, was mich einerseits melancholisch stimmte und andererseits doch immer wieder zu Liebschaften anstachelte.

Als es schon lange dunkel war und wir bereits überlegten, das Warten aufzugeben, tauchte Yonghi dann doch noch auf. Sie blieb wie angewurzelt stehen und starrte uns an. Dann vergrub sie ihr Gesicht im Kragen des Mantels und grinste.

„Ich hatte gleich so ein ungutes Gefühl, als ich dir Suyon vorgestellt habe …", sagte sie, ließ sich schwerfällig uns gegenüber nieder und starrte Suyon an.

„Suyon, weshalb hast du mich hierher zitiert?"

„Ich habe Suyon einen Heiratsantrag gemacht", antwortete ich an ihrer Stelle.

Yonghi ignorierte mich, starrte weiterhin Suyon an und fragte:
„Stimmt das?"

„Ja", sagte Suyon. Nun sah Yonghi mich an und schmunzelte:
„Es kommt eben so, wie es kommt."

„Ja, es ist wirklich so gekommen", bekräftigte Suyon.

„Gut, Yunho, dann heirate sie. Was ist bei dir nicht alles möglich! Ich bezweifle aber, dass es auf dieser Welt eine Frau gibt, die deinen Appetit stillen kann. Vor allem Suyon, ha, träum weiter! Es wird nicht lange dauern, bis du sie abservierst. Dann aber denk daran: meine Tür ist immer für dich offen. Ich warte auf dich!"

Suyon wurde fuchsteufelswild, sie war kurz davor, Yonghi ins Gesicht zu schlagen:

„Genug, das reicht jetzt! Verschwinde!"
Yonghi schnaufte und stand auf.
„Mal lässt du mich kommen, mal schickst du mich weg, bin ich dein Apportierhündchen, oder was?"
„Verdammt! Merkst du denn nicht, dass du störst?"
Yonghi drehte sich noch einmal auf dem Absatz um.
„Yunho, vergiss nicht, meine Tür ist immer für dich offen", sagte sie lächelnd. Unsere Blicke trafen sich, erneut sah ich ihre Augen leuchten. Sie schloss die Tür hinter sich und verschwand in der Dunkelheit, und ich fühlte, wie das Böse, das mich wohlig aufgeheizt hatte, seitdem ich heute Suyon getroffen hatte, gemeinsam mit Yonghi durch die Tür verschwand. Mich schauderte.

Nach Yonghis Abgang benahm sich Suyon hysterisch, sie soff wie ein Loch und beschimpfte Yonghi:

„Sie ist ein richtiges Luder. Nie behandelt sie mich wie einen Menschen. Eingebildet und selbstgefällig, eine durchgeknallte Irre ist sie."

Dann begann sie zu heulen. Ich schleppte sie in eine Absteige, wo sie sich erst mal auf das Bettzeug übergab. Trotzdem zog ich sie aus und trieb es mit ihr. Es war gar nicht mal so schlecht, nein sogar richtig gut.

Zu Beginn des Winters sah ich Yonghi wieder. Ich rief sie im Morgengrauen an und sie antwortete mit schläfriger Stimme: „Was is los?"

„Ich war mit einer Frau in einer Absteige. Und weil wir kein Geld dabeihatten, musste sie ihre Uhr als Pfand hergeben. Ich würde ihr die Uhr gerne auslösen. Und da du ja in der Nähe wohnst ...", nuschelte ich.

„Komm", sagte sie nur, immer noch schläfrig.

Ich legte wieder auf und sah Jisuk an, die neben mir schlief. Sie hatte die Decke bis über den Kopf hochgezogen. Vielleicht war sie dabei aufgewacht, doch es war mir egal, ob sie das Gespräch mit angehört hatte oder nicht. Ich zog mich leise an, öffnete die Tür und sagte zu ihr, die immer noch unter der Decke vergraben lag:

„Bin gleich wieder da."

In aller Frühe war ich aufgewacht und hatte Jisuk entdeckt, die neben mir lag. Das erste Gefühl, das in mir aufstieg, war Mitleid, dass ich sie doch noch ins Verderben gerissen hatte. Ich hatte sie gestern zufällig im *Millionen* getroffen.

„Seit deiner Ohrfeige stand ich die ganze Zeit wie unter einem Bann. Ich hatte das Gefühl, ich läge wie von einem Fluch beladen im Schlaf, so wie im Märchen. Und schließlich wurde mir klar, nur du, Yunho, kannst mich aus dem Dornröschenschlaf erwecken. Bis zu dieser Erkenntnis habe ich lange gebraucht, es war eine qualvolle Zeit. Deshalb bin ich gekommen. Ich will nichts von dir, außer eines, erlöse mich von meiner Jungfräulichkeit. Du hast mal gesagt, ich solle sie den Lumpensammlern unter der Mirabeau-Brücke schenken, aber dazu konnte ich mich nicht durchringen. Da *du* mich darauf gebracht hast, bitte ich dich, dass du die Aufgabe übernimmst. Sonst will ich nichts von dir", erklärte sie bitterernst, als sie mich aufgespürt hatte. Sie hatte sich bestimmt nicht vorstellen können, wie viel Mitleid sie erregte. Ich hatte sie von einer Kneipe in die andere geschleppt und mich beinahe bis zur Besinnungslosigkeit betrunken, nur um den finalen Gang zur Absteige hinauszuzögern.

Ich trat hinaus und schaute in den Himmel. Es scheite. Ich klingelte bei Yonghi am Tor, hörte ihre schläfrige Stimme, dann ihre Schritte, und dann, wie sie in heller Freude ausrief:

„Himmeldonnerwetter, mein Liebster ist mit dem ersten Schnee gekommen!"

Im Pyjama öffnete sie mir und auf ihrem Gesicht breitete sich ein Lächeln aus:

„Komm doch kurz rein. Ich mach dir einen Kaffee!"

Ich schüttelte den Kopf und sagte:

„Gib mir nur das Geld, bitte."

„Bin ich es dir nicht mal wert, einen Kaffee mit mir zu trinken? Und es schneit so schön", sagte sie, immer noch lächelnd. Irgendwie war mir komisch zumute.

„Hätte ich bloß was davon geahnt, dann wäre ich nicht gekommen …", murmelte ich vor mich hin.

„Wovon?"

„Von deiner Warmherzigkeit …"

„Ach was, lass dich davon nicht unterkriegen …"

Sie gab mir das Geld. Ich verließ das Haus, dann drehte ich mich nochmal kurz um: Immer noch stand sie weinend am Tor. Verwirrt betrachtete ich sie, die Morgenschöne, die weinend im Schnee stand. Ich ging zurück zu ihr, doch sie winkte mich fort und sagte:

„Lieber nicht. Wenn du jetzt bei mir bleibst, werde ich dich nie wieder gehen lassen."

„Ich weiß."

Ich ließ mich aber nicht von ihr wegschieben, sondern umarmte sie. Doch das, was ich umarmte, war nicht Yonghi, sondern das Riesenmaul.

Wahrscheinlich war das der Grund, warum ich Yonghi ablehnte. Andererseits war mir klar, dass es diese eine Szene war, die ich nach Kot und Dekadenz zu überwinden hatte, und dass es mein eigenes Leben war, das ich künftig zu leben hatte.

„Du bist ein Mistkerl", sagte sie.

Yonghi, nein, das Riesenmaul begann laut in meinen Armen zu heulen. Meine Lippen suchten ihre, liebkosten ihr Kinn, Wange und Augen. Sie zitterte.

„Du willst doch nicht, dass ich deinen wundervollen Körper hier am Haustor befriedige, oder?", fragte ich.

„Kannst du denn heute noch?", fragte sie schluchzend.

„Ich werde eben das Letzte aus mir herausholen müssen …"

In ihrem Zimmer lagen wir nackt auf dem Bett, ich drang in sie ein und wartete mit aufgerissenen Augen auf das Ungetüm, das über uns herfallen würde. Genau so geschah es auch, doch diesmal wich ich ihm nicht aus, sondern glotzte es herausfordernd an und wartete auf die furchterregende Szene, die es sonst immer auslöste. Obwohl ich zu dem Wesen, das über uns schwebte, hinaufsah, verspürte ich kein bisschen Furcht, was mich sehr erstaunte. Ich konnte mir nicht erklären, wie es zu dieser Veränderung gekommen war.

„Was ist?", fragte Yonghi unter mir, die mein Erstaunen bemerkt zu haben schien. Ich schüttelte den Kopf.

„Nichts, gar nichts."

„Wechseln wir, ich will auf dich."

Ich drehte mich zur Seite, sie kletterte auf mich, und dann ritt sie mich wie wild. Ihr Rhythmus riss mich mit, allerdings war mein Blick noch immer auf das Monstrum gerichtet. Doch diesmal jagte es mir keine Angst mehr ein.

Dann erbebte ihr ganzer Körper. Sie stieß Schreie höchster Lust aus, gleichzeitig hatte ich einen wahnsinnigen Orgasmus. Für mich war es eine endlose Ejakulation, und ich sah über dem Ungetüm die Wickenblüten aus meiner Kindheit aufspringen, die ich im Alter von fünf Jahren bei Yongsuns nach rohen Bohnen riechender Vagina gesehen hatte.

Epilog

„Herr Kim, wie viele Frauen hatten Sie überhaupt in Ihrem Leben?", fragte mich bei einer Trinkrunde eine Journalistin, die für das Feuilleton einer Tageszeitung schrieb.

Ich war verblüfft. „Worauf wollen Sie hinaus?" Sie war kaum dreißig, eine Frau, die mir aufgrund ihrer unbefangenen Natur gelegentlich mit unerwarteten Fragen zur Last fiel. Und wenn sie mal angesäuselt war, lamentierte sie stets ganz verzweifelt: „In Korea gibt es keine Männer, mit denen ich eine Beziehung anfangen möchte." Meistens fügte sie noch träumerisch hinzu: „Nicht einmal, wenn ich morgen deswegen sterben müsste, würde ich auf eine wundervolle Liebe verzichten wollen."

„Überall hört man wilde Gerüchte über Sie", sagte sie ungeniert. Sie achtete gar nicht auf meinen strafenden Blick und fragte:

„Hundert? Oder vielleicht zweihundert?"

„Sie halten mich wohl für ein Monstrum!", entgegnete ich staunend. Ich schnalzte mit der Zunge und monierte:

„Haben Sie denn so wenig zu schreiben, dass Sie Ihre Nase in die Liebesgeschichten anderer Leute stecken müssen?"

Sie schüttelte selbstbewusst den Kopf.

„Ich frage nur aus rein persönlichem Interesse."

„Aus persönlichem Interesse? In Ihrem Beruf erlaubt man sich doch sonst nicht so viel Freiraum, oder?"

„Für mich ist es aber schon wichtig."

„Was über mich könnte so wichtig sein?"

„Weil ich wissen möchte, ob ich die Hundertste oder Zweihundertste bin, falls ich Ihre Geliebte werde", antwortete sie lakonisch. Ich war sprachlos; es mag sein, dass sie dreist war, aber was zu viel war, war zu viel. Ich schwieg. Es schien ihr Spaß zu machen, denn sie schmunzelte.

„Ach, die Wievielte ist gar nicht wichtig. Mir macht das überhaupt nichts aus."

„Weil die Frau Journalistin es ehrlich zu meinen scheint, werde ich auch ehrlich zu Ihnen sein."

„…"

„Ich hatte nur eine einzige", sagte ich, und sie sah mich unverhohlen spöttisch an.

„Das ist aber eine herbe Enttäuschung, eigentlich hatte ich mehr von Ihnen erwartet. Also nur eine, das heißt Ihre Frau, ist das so?"

Ich schüttelte den Kopf:

„Eigentlich nicht."

„Was dann?"

„Ich habe neulich in einer Frauenzeitschrift die Artikelserie *Hintergassentour* abgeschlossen. Darin habe ich die dunkelsten Gassen des ganzen Landes aufgesucht und Freud und Leid der Menschen dieser untersten Schicht beschrieben. Bardamen, Prostituierte, Lumpensammler, Hausierer – Leute, die man nicht zum Volk zählt. Das war aber nur der Deckmantel. Mein eigentliches Vorhaben war es, nach einer Frau zu suchen, die ich gut zwanzig Jahre lang vergessen hatte, nein, genauer gesagt, ich hatte sie absichtlich aus dem Gedächtnis gelöscht."

Sie tat erstaunt, doch es war nicht zu übersehen, dass sie vor Neugier zu platzen drohte.

„Und Sie meinen, sie war Ihre Einzige?"

„Ja."

„Ach du lieber Himmel. Wer hätte sich vorstellen können, dass ein Hallodri wie Sie so eine herzzerreißende Liebesgeschichte erlebt hat. Mensch, das könnte eine echte Story werden. Haben Sie sie wieder aufgespürt?", fragte sie in heller Aufregung.

„Ja, habe ich."

„Wirklich?"

„Und ob."

Sie traute meinen Worten nicht und musterte mich skeptisch. Doch ihre Sensationsgier siegte und sie bohrte weiter:

„Was war sie vor zwanzig Jahren von Beruf, und was, als Sie sich nach zwanzig Jahren wiedertrafen?"

„Damals war sie Hostess in einem der ersten Salons von Gangnam."

Sie nickte.

„Nach Ihrem Gesichtsausdruck zu urteilen, scheint es wahr zu sein. Was an ihr konnten Sie bis heute nicht vergessen?"

„Durch sie habe ich zum ersten Mal in meinem Leben erfahren, was es heißt, dass zwei menschliche Körper zu einem verschmelzen, nicht nur körperlich, sondern auch geistig. Auch meine Schande verschmolz mit ihrer. Kurz gesagt, sie war ich, ich war sie. Ich hatte bis dahin nicht für möglich gehalten, dass mein Körper mit einem anderen zu einem einzigen verschmelzen könnte."

„Und wie kam es zur Trennung?"

„Ich bin ihr weggelaufen."

„Wieso das?"

„Ich konnte es nicht länger ertragen, von ihrem Geld zu leben, das sie als Hostess verdiente."

Nach dem Tag des ersten Schnees mieteten Yonghi und ich im Armutsviertel von Miari ein Zimmer. Ich lernte, was es hieß, zu zweit zu leben. Für mich war das Zusammenleben mit einer Frau wohl das Aufreibendste in meinem ganzen Leben. So zerrann mir dabei etwa meine Waffe der Dekadenz unter den Fingern, was mich erschütterte und sprachlos machte.

Yonghi ging es genauso wie mir. Drei Monate lang war sie nur mit viel Mühe dem Salon ferngeblieben. Dann entschloss sie sich doch anders und ich kehrte nie wieder in unser Heim zurück.

„Wir führten einen gemeinsamen Haushalt, und wenn wir auf dem Markt waren, um das notwendige Drum und Dran wie Töpfe oder Seife einzukaufen, kaufte sie bei den Seifen beispielsweise nur eine einzige. Wie es sich für eine Hostess gehörte, war sie eigentlich großzügig beim Geldausgeben, weshalb ich forderte, sie solle mehrere Seifen auf einmal kaufen. Dann drehte sie sich abrupt zu mir um und sagte: „Ob wir überhaupt zusammenbleiben, bis diese eine Seife aufgebraucht ist?" Letzten Endes geschah es so, wie sie sagte. Im Nachhinein wurde mir klar, dass auch sie von Beginn an Zweifel an unserem Zusammensein gehabt hatte."

„Und nach zwanzig Jahren, was ist sie jetzt?", fragte die Journalistin.

„Eine alte Nutte in einer heruntergekommenen Gasse von Mokpo", sagte ich. Sie schien mir nicht zu glauben.

„Das ist doch wohl nicht wahr …"

„Am Anfang war sie es nicht. Aber als ich die Nacht mit ihr verbrachte, sah ich in ihr die Frau von vor 20 Jahren wieder. Es war eine perfekte Metamorphose: Nach zwanzig Jahren verschmolz ich ein weiteres Mal mit ihr, eine perfekte Vereinigung. Diese Nutte kam im Alter von acht Jahren in die Gasse und hatte sie für die nächsten zwanzig Jahre kein einziges Mal verlassen. Mit ihrem ulkigen Jeolla-Akzent klärte sie mich auf:

Ich bin jetzt über vierzig und fühl inzwischen Zuneigung für dieses Drecksnest. Nicht unbedingt wegen dem Geld bin ich immer noch hier, eher, weil mir die männlichen Kunden wie meine Familie vorkommen. Männer, die meinen vergammelten Körper wollen und scharf auf mich sind, sind für mich wie meine Familie!

Als ich das hörte, wurde mir klar, dass ich meine Liebe von vor zwanzig Jahren gefunden hatte."

„Da… das heißt, die beiden sind eigentlich verschiedene Frauen, aber Sie haben sie als ein und dieselbe empfunden, stimmt das?", stammelte die Journalistin. Ich nickte bedächtig.

„Ja. Ich lag verschlungen mit ihr im Bett, als sich der Vollmond hinter dem mickrigen Fenster zeigte. Sie deutete auf ihn und sagte:

Sehen Sie ihn? Wenn ich so den Mond anschau, wie hell der is, Sie ahnen es nich, dann kommen mir alle Männer gleich vor. Ja, die stellen sich alle als ein und derselbe Mann heraus. Nich einer von denen, die ich sonst kenn, sondern einer, den ich nie vorher gesehn hab, wie soll ichs sagen, er sitzt halt im Mond, stöhnt sich einen ab und sucht nach mir. Ja, so einen Mann mein ich. Was macht das schon, wenn er einen verkrüppelten Arm oder ne schiefe Gosch hat. Er is ein Mann, der mich haben will, der ohne mich nich leben kann."

„…?"

„Und seitdem sind auch für mich alle Frauen ein und dieselbe."

Nachwort

Meditation über Frauen schildert wie zahlreiche andere Romane dieser Zeit das Milieu der kleinen Leute im Korea der 60er und 70er Jahre. Und doch ist dieser Roman anders als das, was wir aus der koreanischen Literatur bisher kennen.

Warum betitelt der Autor seinen Roman *Meditation über Frauen*? In welcher Hinsicht könnte man den Roman in die große Tradition der philosophischen Meditationen stellen? Welche Rolle spielen die zahlreichen Frauen darin? Song Kiwon zufolge sind weite Teile des Romans autobiografisch zu lesen; so habe er sich für seine Niederschrift den Kopf kahl scheren lassen und in einen buddhistischen Tempel zurückgezogen. Auch sein Verhältnis zur Presse, die ihn einmal einen literarischen Playboy genannt habe, lässt er in der Schlussszene mit der neugierigen Reporterin durchscheinen. „In wichtigen Abschnitten meines Lebens warteten stets Frauen auf mich. Und in meinem Inneren gab es keine Sekunde, in der ich nicht auf der Suche nach ihnen umherirrte", sagte Song einmal. In der Tat erregte das Buch bei seinem Erscheinen Aufsehen. In einem ursprünglich konfuzianisch geprägten Land, in dem sich der nordamerikanisch ausgerichtete Protestantismus inzwischen als einflussreichste Religion etabliert hat und seinen Einfluss bis in die höchsten politischen Kreise hinein ausübt; in einem Land, in dem in der Schule weitgehend Geschlechtertrennung herrscht, ist eine gewisse Prüderie allgegenwärtig zu spüren. Sich als Paar öffentlich zu zeigen, ist verpönt, und über Sexualität wird nicht gesprochen, und wenn doch, dann immer etwas verschämt. Zwar trifft man sich heimlich in den unzähligen Love-Motels – doch sind das natürlich immer nur die anderen. Freilich hat sich Korea in den letzten 15 Jahren dramatisch verändert. Nach außen hin inszeniert man eine Kultur der braven Unschuld, doch jeder kann spüren, wie es unter der Oberfläche brodelt. Wie steht es diesbezüglich jedoch um den Literaturbetrieb? Während europäische Länder mit erotischer Literatur gleich welcher

Qualität geradezu überschwemmt werden, ist das Schreiben über Erotisches in Korea immer noch äußerst selten.

Der Roman ist nicht immer einfach zu lesen. Einige Abschweifungen, wie etwa über die Selbstverteufelung des Protagonisten, muten uns ziemlich fremd an, andere Szenen, wie etwa die beim Militärdienst, erscheinen lustig bis donquichotesk. Bei anderen möchte man vielleicht noch einmal Student sein. Letzten Endes geht es aber um die Suche eines jungen Menschen nach sich selbst – und die verläuft wie bei den meisten mit Höhen und Tiefen.

Ein zentrales Thema ist das *nur so tun, als ob*. Yunho, der Protagonist, erlebt die Welt um sich herum als Manifestation allgegenwärtiger Heuchelei: Die Schuluniformen, das lächerliche Benehmen der Studenten, die Divenhaftigkeit der jungen Frauen, alle stellen sie etwas dar, was sie in Wirklichkeit gar nicht sind. Natürlich ist der Topos der *Scheinheiligkeit* hinlänglich bekannt. Was für den westlichen Leser allerdings nahezu unverständlich sein dürfte, ist die Zerrissenheit, die Schande, die der Protagonist aufgrund seiner unehelichen Geburt fühlt. Sich als *„stinkenden Auswurf der Gesellschaft"* zu bezeichnen, lässt sich allerhöchstens noch mit prämodernen Zeiten assoziieren. Die Verteufelung seiner selbst gerät zum Wahn, wobei ihm auf seinem Lebensweg verschiedene literarische Strömungen, Dekadenz-Denken und Outsiderromantik den notwendigen ideologischen Halt bieten. Was scheinbar hoffnungslos beginnt, wandelt sich plötzlich, als die zunehmend anziehende Wirkung seiner Person auf das andere Geschlecht offensichtlich wird. An dieser Stelle beginnen allmählich die Meditationen über die Frauen. Etliche von ihnen trifft der Protagonist auf seiner Reise zu sich selbst, er richtet sein Selbstbewusstsein an ihnen auf und verlässt sie wieder. Doch darin nur die Geschichte eines unverbesserlichen Frauenheldes zu sehen, greift zu kurz. Yunhos Suche nach einer Partnerin ist echt, auch hinsichtlich seiner meditativen Reflexionen. Andererseits ist immer auch das Thema der spirituellen Versenkung präsent – so wie es über tantrische Verschmelzung heißt, sie sei eine besondere Ausprägung meditativer Art: *„Durch sie habe ich zum ersten Mal in meinem Leben erfahren, was es heißt, dass zwei menschliche Körper zu einem verschmelzen, nicht nur körperlich, sondern auch geistig. Auch meine Schande verschmolz mit ihrer. Kurz gesagt, sie war ich, ich war sie."*

Harald Gärber

Die koreanische Originalausgabe erschien 1996 unter dem
Titel „Yeojae Gwanhan Myeongsang" im Verlag Munhakdongne.

Die Übersetzung und Veröffentlichung wurde vom
„Korea Literature Translation Institute" (KLTI) gefördert.

Pendragon Verlag
gegründet 1981
www.pendragon.de

Deutsche Erstausgabe
Veröffentlicht im Pendragon Verlag
Günther Butkus, Bielefeld 2009
© by Song Kiwon 2009
© für die deutsche Ausgabe
by Pendragon Verlag Bielefeld 2009
Alle Rechte vorbehalten
Lektorat: Kirsten Hellmich
Umschlag: Michael Baltus unter Verwendung
eines Fotos von Tilmann Eberhardt
Satz: Pendragon Verlag auf Macintosh
Gesetzt aus der Adobe Garamond
ISBN 978-3-86532-150-3
Printed in Germany